哈佛百年经典

伊丽莎白时期戏剧（卷Ⅱ）

[英]托马斯·德克 / [英]本·琼森 / [英]弗兰西斯·博蒙特 /
[英]约翰·弗莱彻 / [英]约翰·韦伯斯特 / [英]菲利普·曼森格◎著
[美]查尔斯·艾略特◎主编
彭　勇 / 刘成萍◎译

北京理工大学出版社
BEIJING INSTITUTE OF TECHNOLOGY PRESS

图书在版编目（CIP）数据

伊丽莎白时期戏剧. 第2卷 /（英）德克等著；彭勇，刘成萍译.
北京：北京理工大学出版社，2014.3（2019.9重印）
（哈佛百年经典）
ISBN 978-7-5640-8627-5

Ⅰ. ①伊… Ⅱ. ①德… ②彭… ③刘… Ⅲ. ①剧本—作品综合集—英国—中世纪 Ⅳ. ①I561.33

中国版本图书馆CIP数据核字（2013）第296402号

出版发行 / 北京理工大学出版社有限责任公司
社　　址 / 北京市海淀区中关村南大街 5 号
邮　　编 / 100081
电　　话 /（010）68914775（总编室）
82562903（教材售后服务热线）
68948351（其他图书服务热线）
网　　址 / http: //www.bitpress.com.cn
经　　销 / 全国各地新华书店
印　　刷 / 三河市金元印装有限公司
开　　本 / 700 毫米 × 1000 毫米　1/16
印　　张 / 30
字　　数 / 435千字
版　　次 / 2014 年 3 月第 1 版　2019 年 9 月第 2 次印刷
定　　价 / 81.00元

责任编辑 / 刘　娟
文案编辑 / 刘　娟
责任校对 / 周瑞红
责任印制 / 边心超

出版前言

人类对知识的追求是永无止境的，从苏格拉底到亚里士多德，从孔子到释迦摩尼，人类先哲的思想闪烁着智慧的光芒。将这些优秀的文明汇编成书奉献给大家，是一件多么功德无量、造福人类的事情！1901年，哈佛大学第二任校长查尔斯·艾略特，联合哈佛大学及美国其他名校一百多位享誉全球的教授，历时四年整理推出了一系列这样的书——《Harvard Classics》。这套丛书一经推出即引起了西方教育界、文化界的广泛关注和热烈赞扬，并因其庞大的规模，被文化界人士称为The Five-foot Shelf of Books——五尺丛书。

关于这套丛书的出版，我们不得不谈一下与哈佛的渊源。当然，《Harvard Classics》与哈佛的渊源并不仅仅限于主编是哈佛大学的校长，《Harvard Classics》其实是哈佛精神传承的载体，是哈佛学子之所以优秀的底层基因。

哈佛，早已成为一个璀璨夺目的文化名词。就像两千多年前的雅典学院，或者山东曲阜的“杏坛”，哈佛大学已经取得了人类文化史上的“经典”地位。哈佛人以“先有哈佛，后有美国”而自豪。在1775—1783年美国独立战争中，几乎所有著名的革命者都是哈佛大学的毕业生。从1636年建校至今，哈佛大学已培养出了7位美国总统、40位诺贝尔奖得主和30位普利策奖获奖者。这是一个高不可攀的记录。它还培养了数不清的社会精英，其中包括政治家、科学家、企业家、作家、学者和卓有成就的新闻记者。哈佛是美国精神的代表，同时也是世界人文的奇迹。

而将哈佛的魅力承载起来的，正是这套《Harvard Classics》。在本丛书里，你会看到精英文化的本质：崇尚真理。正如哈佛大学的校训："与柏拉图为友，与亚里士多德为友，更与真理为友。"这种求真、求实的精神，正代表了现代文明的本质和方向。

哈佛人相信以柏拉图、亚里士多德为代表的希腊人文传统，相信在伟大的传统中有永恒的智慧，所以哈佛人从来不全盘反传统、反历史。哈佛人强调，追求真理是最高的原则，无论是世俗的权贵，还是神圣的权威都不能代替真理，都不能阻碍人对真理的追求。

对于这套承载着哈佛精神的丛书，丛书主编查尔斯·艾略特说："我选编《Harvard Classics》，旨在为认真、执著的读者提供文学养分，他们将可以从中大致了解人类从古代直至19世纪末观察、记录、发明以及想象的进程。"

"在这50卷书、约22000页的篇幅内，我试图为一个20世纪的文化人提供获取古代和现代知识的手段。"

"作为一个20世纪的文化人，他不仅理所当然的要有开明的理念或思维方法，而且还必须拥有一座人类从蛮荒发展到文明的进程中所积累起来的、有文字记载的关于发现、经历以及思索的宝藏。"

可以说，50卷的《Harvard Classics》忠实记录了人类文明的发展历程，传承了人类探索和发现的精神和勇气。而对于这类书籍的阅读，是每一个时代的人都不可错过的。

这套丛书内容极其丰富。从学科领域来看，涵盖了历史、传记、哲学、宗教、游记、自然科学、政府与政治、教育、评论、戏剧、叙事和抒情诗、散文等各大学科领域。从文化的代表性来看，既展现了希腊、罗马、法国、意大利、西班牙、英国、德国、美国等西方国家古代和近代文明的最优秀成果，也撷取了中国、印度、希伯来、阿拉伯、斯堪的纳维亚、爱尔兰文明最有代表性的作品。从年代来看，从最古老的宗教经典和作为西方文明起源的古希腊和罗马文化，到东方、意大利、法国、斯堪的纳维亚、爱尔兰、英国、德国、拉丁美洲的中世纪文化，其中包括意大利、法国、德国、英国、西班牙等国文艺复兴时期的思想，再到意大利、法国三个世纪、德国两个世纪、英格兰三个世纪和美国两个多世纪的现代文明。从特色来看，纳入了17、18、19世纪科学发展的最权威文献，收集了近代以来最有影响的随笔、历史文献、前言、后记，可为读者进入某一学科领域起到引导的作用。

这套丛书自1901年开始推出至今，已经影响西方百余年。然而，遗憾的是中文版本却因为各种各样的原因，始终未能面市。

2006年，万卷出版公司推出了《Harvard Classics》全套英文版本，这套经典著作才得以和国人见面。但是能够阅读英文著作的中国读者毕竟有限，于是2010年，我社开始酝酿推出这套经典著作的中文版本。

在确定这套丛书的中文出版系列名时，我们考虑到这套丛书已经诞生并畅销百余年，故选用了“哈佛百年经典”这个系列名，以向国内读者传达这套丛书的不朽地位。

同时，根据国情以及国人的阅读习惯，本次出版的中文版做了如下变动：

第一，因这套丛书的工程浩大，考虑到翻译、制作、印刷等各种环节的不可掌控因素，中文版的序号没有按照英文原书的序号排列。

第二，这套丛书原有50卷，由于种种原因，以下几卷暂不能出版：

英文原书第4卷：《弥尔顿诗集》

英文原书第6卷：《彭斯诗集》

英文原书第7卷：《圣奥古斯丁忏悔录 效法基督》

英文原书第27卷：《英国名家随笔》

英文原书第40卷：《英文诗集1：从乔叟到格雷》

英文原书第41卷：《英文诗集2：从科林斯到费兹杰拉德》

英文原书第42卷：《英文诗集3：从丁尼生到惠特曼》

英文原书第44卷：《圣书（卷Ⅰ）：孔子；希伯来书；基督圣经（Ⅰ）》

英文原书第45卷：《圣书（卷Ⅱ）：基督圣经（Ⅱ）；佛陀；印度教；穆罕默德》

英文原书第48卷：《帕斯卡尔文集》

这套丛书的出版，耗费了我社众多工作人员的心血。首先，翻译的工作就非常困难。为了保证译文的质量，我们向全国各大院校的数百位教授发出翻译邀请，从中择优选出了最能体现原书风范的译文。之后，我们又对译文进行了大量的勘校，以确保译文的准确和精炼。

由于这套丛书所使用的英语年代相对比较早，丛书中收录的作品很多还是由其他文字翻译成英文的，翻译的难度非常大。所以，我们的译文还可能存在艰涩、不准确等问题。感谢读者的谅解，同时也欢迎各界人士批评和指正。

我们期待这套丛书能为读者提供一个相对完善的中文读本，也期待这套承载着哈佛精神、影响西方百年的经典图书，可以拨动中国读者的心灵，影响人们的情感、性格、精神与灵魂。

目 Contents 录

鞋匠的节日

The Shoemaker's Holiday

〔英〕托马斯·德克　著

主编序言

托马斯·德克，其职业生涯向我们呈现了一个莎士比亚时代由专职作家主导的冒险生活的极端实例。约1570年，德克生于伦敦。1598年，他与其他剧作家合作，受雇于剧院经理亨斯洛，这是他第一次以剧作家的身份出现在大众面前。他创作了大量的剧本，其中既有他与他人合作之剧本，亦有他个人的创作。当戏剧市场前景萧条沉滞时，他便转向娱乐性文章，偶尔亦有诗篇及题材广泛的散文册子。但是所有这些似乎都不可称作一体面生计，因为他几乎每隔三年就会因债务问题而身陷囹圄，甚至在那流传下来的有关他的传记中，多数细节都与借钱、入狱、出狱有关。而至17世纪30年代，他便彻底消失于人们的视野中。

1599年，《鞋匠的节日》首次被搬上舞台，是德克戏剧作中的一个代表之作。这个故事取自托马斯·戴伦埃《制鞋业》。在那时，关于意大利公爵和红衣主教的戏剧演出较为频繁，易使我们忘记那伦敦商人的生活图景，而这部作品为我们展现了一幅伦敦商人的生活图景。尽管上层社会的人们生活堕落、举止轻浮，但品行端正的劳动者们依然专注于他们的工作，社会仍在继续发展。这部剧作充满了欢乐的气氛，但也充满了各种各样独特的伤感触动，同时剧中的西蒙·艾尔那幽默搞笑的鲜明个性亦体现得淋漓尽致。而令人瞩目的是，伊丽莎白时期伦敦最活灵活现的生活却出自托马斯·德克——这位似乎比起那同时代的人都不为命运所眷顾的人。

查尔斯·艾略特

戏剧人物

国王

康沃尔伯爵

休·莱西爵士：林肯伯爵

罗兰·莱西又称汉斯：林肯伯爵的侄子

阿斯丘：林肯伯爵的侄子

罗杰·奥特利爵士：伦敦市市长大人

哈蒙子爵：伦敦市民

沃纳子爵：伦敦市民

斯科特子爵：伦敦市民

西蒙·艾尔：鞋匠

罗杰，一般被称作霍奇：艾尔的工人

弗克：艾尔的工人

拉尔夫：艾尔的工人

洛弗尔：大臣

道奇：林肯伯爵家的仆人

一位荷兰船长

一个男孩
罗斯：罗杰爵士的女儿
西比尔：罗斯的侍女
玛格丽：西蒙·艾尔的妻子
简：拉尔夫的妻子

朝臣、侍者、军官、士兵、猎人、鞋匠、学徒、仆人
场景：伦敦和老福特

第一幕

场景一：（伦敦某街道）

市长大人和林肯伯爵进场

林肯伯爵：我的市长大人，您曾多次宴请我及众廷臣，我们却极难得有机会报答您之好意。这暂且不谈，我听闻我的侄子莱西爵士仰慕您的女儿已久。

L.市长：的确如此，尊贵的伯爵，我的女儿亦对其芳心暗许，甚至在这场爱的追逐中我觉得她过于冒失了。

林肯：为什么，我的市长大人？您认为将莱西之名冠于奥特利之名，是个耻辱吗？

L.市长：与您侄子那高贵的出身相比，我女儿过于贫穷；而贫穷的公民是不能与廷臣婚配的！时至今日，谁又愿将一年所需绫罗绸缎与华装丽服之费用花于我之身呢？这断然是不值的。因而我的女儿定是高攀不上您之显赫家世。

林肯：大人，请您三思啊！与我侄子相比更为奢侈挥霍之人在此世上极少有之。我告诉你这是为什么。自他请求去各个国家旅游以丰富经验，至此已快一年了。我给他提供金钱、汇票、证明其身份的信件，安排好随从等其安排，恳请我意大利的朋友款待重视他。然而结果却是，在他游历德国的半路之上，贫穷匮乏便接踵而至. 他的金钱消耗殆尽，随从弃他而去，钞票也挥霍干净。我的那位侄子羞于让人知晓其破产现状，便在维滕贝格当了一名鞋匠，而他本是一位受过良好教育、拥有高贵血统的绅士！现在我们就此判断其余之事：假若您的女儿有1 000英镑，而我侄子将我的财产在一年半便消耗殆尽，之后，若让我侄儿成为您的继承人，一年的奢侈放纵后又挥霍干净。这样，我的大人您寻找的不过是某个诚实的公民来迎娶您女儿而已。

L.市长：谢谢，阁下。

（独白）好个狡猾奸诈之人，我看穿了你的诡计——至于你的侄子，请阁下自行留意其一言一行吧。无须担心，因为我已将我女儿送去遥远之地。尽管你侄子罗兰·莱西可能会做得很好，且他也已经学会了一门手艺，但是我还是不屑称其为“女婿”。

林肯：是的，但对他还有一个更好的称谓。因其优雅慈悲，他已经在那群活动在伦敦及周边各郡的同伴中，被委任为首席上校，且这伙人将在法国战争中为他效劳。看，他来了！

（洛弗尔、莱西、阿斯丘进场）

洛弗尔：你带来了什么消息?

洛弗尔：林肯大人，您的侄子带着他的将士和殿下对他的期望即刻倾其全力乘船去法国了，虽然成功的概率只有百万分之一，但是他们必须在4天内，在迪耶普登陆。

林肯：去证实他之荣光吧，那是他必须作为之事。（洛弗尔退场）现在，莱西侄儿，你的所有伙伴们准备妥当了吗?

莱西：都准备好了。赫特福德郡的部下安置在一英里[①]外；萨福

① 1英里=1609.344米。

克、埃塞克斯的列车等候在托西尔城内；伦敦人和那些米德尔塞克斯郡人在芬斯伯里，他们都兴奋地等待着出发的命令。

L.市长： 他们有自己的军服徽章①、衣服和装备②。如果可以的话，请您的莱西侄儿到市会议厅去领受这一报酬。除此之外，我的弟兄们还会大方地给他20英镑，以此证明我们对他之叔父也就是您的爱戴尊敬。

莱西： 谢谢您。

林肯： 谢谢，市长大人。

L.市长： 我们在市会议厅期待着您的到来。（退场）

林肯： 证明他对我的爱戴尊敬？果然老奸巨猾！侄儿，那给你的20英镑是因为想让他的女儿罗斯摆脱你。但是，侄儿们，这儿除了朋友没有别人，我不会让你们把那多情的眼光放在如此卑贱的事情上，就如同去爱一个放荡、荒唐、假情假意的公民。我知道这个粗鲁的人极度蔑视、厌恶你与他血脉相融。我恳请你！记住，侄儿，光荣的命运正在等着你。让国王爱你多一点，使爱变成你所希望的那样明亮闪耀。除了你，我没有其他继承人了，虽然现在你还未成为我的继承人，但若让我说的话，我自始至终便一直倾向③于你。

莱西： 大人，为了荣誉我会的，但我不是为了渴望拥有大片国土或者锦衣玉食的生活，或者是当您的继承人。因此请您在我追寻法国战争的步伐中给予一些指导，就当是给莱西这个名字赐予荣誉吧。

林肯： 因为你说的这些话，给你30枚金币④。阿斯丘侄儿，这些是

---

① 原处是imprest，原意为“预支款”，此处意为“军服徽章”，体现身份象征之意。

② 此处为装备之意。

③ 原处bias，原意为“偏见”，此处意为“倾向于，趋势”。

④ 原处“portuguese”原意为“葡萄牙”，此处为“一种金币，一枚价值约为三镑十二先令”。

给你的，美丽的昂纳，显赫高贵的她正在法国等候你，等候你去迎接她。侄子们，朝着你们的目标展翅高飞吧！快走，快走，赶快到市会议厅去吧。在那儿我要马上看到你们，不要停留：荣誉在召唤，耻辱不会到来。（退场）

阿斯丘：你肯定非常高兴你的叔叔会让你离开。

莱西：是的，表兄，但我不会完全照他说的做。我必须要在这里停留三天，处理一些重要事务，这些事务只有我到场才能迅速办妥。因此表兄你与伙伴们快速去多佛，我会与你们在那儿碰面——如果我待的时间超过原计划的三天，我会直接去法国，我们在诺曼底见面。这是市长大人给我的20英镑及我叔叔给我的30枚金币中的10枚金币。尊敬的表兄，请保管好我们的财产。我知道，你已经尽力发挥出了你最大的才智。

阿斯丘：表弟，我的就是你的：尽管由我来保管这些财产，但是你住在伦敦的事也要注意保密啊。我们的叔叔除了用自己的眼睛看着你，更是安插了许多双妒忌的眼睛监视着你，只不过为了看你是怎么丢脸的。

莱西：等等，表兄，这些人是谁？（西蒙·艾尔、他的妻子玛格丽、霍奇、弗克、简、穿着皮革[①]的拉尔夫进场）

艾尔：莫再抱怨吧！莫再抱怨吧！让哭泣声、呜咽声和眼泪都远离，还有这些湿润的眼睛！我会让你的丈夫被特赦，不用去法国的，我向你保证，亲爱的简，快走吧。

霍奇：主人主人，这是上尉。

艾尔：安静，霍奇，嘘，卑贱的人，嘘！

弗克：这是骑士与上校，主人主人。

艾尔：安静，弗克！安静，我的好弗克！不要站在那儿说些废话

① 此处为皮革品。

蠢话[1]，滚！我是这个世上最好的人，如果他们是教皇——绅士、上尉、上校、司令官！我会和他们交谈的。勇敢的人们，勇敢的领导者，请接见我。我是西蒙·艾尔，是塔街狂热的鞋匠。我会告诉您，这位说话拐弯抹角、不知疲倦的女人是我的妻子。这是霍奇，我的部下及领班；这是弗克，我那活泼又手艺精湛的工人；这是爱哭的简。我们一起为诚实的拉尔夫请愿，让他留在家里吧。我是一名真正的鞋匠，一位制鞋业中的绅士，如果你们自己买好靴刺，我可以为你们做7年的靴子。

玛格丽：丈夫，7年？

艾尔：安静，嘿，安静[2]！我知道我在做什么！安静！

弗克：主人，的确如此，主人！你如上帝那般与人提供便利，使拉尔夫和他的妻子能不被分离。她只是个年轻的新婚之妇，若将她的丈夫在夜晚强行带离，她的名誉必当受损，她也可能得日日祈求团聚。

简：噢，让他留下来，否则我将堕落、沮丧。

弗克：啊，是这样，她会像一双旧鞋一样被丢在一边，虽被拥有，却再无用处。

莱西：说真的，朋友，那并不取决于我的权力：伦敦人应征入伍，工资待遇，派遣工作，这些都是市长大人决定的，我不能改变。

霍奇：为什么？如果你不能放过一个好人，那么你即使是上校，却只相当于一个下士；说真的，我认为你所做的超过了你的回答，去逼迫一个婚姻只有一年又一天的人。

艾尔：说得好，忧郁的霍奇，了不起，我的领班。

玛格丽：是真的，绅士。如此强硬地拒绝一个可怜的年轻妻子的请

① 此处意为废话、蠢话。

② 此处是一种不屑轻蔑的态度。

求，你这样做，是非常不好的。想想她的处境，即使你不顾及她刚刚结婚，我也恳求不要对她过于残酷。她的丈夫还年轻，而且才步入新婚殿堂，要不就算了吧。

艾尔：不要说了，也不要义正词严。安静，安静，西塞莉·班姆淳克！说话要经过大脑。

弗克：是的，号角响起了，主人主人。

艾尔：太快了，我的好弗克，太快了！安静，浑蛋！你们看见了这个男人没？上尉大人，您不要释放他吗？那好吧，让他走，他只是一个合适的枪靶子，让他消失！安静，简，擦干你的眼泪，它们会让你妆容失色的。带走他吧，勇敢的人。对他来说，特洛伊的赫克特也不过如同他骑乘的马一般，无足轻重。以拉德盖特主的名义，无论是海克力士[①]和那虚幻的撒拉逊神，还是亚瑟王[②]的圆桌，也从未出现过这样一个高大、衣冠楚楚的剑客；以古埃及法老的生命起誓，从未有过这般勇敢刚毅的剑客啊！安静，简。我无须多言，拉尔夫便是狂热之人。

弗克：看，霍奇，我的主人是如此在赞扬拉尔夫！

霍奇：拉尔夫，你是个蠢人，我发誓，你配不上这样的赞扬。

阿斯丘：我很高兴，主人。你是个好主人，艾尔，能遇到一个如此坚毅决然的士兵是我的幸运。相信我，因为您的讲述和您对他的爱。普通的关心并不足以表达我对您的敬意。

莱西：你叫拉尔夫吗?

拉尔夫：是的，先生。

---

① 希腊神话中的大力士。

② 亚瑟王（King Arthur），传说中古不列颠最富有传奇色彩的伟大国王。传说他是圆桌骑士（Knights of the Round Table）的首领，一位近乎神话般的传奇人物。相传，亚瑟王的王后格尼薇儿（Guinevere）的父亲King Leodegrance of Cameliard有张巨大的圆形桌子，供他麾下的骑士聚会使用，在与王后结婚时亚瑟从他那里得到了这张巨大的圆桌。圆桌的含义是“平等”和“团结”。

莱西：　把你的手给我，你不该有此想法，我亦是一名绅士。夫人，耐心点。毫无疑问上帝会把你丈夫再次安全送回，但他必须去，他的国家最后必须如此决定。

霍奇：　如果你还不去，那你真是个蠢人，用我的马镫吧。你不该用手锥去撞击这些不堪一击之物，去用它刺伤你的敌人吧，拉尔夫。（道奇进场）

道奇：　我的主人，您的叔叔在塔山与市长大人及市议员待在一起，要求你们以最快的速度赶去那儿。

阿斯丘：　表弟，我们走吧。

莱西：　道奇，你先去，告诉他们我们会去那儿（道奇退场）——道奇就像我叔叔的寄生虫，是这个地球上生存过的十足的恶棍。他总是在贵族家庭中挑起纷争，整天都在阿谀奉承，这些纷争恐怕20年都没法和解。恐怕他会和我们一起去法国，窥探我们的行动。

阿斯丘：　因此，表弟你要更加小心谨慎才对啊！

莱西：　不用害怕，表兄——拉尔夫，速速取来军旗。（莱西和阿斯丘退场）

拉尔夫：　我必须离开，因为没有其他办法了，但是尊敬的主人啊，对我来说您是朋友，我不在时，请您照顾我的妻子。

简：　啊，我的拉尔夫！

玛格丽：　因为伤心，她不能说话了。

艾尔：　镇定，你这优秀的人，你这已入伍之人，忧虑的话就不是勇敢的士兵了，去吧，拉尔夫。

简：　啊，啊，你让他走，他走后我该怎么办？

弗克：　哎呀！和我或我的同伴道奇一起工作啊！忙忙碌碌就好过了。

艾尔：　简，让我看看你的手。多么精致的手，多么白皙的手，这些漂亮的手指必须每天纺纱、梳理东西、工作。工作，工作就像那只会夸夸其谈、只会持蜡纺棉、如同泼妇娼妓般的女人。即使身患病痛，也要为了你的生计工作。坚持住，拉尔夫，给你30便士。为了制鞋业之光辉荣誉，为了制鞋者的绅士品行，为了鞋匠的勇敢无畏而奋斗吧，亦是，为了圣马丁的兴旺繁荣，为了百德莱姆、符立德街、塔街、怀特查佩尔大街的狂热之人而战斗吧。给我猛击那些法国恶棍的头顶，将病痛灾难带给他们，重击他们。以拉德盖特山①的名义，战斗！我的好孩子！

弗克：这儿，拉尔夫，这是三个两便士②：两个带去法国，第三个用在离别时洗涤我们的灵魂，因为悲伤让我们的灵魂变得干涸。为了我，为了我们。

霍奇：拉尔夫，在这分离时刻，我心情沉重，但给你一个先令。愿上帝授予你满口袋的法国王冠，让你用子弹填满你敌人的肚子。

拉尔夫：谢谢你，主人，谢谢你们。现在，温和的妻子，我的爱人简——富裕的人们在这分离时刻，会给他们的妻子们华贵美丽的礼物、珠宝、戒指，来装饰她们白皙的手——你知道我们的行业就是让妇女的鞋更耐穿。收下这双鞋，是由霍奇裁剪，我同伴弗克缝补，我自己接缝的一双鞋。修补、穿孔，然后把你的名字的字母标在鞋上。穿上它们，我亲爱的简，由于你丈夫的原因，每天早上，你穿上它们时，记住我，并为我的回归祈祷。要充分利用它们，因为我做出了它们，以便于我许久后都能知道它们。（鼓声响起。市长大人、林肯伯爵、莱西、阿斯丘、道奇和士兵进场，他们穿过舞台，拉尔夫在他们的列队中间；弗克和其他人都喊叫“再见”，都退场）

---

① 伦敦最古老的三座群山之一，传统是戴安娜的罗马女神庙遗址。

② 英国货币辅币单位，分为半便士（于1985年停止流通），1便士、2便士、5便士、10便士、20便士。

第二幕

场景一：（老福特的一个花园）

罗斯进场，一个人，在编花环

罗斯：我坐在流动着河岸边，
为我的莱西做了一个戴在头上的花环。
这些香石竹，这些玫瑰，这些紫罗兰，
这些红色的吉利花，这些金盏花，
这宝冠上美丽的修饰品，
还不及他的脸庞一半美，就像我的莱西的甜美表情一样。
噢，我最无情的父亲！噢，我的星辰，
为何在我出生时就注定如此爱你？
让我爱你，却又抢走我的爱？
为了我的莱西，我就像贼一样被囚禁在这些高墙内，
我父亲花钱修它们是为了其他更好的目的。
我肯定会因为他而憔悴。
我知道因为我的不在，他也感到很悲痛。
同样，我也一直活在痛苦中。（西比尔进场）

西比尔：早上好，年轻的女主人。您那个花环定是为我做的，是为我成为哈尔维斯的夫人准备。

罗斯：西比尔，伦敦有什么消息？

西比尔：没什么，但有一个好消息。你的父亲——市长大人；你的叔叔——菲尔波特主人；你的表兄——苏格兰主人，和福利波特女主人，都转托医生柯门思给你由衷的赞扬。

罗斯：莱西没给他的爱人送来诚挚的问候吗？

西比尔：噢，是的，我发誓。你不要哭。我对他不甚了解，这儿是条旧旧的围巾；这儿有围巾、一束羽毛、珍贵的石头和珠宝、一双吊袜带——噢，真丑陋！就像在老福特家，贝莉主人的卧室中，像我们那黄色丝绸的窗帘一样。我站在康希尔家的门口看他，他也看着我，我对着他说话，但他没有对我说话，一句话也没有。我的天，我甚至有了报复的心态，而他经过我身边时同样高傲！哟！他怎可如此反复无常、见异思迁！所以我关上门，然后进来了。

罗斯：噢，西比尔，你误会了我的莱西啊！我的罗兰就像小羊羔一样温和，没有任何一个温和之人赶得上他一半的温和。

西比尔：温和？他甚至可以说是像大量压碎的野苹果一样，他看待我像看待绿色水果汁一样酸腐。我想你还是坚持走自己的路吧。我们虽然认识但并不是亲密的朋友。这是你的过错，女主人，你爱他，但他不爱你，他蔑视他所做的。但是如果我和你一样，我会哭道："去吧，杰罗尼莫，去吧！"

我会权衡以前的事和现在的事，
权衡野兔腿和鹅内脏（鱼和熊掌），
如果一旦我叹息，便是昏睡之时，
祈求上帝，因为醒来后我可能失去我的贞洁。

罗斯：我的爱人将离开我去法国吗？

西比尔：我不知道，但我确信我看见他高视阔步地走在士兵前面。

我发誓，他是一个真正的、名副其实的男人；让他随性而去，然后不幸牺牲吧，年轻的女主人。

罗斯：你去伦敦，准确了解我的莱西是否会去法国。如果做到了，因为你的辛苦，我会给你我的麻纱围裙、天主教手套、我的紫色长袜和胸衣。说，为了我，你会去做。

西比尔：会做？穿谁的衣服去呢？我承诺，是的，我会去。一条麻纱围裙、天主教手套、一双紫色长袜和一件胸衣！为了你，我宁愿在紫色衣服里流汗。我会以上帝的名义带来任何消息。哇，多么华丽的围裙。相信我，我会带来所有消息。我好激动可以去伦敦，转眼之间就是一个年轻的女主人了。（退场）

罗斯：就是如此，好西比尔。你去那里后，可怜的我却要在这儿坐着，为他的离去叹息。（退场）

场景二：伦敦街头

（莱西假扮为一个荷兰鞋匠进场）

莱西：上帝和国王设计了多少情形，
从而可以图谋得到他们渴望的爱！
对罗兰·莱西来说是不会感到羞耻的，
用制鞋的一面来掩饰他的狡猾，
如此假装，我可能不了解拥有我的罗斯的那种快乐。
为了她，我已经放弃了在法国的职责，
惹得国王不高兴，并在我的叔叔林肯的心中激起强烈的怨恨。
噢，我的爱人，你多么强大啊，能使原本拥有高贵出生的我变得下贱，
把我高贵的头脑伪装成和低劣的鞋匠一样！
但是必须如此，因为他那残酷的父亲厌恶我们灵魂的结合。
他已经秘密地把我的罗斯从伦敦送走了，以此来阻止我与

她相见。
但我相信运气和这种假装会使我再次看见她的美，让她见到我。
和鞋匠艾尔在这塔街上意味着我会工作一段时间，我了解这个行当，
当我在维滕贝格时我就学习过。
为了希望而欢呼吧，不要沮丧！
你不要想她能拥有的财富。
制鞋业是为了某一个人而存在的。（退场）

场景三：（在艾尔的房子前）艾尔进场，他在做准备

艾尔：男孩、女孩们，邋遢女人和无耻男人去哪儿了？他们正沉溺于我奖励的油腻的牛肉汤中，并舔着留在桌上的汤渣，因此不会抬头看看我洗干净的搭板。出来，如同被盐浸过的牛肉般的轻佻的女人们。什么，南！什么，玛吉，你们在嘀嘀咕咕什么？出来，你这连走路都摇晃着肥胖的肚子的妓女。打扫这些沟壑，不要弄出令人作呕的臭气冒犯了我的邻居。什么，弗克，我说；什么，霍奇！打开我商店的窗户！什么，弗克，我说！（弗克进场）

弗克：噢，主人，今早上是您吗？为何说话像个看门狗和狂人呢？我在梦里想是什么狂人如此早来到街上，你今早喝了酒吗？你说话如此刺耳。

艾尔：啊，好好说，弗克；好好说，弗克。工作，我的好仆人，工作。去洗你的脸，你会更好的。

弗克：洗了脸就能吃饭了，好主人。如果你想要我的脸干净，去请那清洗并腌制猪脸的女人前来吧。（霍奇进场）

艾尔：走开，不修边幅的人。滚，无赖！——早上好，霍奇；早上好，我的领班。

霍奇：早上好，我的主人，你就像是大清早的一个搅拌器，这是

一个美丽的早晨——早上好，弗克，这个时候我本来还在睡，勇敢的一天到来了。

艾尔：啊，快点去工作，我的好领班，快点去工作。

弗克：主人，越是听到我的伙伴谈论晴朗的天气，我就越觉得像灰尘一样干燥。让我们祈祷有好皮革，让那些粗俗的人，耕田娃和那些在田间劳作的人为勇敢的日子祈祷。我们在干燥的店里工作，如果天下雨我还介意什么呢？（玛格丽进场）

艾尔：现在怎样，玛格丽女士，你能来管理起床的事吗？快去吧，把你的那些女仆们都叫起床。

玛格丽：管理起床的事？我发现现在让任何一个女人出现在户外都太早了。我很惊讶有如此多的塔街妇女都已经起床了。上帝保佑我，现在还不是中午——那儿有大叫声！

艾尔：安静，玛格丽，安静。你的女仆西塞莉·班姆淳克在哪儿？我听说她做了一件错事，她睡觉的时候放屁，把这个轻佻的女人叫来。如果我的仆人们想要鞋线，我会用马镫使劲打她。

弗克：是的，但这击打也是干燥的，这儿仍有干旱的迹象。（莱西伪装着进场，唱着歌）

莱西：“有从海尔德兰来的农民，他非常快乐。
他喝得不能站立，
醉了吗？
杯子发出了叮当声，
喝吧，美丽的矮人！”

弗克：主人，那位是制鞋业的一个工友，如果他拥有的不是圣人休的骨头制成的鞋匠的工具，我会用我的骨头去换的。他是某个高地的工人——雇用他吧，主人，我可能会学会处事利落，会让我们工作加快。

艾尔：闭嘴，弗克，多么艰难的世界啊！让他走吧，让他消失。

我们有够多的熟练工人了。安静，我的好弗克！

玛格丽：不，不，你最好接受你的仆人的建议，你将看到这会带来什么。我们没有足够的仆人，但我们必须取悦每个荷兰人，让它过去吧。

霍奇：夫人，我的上帝，如果我的主人接受你的建议，他会多消耗掉一些牛肉。他很高兴能成为我们中的一员，而且他能跟上的。

弗克：是的，他会的。

霍奇：我的主，我保证，他是一个真正的男人，一个很好的工人。主人，再见；夫人，再会。如果这样的一个人不能找到工作，霍奇也不为你工作了。

艾尔：等等，我的好霍奇。

弗克：相信我，你的一个领班会走，夫人，你必须去寻找一个新的熟练工人。如果罗杰离开，我也跟着一起离开。如果圣人休的骨头没被制成鞋匠的工具，我会把我的锥子刺进墙内，然后再玩弄一二。再见，主人；再见，夫人。

艾尔：等一下，我的好霍奇，我活泼的领班！等等，弗克！安静，下贱的人。以拉德盖特主的名义，我爱我的部下犹如我的生命。安静，你们这嘈杂的人。霍奇，如果他想工作，我会雇用他。你们其中一个人去叫他。等会儿，他向我们走来了。

莱西：祝主人及您的妻子有美好的一天。

弗克：我发誓，如果我没喝酒，就在他后面说话，我会窒息的。而你，朋友奥克，你是制鞋业的人吗？

莱西：是的，我是一个鞋匠。

弗克：鞋匠！我听说，鞋匠，你有所有工具，一颗好的揉针，一个好瓶塞，一件好衣服，四种锥子，两个蜡球，削刀，手制皮革，上好的圣人休的骨头被制成的鞋匠的工具能使你的工作效率提高是吗？

莱西：　是，是，不要担心，我有让靴子变大或变小的所有工具。

弗克：　哈哈，好主人，雇用他吧；他让我笑了，比起认真工作，我更应该快乐地工作。

艾尔：　你说，朋友，你在做鞋上有什么秘密方法没？

莱西：　我不知道你所说的是什么，我不明白你的话。

弗克：　为什么，伙计？（模仿鞋匠正在工作的姿势）你说你不明白？

莱西：　好好好，我能做得很好。

弗克：　好。他说话就像寒鸦目瞪口呆凝视着被喂的干乳酪一样。噢，他给了我一罐比利安的双倍啤酒。但霍奇和我有优势，我们必须先喝，因为我们是老工人。

艾尔：　你叫什么名字？

莱西：　汉斯——汉斯·米沃特。

艾尔：　把你的手给我，欢迎你的到来——霍奇，招待他；弗克，欢迎他；来，汉斯。快点，夫人，把你的女仆喊来，为我的好下属准备早餐。霍奇，到他那儿去。

霍奇：　汉斯，欢迎。友好点，因为我们是好伙伴。如果不是的话，你会被揍得比怪物还大。

弗克：　是的，喝酒吧，你真是个巨人。我告诉你，我的主人不会要胆小的人——男孩，给他拿一块新的脚后跟垫板来，这儿有一个新工人。（男孩进场）

莱西：　噢，我明白；我必须付半打拉罐的钱，来，男孩，拿着这个先令，立刻打开一瓶！（男孩退场）

艾尔：　快点，暴躁的人，滚开！弗克，润润你的嗓子，你应该用西班牙王国的烈酒清清你的嗓子。（男孩进场）

过来，剩下的五个人，给我一个拉罐。喝吧，汉斯。这儿，霍奇；这儿，弗克；喝，你这让人难以琢磨的人，工作起来像真正的勇士，为鞋匠西蒙·艾尔祈祷——这儿，汉斯，欢迎。

弗克：　看，夫人，你可能已经失去一个好的能让我们大笑的同伴了。这啤酒跳起来了。

玛格丽：　西蒙，几乎7点了。

艾尔：　这样吗？求夫人了。7点了，我仆人们的早餐还没准备好吗？拿开，腌制的鳗鱼，滚开！来，狂热的人；跟着我，霍奇；跟着我，汉斯；来，弗克。先工作，工作一会儿，再去吃早餐。（退场）

弗克：　温柔点！好，好，好汉斯。尽管我的主人不聪明，在叫我之前先叫了你，我也不会如此愚蠢，走在你后面，我是老工人。（退场）

场景四：老福特附近的一个田间

（伴随着大声的叫喊声，主人沃纳和主人哈蒙穿成猎人的样子出现了）

哈蒙：　表兄，冲破每一个障碍，猎物不远了。以极快的速度从这条路它逃离了死亡，但猎狗会沿着它的味道追寻，会找到它并毁掉它。另外，刚才磨坊主的男孩告诉我，他说它隐藏起来了并冲他大叫了几声。

沃纳：　如果真是这样，我们最好就沿着老福特的牧场寻找。（有猎人的声音，一个男孩进场）

哈蒙：　现在怎样，孩子？鹿去哪儿了？你看见它了吗？

男孩：　是的，我看见它跃过了一道篱笆，跳过了沟渠，在市长大人家的栅栏处，跳过了我，又向我过来，猎人就“喂喂”大声叫：“这儿，孩子；这儿，孩子！”我很确定地说它在这儿。

哈蒙：　男孩，你很好心。表兄，我们走。希望我们今天能找到更好的猎物。（退场）

场景五：老福特的花园

（打猎中）罗斯和西比尔进场

罗斯：为什么，西比尔，你为一个园林工证明？

西比尔：不止这个，不，园林工？不是，不，相信我，女主人。鹿通过果园冲进了牲口棚，还冲出了圈。我很清楚地知道，我看到它，脸色就像新乳酪一样白。但主人说用鞭子打它，我们的尼克拿起靶子打倒了它，然后我也和大家一起打它。我发誓，我们真的这样做了。最后，我们杀了它，切破了它的喉咙，剥了它的皮，但没截它的触角。不久，市长大人回来后就会吃掉它。（号角响起）

罗斯：听，听，猎人们来了。你最好注意，对这件事情他们有话要对你说。（主人哈蒙、主人沃纳、猎人们、男孩进场）

哈蒙：上帝保佑你们，美丽的女士们。

西比尔：女士们，噢，真愚蠢。

沃纳：这儿有经过一只雄鹿吗？

罗斯：没有，但有两只。

哈蒙：它们去哪个方向了？相信我，我们会猎捕它们。

西比尔：它们？不，太多了吧。你能告诉我什么时候吗？

沃纳：啊！太多了。

西比尔：大人。

沃纳：哼，那再见。

哈蒙：男孩，它去了哪个方向？

男孩：这边，先生，它从这边跑了。

哈蒙：美丽的罗斯女主人，它真的从这条路跑了。我们的猎物不久前出现在了你的果园中。

沃纳：你能说说看吗，它从哪条路跑的？

西比尔：跟着你的嗅觉走，它的触角会指引你们正确的路。

沃纳：你真是个疯女人。

西比尔：噢，荒唐！

罗斯： 相信我，我不知道。它不像野生的森林鹿，会来到胜地的附近。你被骗了，它从其他路逃走了。

沃纳： 哪条路？亲爱的，你能指明一下吗？

西比尔： 过来，亲爱的，不，太多了。

罗斯： 为什么你要留下，不去追你的猎物吗？

西比尔： 我要掌控我的生活，他们捕猎的老马都已经跛足了。

哈蒙： 在这个地方发现的鹿更宝贵。

罗斯： 但先生，你在寻找的不是鹿啊！

哈蒙： 我在追鹿，但我的爱人也在追我。

罗斯： 这是我见过的最奇怪的狩猎。但你的园区在哪儿？（她提议离开）

哈蒙： 待在这儿等一下。

罗斯： 如果盯住我，那我就不会离开了。

沃纳： 女人们在争吵。我们比他们要善良。

西比尔： 你用心寻求的是哪种鹿？

沃纳： 亲爱的，雄赤鹿。

西比尔： 谁曾经看到过那样的？

罗斯： 丢掉你的心，可能吗？

哈蒙： 我的心已经丢了。

罗斯： 呜呼，好绅士！

哈蒙： 我希望你能找到这只可怜的丢失的雄赤鹿。

罗斯： 你有如此运气，可能会发现你的雄赤鹿是一只雌鹿。

哈蒙： 为什么，运气也有触角，我曾听到有人那样说。

罗斯： 现在，主人，该你了，把运气带上路吧。（市长大人和仆人们进场）

L.市长： 怎么了，主人哈蒙？欢迎来到老福特。

西比尔： 真遗憾。先生，请勿动手。这是我的主人。

L.市长： 我听说你运气很坏，丢掉了你的猎物。

哈蒙： 是的，大人。

L.市长：我同样觉得很遗憾。这是哪位绅士？

哈蒙：我的姐夫。

L.市长：欢迎你们，既然运气把你们带到了我的身边，在你们恢复疲惫的四肢之前就不要离开了。去，西比尔，把板子盖上。你们作为客人没有什么好款待的，就像对待猎人那样了。

哈蒙：谢谢——亲人，在我生命中，我失去了鹿肉，所以我应该找一位好妻子。（都退场了，除了市长）

L.市长：进来，绅士们。我不能缺席很久——哈蒙是一个真正的绅士，出生相当符合，做我女儿的丈夫多么合适！好，我会尽我所能，把我的女儿许配给这位绅士。（退场）

第三幕

场景一：艾尔家的一个房间

莱西（作为汉斯）、船长、霍奇、弗克进场

船长： 我将告诉你，汉斯；以上帝的圣礼为名，这来自干地亚的轮船装满了糖、果子狸、杏仁、绿林和所有东西，成千上万的东西。接受它吧，汉斯，给你的主人。有很多单货物，你的主人西蒙·艾尔会得到一个好交易。你说呢，汉斯?

弗克： 你说是好交易——哈哈哈，霍奇！

汉斯： 我亲爱的兄弟弗克，把主人艾尔带去有天鹅湖标记的地方，就会看到船长和我。你说呢，兄弟弗克？快点，霍奇。来，船长。（退场）

弗克： 带他去那儿，你说呢？这里面没有欺诈行为，放心让我的主人去买那价值二三十万英镑的船吧。哎，这没什么，这只是琐事，小玩意儿而已，霍奇。

霍奇： 弗克，事实是，船的主人都不敢公开露面，因此让这个船长替他处理交易的事，他对汉斯的喜爱，他提供了商品交易的契约给我的主人艾尔。他应该找一个合理的付款之日，在那时他可能会卖了货物，使他自己成为一个巨大的获利者。

弗克：是的，我的同伴汉斯能够借给我的主人二十枚硬币当作定金吗？

霍奇：你说值三英镑十二先令的硬币吗？它们在这儿，弗克。听，它们在我口袋里响，就像圣·玛丽·奥弗里的钟声。（艾尔，玛格丽进场）

弗克：呀！夫人和主人来了。她会责骂我，因为我星期一整日都在外闲逛游荡；但就让他们说他们所能说的吧，因为星期一是我的节日。

玛格丽：莽撞无礼的先生，你唱歌吧，但我诅咒你，我感到恐惧，因为你之歌声使我们如针刺般难受。

弗克：因为我感到针刺般的痛苦，夫人，为什么？夫人，为什么？

霍奇：主人，我希望你不会允许夫人挫你工人的锐气。

弗克：如果她挫我的锐气，我会接过来继续，然后也挫她的锐气，比我的运气还差一个扣眼。

艾尔：安静，弗克；不是我，霍奇；以法老的生活，拉德盖特主的名义，也以这些胡须为名，我将每样毛发织物皆视为国王的赎金般重视，她不会管你的闲事——安静，你这浮夸轻佻的女人。走开，市会议厅女王。不要和我及我的部下吵架，不要和我的弗克吵架。如果你和他们吵架，我会骂你。

玛格丽：好，好，当你高兴时你就会需要我了；让它过去吧。

艾尔：让它过去，让它消失；安静！我不是西蒙·艾尔吗？你们不是我勇敢的部下、勇敢的鞋匠、制鞋业的绅士吗？我不是王子，然而我有着高贵的出生，是鞋匠唯一的一个儿子。滚开，垃圾！消失！融化！就像厨房里的东西一样融化。

玛格丽：好，好，如今我竟被称为垃圾、脏东西、恶棍、厨房里的脏东西！

弗克：　不是，夫人，不要哭，你不应该为我感到悲伤。主人，我不再待这儿了，这是商店工具的存货清单，再见，主人；再见，霍奇。

霍奇：　不要，等一下，弗克。你不该独自走掉。

玛格丽：　我祈祷，让他们都走，除了玛金还会有更多女仆，除了霍奇还会有更多部下，除了弗克还会有更多傻瓜。

弗克：　傻瓜？好！就这么定了！如果我留下，我的内脏定会变得像鞋线般杂乱！

霍奇：　是的，如果我留下，我祈祷上帝将我变成土耳其人，被立在芬斯伯里供男孩子们射击——走，弗克。

艾尔：　留下吧，我的好部下。在工作中，你们是我的得力助手，在我的行业中你们是顶梁柱。一点什么闲聊的话就让你们放弃了西蒙·艾尔吗？——滚，脏东西！废物，带着你那愚笨的头脑，走出我的视线！不要动我！我没有把你从东部便宜地区卖牛肚的地方带出来，把你安置在我店里，跟随鞋匠西蒙·艾尔吗？现在你这样对待我的帮工吗？你这涂脂抹粉轻佻的女人，看着霍奇的脸，这是一张为了主人的脸。

弗克：　这是一张为了基督教中任何一位女士的脸。

艾尔：　废物，你这猪心肠，滚开！男孩，让野猪头酒吧的酒保为我的工人送一打啤酒过来。

弗克：　一打？真勇猛！霍奇，现在我不走了。

艾尔：　（轻声地对男孩说）一个人能喝两瓶以上，他为他们付钱。（男孩退场。艾尔很大声地说）一打啤酒给我的熟练工。（男孩又进场）你们这些狂热的美索不达米亚人，用这酒精来好好滋润下你们的肝吧。剩下的10人去哪儿了？没有更多了，玛吉，没有更多了——好好说。喝酒，然后好好干活！霍奇，你在做什么工作？什么工作？

霍奇：　我正在为市长大人的女儿罗斯小姐做一双鞋。

弗克：　我要为我罗斯小姐的仆人西比尔做双鞋，我答应了她。

艾尔：　西比尔？不要让那常踩"脏东西"的女仆的脚弄脏了你工匠的手。庭院中的女士们，我的伙伴们，正是他们的脚，我们才承担得起那华装贵服；让汉斯去做那些恶劣的工作吧。准备缝补，准备缝补吧！

弗克：　让我独自来准备缝补吧。

霍奇：　好的，所有的一切都与此点无关。你记得我的伙伴汉斯跟您提过的那艘船吗？船长和他都在天鹅那个地方喝酒。这是作为定金的金币，如果你完成了这件艰难的事，你便至少成为真正的主人了。

弗克：　不，夫人，如果我的主人证明不是符合一个主人，您却符合一个淑女，那夫人您可以绞死我。

玛格丽：　好，如果你这样闲荡，酗酒不断，这样足以绞死你了。

弗克：　酗酒不断，夫人？现在我们正在与两个恶魔谈交易：一个荷兰人满载着糖果的船能去丝绸国塞浦路斯吗？（一个拿着丝绸衣服和高级市政官长袍的男孩进场，艾尔穿上了它们）

艾尔：　弗克，安静；安静，闲聊的人！霍奇，我会完成这件艰难的事的。这是密封环，我让人带来了一件装饰有警卫标记和有贴边的礼服及一件锦缎法衣。去看看它到哪儿了；看这儿，玛吉；帮我，弗克；给我穿衣服，霍奇。是绸缎衣服，你这鲁莽的庸人，是绸缎衣服。

弗克：　哈哈，我的主人就像身着紧身衣物、全身都有锦缎和丝绒印花的狗一样骄傲。

艾尔：　轻点儿，弗克，因为弄皱了绒毛，就像穿着破旧的衣服。看我怎样，弗克？我看起来怎样，我的好霍奇？

霍奇：　为什么？你现在看起来就是你自己了，主人。我保证，这个城市里没有太多人会先向你屈服、真正尊敬你，但你能遇到真正尊敬你的人。

弗克：　不是，我的主人就像新改过的陈旧大衣一般，打扮得很好。

主人，主人，看看好衣服的效果，夫人，你没被迷住吗？

艾尔：你怎么看，玛吉，我不好看吗，我不好吗？

玛格丽：好？我肯定，宝贝，很好。我发誓我生命中从来没有过如此喜欢你，宝贝；但让它过去吧。我保证，在这个城市中有许多女人没有如此英俊的丈夫，他们只不过是因为衣服华丽罢了。让它们都过去吧。（汉斯和船长又进场）

汉斯：你好！主人。这是货船的船长。货品很好；接受吧，主人，接受吧。

艾尔：上帝的恩赐，汉斯；船长，欢迎。货船停在哪儿？

船长：船在河里，有糖、果子狸、杏仁、绿林和成千上万的东西。主人，以上帝的圣礼为名，请接受吧，你会得到好的交易。

弗克：答应他，主人。亲爱的主人！多好的商品啊！西梅干、杏仁、糖果、胡萝卜、怀表，啊，丰盛的肉。除了你自己，不要给其他人买肉豆蔻的机会。

艾尔：安静，弗克！来，船长，我们一起去船上——汉斯，你给他喝酒了吗？

船长：是的，我喝得很好。

艾尔：来，汉斯，跟着我。船长，在这个城市你会得到我的支持。（退场）

弗克：你说你喝得很好，它们只能被叫作黄油盒，那时它们也就着油腻的牛肉喝稠密的啤酒来吃。来吧，夫人，我希望你不再责骂我们。

玛格丽：不，相信我，弗克；不要把我和秘迪厄相提并论，霍奇。我真的非常荣幸，更重要的是，在我的身上感觉有一处逐渐隆起。让它过去吧。

弗克：你说你的身上有一处逐渐隆起？啊，你可能有孩子了，否则为什么我的主人没感觉到呢？难道是因为他穿着长袍，戴着金色指环？但你是一个悍妇，你很快就会使他扫兴的。

玛格丽：　哈哈，求求你，安静。你让我大笑了，但让它过去吧。来，进去吧。霍奇，请走在我前面；弗克，跟着我。

（弗克照做了，霍奇昏倒在舞台上）（退场）

场景二：伦敦，林肯家的房间里

（林肯伯爵和道奇进场）

林肯：　现在怎样，道奇？法国有什么消息？

道奇：　我的主人，在5月18日法国和英国准备好了打仗。每一方都极其愤怒想给对方来个火热的对决。双方在一起战斗了长达五个小时，最后，胜利偏向了我们。1.2万个法国人、4 000个英国人在那天牺牲。死亡的英国人中除了船长海厄姆和年轻的阿林顿两个勇敢的绅士外，其他的都不知道名字。而这两个人我非常熟悉。

林肯：　但是，道奇，请你告诉我，在这场战役中，我的侄子莱西的举止表现怎样？

道奇：　主人，你的侄子莱西不在那儿。

林肯：　不在那儿？

道奇：　不在，主人。

林肯：　确定？你弄错了吧。我看见他登上了离开的船，一千双眼睛都看见了，他还给他们说了再见。那时，我给他说了再见，眼睛都湿润了。道奇，注意你所说的话！

道奇：　主人，我被很精确地告知，我所说的是真的：为了证明如此，他的表兄阿斯丘给他提供了一个地方，派我去法国把他带来，然后自己可能又秘密地去了那儿。

林肯：　真是这样？他敢如此大意地冒着生命危险，去面对国王的愤怒？他轻视我的疼爱，并蔑视我慷慨给予他的那些偏袒？他内心里一定会对他的鲁莽感到懊恼不已，因为他没有好好估量一下我对他的爱。但愿他不要知道我此时的愤怒。你还有其他消息吗？

道奇：没有其他的了，主人。

林肯：没有什么比你知道的还要坏——让他获得国王给的如此多的荣誉，给他加冕、派给他上校，我所有的希望都破灭了。但悲伤是徒劳的，恶人并不能被更坏地解除。在我生活中，我已经发现了他的阴谋。那条老狗，喜欢别人对他奉承，喜欢那爱哭泣的女孩，有着迷人脸庞的罗斯。市长大人的女儿已经让他分心了。在爱的火焰中他已经神志不清，已经燃烧了自己，消耗了他的信誉，并失去了国王的爱。恐怕，他的生活中只是有了一个荡妇当他的妻子。道奇，是这样吗？

道奇：恐怕如此，我的主人。

林肯：如此——不，肯定不是这样的。我已经智穷殆尽，全然不知所措了，道奇！

道奇：是，主人。

林肯：你对我侄子经常去的地方熟悉，把他找出来，这块金币作为你的酬劳。看看市长大人是否住在那儿。道奇，一定要与他见面。请尽力——莱西，你曾经光荣地活着，现在会耻辱地死去——小心点。（退场）

道奇：我保证，我的主人。（退场）

场景三：市长大人家的一个房间里

（市长大人和主人斯科特进场）

L.市长：主人斯科特，我很冒犯，希望你能做我女儿和主人哈蒙的结婚证人。噢，站到一边，看这对爱人来了。（主人哈蒙和罗斯进场）

罗斯：可能吗，你会这么爱我？不，不，从你的眼睛里我看到的明显是阿谀奉承。现在请放开我的手。

哈蒙：亲爱的罗斯小姐，不要误解我的话，或曲解我对你的爱。我发誓，我全心全意爱着你，胜过爱我自己的心。

罗斯：胜过爱你自己的心？我觉得是对的，当男人们什么都看不见时，他们就更爱他们自己的心。

哈蒙：我发誓，我爱你。

罗斯：现在放下你的手。如果说肉体是脆弱的，你的誓言又是多么无力、脆弱！

哈蒙：那我用我的生命起誓。

罗斯：不要争辩了。争辩会失去生命、妻子及所有的一切。这是你的意思吗？

哈蒙：我相信，你在开玩笑。

罗斯：爱总喜欢夸耀；因此离开了爱，你会更好。

L.市长：什么？他们在吵架，主人斯科特？

斯科特：不要怀疑忧虑。爱人吵架来得快去得也快。

哈蒙：亲爱的罗斯，不要用那奇怪的想法来想我。不，永远不要转向一边，看着我：当我看到我的爱人因为蔑视而放弃爱情的时候，我就不是那么喜欢她了。如果你爱我，请这样——如果不，再见。

L.市长：为什么？现在怎样？你们都同意吗？

哈蒙：是的，相信我，大人。

L.市长：很好，把你的手给我。女儿，你的也给我——现在怎么都把手撤回去了！这什么意思，孩子？

罗斯：我想一个人生活，不想结婚。

哈蒙：不要；停下，之前就说过了。

L.市长：你仍然要阻挠我，仍如此顽固吗？

哈蒙：不，大人，不要责备她，她做得很好。如果她能过着很快乐的单身生活，那比当一个妻子更愉快。

罗斯：我不能，先生。我曾发过誓，无论谁是我的丈夫，也不可能是你。

L.市长：你说得太快了，但是哈蒙，我命令你给出另外一个答案。

哈蒙：什么，你想让我低声哭泣，日渐消瘦，不断祈祷着说“可爱的女士”、“我的心装满了女士”、“请原谅你的仆人”；并学丘比特把箭射入爱人的心；更或者我承诺在比赛及辩论赛中戴着你的手套，告诉你为了追求你我打败了多少竞争对手，取得了多少战利品吗？亲爱的，这能让你高兴吗？

罗斯：也罢也罢，你又准备从何时开始呢？你这只是向我颂扬那爱情之诗吗？先生？真为那该死的罪恶感而羞愧。

L.市长：如果你想得到她，我会让她同意的。

哈蒙：强迫的爱比讨厌我更坏。（独白）有一个少妇在Old Change市里有一个商店，我将去她那儿，我并非冲着财产去的——我已有足够多了，我愿意在全世界面前对她表达爱。（大声说）再见，我的市长大人。听，旧爱在呼唤我，我没有运气拥有新爱。（退场）

L.市长：现在，孩子，你表现得很好。但只要我活着，你一定会诅咒你的羞怯——谁在那儿？你直接把你的女主人送去老福特那儿！让你直接去。上帝呀，我已经发誓要这爱哭泣的孩子能心甘情愿地接受哈蒙的爱。但我想让他先离去。去吧，女儿，进来。（罗斯退场）现在告诉我，斯科特，你想过鞋匠西蒙·艾尔已经富裕得能买如此多的货物了吗？

斯科特：是的，大人，我新雇的伙伴与他在一起。你的货单显示，除了在其他商品上的收益外，艾尔在一种货物上的增益上涨了至少3 000英镑。

L.市长：好，现在他会花费掉他的很多钱财，因为我已经派人叫他去市会议厅了。看，他来了。早上好，艾尔。

艾尔：可怜的西蒙·艾尔。大人，可怜的你的鞋匠。

L.市长：好，好，也只能通过如此这样称呼自己而使自己高兴下罢了。（道奇进场）现在，道奇，你带来了什么消息没？

道奇：我希望能私下对你说。

L.市长：能，能——艾尔主人、斯科特主人，我有事情要与这位绅士谈谈；希望你们先去市会议厅；我马上来。艾尔，我希望在中午前能够称呼你为州长。

艾尔：　如果你叫我西班牙国王我也不介意，我的大人——走吧，主人斯科特。（艾尔和斯科特退场）

L.市长：　现在，道奇你带来了什么消息？

道奇：　林肯伯爵让我问候你，如果你能的话，真诚地要求你告诉他他的侄子莱西现在在哪儿。

L.市长：　他的侄子莱西现在不是在法国吗？

道奇：　不，我很确定，大人，他伪装起来了，偷偷潜藏在伦敦。

L.市长：　伦敦？真是这样？可能吧，但我发誓，我不知道他住在哪儿、他是否还活着。因此告诉林肯伯爵——可能他偷偷藏在伦敦？好，道奇，你最好现在就出发去找他，但要摆脱他把他丢在法国。我会给你一打每个价值10英镑的硬币作为酬劳：我多么喜欢他，但又憎恨他。从我这儿离开后请你这样告诉你的主人。

道奇：　我走了。（道奇退场）

L.市长：　再见，道奇。莱西在伦敦？我敢保证，我女儿知道了。正是因为这个原因，她会拒绝哈蒙的爱。好，我很高兴把她送到老福特那儿。天啊，完了，我必须快点去市会议厅。我知道我的朋友在等我。（退场）

场景四：（伦敦：艾尔家的一个房间里）

［弗克、玛格丽、莱西（也就是汉斯）、罗杰进场］

玛格丽：　你们走得太快了，罗杰。噢，弗克。

弗克：　啊，的确。

玛格丽：　我希望你们跑——听到了吗？——跑去市会议厅，看看我的丈夫艾尔是否得到了州长的职位。快跑，弗克。

弗克：　得到这个职位？好，我去。他不会得到的，弗克断言他不会得到的。好，我真去市会议厅了。

玛格丽：　不，什么时候？你说得太简单，真是令人生厌。

弗克：　真稀奇，你很有口才。夫人所说的就像车轮一样快！她看起来就像一个将要沸腾的旧啤酒瓶。

玛格丽：　不，什么时候？你会让我闷闷不乐的。

弗克：　上帝是不允许你崇尚那种幽默的——我跑了。（退场）

玛格丽：　让我看看，罗杰、汉斯。

霍奇：　啊，真的，“贵妇人”——我本应该说“女主人”，但这旧的称呼很牢地粘在我的口腔顶部，我几乎不能舔掉它。

玛格丽：　甚至你也会吗，好罗杰？“贵妇人”只是适合任何虔诚的基督教女人的一个美丽称呼罢了；但让它过去吧。你怎样，汉斯？

汉斯：　谢谢你，夫人。

玛格丽：　好，汉斯、罗杰，你们看，上帝已经保佑了你们的主人，如果他成了伦敦的州长——当我们死的时候，我会有许多零碎的东西或其他的堆在一个角落留给你们。我不是不可信赖的朋友，但是让它过去吧。汉斯，请给我系下鞋带。

汉斯：　好的，夫人，我会。

玛格丽：　罗杰，你知道我的脚长，它不是最大的，谢谢上天，它足够漂亮。请让我拥有一双用软木做的、木制后跟的鞋，好罗杰。

霍奇：　你会拥有的。

玛格丽：　你从不认识一个做围裙的或做法国头巾的人吗？我必须在屁股这个地方加大我的裙子。哈，哈！我很想知道我戴着头巾看起来会怎样。我想会很奇怪。

霍奇：　（独白）就像一只猫挣脱了手枷——非常好，我向你保证，夫人。

玛格丽：　确实，所有东西都像草一样。罗杰，你能告诉我在哪儿能买一个好的毛发织物吗？

霍奇：　好，真的，在雅街的鸟贩那儿。

玛格丽：　你真是个失礼的老爱开玩笑的人。我的意思是用假的毛发来做我的假发。

霍奇：　为什么？夫人。下次我把我的胡须剃掉，你就有了，它们是真的毛发。

玛格丽：　好热，我必须要一把扇子或一张护肤膜。

霍奇：　（独白）因此你所需要的是把你那恶劣的脸藏起来。

玛格丽：　呸，世界的使命感多么昂贵啊！但那是上帝精彩工作的一部分，我不想涉及——弗克还没来吗？汉斯，不要悲伤，让它过去消失吧，正如我丈夫所说的一样。

汉斯：　我很快乐，让我看到你们也一样快乐吧！

霍奇：　夫人，你要抽管烟吗？

玛格丽：　不要，罗杰，尽管这些肮脏的烟管是我曾经觉得最想得到的小玩意儿。丢掉吧。上帝保佑我们，看来男人们不喜欢人们用它们。（拉尔夫瘸着进场）

霍奇：　什么，同伴拉尔夫？夫人，看这儿，简的丈夫。怎么了？现在怎样，怎么瘸了？汉斯，要重视他，他是我们生意的兄弟，一个好工人，一个高大的士兵。

汉斯：　欢迎你，兄弟。

玛格丽：　我不了解他。你怎样，拉尔夫？我很高兴看见你好好的。

拉尔夫：　我很幸运你看见我，夫人，就和我从伦敦去法国的时候一样。

玛格丽：　相信我，我很抱歉看见你很虚弱。主啊，战争让他晒黑了！左腿也不健康了；就你来自法国来说，疾病没有恶化，这是上天给的相当好的礼物。但是让它过去吧。

拉尔夫：　我很高兴看见你。我很高兴听说自从我离开后，上帝眷顾了我的主人。

玛格丽：　是的，真的，拉尔夫，感谢上天。但让它过去吧。

霍奇：　拉尔夫，法国有什么消息？

拉尔夫：　首先告诉我，罗杰，英国有什么消息？我的简怎样？你什么时候见过我的妻子？我可怜的亲爱的简住在哪里？她真的很可怜，现在我想要用四肢维持我的生活。

霍奇：四肢？你没手吗？你绝不会看到一只手上只有三根指头的鞋匠想要得到面包。

拉尔夫：然而这么久我还没听说我的简的消息。

玛格丽：噢，拉尔夫，你的妻子——我们不知道她怎样了。她在这儿待得不久，因为她结婚了，她变得更高贵优雅。我仔细观察了她，确实这样。她离开了，从没有回来，也没说再见。拉尔夫，你知道“你伤害我，我也伤害你”吗？因此我告诉你——罗杰，弗克没来吗？

霍奇：没有。

玛格丽：确实，我们没得到她的消息，但我听说她住在伦敦；但让它过去吧。如果她想，她会把她的境况告诉我或我的丈夫，或者任何我的仆人们。我确定他们也不知道，但都尽力对她好了。汉斯，看看弗克是否来了。

汉斯：好的，夫人。（汉斯退场）

玛格丽：因此就像我说的——但是，拉尔夫，你为什么哭了？你知道我们赤身裸体从母亲子宫里出来，我们死去的时候也是赤裸裸的。因此，感谢上帝给我们所有东西。

霍奇：不，相信我，简在这儿是一个陌生人。但是，拉尔夫，我知道你有一颗善良的心，但训斥它吧。你的妻子在伦敦。有个人告诉我，他不久前看见了她过得很好，从我们这儿离开后，一个伦敦人收留了她。

玛格丽：哎呀，可怜的人，他压制住了悲伤。他做的就是我要做的，为任何好东西的失去而哭泣。但是拉尔夫，进来，吃些肉喝些水，你会知道我很尊敬你。

拉尔夫：谢谢你，夫人。此后我会活得很好，我相信上帝，相信我的好朋友们，相信我的双手。（退场）

（汉斯和弗克跑着进场）

弗克： 跑，汉斯！噢，霍奇！噢，夫人！霍奇，竖起耳朵听我说；夫人穿着你的最好的衣服更美了；我的主人被选择，被召见了，通过该国的呼声今年被宣布成为这个城市的执行使，现在要回来了。现在，许多穿着黑色礼服的人因为他们的支持都被邀请来了，我的主人现在让他们用拳头打了他的耳朵，他们叫"啊，啊，啊，啊"——我就离开了。为何没有其他人苦恼，我向你致敬，郡长夫人。

汉斯： 是的，我的主人是一个好人。

霍奇： 我没告诉你吗，夫人？现在我很大胆地说：早上好。

玛格丽： 早上好，罗杰。谢谢你们，好人们——弗克，伸出你的手，因你带来了消息，给你一个三便士的硬币。

弗克： 仅仅是三便士啊！三法寻的银币有伊丽莎白女王的轮廓在上面，她的头部背面有一束玫瑰图案。

霍奇： 但是我被夫人控制着，不要如此悲哀。

弗克： 出于对她的尊敬才这样说的，不是对她。不，相信我，夫人，用原来的语调说："给，弗克"；"这儿，好弗克"；"经管你的生意，霍奇"；"霍奇，张大嘴巴"；"我要让你们充满欢乐，直到他们哭喊着用鼻音讲话"。

（艾尔戴着金链子进场）

汉斯： 看，我亲爱的兄弟们，主人来了。

玛格丽： 欢迎回家，州长。我向上帝祈祷你能继续拥有健康与财富。

艾尔： 看这里，我的玛格丽，一条链子，一条给西蒙·艾尔的金链子。我将让你成为高贵的夫人，这是给你的法国头巾，戴上它，戴上它！披着这用毛皮或绵羊的毛做成的披肩，修饰下你的眉毛，让你看起来很可爱。我的部下们去哪儿了？罗杰，我将把我的商店及工具转让给你。弗克，你会当领班。汉斯，你将得到100倍的钱来偿还之前向你借的钱。你们和你们的主人西蒙·艾尔一样是狂热的人，你们将住在伦敦的郡府里——你有多喜欢我，玛格丽？我不是王子，然而我出生高贵，弗克、霍奇、汉斯！

三人：啊，确实是，怎样描述你的崇敬地位，州长？

艾尔：是制鞋业的荣誉，你们这巴比伦恶棍。但是我自己忘了，我被市长大人叫去老福特吃饭。他已经去了，我必须去了。来，玛吉（玛格丽的昵称），戴上你的饰品！现在我真正的勇士们，我的好弗克，我短小精悍的霍奇，我诚实的汉斯，你们的装置、奇想、舞蹈，这些都是为了绅士的鞋匠的荣誉。你们知道我所想的，在老福特见面吧。来，玛吉，走吧。关掉我的店，放假吧。（退场）

弗克：真稀奇！真勇敢！来，霍奇；跟着我，汉斯；我们将与他们一起跳一支莫里斯舞。（退场）

场景五：老福特的一个房间里

（市长大人、罗斯、艾尔、戴着法国头巾的玛格丽、西比尔和其他仆人进场）

L.市长：相信我，在老福特，你和我一样受欢迎。

玛格丽：真的，谢谢你。

L.市长：我们简陋的欢迎不值得你感谢。

艾尔：很好的欢迎，市长大人，真的很好。极好的房子，极好的屏风，都很好很整洁。

L.市长：现在，我发誓，我将告诉你，艾尔，我所有的会友觉得有你如此狂热的伙伴进入我们圈内真好。

玛格丽：啊，但是大人，他现在必须学会庄重。

艾尔：安静，玛吉，庄重无用。当我穿着深红的长袍去市会议厅的时候，我看起来就和圣徒一样认真，说话就像审判官一样庄严地说“肃静”。但是现在在老福特，在我的市长大人家里，让它过去吧，让它消失吧，玛吉，我很快乐。不要担心，笨蛋。什么，亲爱的？我不是王子，但我出生高贵，市长大人你说什么？

L.市长：哈，哈，哈！我有不止1 000英镑，但我的心不及你一半的开朗。

艾尔：为什么，我应该做什么，大人？嗯，让我们趁年轻，高兴点。等老了的时候，在我们意识到之前，麻布袋、糖果这些生活的小杂物会慢慢偷走我们的快乐。（第一首三人一起唱的歌）

噢，五月；噢，快乐的五月；
如此欢乐，如此快乐，如此绿，如此绿，如此绿！
噢，我要对我真正的爱人说：
亲爱的玛吉，你是夏日之后！

现在夜莺，美丽的夜莺，
森林合唱团甜美的歌唱家，
恳请你，亲爱的玛吉，听听你真正爱人的故事；
看，她坐在那边，她的胸口有枝野蔷薇。

但是噢，我看见了布谷鸟，布谷鸟，布谷鸟；
看它坐在那儿，我的快乐离开了；
离开，我恳求你：我不喜欢布谷鸟，
它应该在我和玛吉接吻玩耍的地方唱歌。

噢，五月，快乐的五月；
如此欢乐，如此快乐，如此绿，如此绿，如此绿！
噢，我要对我真正的爱人说：
亲爱的玛吉，你是夏日之后！

L.市长：很好，艾尔夫人，请你给我的女儿好的建议。

玛格丽：希望罗斯小姐能有幸避免得到任何不好的东西。

L.市长：希望她能得到眷顾。相信我，艾尔夫人，我已经给那爱发脾气的女孩多少种选择了，那甚至超过在她被我约束的情况下我本打算给她的。但她仍然违背我。一个真正的有着好的收入的绅士能来，虽然有些迟，但我亦很乐意叫他女婿。在那优秀的伦敦公民里没有他这样的。在你死之前，你会发现那都是些自命不凡的家伙：一个廷臣，或者没能让你看上眼。

艾尔：听他的吧，亲爱的罗斯：对一个男人来说你很成熟了。不要和一个脸上的毛没有你的多的男孩结婚。不要喜欢谄媚的人，不要理会他们的胡言乱语：那些轻柔的男子只是画中所描绘的外表，罗斯，他们的内心是破碎的。不，嫁给一个绅士的杂货商——像你的父亲市长大人那样的。一个杂货商有可观的收益，是很值得拥有的。如果我有一个女儿或儿子，就应该让他与有鞋匠血统的人结婚，他应该速速接受。什么，这种绅士行当可以供一个人到欧洲、游历世界了。（鼓声，管乐声响起）

L.市长：那是什么声音？

艾尔：噢，市长大人，许多同伴因你之荣誉来到这儿跳一支莫里斯舞。进来吧，美索不达米亚人，高兴地玩。（霍奇、汉斯、拉尔夫、弗克及另外的鞋匠跳着莫里斯舞进场；一小段舞蹈之后市长大人开始讲话了）

L.市长：艾尔，这些都是鞋匠吗？

艾尔：都是鞋匠，我的市长大人。

罗斯：（独白）那边那个鞋匠看起来太像我的莱西了！

汉斯：（独白）噢，除了对我心爱的人倾诉，我什么都不敢做！

L.市长：西比尔，去拿些酒过来给那些人喝。欢迎大家到来。

所有人：谢谢，大人。（罗斯拿着一杯酒走向了汉斯）

罗斯：因为你有帅气的外表，好朋友，我敬你。

汉斯：谢谢你，小姐。

玛格丽：我想罗斯小姐，你无须多言；你已经敬了这个最优秀的男人一杯。

弗克： 这儿有人能做到和他一样优秀。

L.市长： 有紧急事物，我不得不回伦敦。好同伴们，进来，感受下快乐的气氛；高兴点，像你在家里一样。在斯特拉特福花费这两个价值10英镑的硬币去买啤酒吧。

艾尔： 西蒙·艾尔还有一点话要对这两位鲁莽的少年说，高兴地玩，弗克；高兴点，汉斯，为了所有鞋匠的荣誉。（所有人出去跳舞了）

L.市长： 来，艾尔，我们一起。（退场）

罗斯： 西比尔，我应该做什么？

西比尔： 为什么，怎么了？

罗斯： 鞋匠汉斯就是我的爱人莱西。穿着那套衣服把自己伪装起来，我应该找怎样的方式与他说话？

西比尔： 什么？小姐，恐怕不会。我敢以我的童贞发誓，绝无此事，而且这事还有机会。汉斯是荷兰人，当我们去伦敦时，尽管你父亲偷偷把你送走，让你结婚，他不仅看见了你，还与你说了话。这还不能让你满足吗？

罗斯： 肯定是我的爱人。

西比尔： 我们离开，然后跟你的父亲去伦敦，以免你的不在场让他产生怀疑。明天如果我的建议被采用了，我会把你带到制鞋处去的。（退场）

第四幕

场景一：伦敦街上

（简在一个裁缝店，正在工作，哈蒙悄悄进场，他站在很远的地方）

哈蒙：那儿有家商店，我美丽的爱人坐在那儿；她美丽可爱，但她不属于我。噢，她迟早会属于我的。我曾三次追求她，三次我的手都因为牵她的手而紧张到流汗。但偏偏我那饥渴的眼神就只盯着那些让它饥渴之物。我很不幸：我仍爱一个人，但没人爱我。我陷入了沉思，究竟哪种女人看其他男人的眼神是我想要的。罗斯小姐怕羞，这太奇怪了。噢，不，她很纯洁。她肯定认为我是闹着玩的才拒绝用她那阳光般的眼睛去捂热我冰冷的心。她工作时真可爱，噢，美丽的手！噢，真快乐的工作！站在这看她又不被发现，真好。我曾多次站在霜冻严寒的夜晚里，忍受刺骨的寒冷，看着她点亮灯火，只是为了看到她。对我来说，仅仅只有一个人对我来说可以和一顶国王的王冠相媲美，那便是因为爱而导致的愚蠢行为。我悄悄地走过，看看她是否发现了我。

简：先生，你要买什么？先生，你缺什么？印花布或上等细棉布？亚麻布衬衫或带子？你要买什么？

哈蒙：（独白）你不卖的东西，我尝试下：你这种手帕怎样卖？

简：很便宜。

哈蒙：这些襞襟[①]怎样卖？

简：也很便宜。

哈蒙：这条带子呢？

简：也便宜。

哈蒙：都很便宜，那你的手怎么卖？

简：我的手不卖。

哈蒙：等会儿要给我，相信我，我要来买。

简：但没人知道什么时候。

哈蒙：亲爱的，放下工作一会儿，我们一起休息会儿。

简：休假的话我就不能生活了。

哈蒙：我会为你损失的时间付钱的。

简：你不该花如此多的钱在我身上。

哈蒙：看，你怎样伤害了这块布，你就怎样伤害了我。

简：可能吧。

哈蒙：是真的。

简：有什么补救的办法吗？

哈蒙：不仅如此，你真的太害羞了。

简：放开我的手。

哈蒙：我会努力达到你的要求，如果我心里没被一种力量控制着说出：我爱你，违背了你的意思，我不会想着你。

简：因此，现在请放手吧。

---

① 襞襟，一种用于装饰衣领的丝织品，于16世纪中期至17世纪中期流行于西欧地区的上流社会中。现代则多见于小丑的服装。

哈蒙：我的手会，但我的心不会。相信我，我爱你。

简：我相信你会。

哈蒙：你真的因为我爱你而讨厌我吗？

简：我不讨厌你。

哈蒙：那你肯定爱咯？

简：是的。现在你好点没？我爱的不是你。

哈蒙：我所希望这只是一个女人在发怒而已。当她说“走开”的时候，那就是说，“来我这儿”。说真的，女士，我没开玩笑。我心里有着真正的纯洁的爱。我真的爱你，犹如爱我的生命；我爱你犹如丈夫爱妻子。我知道，你只有一点点财富，但我的爱是不要求其他回报的，我渴望的不是金子。亲爱的，美丽的简，如果你让我成为你的丈夫，我所有的东西都是你的。请判别下，什么是你的决定，让我生还是死？宽恕还是残忍皆取决于你。

简：先生，我知道你非常爱我。那是愚蠢的征服，愚蠢的骄傲。如果一个人喜欢你——我的意思是一个绅士——吹嘘靠他的把戏他已经让许多的女人爱上了他的多情。我认为你不会这样做，然而很多人会，甚至去求爱。我可能和许多女人一样羞怯，会带给你阳光般的微笑和渴望的表情。但我讨厌这样的伎俩，我会说——请继续相信我，你会的。

哈蒙：为什么你不相信我呢？

简：我信你。但是，先生，因为我不能让你伤心地充满希望去等待那从来不会发生的结果。这就是简单事实：我的丈夫还活着，至少我希望他还活着。他被迫在法国参加那些激烈的战争。对我来说想他太苦了，我只有一颗心，但属于他。我怎能把同样一颗心给你呢？当他活着，我也活着，尽管如此贫穷。比起做国王的情妇，我更愿意当他的妻子。

哈蒙：忠贞的、亲爱的女人，尽管你拒绝我，尽管伤害了我，但我不会伤害你。你的丈夫，被迫去了法国，他叫什么名字？

简：拉尔夫·丹姆珀特。

哈蒙：丹姆珀特？这儿有一封从法国寄给我的信，是我的一个好朋友给我的，他是一个地方的绅士。这是他写的每场战争中死者的名字。

简：希望死亡名单上没有我爱人的名字。

哈蒙：你能读吗？

简：能。

哈蒙：请仔细看。在我印象中下面的名单中有出现过这个名字。

简：啊，他死了！他死了。如果这是真的，我的心也死了。

哈蒙：耐心点，亲爱的。

简：那么！那么！

哈蒙：不，亲爱的简，不要因为这点事流那么多眼泪。对你丈夫的死，我表示深深的哀悼，因为你很伤心。

简：那名单是假的，它是被伪造的吧。

哈蒙：除了这封之外我可以给你看很多的信，都是同样的消息：那是真的。来，不要哭了：尽管是因为爱而哀痛，但那不能帮助悲伤的人，甚至哀痛还会伤害他们。

简：看在上帝的分儿上，离开我吧。

哈蒙：你要去哪里？忘掉死者吧，去爱活着的人吧：他的爱已死，试着接受我的爱吧。

简：现在对我来说没时间考虑爱。

哈蒙：现在对你来说是最佳的时间去考虑爱，因为你的爱人死了。

简：尽管他死了，但我对他的爱不会被埋葬。看在上帝的分儿上，请离开我，让我自己一个人吧。

哈蒙：离开陷入悲伤中的你，那会杀了我的。答应我，当我的妻子，我就走。行还是不行？

简：不行。

哈蒙：那么，再见。一句再见还不够，我会再来的。来，擦干你的脸，真诚地再告诉我，亲爱的简，行还是不行？

简：我再说一次：不行。请你走吧；或者我走。

哈蒙：不，否则我会很粗暴地抓着你这白皙的手，直到你改变那冰冷的“不行”；我会站在这儿直到你坚硬的心软化。

简：不，请住嘴！你在这儿我会更伤心。请你不要在这儿，所有悲痛留给我吧。我简单说一句，再见：如果我要与一个男人结婚，那个人会是你。

哈蒙：多么好听的一句话，亲爱的简，我不会再催你了。你的回答让我很满足了。

简：他的死让我真可怜。（退场）

场景二：伦敦：霍奇商店前的一条街上

（霍奇在摆弄他的店板，拉尔夫、弗克、汉斯和一个男孩在工作）

所有人：下来一点，下来。

霍奇：好的，伙计们。请努力工作，我们昨天都在闲逛。这儿乱七八糟的，很有可能以后我们至少就是市长或者至少是市议员了。

弗克：下来一点，下来。

霍奇：说得好，我相信，你觉得呢？汉斯，弗克不满意吗？

汉斯：是的，主人。

弗克：并不是这样，因为没喝酒，所以今天早上我说话声音有点尖厉。嘿，下来一点，下来。

汉斯：前面一点，弗克，你是一个有趣的年轻人。啊，主人，我想请你给杰弗里的长靴做一双鞋面。鞋面要上好的皮革。

霍奇：好，汉斯。

弗克：主人。

霍奇：现在怎样，男孩？

弗克：现在你切割纹络，给我切出一双鞋面，否则我的工作不会很顺利。下来一点。

霍奇：告诉我，做了我的姐姐普里西拉夫人的鞋了吗？

弗克：你的姐姐？没有，主人。你的一个阿姨让她暂时不要做。先别管她们了吧。

拉尔夫：对他们我有数。她说了其他人都不行，要我为她做。

弗克：你给她做？那是非常困难的事，她可能还不喜欢。拉尔夫，你应该把她送到我这儿，我已经答应了普里西拉。嘿，下来一点。这个装置不应该保留。

霍奇：你为什么这么说，弗克，难道我们在老福特不快乐吗？

弗克：很快乐！可为什么，我们的船好像在沼泽地里行动一样。罗杰先生，我想如果所有的饭都是那样的，除了吃甜点我会什么也不吃。

拉尔夫：我的伙伴汉斯有最好的运气。

弗克：真的，因为罗斯小姐敬了他酒。

霍奇：好了，好了，快点工作。他们说7个市议员都死了或都病危了。

弗克：我不关心，我谁也不是。

拉尔夫：不，我也是。但是我的主人艾尔很快会当上市长了。（西比尔进场）

弗克：哇，那儿，西比尔来了。

霍奇：西比尔，欢迎到来。最近怎样，狂热的小姐？

弗克：西比尔，欢迎来到伦敦。

西比尔：亲爱的弗克；主人好，霍奇，你拥有多么好的商店呀！我相信你很满意。

拉尔夫：谢谢西比尔在老福特对我们的款待。

西比尔：那是你们应该得到的，拉尔夫。

弗克：而且，我们现在都很高兴，西比尔。瘟疫给你、罗斯小姐和市长大人造成了怎样的麻烦？我要把妇女放在前面说。

西比尔：很好。但我差点忘了。佛兰芒人汉斯在哪儿？

弗克：听吧听吧！你这个黄油盒子，现在你肯定会说什么。

汉斯：你想要什么，你要怎样，女孩？

西比尔：那就是结婚，你必须过来找我的女主人，最后还要帮她把你做的鞋穿在脚上。

汉斯：你高贵的女主人在什么地方，你所说的你的小姐在什么地方？

西比尔：结婚啊，就在这里，就在康希尔，我们伦敦的家里。

弗克：除了汉斯，没人管用吗？

西比尔：没人，先生。来，汉斯，我可是冒着危险来告诉你。

霍奇：为什么，西比尔，小心受责备噢。

西比尔：不要管我，我有办法。来，汉斯。

汉斯：好，好，我和你一起去。（汉斯和西比尔退场）

霍奇：汉斯又急切地走了。来，谁缺工作？

弗克：我，主人，但我还没吃早饭，现在是吃饭时间。

霍奇：真的吗？放下工作，拉尔夫，去吃早饭。男孩，看着工具。来，拉尔夫；来，弗克。（退场）

场景三：伦敦：霍奇商店前的一条街上

（一个顾客进场）

顾客：让我想想，在塔街的最后，那儿有栋房子。喂！有人在吗？（拉尔夫进场）

拉尔夫：谁在喊？你需要什么，先生？

顾客：明天早上有人结婚，我想为一位女士做双鞋。你们能做吗？

拉尔夫：是的，先生，我们能。但她的脚有多长？

顾客：你必须做得和这双鞋一样。但是，不管谁做，不准失败，因为明天很早之时这位女士就要结婚了。

拉尔夫：怎么？必须照着这双做吗？要照着这双做吗？你确定，先生？照着这双做？

顾客：这个，怎么？我确定？你不会动脑筋吗？我告诉你，我必须要有一双鞋，你记下了吗？一双鞋，两只鞋，必须做得和这双一样，明早四点前要。你明白了吗？你能做吗？

拉尔夫：是的，先生，是的，我——我——我能做。你说照着这只鞋做？我知道这鞋。好，先生，好的，照着这鞋做，我能做。四点，好。我要把它们送去哪儿？

顾客：沃特林街有金球标志那儿，就说你找哈蒙，他是一个绅士，我的主人。

拉尔夫：好的，先生，你说照着这双鞋做？

顾客：我说哈蒙在金球那儿；他是新郎，这鞋是给他的新娘的。

拉尔夫：这鞋应该被照着做做。好，哈蒙穿着金色的鞋——噢，我说金球那儿。非常好，非常好。但是，先生，我想请问你哈蒙在哪儿结婚？

顾客：在神特菲斯教堂，保罗下面。但跟你有什么关系？请把鞋送到，再见。（退场）

拉尔夫：他说照着这鞋做！这件事真奇怪，真令人吃惊啊！这正是我给我妻子的鞋啊，那时我被迫去了法国。自从那时起，哎！我从没听说过她。哈蒙的新娘不是别人正是简啊！（弗克进场）

弗克：拉尔夫，你已经失去三个容器了，我的一个同乡叫我去吃了早饭。

拉尔夫：我不介意；我遇到了一个更好的事。

弗克：好事？快说，是男人的事还是女人的事？

拉尔夫：你知道这鞋吗？

弗克：我真不知道，而且它肯定也不清楚我。我没见过它，对我来说很陌生。

拉尔夫：我知道，我敢发誓这鞋曾经穿在我的简的脚上。这是她的尺寸、她的宽度，这一切如今都在践踏着我的爱。这些是我扎的真爱蝴蝶结。我坚信通过这鞋我会找到我的妻子。

弗克：哈，哈！旧鞋，那是新的。你怎么那么笨！

拉尔夫：因此，弗克，就在刚刚来了一个顾客，他给了我这双鞋，要我照着做一双新的明早给他的女主人，她将与一个绅士结婚。为什么不可能是我的简呢？

弗克：为什么不可能是我的简呢？哈，哈！

拉尔夫：笑吧，别停。但事实就是这个：明早我会让一伙健壮的鞋匠去看着新娘到教堂。如果是简，我会什么都不管，把她从哈蒙那儿带走。如果不是我的简，该怎么办？我确定，我会一个人生活直到死亡。尽管我从没和女人待在一起。（退场）

弗克：你和女人一起干不了什么，你腿脚不便。上帝保佑愚蠢的你，可能他会使你的婚姻变得更为圆满，能够结婚，或被绞死，这一切都靠天运了。

场景四：伦敦，市长大人家的一个房间里

（汉斯和罗斯手挽手进场）

汉斯：拥抱你我多么幸福啊！我好害怕如此多的不幸事一直发生，我就不会再见到我的罗斯了。

罗斯：亲爱的莱西，我们有一个机会可以逃得更远，不要太在意你我间的障碍，好好享受快乐时刻。我会找到办法跟随你到天涯海角。

汉斯：噢，我多么满足于这满满的快乐啊！真快乐，真完美呀！但自从你带给我很大利益，给了我希望后，我更爱你，让我更渴望当你的爱人。今晚我们偷偷出去吧，去艾尔家。现在因为市议员的死，他是伦敦市长。我的主人曾经见过莱西，尽管那是很久以前了，但你的父亲很生气，我的叔叔也讨厌，我们要完成我们幸福的婚礼。（西比尔进场）

西比尔：噢，天啦，你们要干什么，小姐？你得想办法应付，你的父亲就在附近！他来了，他来了！莱西，快藏起来！天啊，你要想办法应付！

汉斯：你的父亲来了，罗斯——我该怎么做？我该藏在何处？我该怎样逃跑？

罗斯：　一个男人，该尽力想想怎么办。来，来，你仍然是汉斯，假扮鞋匠，给我穿鞋。（市长大人进场）

汉斯：　那很容易被认出来的。

西比尔：你父亲来了。

汉斯：　真的，小姐，是好鞋子，非常适合，否则你不用付钱。

罗斯：　噢，天啦，夹痛我了；你会怎么办？

汉斯：　（独白）是你父亲的到来使你痛苦，不是鞋。

L.市长：很好，很适合我女儿，她会很满意你的。

汉斯：　嗯，嗯，我知道，那真的是好鞋，它是用匀整的皮革做的，看这儿，先生。（一个学徒进场）

L.市长：我相信——你有事吗？

徒弟：　林肯伯爵在大门等你，要与你谈谈。

L.市长：林肯伯爵要与我谈谈？我知道他有什么事，女儿，罗斯把你的鞋匠送走吧，快点！西比尔，准备好款待！男孩，跟我走。（退场）

汉斯：　我的叔叔来了！噢，这预示着什么？罗斯，我们会被强迫分手的。

罗斯：　不要沮丧，不管发生什么，罗斯是你的。说真的，我会去你约定的地方，与你见面。我不确定哪天跟你走，但现在你马上走。不要回答。爱会给你力量让你忍受我父亲的仇恨，会给我们动力让我们逃得更远。（退场）

场景五：另一个房间里

（市长和林肯伯爵进场）

L.市长：请相信我，我以我的名誉发誓，我说的是真的。自从你的侄子莱西去法国后，我就没见过他。当道奇告诉我他不顾国王给予的重任留了下来，我觉得很奇怪。

林肯：　相信我，罗杰先生，我认为你的律师已经尽力去尝试了，可以通过他对你孩子的爱把它查清楚。我希望能在你家里把他找出来。现在我承认我错了。考虑太多，错怪了你。

L.市长：你说他在我家里？相信我，我也非常喜欢你的侄子莱西，但他做了很多事，破坏了他的名声。我给他的第一个建议是让他留在法国。为了证明我说的，我会让你知道，我有多么细心，我让我的女儿听不到与他有关的任何消息。不是我轻视你的侄子，而是我尊重你，以免你与我成亲家不光彩。

林肯：（独白）这个人说的话与他心里想的真是相去甚远！好，好，罗杰先生，我信你。非常谢谢你，你似乎很支持我。但是，大人，请您帮我寻找我的侄子，如果我找到了他，我会把他直接带去法国。这样你的罗斯自由了，我也可以安心了。（西比尔进场）

西比尔：噢，天啦，快救命，小姐，我的小姐！

L.市长：小姐去哪儿了？她发生了什么事？

西比尔：她走了，她逃跑了。

L.市长：走了！她逃到哪里去了？

西比尔：我真的不知道。她和鞋匠汉斯从门口逃跑的。我看见他们跑得很快、很快、很快、很快、很快。

L.市长：哪条路？什么，约翰，他去哪儿了？哪条路？

西比尔：我不知道，大人。

L.市长：与鞋匠逃跑了？这是真的吗？

西比尔：噢，主人，是真的。

林肯：她爱上了鞋匠？我很高兴。

L.市长：一个佛兰芒人，鞋匠！她忘记了她的出身吗？如此忘恩负义，就这样报答我的养育吗？真看不起她，年轻的她爱上了一个傻瓜，一个贫穷的恶人。让她走吧，我不会追赶她。如果她愿意，就让她饿死吧，她不再是我的谁。

林肯：不要这么残忍，先生。（弗克拿着鞋进场）

西比尔：　我很高兴，她已经逃走了。

L.市长：　我不会认她了。她眼里没有其他好的东西了，只有一个邪恶的爱喝酒的傻瓜。鞋匠？真有勇气！

弗克：　是真的；那是非常耐穿的鞋，非常适合。

L.市长：　现在怎样，这是哪个恶棍？你从哪里来？

弗克：　我不是恶棍，先生。我是鞋匠弗克，健壮的罗杰的主要帮工。健壮的工人，我来这儿把鞋给罗斯小姐的，祝您身体健康。因为我在工作，再见！

L.市长：　等等，恶棍。

林肯：　来这儿，鞋匠。

弗克：　恶棍被放在一个鞋匠身上，那是很值得高兴之事吗？否则我不会回到你这儿。我因为愤怒改变主意了。

L.市长：　大人，那个无赖通过诡计叫我们浑蛋。

弗克：　这是制鞋业做的，也温柔地称其为浑蛋吧，没什么坏处。祝你们愉快。西比尔，你的小姐——我认为他们非常愚蠢，现在我的主人艾尔是伦敦市长了。

L.市长：　告诉我，小子，你是谁？

弗克：　很高兴看到你们很快乐。我对这些没兴趣，就像对红色衬裙不喜欢一样。（指着西比尔）

林肯：　先生，他不是要你向他的侍女求婚，只是问你是谁。

弗克：　我现在和罗杰的观点是不一样的。罗杰，曾是我的伙伴，现在是我的主人。

林肯：　小子，你知道一个叫汉斯的鞋匠吗？

弗克：　汉斯，鞋匠？嗯，是的，等等，我知道他。我要悄悄地告诉你们：罗斯和他这时候——不，不是这样，简单说一个人对另一个说：“你能在摇晃的床单上舞蹈吗？”这便是那汉斯。（独白）我会愚弄这些打探消息的人。

L.市长：　那你知道他在哪儿吗？

弗克：　是的，结婚。

林肯：　你能正经地说一次吗？

弗克：　是真的，结婚！

L.市长：　诚实的伙计，你能告诉我他在哪儿吗？你将会看到我要赐给你什么。

弗克：　诚实的伙计？不，先生；不是这样，先生；我是做手工制作的，我不在乎用眼睛看，我喜欢感觉；让我感觉一下。哇，十个金币；哇，十个银币；现在我是你的人了——（独白）这便是新的谎言和真理的对峙。

L.市长：　这是10英镑，是你的一部分报酬。我给了你，你就要告诉我他在哪儿。

弗克：　没问题。我能背叛我的兄弟吗？不能！我能背叛汉斯吗？不能！我能背弃我的伙伴吗？不能！我会被打死的。但是把钱给我，钱会告诉你。

林肯：　就是要这样做，好伙计，这对你无害。

弗克：　叫傻笑的西比尔走开。

L.市长：　你离开吧。（西比尔退场）

弗克：　仆人听得见，侍女们会说出去；但是听我说，汉斯明早会和罗斯小姐一起去结婚。这消息如此及时，如此紧迫，因此，请要么给我黄油，要么给棕黄色皮革。

L.市长：　你确定吗？

弗克：　我要确定保罗教堂比伦敦石碑那儿要好，或者伦敦交易所附近的小沟渠什么也不排出去，但那儿有一个啤酒夫人吗？我要确定我是弗克吗？天啊，你认为我如此卑鄙以至于在骗你吗？

林肯：　他们在哪儿结婚？你知道那教堂吗？

弗克：　我从不去教堂，但我知道它的名字；那是一个供宣誓的教堂——等会儿，啊，不是，不是——啊，它是——啊，不是那个；是——啊，那个，那个；是保罗路口的神特菲斯教堂。他们在婚礼上会像一双袜子一样结合在一起；那场景太美了。

林肯：在我看来，我的侄子莱西是假装荷兰鞋匠进来的。

弗克：他是真的。

林肯：他不是吗，诚实的伙计？

弗克：不是，他是真的。我认为汉斯不是谁，只是汉斯，没有灵魂。

L.市长：现在我有点怀疑了，真是这样？

林肯：我的侄子对这个行业说得来话，他了解这个行业。

L.市长：我需要你的陪伴，你的存在毫无疑问会阻止他们任性的鲁莽行为。我自己去可能会被压倒。你能帮我吗？

林肯：除了这个还有什么别的吗？

弗克：你们必须早点起床，他们可能会有计谋，你们必须非常早。

L.市长：我们必须想好每条能赶上他们的路。今晚就在我家休息，我们必须更早，去神特菲斯教堂阻止那疯狂轻率的婚礼。这场爱的交易最终会得到冷漠的收场，他们会诅咒我们的爱，那样我们就能阻止他们的婚礼了。（退场）

林肯：你说在神特菲斯教堂？

弗克：是的，是真的。

林肯：要保密。（退场）

弗克：嗯，当我亲吻你妻子的时候。哈哈！在制鞋业里没有行会成员了。我来这儿是把鞋给罗杰先生的，但她的女儿罗斯被汉斯哄走了。现在轻松了；这边这两个笨蛋明天早上会去神特菲斯教堂，把新郎新娘带走，同时，在萨伏伊会终止一些问题。但最棒的是，罗杰先生会发现我同伴——瘸腿的拉尔夫的妻子将在那儿嫁给一个绅士，他就会阻止她，却不是他的女儿。噢，真棒！这真是好办法。现在轻松了，我要做什么呢？噢，我知道了，现在有许多鞋匠聚在长春藤路的沃塞科，哄骗一个绅士，他是瘸腿的拉尔夫的妻子将要嫁的人。

哎呀，哎呀！
女孩们，拿起我们的工具，
穿上工作服，让这场混乱
变得更糟吧！（退场）

第五幕

场景一：艾尔家的一个房间里

（艾尔、玛格丽、汉斯和罗斯进场）

艾尔：早上了；待在这儿，我的小流氓，老实的汉斯，行吗？

汉斯：这是个让我们俩幸福还是痛苦的早上？因此，如果你——

艾尔：不要猜想，汉斯！我以我的荣誉发誓，罗兰·莱西，除了国王，没有谁会委屈你。来，不要怕，我不是西蒙·艾尔吗？我不是伦敦市长西蒙·艾尔吗？不要怕，罗斯，让他们说去吧，美丽的人儿，来我这儿——你不笑吗？

玛格丽：在任何事方面都忍受她吗？

艾尔：我的玛吉夫人，为什么不想想，你的西蒙·艾尔能忘掉我的荷兰帮工吗？呸，我鄙视它，不值得我去说它，我不会感激的。玛吉夫人，你脑袋空空，而且总是想要法国帘子，或能使你屁股显得更大的裙子（那些是垃圾、无价值的东西）；西蒙·艾尔从不穿红色衬裙，或金项链，但只因为我的帮工的报酬——我应该遗弃他吗？不！我不是王子，但我有王子般的心。

汉斯： 大人，现在我们该走了。

艾尔： 玛吉，玛吉，给两个或三个吃的饼，穿着浅黄色上衣的那人，穿上黑长袍，跟着我的脚步。玛吉，带走他们吧，我的假发女王，与柔弱的罗斯和快乐的莱西去萨伏伊。看着他们结婚。这事完成后，你们要互相扶持，像斑鸠一样。我送你们出去，来我这儿；来和我一起住，你们会吃到由糖和杏仁做的甜肉。罗斯，走吧；走吧，玛吉，去萨伏伊。汉斯，结婚要洞房噢。来夫人，亲一下，走吧！走吧，快消失！

玛吉： 再见。

罗斯： 亲爱的，快点。

玛吉： 她会很高兴事情完成了。

汉斯： 来，亲爱的罗斯，我们要快跑，要比鹿快。（汉斯、罗斯、玛吉退场了）

艾尔： 走，消失，消失！我说滚！拉德盖特主啊，当市长要过疯狂的生活啊；也是令人激动的、极好的、舒适的、十分谨慎的生活啊！好了，西蒙·艾尔，为了圣人休的名誉，也要坚决支持。放松，国王今天要来与我一起用餐，看看我的新家。国王陛下是受欢迎的，他拥有很好的、高贵的欢呼声。今天，我伦敦的徒弟们也会来与我一起吃饭，他们也有极好的、绅士的名声。我敢保证，如果我曾经是伦敦市长，当我们都在康达特那为别人服务时，我会请他们吃饭，我会，我会，让他们过着舒适的生活。西蒙·艾尔从不畏首畏尾。此外，我会在每个忏悔日听他们说话，吃薄饼的；铃声响后，我的短小精悍的亚述小伙子们会拍打他们的橱窗，然后离开。就是今天，今天他们就会这样做，就会这样做的。

男孩们，今天你们自由了，让你们的主人照顾你们，
徒弟们将会为西蒙·艾尔祈祷。（退场）

场景二：神特菲斯教堂附近的街上

（霍奇、弗克、拉尔夫、五六个鞋匠，他们都拿着棍棒一类的武器进场）

霍奇：来，拉尔夫；扶着它，弗克。我的主人们，我们有着勇敢的鞋匠的血统，是圣人休的后继者，对所有人像恩人一样好，你们没有错。如果哈蒙大度，他就不应该去伤害你。但是告诉我，拉尔夫，你确定那是你的妻子？

拉尔夫：我要确定这是弗克吗？今早，我给她试穿鞋子时，我看着她，她也看着我，还问我是否知道一个叫拉尔夫的人，我说，是的。因为他，她说——眼泪在她眼里打转——因为，你很像他，给你这块金币花，我接受了。我的瘸腿和我的出海经历让我无法确定。总之：我知道她是我的。

弗克：这金币是她给的你吗？噢，闪闪发光的金币啊！她是你的，你的妻子，她爱你；我能理解，没有哪个女人会把金币给男人，但比起她给银币的人，她却认为他最好。在伦敦，不管是哈蒙还是刽子手都不会公正地对待你的。那不是我们的主人艾尔，市长吗？说出心声吧，我的心！

所有人：是的，哈蒙会明白他终会付出代价的。（哈蒙、他的仆人、简和其他人进场）

霍奇：安静，他们来了。

拉尔夫：要忍！弗克，让我第一个说。

霍奇：不，拉尔夫，让我先说——哈蒙，这么早去哪里？

哈蒙：你这无礼、粗鲁的奴隶，关你什么事？

弗克：对他吧，先生？是的，针对我，还有其他人。早上好，简，你怎样？大人，世界如何会被你给改变了！应该感谢你！

哈蒙：浑蛋，放手！你怎么敢触摸我的爱人？

所有人：浑蛋？打倒他们！打呀！

霍奇：继续，伙伴们！触摸你的爱人，哈蒙？是的，还有更过分的呢，我们要把她带走！绅士们，不要害怕，鞋匠们是你们每个人的后盾、你们的支柱。（那些人把哈蒙拉到了一边）好，这些是什么？

霍奇：我给你看看——简，你知道这个男人吗？我告诉你，他是拉尔夫；而且，尽管他在战争中瘸了腿，相信我真的是他。不要奇怪，跑向他吧，抱着他的脖子，亲吻他吧。

简：我的丈夫还活着？天啊，让我去，去拥抱我的拉尔夫吧！

哈蒙：简，什么意思？

简：你才是什么意思，你告诉我他死了？

哈蒙：原谅我，亲爱的，我也被误导了。（对着拉尔夫）在伦敦，传言你死了。

弗克：你看他还活着。走吧，和他一起回家。现在，哈蒙，你的妻子哪儿去了？

仆人：主人，为她而战吧！你要失去她吗？

所有人：打倒那个畜生！打呀！打倒他！

霍奇：继续，继续！

哈蒙：坚持住，笨蛋！先生，他没有错。我的简，她会离开我，打破她的誓言吗？

弗克：是的，先生！她肯定会，先生！她应该那样，先生！然后呢？弥补错误吧！

霍奇：听着，拉尔夫，照我说的做：把这位小姐带去中间，让她选择她的爱人，并做他的妻子。

简：我该选谁？谁会影响我的想法，谁才注定了是我的爱人呢？你是我的丈夫，比起他的财富，这些烟草让你更帅。因此，我将脱去他的衣服，把它放在主人的手中，之后会继续做他的妻子。

霍奇：不要生气，简，法律是站在我们这一边的，在别人土地上播种的人，当然不能收获。拉尔夫，带她回家吧！跟着他，简！他不会在原地等你的。

弗克：不要放弃，拉尔夫，她是你自己的。哈蒙，不要看她！

仆人：　噢，不！

弗克：　穿蓝衣服的，安静，我们会给你一件新的制服，我们会让忏悔星期二圣特乔治节日属于你。不要看了，哈蒙，不要暗使眼色了！我要打你了！现在，你一直都在看她！不要抓着破衣服了，以免我和我的同伴会猛打你。

仆人：　来，哈蒙主人，留在这儿毫无用处了。

哈蒙：　伙计们，听我说，拉尔夫，因为对简的爱我伤害了你，请记下我给你的东西：这些金币值20英镑，为了简我把它给你；如果你不满足，我会给你更多。

霍奇：　不要卖了你的妻子，拉尔夫，不要让她变成妓女。

哈蒙：　说，你能放弃对她的拥有权，让她做我的妻子吗？

所有人：　不要，不要，拉尔夫。

拉尔夫：　小子，哈蒙，哈蒙，你认为一个鞋匠会如此卑鄙把他的妻子作为商品来交换吗？拿着你的金币，咽下它吧！如果我没瘸，我会让你收回刚才所言之事的！

弗克：　一个鞋匠出卖他的灵魂？噢，真卑贱！

霍奇：　小子，拿着你的财物滚开！

哈蒙：　我不会拿一分钱，让它作为我对简做的错事的补偿吧，望她原谅。我把20英镑给你和简。我生命中失去了她，我发誓，没有哪个女人可以做我的妻子。再见，这场交易的伙伴们！你们的早上很快乐，而我的，却是充满哀痛。（退场）

弗克：　（对仆人说）如果你敢，就拿着金币。你最好走开。简，拿着，我们回家吧，伙伴们！

霍奇：　等等，谁来了？简，再次戴上你的面具！（林肯伯爵、市长大人和仆人进场）

林肯：　那个说谎的浑蛋在那儿嘲笑我们。

L.市长：　过来，小子。

弗克：　我吗，先生？我是小子？你认为我是，你难道不是吗？

林肯：我的侄子在哪儿结婚？

弗克：他结婚？上帝给了他快乐，我很高兴。他们拥有美好的一天，他们在一个好的行星上，在太白星的火星上。

L.市长：浑蛋，你告诉我说今早我的女儿罗斯要在神特菲斯教堂结婚，我们到那儿至少三个小时了，我们没有看到有人结婚。

弗克：我真的很抱歉，当新娘是一件很高兴的事。

霍奇：转到正题上来，我希望那是你们要找的新郎新娘。尽管你们是大人，但也不能用权威阻碍他们吧，是吗？

L.市长：看，看，我的女儿戴着面具。

林肯：真的，我的侄子竟也把他的罪恶藏匿起来，还假装是瘸子。

弗克：是的，真的，上帝也会帮助这对可怜的夫妇，他们是瘸子和瞎子。

L.市长：我会因为她的眼睛看不见了而给她提供方便。

林肯：我也会治愈他的腿。

弗克：躺下吧，伙伴们！哈哈！拉尔夫被当成了罗兰·莱西，简被当成了罗斯小姐。这全是我的原因。

L.市长：我怎么发现了你的一些东西，卑贱的人？

林肯：卑贱的人，把你的脸藏起来，你的罪恶不会被洗掉。你的力量在哪儿？你参加了什么战役？噢，我想，你与耻辱交战了吧，耻辱征服了你。

L.市长：不要戴面具了。

林肯：把你女儿带回家。

L.市长：也把你侄子带走。

拉尔夫：你什么意思？你疯了吗？我希望不要强迫把我的妻子从我身边带走。哈蒙在哪儿？

L.市长：你的妻子？

林肯：什么，哈蒙？

拉尔夫：是的，我的妻子；因此，若骄傲的你敢把手放在她手里，我会把我的拐杖穿过他的头顶。

弗克：　对他吗，拉尔夫！真勇敢啊！

拉尔夫：　你叫她罗斯吗？她的名字叫简。要不你看这儿，你现在知道她是谁了吧？（简摘下面具）

林肯：　这是你的女儿吗？

L.市长：　不是，这也不是你的侄子。林肯大人，我们都被这卑贱的、狡猾的浑蛋骗了！

弗克：　真的不是浑蛋；不卑鄙，也不狡猾，只有制鞋手艺罢了。

L.市长：　我女儿罗斯在哪儿？我的孩子在哪儿？

林肯：　我的侄子莱西在哪儿结婚？

弗克：　就像我给你说的，他和一个女人在一起。

林肯：　浑蛋，我要因为你所犯的错惩罚你。

弗克：　惩罚浑蛋帮工，而不是鞋匠。（道奇进场）

道奇：　大人，我来是告诉你一个坏消息。你的侄子莱西和你的女儿罗斯今早上在萨伏伊结婚了。除了市长夫人，没人在场。另外，我听官员说市长发誓要反对阻挠婚礼的任何人。

林肯：　鞋匠艾尔敢维护这事吗？

弗克：　是的，先生，鞋匠们能忍受一个女人的争吵，我保证，和另外的人一样能容忍，也更能容忍。

道奇：　另外，他要与市长一起用餐，给您跪下，他还要为你侄子的错误请求原谅。

林肯：　我会阻止他的。来，罗杰先生，国王会给我们公正的。尽管他们已经结婚了，我也要拆开他们，否则我会失去生命的。（退场）

弗克：　再见，道奇先生！再见，愚蠢的人！哈哈！如果他们继续待在这儿，我会以嘲笑来鞭打他们的。但就像市长夫人说的，让它过去吧。

霍奇：　事情已经有答案了。来，拉尔夫，和你的妻子回家吧。来，我的伙伴们，去我们的主人，新的市长大人那儿，真棒的忏悔日啊！我承诺给你们足够多的啤酒，玛吉把它放在酒窖了。

所有人：噢，真稀奇！玛吉真好。

弗克：我要给你们足够的肉，爱笑的苏珊把它放在了储藏室里。我带你们去吃，勇敢的士兵们；跟着你们的队长。噢，真勇敢！听！听！（铃响了）

所有人：星期二来了，铃响了！来吧，伙伴们。

弗克：噢，真棒！噢，好听的铃声！噢，美味的薄煎饼！打开门，伙计，关上窗户！待在房间里，把薄煎饼拿出来吧！噢，真稀奇！让我们一起为了圣人休的荣誉庆祝，我们的主人，新市长在优雅街角新建了一座宏伟的铅灰色礼堂。

拉尔夫：噢，一群人因为市长买单要聚餐！

霍奇：啊，市长真的非常勇敢。学徒们都为了他和制鞋业的名誉祈祷啊！让我们因为市长的慷慨而成长变胖吧！

弗克：真美妙的铃声，继续吧！噢，霍奇，我的同胞！这儿有天堂的欢呼声：这有鹿肉三宝，它们上上下下火热地吹着乐器；牛肉汤装在桶里行走；在手推车里的薄煎饼熟了；母鸡和橘子在搬运工的篮子里跳跃；肉片和鸡蛋在舷窗里；蛋挞和乳蛋糕在麦芽铲子里震动。（更多的学徒进场）

所有人：哇，看这儿，看这儿！

霍奇：怎样，鲁莽的小伙子，走这么快去哪儿？

第一个学徒：哪儿？为什么，你不知道为什么有这么宏伟的新礼堂？市长大人让伦敦所有的学徒今早去吃早饭。

所有人：噢，真猛的鞋匠！真让人不能费解的人啊？哇！听，铃响了。（把帽子抛了）

弗克：不，更重要的是，每个忏悔日是我们每年的纪念日。当铃响了，我们就和我们的市长一样自由；我们可以关了店，有一个节日。我叫它圣人休的节日。

所有人：同意，同意！圣人休的节日！

霍奇：这个会永远持续下去。

所有人：真棒！来，来，伙伴们！走了，走了。

弗克：噢，要归功于我们的制鞋手艺了！美丽的三月，伙伴们！噢，稀奇呀！（退场）

场景三：伦敦街上

（国王和随行的人穿过了舞台）

国王：我们的伦敦市长很受欢迎吗？

贵族：在你管辖范围内他是最为狂妄的人。你可能在想，当你看到这个人后，比起当市长，他更是一个野蛮的恶棍。因此我确定，所有活动中他只关心他的管辖范围。他严肃、节俭、聪明、非常庄重，就和许多市长一样。

国王：我很好奇，直到我看到了这个狂妄自大的人。但我所疑惑的是，我们见面后，他一点都不鲁莽。

贵族：可能是吧，国王。

国王：有什么好阻止的呢？派个人告诉他，我们很乐意他和往常一样欢乐。前行吧。

所有人：前进！（退场）

场景四：宏伟的大厅里

（艾尔、霍奇、弗克、拉尔夫、另外的鞋匠，肩上都搭着毛巾进场）

艾尔：来，霍奇，快乐的绅士鞋匠们；安静，野蛮的人、恶棍们和我的官员去哪儿了？让他们来等候我的同胞们；我意思是，只是等候鞋匠；而且公司的仆人们应该戴着缎子头巾等着我的站壕兵。

弗克：噢，天啊，太稀奇了。

艾尔：还不止呢，弗克；过来！让你的学徒们不要欢呼，把酒准备多点，啤酒也是。把这些钱给那些拥有巨大财富的祖先。浑蛋，走开！去看看我们的客人。

霍奇：大人，我们对房间束手无策了。宴请他们，那百张桌子不够四分之一的人用。

艾尔：再给我拿100张桌子来，再拿一些，直到所有人都被宴请了。快走，霍奇！跑，拉尔夫！关于游戏部分，弗克你负责！为了鞋匠的荣誉，尽情狂欢吧。他们喝得高兴吗，霍奇？他们满意吗，弗克？

弗克：满意？他们有些喝酒喝了很久，以至于他们醉倒在地了。但肉呢，他们也吃了。

艾尔：他们想要肉？大肚子，油滑的厨师在哪儿？叫他来我这儿。想要肉？弗克、霍奇、拉尔夫，快去处理混乱，让所有东部便宜的地方给我提供牛肉；把羊肉摆在桌子上，让那些想吃猪肉的人吃。想吃肉？弗克！快走，霍奇！

霍奇：你误会了弗克；他的意思是，他们的肚子需要肉，而不是他们需要。因为他们喝得够多了，什么也不能吃了。

第二首三个男人的歌

风冷，雨湿；
圣人休是我们追寻的——
这是没有带来收获的天气，
或者在我们需要时帮助我们。

经过剧场，让人快乐的、牢固的褐色剧场；
善良的同伴，这儿对你来说有很大意义：
我们一起为圣人休的灵魂唱一场挽歌，
愉快地放下它。

放下吧，放下吧，
（以一个男孩的高音结束）
嘿，民谣，民谣，放下吧！

呵，做得好；来我这儿吧！
戒指，指南针，真快乐。

经过剧场，让人快乐的、牢固的褐色剧场；
善良的同伴，这儿对你来说有很大意义。
（他们喝酒的时候一直重复；最后都喝醉了，唱着）

风冷，雨湿，
圣人休是我们追寻的——
这是没有带来收获的天气，
或者在我们需要时帮助我们。

（汉斯、罗斯和玛格丽进场）

玛格丽：我的丈夫去哪儿了？

艾尔：现在怎样，玛格丽夫人？

玛格丽：国王刚来；他送了我；他的一个最尊贵的贵族叫我告诉你一定要快乐等；但不管它了。

艾尔：国王来了？快走，鞋匠，我的同伴们。照看我的客人，徒弟。留下一些人。现在怎样，汉斯？罗斯看起来怎样？

汉斯：你还记得我，我知道你很容易为我和罗斯求得国王的原谅，调解我和叔叔的关系。

艾尔：我已经做了，汉斯，我的好帮工。高兴点儿！在他们态度变软前，我会努力得到他们的原谅。

玛格丽：好，注意你给他说的。

艾尔：把菜拿开，把你那充满蛆的大麦布丁拿开！你那切了数刀的牛排！拿开，拿开，拿开！西蒙·艾尔应该说说你吗，玛格丽夫人？走开，米尼弗盖妈妈；走开，走，走！弄一下你的襞襟，你的拉链。走吧，你挡着我了，走出我的视线！西蒙·艾尔知道怎样对教皇、对苏尔坦·索利曼、对秦姆勃兰说。如果他在这儿，我能向国王认错吗？不能，过来，玛格丽夫人！跟着我，汉斯！为了你们的生意，西蒙·埃尔，伦敦市长的荣誉，努力吧！

弗克：为了鞋匠的荣誉。（退场）

场景五：礼堂前的一个露天的院子

（一两声长长的吹奏声。国王、贵族们、艾尔、玛格丽、莱西、罗斯进场。莱西和罗斯跪下了）

国王：好了，莱西，尽管你违反了规矩，违背了我们及你自己的职责，然而我们也原谅你。起来吧，莱西夫人，在这儿谢谢市长为你的年轻丈夫所做的一切吧。

艾尔：国王，西蒙·艾尔及我的同伴，鞋匠们谢谢你给可怜的西蒙·艾尔的荣誉。我请你原谅我的粗鲁行为；我是一个手工制作者，但我的心没有技巧，我非常抱歉我的冒失冒犯了国王。

国王：不是的，市长，我请你高兴点儿，就像你在鞋匠面前一样。我很希望体会你的幽默。

艾尔：你竟然这样说，亲爱的国王？不好吧？我虽然不是王子，但我有着高贵的出身。为了拉德盖特主啊，国王，我会和喜鹊一样愉快的。

国王：告诉我，艾尔，你多大了？

艾尔：国王，十足的一个男孩，小伙子，年轻人。在我看来，你没有看见我头上的白头发、灰色胡须。陛下，我确定，每根头发都粘在胡须上，我估计值巴比伦的赎金那么多的钱，塔马·卡姆的胡须就像一把刷子。我会把它剃去，把它塞满球，让国王高兴。

国王：但说了这么多，我还是不知道你的年纪。

艾尔：国王，我56岁了，为了圣人休的名誉，我要叫出来了。请记下这个女人，国王：36年前我与她结婚了，我一生中希望有两个或三个孩子。我还很健壮。担忧及贫困生活给我带来了白发。国王，不要担忧你的贵族们，你会看起来和阿波罗[①]一样年轻。我不是王子，但我有着高贵的出身。

国王：哈哈！康沃尔，你见过他这样吗？

康沃尔：没有。（林肯伯爵和市长大人进场）

国王：林肯，有什么消息吗？

林肯：还是关心你自己吧，这儿有叛徒。

所有人：叛徒？哪儿？谁？

艾尔：我家里有叛徒？上天快阻止吧！警官去哪儿了？我必须在国王受到伤害前把他找出来。

国王：叛徒在哪儿，林肯？

林肯：他站在这儿。

国王：康沃尔，抓住莱西！——林肯，说，你怎么看待你侄子的工作？

林肯：这个，国王：是你给了我荣誉，也非常喜欢这个孩子，你会选他作为指挥官在法国去打仗。但他——

国王：好了，林肯，停一下！在你眼睛里，我知道了你要说什么。我知道莱西是怎样忽略我的爱，他尽最大力跑得很快，结果背信弃义了——

林肯：他不是叛徒吗？

国王：林肯，是的；现在我们已经原谅了他，并不是缺真正勇敢的人，他从法国回来，只是因为太想念爱人了。

林肯：我不能容忍他给我的耻辱。

国王：不要这样，林肯，我都原谅你们了。

林肯：那么，国王，不要让他和一个有着卑贱出身的人结婚，那会很丢脸的。

---

① 阿波罗（Apollo）是古希腊神话中最著名的神祇之一，是所有男神之中最英俊的，在诗与艺术中表现为光明、青春和音乐之神，又是太阳神。

国王：　他们没结婚吗？

林肯：　没有，国王。

两人说：　我们结婚了。

国王：　我能让他们离婚吗？噢，太遥远了，世界上任何一个人都敢通过国王松开这个结，也能把他们编织在一起。在婚姻中，我不愿意用我的权力让他们放开那紧握的手。你怎么说，莱西，你要失去罗斯吗？

莱西：　我并不是为了财产。

国王：　但罗斯，我确定，莱西会首先放开你的手吗？

罗斯：　如果我被问这个问题，我会说“不会”。

国王：　你听到了他们说的吗，林肯？

林肯：　是的，国王，听到了。

国王：　但是你还能把他们分开吗？除了你，还有意图让相爱的人们离婚的人吗？

L.市长：　我能，我是她的父亲。

国王：　我想，你是罗杰先生，我们以前的市长吧？

贵族：　对的，国王。

国王：　你想触犯婚姻法条了？好，如果你有意愿，你要对我说阻止这场婚姻。放轻松，让我想想——你们都结婚了吧，莱西，是吗？

莱西：　是的，尊敬的国王。

国王：　我要控告你，没有叫这位女士妻子。

L.市长：　谢谢你的恩赐。

罗斯：　噢，我最崇敬的主啊！（跪下了）

国王：　不要，罗斯，永远不要爱慕我。我告诉你，尽管我单身，但我相信，我不会娶你。

罗斯：　你能把身体和灵魂分开吗？然后还活着吗？

国王：　这么深奥？我不能，罗斯，但你肯定能。但新郎，美丽的女士不能当你的新娘。你高兴吗，林肯？罗杰先生，你高兴吗？

两人说：是的。

国王：现在我轻松了。在我把他们分开后，我良心不安，但他们又在一起了。莱西，把你的手给我；罗斯，给我你的手。做你们想做的！现在亲吻吧！这很好。爱人们，晚上就洞房花烛吧——现在，让我看看，你们谁不喜欢这样的结果？

L.市长：您真的要把我的孩子带走？

国王：告诉我为什么，罗杰先生：在世界上，莱西和其他人一样，并不出名吧？

林肯：是的，但是国王，我真的不喜欢他们结婚。她出身太卑贱了。

国王：林肯，不要说了。你不知道相爱要相互尊重，并不介意出生有什么不同吗？这位女士年轻、出身好、美丽、善良，是一个好妻子。另外，你的侄子也需要她，我听说他忘了荣誉，放下了威严，为了得到她的爱，成了一个鞋匠。在法国，他丢掉了荣誉。因此，我要补偿：莱西，跪下！——起来，罗兰·莱西！现在告诉我，真诚地告诉我，罗杰先生，你还要责骂罗斯他们吗？

L.市长：您所做的，我很满足了。

林肯：国王，我也是，现在没有补救办法了。

国王：来，互相握握手：你们是朋友了，哪儿有爱，哪儿就很和谐。狂热的市长大人，你要对他们说什么？

艾尔：噢，国王，你对我的帮工罗兰·莱西所做的，今天在我家给我的帮助，会让西蒙·艾尔活得更久。

国王：不是，市长，如果我能活得久，那亦是因为你的帮助。我要再给你一个荣誉：在谷山，用你的钱修的建筑被建成了，要我们给它命名。我们叫它铅灰色礼堂，因为在挖土的时候发现了铅。

艾尔：谢谢您，陛下。

玛格丽：上帝保佑您！

国王：林肯，一言为定。（霍奇、弗克、拉尔夫和另外的鞋匠进场）

艾尔：现在怎样？安静，慢慢说，国王在这儿。

国王：我们会派一支军队驻扎在这儿，我们会提供新的储备物资。在夏天过去之前，法国会后悔的，英国会受到伤害。那些是什么？

莱西：都是鞋匠，国王。有些是我的同伴，有了他们的陪伴，我过得就像君主一样快乐。

国王：狂热的市长，这些都是鞋匠吗？

艾尔：都是鞋匠，国王；都是制鞋业的绅士们，真正的勇士，英勇无比；他们都虔诚地跪伏在圣人休的面前。

所有鞋匠：上帝保佑您，陛下！

国王：西蒙，他们要给我们什么吗？

艾尔：他们皆是浑蛋！没什么，我保证。他们是乞丐，国王，他们都在我面前乞求，为了可怜的西蒙·艾尔及他同伴——这些浑蛋的荣誉乞求。谢谢您给了我的新礼堂一些特权，允许我们一周两天买卖皮革。

国王：西蒙，我给你特权，你有权在礼堂买卖两天。时间就是星期一和星期五。你满意吗？

所有人：谢谢您的恩赐。

艾尔：我替所有鞋匠感谢您。但在我起来前，我们就一直在接受您给我们恩惠，我希望您再给我一个福利。

国王：是什么，市长？

艾尔：我们为您的到来准备了宴会，请您来参加。

国王：我会的，艾尔，只是宴会噢，我认为这实在太麻烦了，你说，是吧！

艾尔：噢，亲爱的国王，我没意识到今天是狂欢节，我很久以前就向伦敦的学徒们承诺了的。

谢谢你过去的帮助，
做鞋匠时什么也没有，
我的衣服一点儿都不能遮住我的背；
现在呢，是晴天了，有了一些鲁莽的小徒弟，
现在是忏悔星期二了，
给了我早餐，我发誓如果我当了伦敦市长，我会宴请所有的学徒。今天，陛下，我做到了，有500桌人被宴请了。他们已经回家去了。
但是这行应该有更多的荣誉，
参加艾尔的宴会——他很高兴做的。

国王：艾尔，我会参加的。我一天中还没遇到过这么多高兴的事。亲爱的朋友们，谢谢你们。谢谢市长夫人给我的欢迎。来，一会儿让我们一起尽情狂欢！宴会后，法国人已经开始了那场错误的战争。（退场）

炼金术士

The Alchemist

〔英〕本·琼森　著

主编序言

本·琼森，1572年出生于威斯敏斯特，家境贫寒。在古物学家卡姆登的影响下，他在威斯敏斯特学校接受了良好的教育。虽然琼森后来被牛津和剑桥授予学位，但他好像没有读过大学。年轻时，他曾随继父学习过一段时间的泥瓦手艺，并在佛兰德斯当过兵。

1595年左右，他开始写舞台剧，并在短短几年的时间里就被公认为是著名的剧作家。他的喜剧《人人高兴》不仅立刻取得了巨大成功，他还由此开创了英国新的讽刺戏剧学派。“西亚努斯”和“凯特林” 虽不是那么的受欢迎，却是罗马人生活的深刻写照；虽然没有莎士比亚的罗马戏剧那么生动有趣，却真实逼真。

琼森为詹姆士一世王宫创作了许多假面舞会剧，这些作品给他带来了丰厚的俸禄。

但是，琼森最伟大的著作是在1605年至1614年期间创作的。《福尔蓬奈》、《爱碧辛》、《炼金术士》和《巴索罗缪市集》都是这一时期的作品，且都堪称名著。

查尔斯一世即位后，本开始陷于逆境。他创作的戏剧没有以前那么成功，王宫里也有了仇敌，但他仍然在作家同行里保持领军地位。

我们可以在哈佛经典丛书《英国论文集》卷里发现他的散文作品，他的许多优美的诗词都被收录在《英国诗词》第一卷。

1637年，琼森去世，当时许多著名诗人都为他谱写了最后的挽歌。

《炼金术士》或许是本·琼森在写作技巧上最完美的戏剧，对当时的骗子和骗局进行了极度的讽刺。与此同时，此剧作讲述普遍人性哲理，文学造诣颇深，在受到后人关注的伊丽莎白时期的最佳作品中占有一席之地。

查尔斯·艾略特

内容提要

瘟疫肆虐，房主因害怕离开了他城里的房子，
只留下一个仆人独自在那坚守。
这仆人很容易堕落，并认识了一个骗子和他的情妇。
而他们将他拉下水，最后也让他成了骗徒。
他们与他达成了协议，只想要借用主人的房子，
每单生意都分成，且都参与行骗。他们吸引了很多人，欺骗了很多人。
他们利用点金石，为别人预测未来，占卜，透露消息，
通灵，干淫秽的勾当。
直到最后，他们连同点金石一起消失得无影无踪。

序　言

短短两小时内，运气便降临到了傻瓜们的身上，
考虑到你们和我们的利益，我们希望摆脱观众的评判；
渴望适时地得到作者的公平对待。
我们的场景是伦敦，因为我们想告诉人们，
没有哪个国家的人比我们还欢乐：
没有哪个地方更适合你们嫖妓，
妓女、乡绅、骗子，还有其他的人，
他们的举止、现在被称作幽默，丰富了这个舞台；
而这也是愤怒的主题或喜剧作家的脾性。
尽管他们的笔下从没有悲伤；
但好人却要活着忍受不能改正的罪行。
但当有益身心的补救办法使我们尝到甜头后，
他们工作就获得了收获。
他希望看到人的精神不再如此委靡，
恰当的治疗会让人感到高兴：
他不担心谁还能这样做。

如果有人坐在溪流旁边，看着它怎样奔流的，
他们会发现，他们所认定和希望的事情已然成真：
他们天性愚蠢，却让人看不出来，
采取行动的人可能了解到这些，而他们并不蠢。

《炼金术士》剧中人物

萨托尔：炼金术士

费斯：男管家

多尔·康芒：他们的同伙

达珀：律师行职员

德鲁格：烟草商

洛弗威特：房主

厄匹克尔·玛门爵士：骑士

佩蒂纳·萨利：赌徒

特表雷森·侯萨木：一名阿姆斯特丹牧师

阿纳尼亚斯：当地执事

卡斯崔尔：暴怒男孩

丹姆·普里昂特：男孩的姐姐，寡妇

邻居们

官员，哑巴

场景地——伦敦

第一幕

场景一：洛弗威特家的一个房间里

（费斯穿着管家制服，拿着他出鞘的宝剑走进来。萨托尔拿着药水瓶，与多尔·康芒吵闹着进来了）

费斯：你相信吗？我是相信了。

萨托尔：糟糕透顶。

多尔：你真的没有脑子吗？先生？为了爱——

费斯：喂，我要杀了你——

萨托尔：你要做什么？

费斯：流氓，流氓！——不要玩把戏了。

多尔：不是，你看看你，老大，你疯了吗？

萨托尔：噢，让野兽睡觉放松一下吧。你来的时候，我要用强力水搞砸你们的丝绸衣服。

多尔：邻居们听到你说的话了吗？你背叛了所有人吗？听，有人来了。

费斯：喂——

萨托尔：如果你动手处理的话，我会毁了所有裁缝做的衣服。

费斯：你这个臭名昭著的狗崽子，你这个粗野的奴隶。你敢吗？

萨托尔：当然，我绝对会的。

费斯：为什么不敢，知道我是谁吗？杂种，我是谁？

萨托尔：既然你都不知道你自己是谁了，我来告诉你。

费斯：小声点，流氓。

萨托尔：好，你过去（不久以前）是个善良、诚实、朴素、工资很低的人，在贝克法亚斯的管辖区域内给主人的礼拜堂看门，至于节假日嘛……

费斯：你有必要这么大声吗？

萨托尔：现在，用我的手段，转变为郊区队长。

费斯：以你的方式，看门狗！

萨托尔：记住，这就是我要说的。

费斯：那么，是我赞同你，还是你赞同我呢？还是就这样会见，先生，就在我第一次见你的地方？

萨托尔：我没听清楚。

费斯：我想，不是这个吧。先生，但我会把你记在心头的——在饼店那边，你拿着热气腾腾的饭从厨师的摊位那儿进来。在那儿，你要捏着你的鼻子，装得气色不好，就好像饿了很久，凄惨地走着。还要像黑色的蠕虫忧郁地慢慢走，就像火药颗粒投射到炮兵场里。

萨托尔：我希望你声音再大一点。

费斯：你衣衫褴褛，刚从粪堆中摸爬滚打出来。你穿着破旧发霉的拖鞋，因而脚上长了冻疮，戴着粗劣的帽子，披着一顶用线缝制的薄斗篷，那几乎盖不住你的屁股——

萨托尔：那又怎样！

费斯：你的炼金术、数学、矿物质、动植物、魔术、诈骗行为及你所有的本事都不能拯救你的肉体，用这么多亚麻布只能让你看到火焰，不会带给你火种。我会支持你，认可你的煤、蒸馏炉、玻璃制品和其他材料。我会给你修建炉子，为你招揽顾客，提高你的技艺。另外，再借给你一所房子搞实验——

萨托尔：你老板的房子！

费斯：在那儿你学了更娴熟的下流技巧？

萨托尔：是啊，在你老板家里。你和这里的老鼠看管财物。别假装不知道。我知道你会把厨房传递食物的门锁上，节约琐碎，把用于救济的啤酒卖给啤酒经销商，跟他们在圣诞节玩纸牌游戏，淘汰掉玩纸牌的人，让你赢得20分，让你有权了解爱制造混乱的人。自从你女主人死后，这个房子就被毁坏了。

费斯：无赖，你可以用温和的语气讲！

萨托尔：不，你这个害人精，我要把你劈成碎片：我会教你如何提防那些易怒、喜欢用拳头解决问题又大吼大叫的人。

费斯：这地方让你变得英勇了。

萨托尔：是的，你这个寄生虫。你这个从粪堆里爬出来的穷困可怜的家伙，除了蜘蛛或者更糟的东西，没人愿意与你为伍。你就从扫帚、灰尘和水盆上称赞你，让你变得崇高，让你得到升华。把精力放在炼金术上吧，努力锻炼你的精神，获得其中精髓，在研究工作上赢我两次吧。让你说话有技巧，变得更时髦，让你更容易与更多的普通人相处。给你承诺，教你掌握好吵架的尺度，教你赛马比赛、男性比赛、纸牌、玩骰子或其他比赛中作弊的规则。让你仅仅次于我，我会感谢所做的一切。你会反对吗？成功将至，你不想加入这个项目吗？你现在要走了吗？

多尔：先生，你什么意思，你要毁坏了所有东西？

萨托尔：你这卑微的家伙，你没权利说——

多尔：你们要打内战吗？

萨托尔：从来都不知道在地下酒窖里有新的马粪便，啤酒屋比聋子约翰家还黑。除了洗衣女和酒吧酒保，所有人都走丢了。

只有我没有走丢。

多尔：你知道谁听你说吗，老大？

费斯：喂——

多尔：不是的，整体上我觉得你还文明。

费斯：如果你继续这么大声，我会感到绝望的。

萨托尔：即使你上吊，我都不介意。

费斯：绞死你自己吧，你这矿工。自从你感动了我，出现在我脑海里的就都是你的琐事——

多尔：（在一旁）噢，这个会推翻所有的。

费斯：你肯定想起了保罗店里的妓女，不要玩把戏而忘了处理空心煤、灰尘和碎屑。用筛子和剪板机寻找丢掉的东西，用占星术制作图表，用玻璃产生阴影，并用红色字母做出标记；并做出你脸的剪影，这些勾当比臭名昭著的劫匪还要坏。

多尔：你还好吗？你还有意识吧？

费斯：我将有一本书，能勉强看出你是在欺骗。我能向人们证明真正的贤者。

萨托尔：滚开！你这个暗地里干坏事的浑蛋！

费斯：滚，你这个榨取他人利益的狗！你这所有监狱的呕吐物——

多尔：你想自我毁灭吗？

费斯：你讲得太多了，都快挡不住你那张嘴了。

萨托尔：骗子！

费斯：婊子！

萨托尔：蛮牛！

费斯：巫师！

萨托尔：小偷！

费斯：巫婆！

多尔：噢，天啊！我们要毁灭了，没落了。你不在意你的名声吗？你的判断力哪儿去了？小事你们从没在意我，你们的同伴——

费斯：滚开，你个婊子！浑蛋，我会让你受到亨利八世魔法条例的制裁——啊，或许要给你的颈上戴着绳索，因洗钱罪，将你上吊至死。

多尔：你将会用缰绳套着你自己的头，对吗？（她拿起费斯的剑，打碎了萨托尔的眼镜）

你呢，先生，赶快收起你那溶解固体的液体。该死，你们这两个令人讨厌的卑鄙小人，不要大声尖叫了，否则，我把你们的喉咙割下。在法制下，我是不会受骗的，你们两个不要再大声叫了。你们一直都在骗人，现在可以说，你们表现得很有礼貌，其实也是在欺骗你们自己而已。

（对费斯说）你要控告他？将他约束在法律范围内？谁会相信你的话？你就是一个无赖、暴发户、假队长，在多明各会修士中除了你这类的清教徒外，没有人相信会发生这么多的变化，当然你也是。（对萨托尔说）我会说出理由，确实也是！部门划分时，你会羞辱别人，然后得到大主教的职位。你死活都要当老大！虽然你能让金属变形，但一开始工作就不公平。冒险是很大的一部分，在这事情面前，任何事情都一样，没有优先权。该死，你这两个永远的狗杂种，你们两个稍微低下头，要善良地、热心地、有爱心地欺骗，这是你们应该做的。不要丢了本源。否则，我也会卷入派系斗争，之后带着我应得的那份，不和你们一起了。

费斯：这是他的错。他总是抱怨，说他很痛苦，说所有谎言都压在他一个人身上。

萨托尔：确实，是这样啊！

多尔：怎样？我们能维系不散伙吗？

萨托尔：是的，但这不公平。

多尔：确实，如果你今天超额完成任务，我希望我们明天会赶上你。

萨托尔：嗯，有可能。

多尔：可能？你这喃喃自语的狗！啊，就那样做吧。我要死了。帮我杀了他。（抓住了萨托尔的喉咙）

萨托尔：多萝西！多萝西小姐！要珍惜，我会做任何事的。你这是什么意思？

多尔：因为你们的炼金术条款。

萨托尔：不是我——

多尔：你——帮我。（对费斯说）

萨托尔：我会被绞死吗？我要遵从我自己的意愿。

多尔：你会吗，先生？快点这样做：发誓。

萨托尔：我发什么誓？

多尔：离开你的小集团，先生。做普通工作，真诚地劳动。

萨托尔：有其他任何事物在场时，请允许我不流露出感情。我只是说了些话刺激了他。

多尔：我觉得我们不需要刺激，先生。是吧？

费斯：要向老手证明我们是最棒的。

萨托尔：同意。

多尔：是的，紧密协作，团结友好。

萨托尔：我们联手的话一定会更强大。（他们握了手）

多尔：那么，好吧，我的好伙伴！我们是否要变成冷静、卑鄙、严格的邻居——国王进来讥讽我们后，我们就笑起来不超过两次？流氓，要跑到他们跑断气才能看到我骑马，或打个洞让你的头钻进去，让人嘲笑你，然后把你的耳朵切下来？不，我同意。可能教区长先生会穿着旧天鹅绒短上衣，戴着有污点的围巾参加宴会。老大，我们付出一点是值得的，因为会获得更多。

萨托尔：多么高贵的多尔！要像影子骑士那样说话。

费斯：吃饭时，你应该高兴地坐着，你不是普通的多尔，而是真

正的多尔，独一无二的多尔——晚上时间长，应该为特别的多尔画画。（铃响了，没人开）

萨托尔：谁呀？有人按门铃。多尔，去窗边看看。（多尔走出）——上帝保佑，老板千万不要在这时候找我们麻烦。

费斯：噢，恐怕不是他。一周前有人死于瘟疫，而他不再想回到伦敦。况且，他现在忙于弄他的院子。我有他的一封信。如果有事，他会寄信给我，让我给房子通风。这样你就有足够的时间离开这里。尽管我们分开了两星期，那也没关系。（多尔重新走进）

萨托尔：多尔，是谁呀？

多尔：一个年轻人。

费斯：是我律师的职员，我昨晚在霍尔本的戴格家睡的觉。他非常熟悉骑马，也赢了很多次。

多尔：噢，让他进来吧！

萨托尔：等等，谁去呢？

费斯：穿上你的长袍，我出去见他。

多尔：那我做什么？

费斯：不要在这里，走开。（多尔出去了）你看起来似乎有所保留。

萨托尔：够了。（出去了）

费斯：（大声，不爱交际的）先生，上帝与你同在。我祈求你让他知道我在这儿。他叫达珀，我很高兴我很认真，但是——

场景二（同上）

（费斯独自一人）

达珀：队长，我在这。

费斯：谁？——我想，医生已经到了。

（达珀进来了）先生，我要走了。

达珀：真的非常抱歉，先生。

费斯：　但我真的需要见你。

达珀：　我很乐意。可我要写一两个无聊的书面命令。而且我昨晚把我的手表借给一个在郡长家吃饭的人了，于是我便不知道具体时间了。

（萨托戴着天鹅绒帽子，穿着长袍出来了）这就是那个狡猾的人吗?

费斯：　是他。

达珀：　他是医生吗?

费斯：　是的。

达珀：　你与他发生了什么事?

费斯：　哎!

达珀：　怎么回事?

费斯：　相信我，是他制造的事端，先生。我有许多顾虑，我不知道说什么。

达珀：　不要这样。

费斯：　我能很好地处理这件事，相信我。

达珀：　不，现在你让我很痛心。为什么你希望这样做?我敢保证，我不会忘恩负义的。

费斯：　我认为你不会的，先生。但法律就是另一回事了——然后他说，魔术师里德最近发生了点什么不好的事。

达珀：　里德!他是个蠢货。先生，他还和另一个蠢货合作。

费斯：　他是个职员，先生。

达珀：　职员!

费斯：　是，先生，听我说。我想，你更了解法律——

达珀：　是这样的，先生，我也更了解其中的危险，你也知道，我给你看过法令的。

费斯：　是的，确实看过。

达珀：　我要告诉你。凭我这只手，可能从来写不出漂亮的宫廷体字，但如果我透露了，你会怎样看我?会认为我是和那个土耳其翻译员一样的骗子吗？

费斯： 那是个什么人？

达珀： 是土耳其人——当有人那样说，你会认为我是吗？

费斯： 我会告诉医生你是这样的。

达珀： 那好吧，亲爱的先生。

费斯： 来吧，高贵的医生，我们一起祈祷吧。这是位绅士，他不是骗子。

萨托尔： 先生，我已经说出了所有的答案。为了你，我还会做得更好——但这个我也不知道能不能做，也不能去做。

费斯： 不要这样说。你遇到了一个很好的同伴，他会很感激你的。他不是骗子，先生，那样可以打动你吧。

萨托尔： 请你忍耐——

费斯： 他有四个帮手在这儿。

萨托尔： 你误会我了，先生。

费斯： 医生，在哪个方面，勾起了你对这些魂灵的兴趣？

萨托尔： 对我的手艺感兴趣，先生，那很危险。老实说，我不认为你是我的朋友，与你做朋友会把我置于显而易见的危险之中。

费斯： 你说我令你处于如此境地！是马和缰绳把你置于危险之中！你和你的小鬼们在一起才危险——

达珀： 不是的，先生。

费斯： 人都没什么差别的。

萨托尔： 这话不错，先生。

费斯： 是做善事，先生。我不会欺骗像你这种传奇英雄的，撒谎这事和玩牌摸个清一色一样罕见。我不会一不小心就说漏了秘密哦。

达珀： 先生！

费斯： 任何忧郁的文书都不会告诉牧师——除了一个特别的家世良好的人，他一年从家中得到40马克，能去结交一些时下不怎么出名的诗人。这是他老祖母唯一的愿望。他了解法律，为你写了六份手稿，他是个很好的职员，也很擅长书写。他愿以上帝的名义发誓：如果需要，他可以出钱，也可以通过法庭，从奥维德处夺回他的情人。

达珀：不是的，先生——

费斯：你不是这么跟我说的？

达珀：的确；因为我更尊重医生。

费斯：傲慢的人，用自己粗而柔韧的头发吊死他——因为你的原因，一呼一吸间就能杀了这个小气鬼。走，我们走吧。（走出去）

萨托尔：请允许我再跟你说几句。

达珀：先生，他在叫你。

费斯：我很抱歉，我已经做了这件事了。

达珀：不是的，先生；他真的在叫你。

费斯：然后他要干吗？

萨托尔：首先，请听我说——

费斯：不要吞吞吐吐，快说。

萨托尔：先生，请你——

费斯：没有什么规定，只是他已经允诺了这件事。

萨托尔：你必须为你的幽默付出代价。（他把钱拿走了）

费斯：先生，说吧。现在我能听你说了。这个绅士，你也是。

萨托尔：那么，先生——（向费斯小声说）

费斯：不要说悄悄话。

萨托尔：天啊，你竟不了解在这件事中自己的损失。

费斯：在哪儿？因为什么？

萨托尔：一个人急切地要结婚。婚后，你会彻底解放，并会在城镇里挣很多钱。

费斯：怎么挣？

萨托尔：是的，让一个又一个的赌徒破产，就像木偶戏中鞭炮一样一个接一个爆掉。如果我真给他一个小鬼，让他去做，不要替他下注，他自己会这样做的。

费斯：你错了，医生。他已经要求你为赌场和赛马帮他，才不要你的小鬼呢。

达珀：是的，先生。我会注意的。

萨托尔：我已经告诉你了。

费斯：（把达珀拉到一边）又一单生意！我理解你，一只温驯的鸟儿也会尝试着一直飞的。那么就在星期五晚上，你离开办公室后去！一匹竞赛马40或50先令。

达珀：啊，先生，是真的。但我认为我应该先不管法律。那么，因此——

费斯：但他会完全搅乱这事的。你认为我敢把他送走吗？

达珀：如果你愿意，先生，我想能给他点钱。

费斯：什么，是为了钱？我不能这么做，据我看来，你也不可以提这种请求。

达珀：不，先生，我的意思是再考虑下。

费斯：那么，我会试试。（走向萨托尔）有人说你是有目的的，医生？

萨托尔：我说，为了他并不是所有人必须去餐馆吃饭，或赌徒靠赌金生活。这就是游戏，想一下我就知道了。

费斯：的确如此。

萨托尔：他会给你收集到所有的钱财，就像是为他定身而做的。

费斯：你从艺术方面来讲的吗？

萨托尔：是的，也有原因的，从它的背景来看。他长得最好，菲丽女王很喜欢他这种人。

费斯：什么？是他吗？

萨托尔：安静，他会听到的。先生，她只看他——

费斯：看什么？

萨托尔：你可别告诉他。

费斯：　他也会在棋牌游戏中赢吗？

萨托尔：　死去的霍兰德和活着的艾萨克这两个炼金术士，他们都不会同意的。你应该发誓，他在。有这么好的运气，没人会拒绝的。他会让六个你这样勇敢的人脱去斗篷的。

费斯：　真奇怪，竟然会生成这样的人。

萨托尔：　他听到了，先生。

达珀：　先生，我不会忘恩负义的。

费斯：　信任，我对他的品行有信心。你听到了，他说他不会忘恩负义的。

萨托尔：　为什么，只要你高兴，我会跟着你冒险的。

费斯：　真的，做吧，医生。认为他值得信赖，并那样去做吧。他会在一个小时内让我们所有人高兴的。会赢得5 000英镑，然后给我们2 000英镑。

达珀：　相信我，我会的，先生。

费斯：　你也会吧，先生？你都听到了？

达珀：　没有，你说什么？什么也没有听到，先生。（费斯把他带出去了）

费斯：　什么也没有！

达珀：　有那么一点，先生。

费斯：　那个医生说你的出身——

达珀：　关于我的吗？现在不要说。

费斯：　医生发誓说你——

萨托尔：　不，先生，你现在可以讲了。

费斯：　与菲丽女王结盟。

达珀：　跟谁！我吗？相信我，没有这样的事。

费斯：　是的，你出生的时候头上就有胎记了。

达珀：　谁说的？

费斯：　来，这样你会更清楚的，尽管你在掩饰。

达珀：　我没有，你弄错了。

费斯：怎样！你敢真心地发誓，在这件事中你不是这么了解这个医生吗？我们怎么办，是相信你还是相信其他情况呢？我们想过，你赢了五六千英镑，你会按这个比率给我们多少？

达珀：我发誓，先生，如果我赢了一万英镑，我就给你们一半。我绝不会失信。

萨托尔：不，不，他在开玩笑。

费斯：去谢谢医生，他是你的朋友。

达珀：谢过他了。

费斯：这样啊，还有另一个人。

达珀：我必须那样做吗？

费斯：是的，必须。谢谢什么呢？你微不足道吗？——医生，（达珀给了他钱）什么时候他能召唤来神灵呢？

达珀：我不能做那件事吗？

萨托尔：噢，先生。你必须要参加许多典礼，你必须先洗澡打理你自己。另外，菲丽女王不到中午是不会起床的。

费斯：或者她今晚不会跳舞了。

萨托尔：她会的。

费斯：你从没见过她的尊容吗？

达珀：谁？

费斯：你的菲丽姨母呀。

萨托尔：自从他在摇篮中，她吻过他后，他就没见过她了，先生。我会告诉你那个。

费斯：好，看看她的尊荣吧，我知道这会使你付出很多、很难达到目的。但是，看看她吧。如果你学她，你肯定会成功的。她非常孤独，也很富裕。如果她喜欢，她会做很多奇怪的事。在附近照看着她。她可能会给你留下她所拥有的一切，那是医生应该顾虑的。

达珀：那么该怎么做呢？

费斯： 让我静一下，不要给我建议。但你会对我说“先生，我要去看她的尊容”吗？

达珀： “先生，我要去看她的尊容。”

费斯： 够了。（有人敲门，无人应答）

萨托尔： 是谁？

敲门的人： （对费斯说）请给他条后路吧。先生，在你禁食前，你要准备一下。拿三滴醋闻一下，喝两滴，另一滴就放耳边听。然后洗你的指甲、眼睛。增强你的五种感官，然后低声哭泣，经常这样，然后就达到了你的目的。（离开）

费斯： 你能记得住吗？

达珀： 保证能。

费斯： 很好，走吧。在她的仆人中有20个是贵族。穿件干净的衬衫。你不知道，穿着干净的衣服会让她觉得很优美。

场景三

（同上）

萨托尔： 进来，好夫人。我请你现在忍耐一下我，下午以前我会对你不好的——（费斯和达珀退场了）

（萨托进来了，后面跟着德鲁格）

萨托尔： 你说你叫什么？亚伯·德鲁格？

德鲁格： 是的，先生。

萨托尔： 卖香烟的吗？

德鲁格： 是的，先生。

萨托尔： 嗯，是杂货公司的一员？

德鲁格： 嗯，希望您别不高兴。

萨托尔： 呃——亚伯，你的生意怎样？

德鲁格： 这个啊，希望不会打扰您的尊容。我是个年轻的创业人，打算在街道角落开一个新店，没有尊驾这般厉害的。我有一个计划——先生，我知道艺术，从通灵术来看，我该怎样开业，架子放哪儿，盒子里放什么东西，壶里放什么？如果生意兴隆我会很高兴，先生，一位绅士向我推荐了你。费斯先生说你了解星象，了解人的优点和缺点。

萨托尔：是的，如果我确实是这样的话——（费斯进门）

费斯：怎么，诚实的亚伯？你们在这儿见面？

德鲁格：先生，我正说你，您就来到这儿了，请替我对医生说说好话。

费斯：他什么事都会做的。医生，你在听吗？这是我的朋友，亚伯，非常诚实的人；他卖给了我好的烟草，没有在里面添加渣滓或油；也没有用葡萄酒或者谷物使它变纯净，或把它埋在碎石里、地底下，或用油滑的皮革裹着它。他只是把它装在纯白的壶里，打开来闻着就像玫瑰和法国豌豆的味道。他卖的烟草是切碎了的，并用银钳子夹取，温彻斯特的木炭用于点燃烟管。他是一个穿着得体、打扮整洁、诚实可靠且无高利贷的人。

萨托尔：我很确信他很幸运。

费斯：先生，你才发现？瞧你，亚伯。

萨托尔：正朝着富有的方向前进——

费斯：先生！

萨托尔：今年夏天，他要成为他公司的领导者了，明年就该叫他郡长了，他能用任何他所拥有的东西。

费斯：什么，这个年轻人吗？

萨托尔：先生，你必须考虑一下，他可能有方法让失去的东西重新回到他身边：他聪明，年轻，对此也会做得很好。他拥有好运气，因此还有另一条路等着他。

费斯：你是怎么这么快就知道的？我很惊讶。

萨托尔：靠规则，先生。我曾经学过骨相学，在前额里有一颗你看不见的星星。你有板栗色或橄榄色的脸，从不会失败的。你的长耳也很有福相。我知道，从某几处可以看出，从他的牙齿上，和他灵活手指的指甲上。

费斯：哪个手指？

萨托尔：他的小拇指。看，你出生在星期三吧？

德鲁格：确实是这样的，先生。

萨托尔：在手相术看来，我给维纳斯看过手指，给朱庇特看过食指，给农神看过中指，给索尔看过无名指，给梅库里看过幺指。先生，他是占星术的老大，他住在莱布拉，这就预示着，他应该是商人，还做得比较好。

费斯：为什么，有点奇怪！不是吗？

萨托尔：现在有艘来自奥尔缪斯的船，他会有这么多药品——这是西方，这是南方？（手指着平面图）

德鲁格：是的，先生。

萨托尔：那是你店铺的两侧吗？

德鲁格：是的，先生。

萨托尔：门朝南开，船舷向西；在商店东面高处写上马思来、塔米尔、巴拉波，在北面写特雷尔、维雷、希尔。他们都是善变精灵的名字，可以吓退捣乱者。

德鲁格：是的，先生。

萨托尔：请在你的门槛下面，给我埋一块吸铁石来吸引穿着带马钉的马靴的男士：其余的人自然就会跟着来的。

费斯：那是秘密。

萨托尔：在你摊位那儿，请挂一个带有老虎钳和化妆品的木偶，来吸引城里的贵妇：你就可以在这些矿物的辅助下处理很多事。

德鲁格：先生，我已经在家里做了。

萨托尔：我知道你有砒霜、硫酸、化酒石、酒、碱、赤色硫化水银、汞硫化物，这些我都知道——先生，这个同伴将来定会成为一个伟大的蒸馏酒制造商，我不会直白地说，但却是非常可能，我会用点金石分析下。

费斯：现在怎样？亚伯，是真的吗？

德鲁格：（对费斯说）好心的先生，我必须提供什么？

费斯：不，我不是劝你。你应该听说了你可能会提供的东西。

德鲁格：我会给他一件王冠。

费斯：王冠！碰运气吗？你应该把你的商店给他，而不是金子？

德鲁格：是的，我有一枚值3英镑12先令的金币，我得到它已经半年了。

费斯：拿出来！我有个提议，不要再保留着了，我要把它给他。医生，请你喝这个，我发誓他会很感激你的，因为你的能力可以帮助他很多。

德鲁格：我希望他能再帮我个忙。

费斯：是什么？

德鲁格：先生，请仔细看看我的历书，已经勾出我倒霉的日子了——我是做生意呢，还是相信他们呢？

费斯：他会告诉你的。不要再想了，下午前会办到的。

萨托尔：还有对他生意的指示。

费斯：现在你满意了吗？

德鲁格：谢谢，先生们，谢谢你们。

费斯：那就走吧。（德鲁格离开了）人性的受害者啊！现在你看见了，有些事已经做了。除此之外，你的山毛榉煤、具有腐蚀性的水、你的坩埚和葫芦状的玻璃罐呢？你必须把东西带回家去工作。我没钱去找出这些纹理，你跟着他们学，然后找出来。在这些稀有工作中，我的智慧赋予我很多钱财，比我同伴给我的还多。

萨托尔：你很高兴，先生。

场景四

（同上）

（费斯、萨托尔、多尔进来了）

萨托尔：我高贵的多尔要说什么？

多尔：那边卖鱼的妇人不会走开，这就是你的女强人，朗伯斯区的妓女。

萨托尔：宝贝儿，我不想和他们说话。

多尔：我已经告诉他们了，不要在夜晚前就像你的小鬼一样穿过树干那儿。但我已经侦察了厄匹克尔·玛门——

萨托尔：在哪儿?

多尔：沿着这条小路走，走到巷子尽头，然后放慢脚步，要真诚地与他谈话。

萨托尔：费斯，走吧。多尔，你必须现在做好准备。

多尔：发生什么事了?

萨托尔：太阳升起了，我找到他了，真奇怪他竟然还能睡着。那天我打算让他使我们的教权、工作、点金石变得完美；最后放弃了，一切都在他掌控之中：这个月他非常冷静地谈话。现在他已经处理了一些小事情。据我看来，我认为他也很普通，他一直都在为被梅毒困扰的人配药，配备好他所需要的药剂量；他还一直在为麻风病人奔走在穆尔菲尔德；并送给市民主妇们一种带有香味的球来对抗感染，那球状物是由灵药做成的，是他的预防药；他还在寻找唾液让老妓女变年轻；更高的目标是，让乞丐变成富人。我认为他的劳动无止境。他还会让她为她睡得很久而自然而然感到羞耻：除了第二任妻子外，任何人都会做得比她多。她非常爱人们。如果他完成了他的梦想，他就进入了黄金年龄阶段。（退场）

第二幕

场景一

（洛弗威特家的一个外室里）

（厄匹克尔·玛门爵士、萨利进来了）

玛门：好吧，先生。现在你已经迈上了新世界的道路。这里是富饶的秘鲁，这里有黄金矿井，是伟大的所罗门俄斐之所在！他已经在这儿三年了，而我们到这儿才十个月。今天，我要对我所有的朋友说出这个让人心情愉悦的词——“财富”，今天你备受瞩目。那天你会看到的。你不必再玩空心骰子或卡片了，不必指控女共犯骗取年轻继承人的财产。在他的有生之年，还必须明确一点：不再谈论商品——当然如果他拒绝的话，他会受到惩罚的。不再喝杜松子酒，或者非常想穿着天鹅绒衬衫配粗糙的斗篷去参加奥古斯都夫人的聚会，或者在戈尔登牛犊面前打败斯沃德和哈扎特的儿子，为崇拜偶像整晚跪着喝酒欢呼，或者在获得胜利后参加宴会——这些都不再发生。你会开始着手帮助年轻的总督。我会首先对你说：“要成为富人。”萨托尔在哪儿？呵，在里面。

费斯：（在里面）先生，他马上来。

玛门：他脾气暴躁，总是喜欢吹捧他的煤矿。先生，你不值得信任。今晚我会把我家里所有的金属变成金子；明天早上，我会把它们送给水暖工和白镴器工匠，为他们买锡和铅，领导他们为了所有铜矿而努力。

萨利：什么？那个也要变？

玛门：是的，我要购买德文郡和康沃尔郡，让它们变成完美的印度群岛。你现在很羡慕吧？

萨利：不，决不。

玛门：不过，当你看到了强大的药物反应作用于水星，或金星，或月亮，把水银或银变成金子的时候，或成千上万的东西变成黄金的时候，那就是无止境的，你就会相信我的。

萨利：好，如果我确实看见了，我就信你。不过要是我的眼睛欺骗了我，我是不会给它们机会的，总有一天我还要让它们消失。

玛门：哈哈！为什么？你觉得我在骗你吗？我敢保证，他曾经有过被我们称为灵丹妙药的太阳花，完美的红宝石。不止可以那样做，还能表现出美德，赠予人们荣誉、爱情、尊重、长寿，给予安全、勇猛、赞美和胜利，给予那些想要的人。在28天内，我要变出一个80岁的老人和一个孩子。

萨利：毫无疑问，他已经做到了。

玛门：不。我的意思是说，到第五年时，使他像只鹰一样恢复并重生。让他有儿有女，还有个大公司。在洪水到来前，我们的先哲们已经为我们的先祖做了那些事。但是一周一次才能满足一定的需求，让他变成强壮的战神，成为年轻的爱神。

萨利：那个损害圣洁名声的地方会对你感恩戴德的，你使那把火重新燃起。

玛门：能自然地抵抗所有传染病并能治愈所有已出现的疾病的方

法是个秘密。一天可以治愈患病一个月的，12天搞定患病一年的。一个月内，不论哪个年龄段的人，都可以治愈。不管医生给的药物剂量如何，我敢保证3个月内即可让瘟疫彻底地从这片国土上消失。

萨利：我也会如此，演奏者会为你歌唱颂歌，而不是待在安静的剧院。

玛门：先生，我会的。同时，每周我都会派下属出去，并给整个市民发放预防药，每家每户按一定比例发放——

萨利：他有没有处理水的装置？

玛门：你比较不轻信别人。

萨利：我很幽默，我不想当傻瓜。你那石头不能改变我。

玛门：佩蒂纳·萨利，你相信古迹吗？相信记载吗？我要给你看本书，书中摩西、他的姐妹和所罗门写了关于艺术的东西。啊，是亚当论述的——

萨利：怎么样呢？

玛门：关于点金石的，是用高地荷兰语写的。

萨利：亚当真的是用高地荷兰语写的那本书？

玛门：是的，已经证明了那是原始的语言。

萨利：什么纸呢？

玛门：写在雪松板上的。

萨利：他们说在那个上面写，可以预防虫蛀。

玛门：就像爱尔兰木头能防蜘蛛一样。我也有一片杰森羊毛织物，不过那与炼金术书无两样。它是用大的羊皮纸、优质油滑的上等皮纸写的；是关于毕达哥拉斯的大腿、潘多拉的浴盆、美狄亚的魅力寓言和关于我们工作举止的书。关于公牛、我们的炉子、仍在燃烧的火焰；我们的吉祥物是龙，龙的牙齿是水银的升华物，这样才可保持着它的洁白度、坚硬度、耐打度。杰森的头盔就有这几个特性，蒸馏罐散布在他的范围内，它们形成前总是在升华。这本书还讲述了西方的花园、卡德摩斯的故事、朱庇特的淋浴、麦德斯的恩惠、阿古斯的眼睛、冥府之神薄伽丘，还有成千上万个故事，所有这些都是虚拟的神话——现在怎样！

场景二

（同上）

（玛门、萨利进场，费斯作为仆人进来了）

玛门：我们成功了吗？我们的日子来了吗？把握住它了吗？

费斯：晚上会变红的，先生。你也有治愈相配的深红颜色：红色酵素发挥了它的作用；三小时后你就可以去看看。

玛门：佩蒂纳，我要再大声地对你说一次：“要成为富人。”今天你会有钱的，明天你就会冒犯他们的——是吗，温柔的人？你不觉得羞愧吗？

费斯：先生，那就如带有孩子的女仆一样，总会被她的主人发现的。

玛门：多么风趣的人！我关心的是从哪儿可以获得足够多的东西使之改变。这个城市都不能给我提供一半的东西。

费斯：不，先生！买这些东西不要让教会知道。

玛门：这倒是实话。

费斯：是的。别让他们傻站在这儿，让他们做些教会里的事吧，否则会让他们染上带状疱疹的。

玛门：不，好的茅草屋顶是可以在屋梁上点上灯的——朗斯，我要把你从火炉中解救出来；我要让你的气色、呼吸复原；让它们消失殆尽。修复你的大脑，用冒烟的金属伤害他们。

费斯：先生，我已经那样做了。用力丢掉许多煤，那时它还不是山毛榉。权衡了这些后，我决定要保持你的热情。这些眼睛湿润了的人清醒后知道了多种颜色，比如白色的柚子、金黄色的狮子、乌鸦、孔雀的尾巴以及带有美丽羽毛的天鹅。

玛门：最后，你也描绘了血烈火花吗？

费斯：　是的，先生。

玛门：　主人去哪儿了？

费斯：　他在祈祷。先生，他正在虔诚祷告。

玛门：　朗斯，我要给你安排一段时间，任命你为我宫殿中的主人。

费斯：　好的，先生。

玛门：　但你听说了吗？朗斯，我要阉割你。

费斯：　嗯，听说了。

玛门：　因为我打算像所罗门一样，娶很多妻妾，和他一样有着炼金石。我要私下制作炼金药，那样就可像赫拉克勒斯那样坚忍不拔，一晚上解决50个困难。你确定看见它在流血？

费斯：　鲜血与魂灵我都看见了，先生。

玛门：　我要把所有的床都拆了，而不是塞东西进去；放下来太困难了。我椭圆形的房间里挂满了图片，那是泰比里厄斯从厄里芬提斯那儿拿回来的，迟钝的阿雷廷现在还冷冷地模仿他。我的玻璃是以很细微的角度来切割的，当我赤裸地行走于我的情妇之间时，便用它来分散和增加身形。喷了香水会产生迷雾，水汽会弥漫整个房间，我们为此沉迷。我的浴缸会像坑一样地陷下去，从那儿出来后会裹着蛛丝擦干身体，喝着粉红色的葡萄酒。它快变成红宝石的颜色了？——我精心调查了一位富裕人士或者有钱的律师，他们的妻子非常纯洁，我要给她们1 000英镑，让她们当我的情人。

费斯：　我负责送钱吗？

玛门：　不。除了父母亲外，我没有娼主：他们会做到最好，其他人也是。奉承我的人应该是纯洁、朴素的，那样我才能得到钱。我的那些傻瓜们，雄辩的议员们还有诗人，虽然写了这么多令人厌恶的东西，但我依然会热情款待他们。对他们而言，知名的女士都是非常无辜纯洁的。这样的话，我祈祷把自己变成太监！他们会给我10片鸵鸟绒毛尾巴，用一片做成羽毛状物来扇风。我们要勇敢，因为我们有药了。我吃的食物也来了，都摆在印度贝壳里了。数盘玛瑙用黄金做衬托，把翡翠、蓝宝石、红风信子石、红宝石镶嵌其中。鲤鱼和冬眠鼠的口才、骆驼的坚忍不拔让我热血沸腾得可以融化珍珠。我头戴钻石和红宝石，用琥珀色汤匙喝掉这些肉汤。小僮可以吃野鸡肉、鲑鱼、罗宾鹬、黑尾豫、七鳃鳗；我自己呢，要把鱼的胡须准备好，用来代替沙拉；油炸蘑菇，一头最近刚怀孕的母猪膨胀的油奶。再用精致细腻的酱汁调味一下。为此，我要对我的厨师说："这里有金子，去吧，去当个骑士吧。"

费斯：先生，我想去看看它是怎样变高的。（离开）

玛门：去吧。我的衬衫是用柔软的丝绸做的，穿起来像蜘蛛网一样轻盈柔和。其他衣服可能会惹怒波斯人，可能会重新激起世界暴乱。我的鱼皮和鸟皮制作的手套，天堂乐园般的香味，还有东部的空气——

萨利：你想通过金钱拥有炼金石吗?

玛门：不想，我觉得拥有炼金石便拥有一切。

萨利：为什么？我听说他是个善良的人，是一个虔诚、圣洁的人。一个从致命罪恶中走出来的圣洁人物。

玛门：是的，先生，确实是。但我买了它，冒险得到了它。他诚实得可怜，拥有高贵、迷信和善良的心灵，裤子膝盖部分都磨破了，拖鞋也光秃秃的，都是为了这件事祈祷、禁食。先生，就让他自己做这件事吧，我也是。他来了。在他面前不要说亵渎的话，那样不好。

场景三

（同上）

（玛门、萨利、萨托尔走了进来）

玛门：早上好，神父。

萨托尔：多么温和的孩子啊，早上好。你的朋友也是。和你在一起的是谁？

玛门：我带回来的一个异教徒。先生，我希望能改变他。

萨托尔：我认为你很贪婪，你在准确的时间遇到了我，也在早上预料到了自己的一天，这就表明了有些事值得思考和担忧。要注意，别让好运毫无控制地快速离你而去。看着我的劳动，我感到抱歉，现在接近完美了。要有足够的耐心去照看，而不是毫无节制地把我的爱与热情倾注在他们身上；在最后的时候我已经叫了证人和你一起。我把我的想法都告诉了他，却也没找到方法。公众是善良的，要虔诚地运用它并把慈善事业发扬光大。孩子，在这方面，你会拥有如此伟大、包罗万象的幸福。如果你说谎，苦恼将会与你常相随。

玛门：我知道，先生。你不必吓唬我，我来不是让你驳斥这位绅士的。

萨利：先生，事实上，某种程度上没人会相信你的炼金石，也不会被你欺骗的。

萨托尔：好了，孩子。我现在能做的只能是说服他了，聪慧的索尔穿着他的长袍。我们有治愈三重灵魂、振奋精神的药。感谢上帝，我们是值这个价的——海伦·斯皮格尔[①]。

费斯：（在里面）马上，先生。

萨托尔：好好看看登记簿。把通过两端打开的梨状容器的热量适度减少。

费斯：（在里面）是的，先生。

萨托尔：你看见那个螺丝头了吗？

费斯：（在里面）哪个？是D号上的吗，先生？

萨托尔：啊，情况如何？

① 德国笑话书里著名的英雄。

费斯：（在里面）发白。

萨托尔：灌点醋进去。要提取挥发性的物质和酊剂，把E号玻璃器皿中的水过滤了，再放入蛋形容器中，然后用黏土封上，留给他一盘温水。

费斯：我会的，先生。

萨利：多么华丽的言语啊！快成流氓用语了。

萨托尔：孩子，我还有其他工作要做。三天过去了，靠着炼金炉的能量，已经变成了硫黄色。

玛门：难道是为我做的吗？

萨托尔：你还需要什么？你的东西够多了，很完美了。

玛门：噢，可是——

萨托尔：可是，这不合乎寻常啊。

玛门：不，我敢保证，我会合理利用它的：去创办大学和文法学校，迎娶年轻的姑娘，修建医院，有时也会修建教堂。

（费斯重新进入）

萨托尔：现在怎样？

费斯：先生，我可以改动一下滤器吗？

萨托尔：当然可以，给我观察玻璃器皿B。（费斯离开）

玛门：你还有一个？

萨托尔：当然，我确信你是坚定的、虔诚的。我们不想美化它，但我希望它是最好的。明天我想把C号玻璃器皿加热成沙子那样烫，好让他专注些。

玛门：用石蜡吗？

萨托尔：不，用红油。F号也控制住了。要感谢生产商，制造了S. 玛丽浴缸，表明了贞洁。上帝保佑！我把他要煅烧的渣滓给了你，分化出生石灰，我就得到汞盐了。

玛门：用倒蒸馏水的方式吗？

萨托尔：是的，还要在浸煮炉中摇动一下。（费斯重新进入）

现在怎样！是什么颜色了？

费斯：　像地面一样的黑色，先生。

玛门：　和你的乌鸦头一样吗？

萨利：　也和你的梳子一样，不是吗？

萨托尔：　不是，还不够完美。可能与乌鸦一样黑，可那件作品还是需要点东西。

萨利：　（旁白）我知道，需要用捉兔子的网来定位。

萨托尔：　你确定你把它们放在各自的溶解液中了？

费斯：　是的，先生，它们混合在一起了，并把它们用螺丝头掐在一起同化吸收。你吩咐我的时候，它们已经拥有和马斯烈酒一样的热量了。

萨托尔：　过程是对的。

费斯：　是的，先生。保留下来的东西应该放到羊皮罐中，并用赫尔墨斯的封条做个标记。

萨托尔：　我也是这么想的。我们得有新的汞合金。

萨利：　（旁白）噢，这只“雪貂”可比得上任何“鸡貂”。

萨托尔：　但我不在乎。让他去死吧，我们有足够多的备份。H号器皿泛白了吗？

费斯：　泛白了，先生。到焚化的时候了，它在火灰中能耐热。先生，要让我说的话，你哪个都不会放弃，为了运气或者其他，这么做都不好的。

玛门：　他说得对。

萨利：　（旁白）啊，你随便说的吗？

费斯：　不是的，先生，我知道，我运气不好。三盎司新材料是什么？

玛门：　没有了吗？

费斯：　没有了，先生。只剩金子和含有六分之一汞的汞合金。

玛门：　可以离开了，这是给你的钱。还需要提供什么？

费斯：　问他吧，先生。

玛门：　要多少？

萨托尔：　你给他9英镑，你可能需要给他10英镑。

萨利：　是的，20英镑，被骗了。

玛门：　给你。（把钱递给费斯）

萨托尔：　这不必了，但你必须这样，还要看看结果如何。我们二分之一的工程处于准备阶段，三分之一处于上升阶段。走你自己的路。你放了月光神油了吗？

费斯：　放了。

萨托尔：　炼金醋也放了吗？

费斯：　嗯。（离开）

萨利：　吃沙拉了！

玛门：　你什么时候开始预测？

萨托尔：　孩子，不要草率嘛，我是提炼药品的。把它挂在有治疗作用的温泉里，然后溶解、冻结，再溶解，再冻结，医学就这样提升了。看，我一直都在重复这种工作，我使其价值和功效增值。就如首次释放时一盎司变成了100盎司，第二次释放时变成1 000盎司，第三次释放后就变成了1万盎司，第四次释放则变成10万盎司，第五次释放变成了100万盎司！任何不完美的金属都变成了纯银或纯金，和任何自然矿物一样好，且都在预料之中。下午拿走你的材料，黄铜、锡和铁制柴架。

玛门：　没有铁吗？

萨托尔：　是的，你可以把它们拿来。我们会改变任何金属物质。

萨利：　我信你。

玛门：　我可能会送出烤肉叉。

萨托尔：　可以，还有你的支架。

萨利：　滴水架、锅挂钩、铁钩也要吗？他不会这样做吧？

萨托尔：　如果他高兴的话。

萨利：　真是个蠢蛋。

萨托尔：　怎么这样说，先生？

玛门：　这得忍受这位绅士。我告诉你，他不信教。

萨利：　我没抱多大期望，也没多少仁爱，我该自我欺骗吗？

萨托尔：　你观察到了什么，先生？在我看来似乎是不可能的。

萨利：　但你的整个工作不再这样。你该在火炉中炼制金子，就像在埃及用火炉孵化蛋一样。

萨托尔：　先生，你真相信蛋也是这样被孵化的吗？

萨利：　如果我这么认为呢？

萨托尔：　嗯，我觉得这是伟大的奇迹。鸡和蛋之间的差别不比各种金属之间的差别大。

萨利：　那不可能的。鸡蛋最后也会破碎的，就像鸡一样。

萨托尔：　就像我们说铅和其他金属一样，如果有时间铅也会变成黄金的。

玛门：　那偏离了我们的行业了。

萨托尔：　认为自然会孕育出金子、瞬间使自己变得完美的人，真是荒谬，有些事之前就发生了。肯定是些很微小的物质。

萨利：　可那是什么呢？

萨托尔：　我们所说的结合啊。

玛门：　现在它发热了：膨胀，变大，然后被击得粉碎。

萨托尔：　那只是潮湿蒸发物的一部分，我们叫作中药液，或者油膏水；还有一部分是相当黏的粗泥土，这两部分结合在一起就成为黄金的基本材质。但那并不是固有物质，在所有金属和炼金石中都普遍存在。水分蒸发到了足够干的时候，它就变成了炼金石。这石头非常潮湿油腻，会变成硫黄色，或快速变成银色——所有金属都是由此变过来的。或者这个微小的物质能突然从一个极致变成另一个极致，会跳过所有步骤变成金子。首先，完美会很自然地变得不完美，然后又变得很完美。里面通风，水分油腻，就产生了汞——也有一部分硫黄。还有最后一点，要在所有金属中添加阳性和阴性的物质，有人就叫它雌雄同体，可能会起作用，也可能会有害。这两种物质使其具有韧性、延展性、广泛性，甚至可以被用在金子中。经过灼烧，我们会发现它们的由来，金子也一样，能生产出各种金属制品，比起自然而然在泥土中变化，会变得更完美。此外，日常生活中艺术品会引来蜜蜂、马蜂、甲虫、黄蜂，有谁见过它们是由动物尸体和生物粪便吸引来的？可以适当放点蝎子做成的草药吗？这些活物可能比金属还更完美、更好。

玛门：说得好，神父。如果他和你争论，他会炮轰你的。

萨利：先生，请你不要说了。不是我打击你，我认为炼金术就是一场漂亮的赌博，有点像我们玩牌，用魅力欺骗别人。

萨托尔：先生？

萨利：你的条件是什么？关于这点，关于你的炼金药，你的处女作，你用炼金石、医药、化学原料、盐、硫黄、汞、油的高度、生命之树、血液、岩石、氧化锌、氧化镁、蟾蜍、乌鸦、龙、黑豹、太阳、月亮、天空、矿石，和红发男人、白发女人，尿和蛋壳的材料、女人的条件、男人的血液、头发、燃烧的破布、白垩、最小红斑量、黏土、骨粉、铁块、玻璃等制作的炼金药，还有世界上其他奇怪的成分，能让一个人急速出名吗？

萨托尔：这些都很有名。除了一件事，都是预料中的，即我们的作家是怎样掩盖他们的技艺的？

玛门：先生，我要告诉你，因为单纯的傻瓜不能学会它，把它弄得很庸俗。

萨托尔：埃及所有的学科都是用神秘的符号写成的吗？不要常常用格言说经文，诗人的精选格言也不要。那是源自复杂寓言中的智慧吗？

玛门：我极力主张那个，让他十分明白，科林斯王非常讨厌无止境的炼金石话题。因为他已经使我们变得和他一样普通了。（多尔出现在了门口）这位是？

萨托尔：你什么意思？女士，请进。（多尔退场）这个浑蛋在哪里？（费斯再次进入）

费斯：先生。

萨托尔：你个浑蛋！你利用了我？

费斯：哪里了，先生？

萨托尔：进去看就知道了，你个叛徒！进去！（费斯离开）

玛门：那是谁，先生？

萨托尔：没什么，先生。没什么。

玛门：先生，怎么了？我还没见过你发脾气，那是谁？

萨托尔：所有技艺都有对手，但我们的对手是最愚昧的——（费斯又进来了）现在怎样？

费斯：先生，不是我的错。她会对你说的。

萨托尔：她？跟我走。（离开）

玛门：（阻止萨托尔）停，朗斯。

费斯：我不敢，先生。

玛门：怎样？请你停下。

费斯：她疯了，先生，并且到了这里——

玛门：等一下，她究竟是谁？

费斯：一个领主的姐妹，先生。领主他也会很疯狂的。

玛门：我向你保证——为什么要送到这儿来？

费斯：先生，该治病了。

萨托尔：为什么，浑蛋？

费斯：看，这儿，先生！（离开）

玛门：天啊，布拉达曼特，他是非常勇敢的人。

萨利：亲爱的，这是多么低级下流的房子啊！我会被烧的。

玛门：噢，不是。不要误解了他，他太小心谨慎了，那是他的缺点。他这样的内科医生很少见，请正确对待他，他是个优秀的矿物运用家，还用矿物质医药做了奇怪的治疗。他还和各种灵魂打交道，从没听过古希腊名医盖林的事或他单调乏味的处方——（费斯进入）现在怎样，费斯？

费斯：放松，先生，慢慢说。所有的事我都已经告诉你了。这个不必听。

玛门：他不会被骗的，不要管他了。

费斯：你说得对，先生。她只是个少见的学者而已，对博学的怪才布劳顿的作品非常狂热。如果你说一句关于希伯来人的话，她会兴致盎然，然后很博学地谈论系谱学。你听她说下去也会变疯的，先生。

玛门：如果有人与她谈论那个怎么办呢，费斯？

费斯：噢，杂谈者都会觉得这个讨论很疯狂。具体的我不知道了，先生。我得去拿药水瓶了。

萨利：玛门先生，不要被骗了。

玛门：在哪方面？耐心点。

萨利：好，就如你所说，就相信一回这个由浑蛋、妓女和婊子组成的联盟吧。

玛门：你太邪恶了，信一回吧——海伦，快来这儿吧。

费斯：我真的不敢。（离开）

玛门：待在那儿，浑蛋。

费斯：先生，你看她的话，他会很生气的。

玛门：把那个喝了。（给他钱）她不生气的时候是怎样的啊？

费斯：噢，她是最和蔼的人，先生。那么快乐，那么可爱！她会让你奋发向上，像水银一样，快速当上掌舵人，还会像油一样循环：不停地讲述国家的数学、色情以及其他的东西——

玛门：没有办法接近她吗？没有办法或诡计让男人接近她吗？——比如才智……？

萨托尔：海伦！

费斯：我会再去你那儿的，先生。（离开）

玛门：萨利，我认为你的教养不会让你中伤有身价的大人物。

萨利：厄匹克尔先生，你也会利用你的朋友，然而仍然不愿被骗。我不喜欢你在哲学上肮脏的观点。即使没有这种诱惑力，这块石头也值得买。

玛门：你在辱骂自己。我知道这个女人和她的朋友意味着灾难的来由。她的弟弟已经把一切都告诉我了。

萨利：你到现在还没见到她吗？

玛门：噢，是的，我忘了。我记得有人非常奸诈，我认为所有人都一样。

萨利：你怎么称呼她的弟弟？

玛门：天啊——他不会把自己的名字告诉别人的，现在我是这么想的。

萨利：多么不值得相信的回忆啊！

玛门：就我自己而言——

萨利：嘘，如果你不想回忆关于你的事，我们下次见面就不管它了。

玛门：好的。他是我尊敬的一个人，也是我尊贵的朋友，我尊重他的房子。

萨利：说实在的，他是一个严肃、富有、无需求的聪明人。其他时候也这样带着誓言争论，努力地欺骗自己吗？这就是你的炼金药、青金石、诚实，在普利麦罗纸牌游戏或纸牌游戏中也玩把戏。不要太聪明、太单纯了。我会先于你得到金子，可能会带有少量的水银或热硫黄。（费斯进入）

费斯：我带来个人，先生（对萨利说），希望你能去庙堂接见他。半个小时后回来认真工作。先生，（小声地对玛门说）如果你想现在离开我们，两小时内再来，你可以让我们的主人检查我们的工作。在聚会上我会偷偷地让你进去，你会听到他谈话的——先生，你要见到尊贵的队长吗？

萨利：是的，先生——（走到一边）但是，律师说要达到第二个目的。现在，我很确信那是一栋低级下流的房子。我发誓执法官会到这儿来感谢我，是指挥官命名的，费斯导师！

在商品交易中他是最可靠的，也是城镇中管理所有商人的监督人。他也是个访问者，能决定谁和谁一起、什么时间、什么价钱、哪件长袍、穿什么工作服、什么衣领、什么头饰。

在别人面前，我会证明他发现了黑暗迷宫的微妙性。如果我真的发现了那个，亲爱的玛门，你应该让你那可怜的朋友离开，尽管他没有学问。对你来说，也是这种想法吧？会让人觉得悲伤。

费斯：先生，他请你不要忘了。

萨利：不会的，先生。厄匹克尔先生，我要走了。

玛门：我会直接跟着你的。

费斯：但是这样做的话，先生，是为了避免引起怀疑。这个人很难对付的。

玛门：海伦，你会一直遵守你的承诺吗？

费斯：我用生命保证，先生。

玛门：你能含蓄地表扬我，说我是一个高尚的人吗？

费斯：噢，还有吗，先生？拥有这块石头，你可以让她忠心于你，做你的王后，而你自己则会成为班塔木的国王。

玛门：你会这样做吗？

费斯：会的，先生。

玛门：费斯，我的费斯！我爱你。

费斯：把你的原料拿走，先生，我的主人自己可能要忙于关于这个规划的东西。

玛门：你污蔑了我，浑蛋。快拿走，滚。（给了他钱）

费斯：你的千斤顶和其他东西，先生。

玛门：你是个浑蛋——我会拿走千斤顶，砝码也会拿走。浑蛋，我要咬你的耳朵。滚开，你一点都不关心我。

费斯：不是的，先生。

玛门：得了吧，我出生就是为了整你，狡猾的人，我会把你绑在长凳上，让最忠于主人的歹徒用链条一圈一圈地快速捆紧你。

费斯：先生，走开。

玛门：不，只是一个，一个行宫伯爵——

费斯：好心的先生，走吧。

玛门：我不能把你变得更好吗？不，或者差别更大。（离开）

场景四

（同上）

（费斯、萨托尔和多尔又进来了）

萨托尔：他上钩了吗？他上钩了吗？

费斯：完全上钩了，亲爱的萨托尔。我给他放了长线，现在他尽在掌握中。

萨托尔：我们应该拉紧他吗？

费斯：慢慢筛网也可以。妓女就是特殊诱饵，对付一个不常接触这些的男人，他可能直接就为她疯狂了。

萨托尔：多尔，亲爱的，你现在必须忍受一动不动。

多尔：不要管我。我向你保证，我没有忘记自己的身份。我会远远地大笑，高谈阔论。她是个非常高傲、卑鄙且诡计多端的女人，也非常粗暴。

费斯：说得好，红脸颊的家伙。

萨托尔：但他会拿走所有的铁制柴架吗？

费斯：千斤顶也是，铁钉喇叭也是，我已经对他说了。在这儿我不会丧失我对赌博的谨慎小心。

萨托尔：噢，谨慎先生，你没被骗吧？

费斯：啊，如果我现在能把他骗进陷阱中的话——庙堂中，那儿我就能有我自己的观点了。好，为我祈祷吧。我会那样的。（没有敲门声）

萨托尔：什么，这么多易上当的人！多尔，去看看，看看！（多尔走到窗边）费斯留步，你必须去开门去。上帝保佑！希望是再洗礼教徒——多尔，是谁啊？

多尔：我不认识，看起来像个来买碎散金子的人。

萨托尔：这样啊！他说他会送走——你叫他什么？一个圣洁的老人是为了玛门的千斤顶和铁制柴架来的。让他进来。等一下，先帮我脱下长袍。（费斯拿着长袍离开）走开，女士，到里屋去。（多尔离开了）现在，用新的语调、新的举止，但同样的语言——这个人和我一样都是来协商这块石头的，因为阿姆斯特丹的同胞们、流亡的圣徒们都希望用这块石头壮大他们的教堂形式的清教徒政府。现在我必须用一些奇怪的方法利用他，好让他敬仰我。

场景五

（同上）

（萨托尔、阿纳尼亚斯进来了）

萨托尔：我的苦工在哪儿？（大声说道）

（费斯进来）

费斯：先生。

萨托尔：把容器拿走。从冷凝液中提取出精髓，然后把它倒在一索尔硬币上、笋瓜里，然后把它们一起浸软。

费斯：好的。要保存在地里吗？

萨托尔：不用，地面不好。不必光想着工作——你是哪位？

阿纳尼亚斯：我是个忠实的清教徒，如果这能使你高兴的话。

萨托：那是什么？一个相关的东西？还是里普利炼金术作家？还是弗立维？你能使它升华，变得柔软吗？还是烧成石灰？你知道同质、异质吗？你知道什么是均匀质或不同质吗？

阿纳尼亚斯：我明白非异教徒的语言，真的。

萨托尔：异教徒！再洗礼派教徒的领袖？基督教艺术、克莱索普西亚、斯潘力西亚，或者潘菲西克抑或是潘纳西克，是异教徒语言吗？

阿纳尼亚斯：我知道是希腊异教徒的。

萨托尔：那又怎样！我知道是异教徒的希腊人的。

阿纳尼亚斯：除了希伯来人，都是异教徒。

萨托尔：你这个浑蛋。“像个哲学家一样昂首挺胸。”对他说，用这种语言回答他。说出烦恼，以及过程中金属遭受的磨难。

费斯：先生，要腐化、溶解、洗礼、升华、回流蒸馏、煅烧、用蜡膏、固定。

萨托尔：对你来说，这就是希腊异教徒了？——什么时候能清醒？

费斯：在苦行后。

萨托尔：回流蒸馏是怎么回事？

费斯：是把浇泼剂倒进你浅绿色的水里，然后把他撤下来，到七大星球的三分之一对座的轨道上。

萨托尔：什么是金属的性情？

费斯：锤锻性。

萨托尔：那什么让你呼吸急促？

费斯：锑。

萨托尔：对你来说，这就是异教徒的希腊人——你的温度表怎样？

费斯：先生，现在它非常难以捉摸，但会过去的。

萨托尔：你是如何得知的？

费斯：通过它的黏性、油性和稳定性。

萨托尔：你是如何精炼它的？

费斯：用蛋壳、白色大理石和云母。

萨托尔：现在是用你教权的时候了。那是什么？

费斯：那是在发生变化——由干变冷，由冷变湿，由湿变热，再由热变干。

萨托尔：对你来说仍然是异教徒的希腊人。你的炼金石呢？

费斯：这是块石头，然而又不是石头；是精灵，是魂魄，是躯体。如果你把它溶解，它就会消失；如果你凝结它，它就凝结了；如果你让它飞，它就飞了。

萨托尔：够了，够了。（费斯离开了）

对你来说这就是异教徒的希腊人。你是做什么的，先生？

阿纳尼亚斯：被驱逐的同胞的仆人、处理寡妇和孤儿的货物、把账记在圣徒身上的一个执事。

萨托尔：你从侯萨木主人那儿来吗？你的老师呢？

阿纳尼亚斯：是从我们非常热心的崔布拉森·侯萨木牧师那儿来的。

萨托尔：好！我要往这儿运些孤儿的东西。

阿纳尼亚斯：哪一类的东西，先生？

萨托尔：锡制器皿、铜管乐器、铁制柴架和厨具。在金属方面我们还得运用医学知识。同胞们可能会为了已经准备好的钱打一场笔战。

阿纳尼亚斯：孤儿的父母会是真诚的吗？

萨托尔：为什么问这个？

阿纳尼亚斯：因为我们想真正地发挥他们的最大价值。

萨托尔：如果他们的父母不虔诚，你就是在骗其他人。我不会相信你的，至少现在是，在我和你的牧师谈话之前是。你带了买更多煤的钱吗？

阿纳尼亚斯：没有。

萨托尔：没有？怎么会这样？

阿纳尼亚斯：先生，我的同伴让我对你说的。在他们见过这个计划前，他们不再冒险了。

萨托尔：怎么？

阿纳尼亚斯：你的工具，比如砖和玻璃器皿，已经花费了30英镑；还有其他材料，他们说花了90英镑以上。他们还听说海德尔堡有一个由鸡蛋和一小块大头针上的灰尘组成的东西。

萨托尔：你叫什么名字？

阿纳尼亚斯：我叫阿纳尼亚斯。

萨托尔：出去，那些骗人的浑蛋，有人骗了你们。从这儿离开吧！

消失，浑蛋！比起可恶的阿纳尼亚斯，让你神圣的红衣教会不要给我制造另外的噪音了！快点把你的长老带到这儿，为你赎罪，给我补偿；或者去被烧死，到熔炉、火炉里去；或者什么也不是。你个浑蛋！红色和黑色染料都会失去的，告诉他们。对主教所有的希望或反基督教的等级制度都会消失。如果他们在这待一个小时，含水的状态、土质的状态、硫化物会再次混合，一切都会无效的。你这个邪恶的阿纳尼亚斯！（阿纳尼亚斯离开了）这会害了他们的，会让他们很快再次受骗的。男人得像粗暴的护士那样处理事情，恐吓那些难控制其欲望的人。

场景六

（同上）

（萨托尔、费斯穿着制服来了，德鲁格紧随其后）

费斯：他忙于与小鬼沟通，我们会好好照顾他的。

萨托尔：现在怎样？在这儿我们怎么有这样的同伴、这样的人？

费斯：我跟你说过他容易发怒——先生，德鲁格带了另外一枚金币要给你看——我们必须满足他的请求。你把它给我吧，求你了。你会给我的——德鲁格，这是什么？

德鲁格：一个符号而已。

费斯：啊，是幸运的象征，生意兴隆的符号，医生。

萨托尔：我也是那样想的。

费斯：（对萨托尔说）不要这样说，他给了你很多东西，他会后悔的——医生，你对和他相关的人说了什么？均衡吗？

萨托尔：不，那种做法太过陈腐、普通了。一个出生于4月21日至5月21日间的城里人，他被赋予力量，或被赋予他公牛一般的头脑。在白羊座的人看来，攻城槌只是低劣的器具而已。不，我要让他的名声被赋予一些神秘感。他的桡骨狠狠地刺激了过路人的感官，或者由于受器具强大力量或神奇品种的影响。让同伴拥有它——

费斯：德鲁格！

萨托尔：他首先应该有“abell”，合起来就是“Abel”；再加上“Dee”名字中的一个字母，有个“D”，加上“Rug”，就是“drug”；正好加上狗的叫声“er”，就是“Drugger”——“Abel Drugger”。这就是他的签名。这就是所谓的神秘事物和象形文字。

费斯：阿贝尔，你的名字就拼成了。

德鲁格：先生，谢谢你。

费斯：德鲁格，哪怕再多鞠六个躬，都是那么回事，没用。医生，他给你弄了一卷烟叶。

德鲁格：嗯。我还有一件事要告诉你——

费斯：说吧，德鲁格。

德鲁格：先生，这儿有人要来住，我觉得很为难，是个年轻富裕的寡妇——

费斯：好！是个漂亮的女孩吗？

德鲁格：最多19岁。

费斯：很好。

德鲁格：不过，她一点都不时尚，她戴着头巾，头巾却直立在头上。

费斯：没关系的，阿贝尔。

德鲁格：我要时不时地给她化下妆——

费斯：化妆？你要那样做吗？

萨托尔：队长。我跟你说过了。

德鲁格：先生，她有时也非常粗暴。因为她非常相信我，她来这儿就是为了学学时尚。

费斯：好……让她来吧。

德鲁格：她极其想知道自己的命运。

费斯：德鲁格，她来了就把她送到医生那儿去。

德鲁格：好的，我已经跟她说过他的事了。但她害怕招人议论，继而有人伤害她的婚姻。

费斯：伤害它就是治疗的方法，如果会有伤害，就会有更多的追随和寻找。德鲁格，你应该告诉她这个的。更多的人会知晓她的。在她们出名前，寡妇根本就分文不值。她们的体面就在于有许多求婚者。对你而言，把她送走可能是好运。难道你不知道这些？

德鲁格：不是的，先生，她弟弟说过，她是不会下嫁给骑士地位以下的人的。

费斯：什么？我可怜的德鲁格，记住医生是怎么嘱咐你的，看见了城市里这么多人被封为骑士，你绝望了吗？我知道你会怎么做的，德鲁格。她的弟弟也是骑士吗？

德鲁格：不是，只是新近才受欢迎的一个绅士而已。他21岁的时候不出名，总是操纵着他姐姐。他自己一年能挣3 000英镑，总是争吵，靠自己的智慧生活。他会再次被打败，然后死在这个国家。

费斯：什么？争吵？

德鲁格：是的，先生，引起争吵，就像献殷勤的男子一样，一个接一个地掌管着他们。

费斯：对德鲁格来说，医生只是个基督教世界里的人。他做了一张数学演示图表，可以接触到争吵的艺术，他会告诉他一个吵闹的法律文件。去，把它们带给他和他的姐姐。为了你，医生会很高兴说服她的。去，给他一套缎子衣服作为条件。

萨托尔：噢，好心的队长。

费斯：他会的。他这个人最诚实。不要待在这儿，没有东西了。把缎子和他的同伴带来。

德鲁格：先生，我会尽我所能的。

费斯：你会的。

萨托尔：这是好烟叶！可能要一盎司吧？

费斯：　他会给你一磅的。

萨托尔：　噢，不要。

费斯：　他会的。那是最好的心灵——阿贝尔，关于这个，不久后你会知道更多的。走吧。（阿贝尔离开了）卑鄙的浑蛋，靠奶酪生活的寄生虫。实际上那就是为什么他现在才来的原因。他私下和我交易了，就是为了让它们得到医药。

萨托尔：　会吗，先生？奏效了！

费斯：　是为了让她成为我们当中某人的妻子，亲爱的萨托尔。我们已经招致了太多事，他失败后会在货物交易中得到更多。

萨托尔：　我们最好先看看她，然后再做决定。

费斯：　很好，但多尔对这事没有出力。

萨托尔：　女士，你走吧，到萨利那儿去，赶上他。

费斯：　我发誓我不会待太久的。

萨托尔：　我很担心那个。（退场）

第三幕

场景一

（洛弗威特房前小路上）

（特表雷森·侯萨木和阿纳尼亚斯走进）

特表雷森：这些惩罚对圣徒来说太普遍了。这样训斥我们的分离，我们必须承担起责任，就像处理那些测试我们的缺点一样。

阿纳尼亚斯：坦白地说，我不喜欢这个人。他是个异教徒，说的是迦南的语言。

特表雷森：实际上我认为他是个世俗的人。

阿纳尼亚斯：他能容忍让人厌恶的人的行为。为了他的炼金石——那是无天日的工作，却会对人们的眼光视而不见。

特表雷森：好家伙，我们必须向一切低头了，那可能会推动神圣事业的发展。

阿纳尼亚斯：不可能的。神圣之事业应该具备一个神圣的方针。

特表雷森：不见得吧？自暴自弃的孩子们总是把法律文件变成最伟大的作品。另外，我们应该给人性一些东西。生活在火与金属烟雾中的人，他的大脑会被麻醉，人也很容易激动——

比起你的厨师是更伟大的无神论者；比起你的玻璃工人，更世俗，性情也更暴躁；你的创始人还更反对基督教徒。我来问你，是什么使这个恶魔——撒旦，成为我们的共敌，使他变得如此残忍，永久地烧着火，使硫黄和砒霜变得沸腾？我想说，我们必须达到目的，搅乱天生的幽默。或许，当工作完成后，石头炼成了，他的这种热情会变成狂热，会站起来为美丽的纪律去对抗罗马的破败。我们必须等待他的召唤，等待他恢复元气。你做错了，你责备他接受海德尔堡同胞的祝福。请权衡下我们需要什么来加快我们的工作进度。为了不把事情宣扬出去，除了用炼金石，什么都不要——诚如一个苏格兰博学的长老向我保证过的一样。对民事执法官来说这药就是唯一的，这暗示了他对这件事的一种感觉：这药还能用于日常疾病中。

阿纳尼亚斯：说真的，我还从没从一个人身上得到过这么多的启发。不是因为美丽的光照在我身上。我很悲伤，我的热情让人这么不适。

特表雷森：我们去拜访他吧。

阿纳尼亚斯：这主意好。我先敲门。（敲门）里面很安静。（门开了，他们走进了）

场景二

（洛弗威特家的一房间）

（萨托尔走进，特表雷森和阿纳尼亚斯跟着进来了）

萨托尔：噢，你们来啦？刚好到时间。你们看，刚好到60分钟。卸下绝望，一切都会循环的：蒸馏器、螺丝头、取颈瓶、鹈鹕都会变成煤渣。邪恶的阿纳尼亚斯！你怎么又回来了？最终它都会消失的。

特表雷森：先生，把心放宽。他现在很谦逊了，请你忍耐一下。如果太热情了，会让他从预定的路径上放到一边。

萨托尔：嗯，这个好。

特表雷森：这位同胞真的不想给你一点痛苦，却愿意让他们展现其心灵和你自己。

萨托尔：这个更好！

特表雷森：至于孤儿的货物，要好好珍视，还要珍视其他有助于神圣事业的东西。圣人也会在你面前丢掉他们的钱包的。

萨托尔：这个最好！现在你明白了，就应该这样。我在你们面前谈论了炼金石的事，而且会带给你们好处。告诉你，除了主要的雇佣力量外，在国外还吸引了荷兰人，还有你印度的朋友与他们的队友一起为你服务。甚至医药的使用会让你在学术范围内自成一派。倘若某位伟人遇到这种情况，他会痛风。你给他三滴炼金药，就能帮助他站立起来。这样你就结交了一位新朋友。另一个瘫痪或者水肿的人，他拿了你不能燃烧的原料，再次年轻了，你便又结交了一个朋友。一位女士身材肥胖，尽管不介意，但看着她腐烂的脸超过化妆治疗的程度，你会用云母油帮她恢复，你就结交了她这一个朋友和她所有的朋友了。如果一个大人患有麻风病，一个骑士患有骨头痛，或一个地主这些病都有，你用你的医药摩擦让他们舒服、身体健康，于是你又多了很多朋友。

特表雷森：啊，真有想象力。

萨托尔：然后把律师的锡镴制器皿带去圣诞节上——

阿纳尼亚斯：基督教趋势呀。

萨托尔：是的，阿纳尼亚斯。

阿纳尼亚斯：我做过了。

萨托尔：或者，在一定程度上把镀金材料变成大量金子。除了广交朋友，你什么也不能做。此外，有力量的话，在这个区域内组建一支军队，购买法国国王管辖范围外的地域，或西印度群岛外的西班牙。要与那些跟你作对的教会事物或俗事对抗——你什么不能做呢？

特表雷森：确实如此。我们自己可能都很世俗。

萨托尔：你可能成为一切，停止做那啰唆的练习；或接受你的“哈”、“哼”的语调。我不否认，那种情况下那是不优雅的。也许，他们的目的是对宗教不利，或吹着曲子把人们聚集起来。说真的，曲子大多与女人或其他冷漠的人有关，这是为你而鸣的钟声。

阿纳尼亚斯：钟声太世俗了，曲子才是虔诚的。

萨托尔：没警告过你吗？我的耐心有限，总会用完的。我不会这么痛苦的。

特表雷森：先生，我为你祈祷。

萨托尔：我说过的，一切都会消亡。

特表雷森：先生，让我从你眼里看看魅力吧，这位男士或者是他的热情需要进行纠正。但你自己可以允许任何地方都有歌声。现在，我们快要有炼金石了，我们不需要了。

萨托尔：不，不是你那圣洁的脸会让寡妇把遗产给你，让热情的妻子们为了共同的目的抢劫他们的丈夫；也不是一天内使债券破产，然后说这是上天的安排；不是让你晚上吃顿大餐以庆祝第二天能更好地禁食；兄弟姐妹会相互谦恭，躯体就不再那么僵硬；也不是在你饥渴的听众面前谨慎地谈论顾忌前不要放弃；不是一个基督教徒沿街叫卖或者去狩猎；也不是圣洁的夫人聚在一起打理她们的头发或穿紧身上衣或谈论她们对家庭日用织品的喜爱和执着。

阿纳尼亚斯：真是荒谬。

特表雷森：不要介意，先生。我命令你与他人和平共处。先生，请继续。

萨托尔：你不要去反抗主教，或者在大众面前切掉你的耳朵；或必要的时候不要演奏，让喜欢喝牛奶吃沙司的市议员高兴；或在你声音嘶哑前尽情发泄；或称自己为苦难、迫害、克制、耐力……这样，能影响整个家庭和你，只是为了荣誉，为了让门徒认真听道。

特表雷森：先生，确实如此，这就是虔诚的同胞们发明的方法。至于传承光彩事业，这是尤为显著的方法，他们能很快长大，也会出名。

萨托尔：噢，但对它来说炼金石是毫无意义的！什么也不是！天使般的艺术、自然的神迹、神的秘密就像在云彩中飞舞一样，从东方飞到西方。这一传统不是来自人类自己，而是来自精神。

阿纳尼亚斯：我厌恶传统。我不相信传统——

特表雷森：镇静。

阿纳尼亚斯：它们都是天主教的。我才不镇静呢，我不——

特表雷森：亚拿尼亚！

阿纳尼亚斯：亵渎神灵会使神圣的人感到悲伤的，我不会那样做。

萨托尔：好，你应该克制住。

特表雷森：先生，他被无知的热情所缠绕，但他是个非常忠实的兄弟，一个裁缝，一个受有关真理知识启示的人。

萨托尔：他有没有能装下所有货物的袋子？为了慈善和良心，我得当个修道院院长。现在大部分事情都是为了我可怜的孤儿。尽管我也渴望兄弟，渴望成为胜利者，但它们也在我心里。当你观察和得到它们的时候，也要清查下它们是什么。它们都是为了这个计划准备的。没有事可做了，就专研医学，有这么多的银和锡在这儿，还有金子和黄铜。我会依重量给你的。

特表雷森：但是先生，圣徒们希望是多长时间？

萨托尔：让我想想。现在是哪个月相？距现在8、9、10天，会变成银色的，3天能变成柚子色。15天成果就完美了。

阿纳尼亚斯：大约是第三个星期的第二天，是第九个月吗？

萨托尔：是的。

特表雷森：　你认为孤儿的本事能有多大？

萨托尔：　有许多种可能，现在就像装满了东西的三辆车都卸下了货物，你会生产出600万份——但我必须得到更多的煤。

特表雷森：　怎么弄？

萨托尔：　再装一车，我们就完成工作了。现在我们必须把火温提高，忽略来自马粪便、温浴、灰烬中的热量和所有温和的热量。如果对钱财的追求降得很低，圣徒们需要知道一个金额总数。我就有办法熔化锡，你得马上买一酊剂，这会让你觉得荷兰的美元和荷兰的任何东西一样好。

特表雷森：　你能这样吗？

萨托尔：　啊，要等待第三次检查。

阿纳尼亚斯：　对同伴们来说是好消息呀。

萨托尔：　但你必须保密。

特表雷森：　嗯。等等，这种制造硬币的行为合法吗？

阿纳尼亚斯：　合法。我们都不认识地方的法官；要不我们就说这是外国硬币。

萨托尔：　先生，那不是制造硬币，而是铸造。

特表雷森：　哈！你分得真清楚。或许铸造硬币是合法的。

阿纳尼亚斯：　是的，先生。

特表雷森：　我知道了。

萨托尔：　不要有顾虑，就这么做吧。相信亚拿尼亚，这是他在研究的良心。

特表雷森：　我会把它当成问题来问我的同胞们。

阿纳尼亚斯：　同胞们会认为那是合法的，不会怀疑的。应该在哪儿进行呢？

萨托尔：　我们会讨论的。（没敲门）有人要和我说话。你进去看看包裹。这是存货总值。我一会儿直接去你那儿。（特表雷森和阿纳尼亚斯退场了）谁呀？——费斯！出来一下。

场景三

（同上）

（萨托尔和穿着制服的费斯进来了）现在怎样？有好的战利品没？

费斯：有瘟疫！那边的骗子不会来了。

萨托尔：然后呢？

费斯：我一直都在周边转，没有这样的事。

萨托尔：你放弃他了吗？

费斯：放弃他！困境都把他放弃了，他会很高兴的。你希望我一整天像只驽马似的追踪一个不会给我们带来好处的人吗？我老早就了解他了。

萨托尔：但是已经骗了他，也控制他了。

费斯：让他走吧，坏小子！现在该说你了，有一些有关你的最新消息。有一位高贵的伯爵，他是西班牙导师——是个令人垂涎的位置，但他是我的同伴——为了他的良心来到这儿，还带来了军需品：比三艘荷兰船还大的六条巨大马裤。另外还有树干状的软管，还带了西班牙的金币——8枚硬币。他会直奔这儿的，浑蛋，快去洗你的澡，让他看看多尔，看看我们的城堡，五个码头——我们的多佛码头，你可以带他到任何地方参观。她在哪儿？她肯定沐浴之后在喷香水，身着轻柔的亚麻衣，然后准备赴宴。教义在哪儿？

萨托尔：我会把她送过去的，也把清教徒约翰·里登斯带来，我自己也会再来的。

费斯：他们在里面吗？

萨托尔：在统计总数。

费斯：有多少钱？

萨托尔：100马克。（离开了）

费斯：今天运气好啊。玛门有10英镑，我下属有3英镑，还有杂货

商的东西，这是我同伴的。并且，我在寡妇和律师面前又恢复了好心态。40英镑都买不了我那份——（多尔进来了）

多尔：什么？

费斯：英镑，可爱的多萝西！你这么亲密？

多尔：那当然。说说进展如何？

费斯：很少会有人提前保护自己安全，依靠他们的规则来反抗这个世界。多尔，他们会在自己筑起的壕沟内大笑，通过想象战利品来自我膨胀。多尔，加入他们的小集团吧。这时候，勇敢的导师和多尔一起被带来了。你能得到他的赎金，他会被套上脚镣带到这儿来，在他看到你之前，你也看着他。然后把他扔在下面的床上，那床就和任何地牢一样黑。多尔，你用鼓声把他吵醒，你要反复敲打，直到把他搞得无精打采，就像可怜的画眉在大霜冻中一样、像蜜蜂在脸盆中一样，被雪藏，然后用床单和细薄布被单裹住，直到他好好工作。

多尔：他是干什么的？

费斯：是一个西班牙总督，一个贵族。达珀不在这儿吗？

多尔：不在。

费斯：德鲁格也不在？

多尔：不在。

费斯：真该死，他们办事办了这么久了。但愿在假日期间不要看到这些讨厌的家伙——（萨托尔又进来了）现在怎样！你做好了没有？

萨托尔：搞定了。钱都放到银行里了。我认识个商人，他想把东西全买了。

费斯：德鲁格不会反对他把寡妇带到家里布置房间的。

萨托尔：那太好了，考虑得很周到。愿上帝保佑他会来吧。

费斯：我希望他在工作完成前离开。

萨托尔：但是，如何保密呢？

费斯：　一个小鬼给了我一张纸，纸上有良方。对萨利来说，我魔幻般地出现在了这里；我在国外也有小鬼；萨托尔，你的浴缸很好；多尔，用你的母语跟他交流，他对语言知之甚少，很容易受骗，多尔。他会雇辆四轮大马车来这儿，是我们的马车夫，没别的人了，我只能把他送去当向导。有人敲门。是谁呀？（多尔出去了）

萨托尔：　是他吗？

费斯：　噢，不是，还没到时间呢。（多尔又进来了）

萨托尔：　是谁？

多尔：　那个职员达珀。

费斯：　上帝啊，菲丽女王的来临会让你觉得很烦的。（多尔出去了）

医生，穿上衣服。看在上帝的分儿上，派他去吧。

萨托尔：　那样时间太久了。

费斯：　我允许你看我给你的提示，那够简短明了了。（去了窗边）看，人更多了！阿贝尔，我想那个易怒的男孩就是那个继承人，他很乐意吵架的。

萨托尔：　还有那个寡妇？

费斯：　我可没看见，走吧。（萨托尔离开了）

场景四

（同上）

（费斯在，达珀进来了）

费斯：　噢，先生，欢迎到来。医生去你那儿了；我费尽千辛万苦才说服他去的！——他说你是玩骰子的幸运儿，他从没听说过她非常喜欢。你的姨母给你说了些最和蔼的话，需要思考思考。

达珀：　可以见见她吗？

费斯：　可以的，也可以吻她——

（阿贝尔进来了，卡斯崔尔也跟着进来了）

德鲁格，锦缎带来了没有？

德鲁格：没有，先生。这是烟草。

费斯：很好。你会把锦缎也带来吧？

德鲁格：会的。这位先生是卡斯崔尔。我已经带他去看了医生了。

费斯：那个寡妇在哪儿？

德鲁格：先生，正如他说的，他的姐姐会来的。

费斯：噢，这样啊？来得正是时候。先生，你叫卡斯崔尔？

卡斯崔尔：啊，我是最好的卡斯崔尔，很抱歉我一年挣1 500英镑，比其他的卡斯崔尔富裕些。医生在哪儿？买烟的男孩跟我说，有个人可以做事。他有没有什么能耐？

费斯：你指哪方面，先生？

卡斯崔尔：运营业务方面。根据条款合理处理纠纷。

费斯：先生，你好像对这个城镇还不太了解，这是个问题。

卡斯崔尔：不是那样的，先生。我听说了一些有关血气方刚的年轻人的事情。看着他们带着烟草到他的店里，我也可以这样。我很乐意成为他们中的一员，跟着他们去乡下锻炼。

费斯：先生，我向你保证，为了这个决斗，医生会告知你详尽的信息；他也会向你展示他自己做的仪器。用那个仪器，就可以报道你们吵架的情况，他会马上调整高度，看看哪个角度会很安全或会造成伤亡。还有：怎样携带仪器，直线或者半圆；或者会变成一个钝角，如果不太精准的话。他会演示的，然后会给出规则，确定好位置。

卡斯崔尔：好！带着它？

费斯：是的，他会暗中给你展示，或者间接地，不会直接地给你看。整个城镇都在研究它的原理，人们一般都在吃饭的时候争论不休。

卡斯崔尔：难道他不教人怎么靠智慧生存吗？

费斯：什么方式都能生存的。你虽不了解它的细微之处，但也能看懂。他就让我当了队长。我遇到他之前，就和你一样，也就是个十足的拉皮条的，至今还不到两个月。我会告诉你他的方法：首先，他会带你去看一些普通的事。

卡斯崔尔：我不会去那儿的，请原谅我。

费斯：为什么？

卡斯崔尔：这是在赌博，玩把戏。

费斯：为什么这么想？你想做勇士而不是赌徒吧？

卡斯崔尔：啊，那会毁掉一个人的。

费斯：毁掉你！在你被毁之前它会恢复你的。在这儿，他们是如何靠智慧生存的，然后获得了比你多5倍的财富？

卡斯崔尔：什么，一年3 000英镑？

费斯：嗯，4万英镑。

卡斯崔尔：这么多？

费斯：是的。还要做绅士吗？这就是个年轻的绅士，出生时什么也没有。（指着达珀说道）一年40马克，这钱也算不了什么——他刚入行，对医生有个大致了解。他运气来了挡都挡不住，两星期内他会赢你的，钱多得足够买个男爵爵位。他们会让他坐在最高位上，成为皇家官员，掌管着牌和骰子，并在圣诞节上享有开桌的特权：全年到了任何一个地方，那些地方只要有赌博，人们便会立刻给他送来椅子，人们马上聚集起来，还会送上最好的酒——有时是两瓶加纳利白葡萄酒，还不用付钱。他穿着最干净的亚麻衣服，带着最尖的刀，身边还跟着战壕兵，私下还在某个地方精致的床上吃着可口的食品。你会用你的钱为他下注，就如某个剧院为某位诗人下注一样。老板会大声地请他说出他喜欢什么菜——那肯定是黄油酱虾。那些喝酒的人不会敬其他人，只会敬他，好像他就是最懂吃的人。

卡斯崔尔：你没骗人吧？

费斯：噢，我的天啊，你认为我在骗你吗？你会有个铸造指挥官——可以预先与手套贩卖商和马刺制造者为了两套器皿合作；也可以通过最快的邮递，与他打交道，找到最合适的方法阻止他自己。他是很率直的男孩，追求时尚，喜欢时尚。

卡斯崔尔：医生会教这些吗？

费斯：他教的比这些还多。当你失去土地后——因为人们讨厌很长时间占着土地——那不关法庭的事，流动的资金也很少。在这事发生前，普通股也暂停了，他会给你展示神奇的玻璃器皿：在玻璃的一边你会看到镇上所有年轻继承人的脸，他们的债券是为了商品诈骗准备的；在另一边，你能看到商人和其他人，他们不用靠任何二手经纪帮忙，因为经纪也想获利，也照管着这些包裹；在第三个街区，你能看到特有的街道和标志，那儿聚集着商品等着出售，有胡椒、肥皂、酒花或者烟草、燕麦片、靛蓝或者奶酪。所有这些你都能应对，并为己所有，从未感到有什么义务。

卡斯崔尔：我服了，他就是这样的人？

费斯：德鲁格很了解他。他经常给富裕的寡妇们、绅士们、继承人以及最富的人做媒。他被派往这儿那儿，足迹遍及英格兰。他有自己的律师，也了解了他们的财富。

卡斯崔尔：上帝保佑啊，我姐姐会碰见他的。

费斯：先生，我把他跟我说的有关德鲁格的事告诉你。这事很奇怪——顺便说下不要再吃奶酪了，德鲁格，奶酪会导致忧郁，同时忧郁滋生虫子，但不要管它了——他跟我说，诚实的德鲁格在他一生中是不会住小旅馆的。

德鲁格：是真的，我也不会。

费斯：然后他就病了——

德鲁格：他也告诉你那个了吗？

费斯：我怎么会知道是那个呢？

德鲁格：的确，我们应该运动下，我们晚餐吃了肥腻的公羊肉，胃好重啊！

费斯：他没有想到还喝了这么多葡萄酒，拉提琴的人又弄出很多噪音，他又要照看店，又敢不留下仆人——

德鲁格：我的头好痛——

费斯：他很乐意被带回家，医生跟我说，后来来了一个善良的老妇人——

德鲁格：是的，她住在煤粉路——她用麦芽酒和墙上的药草一起浸泡，治好了我的病。只花了我2便士。我还有比这更严重的病。

费斯：啊，真惨！自来水厂估价下来只值18便士。

德鲁格：确实，就好像它几乎毁了我的一生。

费斯：你的头发掉光了？

德鲁格：嗯。做了恶事，就没了。

费斯：医生也是这样说的。

卡斯崔尔：烟草男孩，请你把我姐姐接来。在我走之前，我要看看这个博学的人。她也想见见这个博学的人。

费斯：先生，他现在很忙，但是如果你要你姐姐到这儿，也许你自己身体的疼痛会让她很快到这儿。那时候他也就空闲了。

卡斯崔尔：我去。（离开了）

费斯：德鲁格，她是你的，缎子给你。（阿贝尔离开了）萨托尔和我肯定会为了她打一架。来，达珀，你想想我该如何把当事人送走，去处理你的事？你怎么主持仪式？

达珀：穿有活力的、干净的衬衫即可。

费斯：很好。这衬衫可能让你比想象中还好。你姨母充满了激情，但还不会表现出来，她会看着你。你给她找了仆人没？

达珀：找了，这有爱德华时期的6分先令。

费斯：很好！

达珀：还有一枚旧哈利时期的1英镑金币。

费斯：非常好！

达珀：还有三枚詹姆斯时期的先令硬币，一枚伊丽莎白时期的4便士银币，20个价值6先令 8便士的金币。

费斯：你太好了。我想你应该还有玛利亚的金币吧？

达珀：还有一些菲利普和玛利亚时期的金币。

费斯：啊，那些都很好：现在在哪儿呢？请想一下，医生。

场景五

（同上）

（费斯、达珀进来了，萨托尔用块布伪装成菲丽的牧师，也进来了）

萨托尔：（用伪装的声音说）她表亲来没？

费斯：来了。

萨托尔：他在斋戒吗？

费斯：是的。

萨托尔：他会喋喋不休吗？

费斯：经常，你必须回答他。

达珀：经常。

萨托尔：他就像蜜蜂一样嗡嗡地叫个不停吗？

费斯：如果你是那样，说出来。

达珀：是的。

萨托尔：对她的表亲来说，希望他已经恢复了理智。他出价，菲丽女王分配礼服和衬裙。他可以直接穿上，这是她所强调的。她的衬裙给她带来了财富，工作服也是，女王也着重强调了这个。因此，即使她只给了一块布，作为孩了，也会给他穿上撕破的衣服。为了围巾，请他现在就穿上它。虽然她很爱他，但也撕碎了它。对他来说，他们用破衣服蒙骗了他，看看他有多幸运。他会相信是她让他变成这样的，他会抛弃掉所有世俗的财富——他能做到的，她对此毫不怀疑。

费斯： 她不必怀疑，先生。哎呀，他什么也没有，但他会心甘情愿听她的话——放弃钱财——她会要求手帕和一切。她不会买那件东西，但他会听她的——如果你戴着戒指，把它扔掉，否则就会在你手腕上刻一个银色印章；（他照他们的话做把它丢掉了）她会派她的人到这儿来寻找你，会很正直地与他进行交易。如果他们发现你隐藏了什么，你就完了。

达珀： 真的，这就是所有的了。

费斯： 所有什么？

达珀： 我所有的钱财，真的。

费斯： 临时占有的东西也不要保留。（对萨托尔说）出点钱让多尔弹首曲子——看，他们来了。（多尔在里面弹西特琴）如果你不说实话，我就掐你。我只是给你建议而已。（他们在掐他）

达珀： 噢，我有张纸，里面包着一枚价值15先令的金币。

费斯： 叮叮，他们说知道了。

萨托尔： 叮叮叮叮，他不止这些钱。

费斯： 叮叮叮叮，其他口袋里有吗？

萨托尔： 叮叮叮叮叮，他们说必须掐他，否则他就不会招。（他们又掐了他）

达珀： 噢，噢！

费斯： 不，稍等一下，他是她的侄子？谁在乎你？你会在乎——先生，很明显，你会为他们感到羞耻的。你是无辜的。

达珀： 我发誓，我什么也没有了。

萨托尔： 叮叮叮叮叮。她说他的话模棱两可，他发誓说，希望他的瞎眼能重见光明。

达珀： 对黑暗来说，除了手上有一半金色的王冠外，我一无所有——那是我爱人给的；自从她抛弃了我，我就心灰意懒了。

费斯： 我觉得还有其他的事。为了这些没用的东西，你愿意惹你的姨母不高兴吗？快，我宁愿你丢掉了20个2先令6便士的硬币。（丢掉了它）你可能仍旧闷闷不乐的——（多尔匆忙地进来了）现在情况如何？

萨托尔：多尔，有没有什么消息？

多尔：那边是骑士玛门先生。

费斯：之前我们从没有想起过他。他在哪儿？

多尔：就在附近。他在门口。

萨托尔：你现在还没准备好？多尔，把他的衣服拿来。（多尔出去了）他肯定不会被送回去了。

费斯：噢，肯定不会了。我们还要在这儿继续骗人吗？现在他肯定唾弃我们了。

萨托尔：让他带些装置回来一段时间。（多尔拿着费斯的衣服又进来了）——她愿意和我说话吗？我来了——多尔，帮我！（没有敲门）

费斯：（通过小孔说话）——谁啊？厄匹克尔先生，我主人还在路上。你可以先出去转悠三四圈，就能碰到他回来。我是为了你好——多尔，快点！

萨托尔：达珀，她会衷心地表扬你的。

达珀：我渴望见到她。

萨托尔：她现在在床上吃晚餐，她派人从她私人的战壕兵那儿给你带来一只死老鼠和一块姜饼，你会感到很高兴，因为这样你就不会因禁食而饿晕过去。她说，如果你在看见她前能坚持住，那对你是有好处的。

费斯：先生，我敢保证，他为了她已经坚持了两个钟头了。我们绝不会放弃努力的——

萨托尔：在那之前，他不能见任何人，也不能和任何人讲话。

费斯：我们可以做到，我们嘴里可以含点东西。

萨托尔：含什么？

费斯：姜饼很适合。目前，他已经取悦了她，他不达目的不罢

休的。哇，先生，它很适合你。（他们塞了一片姜饼在他嘴里）

萨托尔：现在我们应该把他安排在哪儿？

多尔：私人住房里。

萨托尔：跟我来，给你看看私人住房。

费斯：很香吧，准备洗澡了？

萨托尔：都不错。只是熏蒸味太浓了。

费斯：（通过小孔说）厄匹克尔先生，顺便说一下，我是你的人。（和达珀离开了）

第四幕

场景一

（洛弗威特家的一个房间里）

（费斯和玛门进来了）

费斯：　噢，先生，你来得真准时——

玛门：　主人去哪儿了?

费斯：　准备项目去了，先生。材料马上就会发生变化的。

玛门：　变成金子?

费斯：　变成金子和银币。

玛门：　我从不关心银币。

费斯：　可以分一些给乞丐。

玛门：　那位女士在哪儿?

费斯：　就在附近。我把你英勇的事迹都告诉她了，还跟她说了你的奖金和你崇高的精神——

玛门：　她怎么说?

费斯：　她很想见你。不过，你们在交谈时不要谈神学，免得惹她生气。

玛门：　这个我保证不谈。

费斯：　她要是生气了，六个男的都控制不住她。要是中途那个老人听到或者碰到你们了——

玛门：　恐怕不会吧。

费斯：　房东会发疯的。你知道的，他很严谨，很粗暴，反对任何犯罪行为。我跟你说，她能接受谈论医学、数学、诗歌、政治或淫秽行为，她从不会感到吃惊，但也不会对此说一句话。

玛门：　深受教育啊。

费斯：　你一定要称赞她的房子，记住，还有她的身份。

玛门：　让我一个人待一会儿，传令官不在，古董商朗斯也不在，可能好些，出发。

费斯：　（站在一旁说道）多好的事：为了貌美的女士，得到了多尔。（离开了）

玛门：　厄匹克尔现在使他自己变得强壮，能告诉她所有的东西都变成金子了。就像爱神丘比特对达娜厄所做的一样多；相比玛门来说，他向上帝展现了一个守财奴的形象。什么！是炼金石引起的。她会触摸金子、品尝金子的味道、听到金子的声音、和金子同睡。我们会创造金子。与她交谈可以使我强大——（打扮得很阔福的多尔，和费斯一起进来了）她来了。

费斯：　多尔，你还小吗？我告诉过你，这是高贵的骑士——

玛门：　女士，原谅我轻微碰撞了你的衣服。

多尔：　先生，如果我遇到了这件事，我很失礼了。先生，这是我对你的回答。

玛门：　愿你的兄弟健康平安。

多尔：　虽然我不是那位女士，但我的兄弟就是我的主人。

费斯：　（站在一旁说道）说得好。

玛门：　真是高贵的女士——

费斯：（站在一旁说道）噢，我们有了最狂热的崇拜偶像了。

玛门：这是你的特权。

多尔：你也很谦恭有礼。

玛门：你没有什么优点可以告诉我，可以说说你的教养和家人。

多尔：先生，我们没有家人，只有一个低劣男爵的女儿。

玛门：低劣？是说你吗？不要这样玷污自己。倘若你的父亲在那项法案之后，余生都过得很愉快的话，他足以使他自己、他的子孙——后代荣华富贵。

多尔：先生，尽管说我们急需镀金材料和权力，我们仍然努力保护我们的子孙，保留材料。

玛门：我看到了，你们的本质及美德没丢。给你们用来修建寓所的药钱也没有丢。我在你的眼神里看到了高贵的品质，这是我要说的。我觉得你很像一个奥地利贵族。

费斯：（站在一旁说道）的确很像。她父亲曾是爱尔兰水果蔬菜小贩。

玛门：瓦卢瓦的房子有这样一个突出的前部分，而佛罗伦萨的梅第奇却自吹自擂。

多尔：真的，我已经很像这些贵族了。

费斯：（站在一旁说道）说实话，我听说了。

玛门：我不知道怎样说！并不是哪个人，这是他们特有的选择。

费斯：（站在一旁说道）我先进去了，大笑。（离开了）

玛门：十足的润色或气氛，真的很美，超越了尘世的美！

多尔：噢，你在拍马屁。

玛门：女士，我也要走了——

多尔：先生，说实话，我不会自我嘲笑的。

玛门：就像凤凰燃烧出美丽的火焰，却不知道还有比这更高贵的死法。

多尔：你又在拍马屁了，推翻了你前面所讲的话。先生，说话要讲究艺术，这会让你在问答中暴露你的全部信仰。

玛门：　但我内心深处——

多尔：　先生，誓言也是一样的。

玛门：　天性从不会给死亡塑造一个更清白、更和谐的形象。她只是在所有人面前扮演继母的角色。亲爱的女士，让我保持我独特的个性吧——

多尔：　独特！你该知道你还差得很远嘞。

玛门：　亲爱的女士，不要对我印象不好；我想问下你是怎样打发时间的？我知道你临时住在这儿，住在一个非凡卓越的男人家里，优秀艺术家的家里，但那对你来说意味着什么？

多尔：　噢，先生。我在这儿学习数学和蒸馏。

玛门：　噢，请原谅我，他是位很了不起的指导师，能用技艺从所有东西中提取精华；能在温和的熔炉中发挥长处，创造奇迹；能教天性迟钝的人发现他们自己的潜能。有位君主曾召见占星师凯利，授予他勋章，又给他戴上镣铐，又约请他。

多尔：　先生，对于他的医术——

玛门：　依医术来说，引起了其他人的嫉妒。这个我知道，甚至更多。

多尔：　先生，我知道这些研究的事，应该好好思考下人性了。

玛门：　你真幽默，但并不打算无知地用这种方式。你觉得这些制造简陋的模型很弯曲、很低劣，而教堂的走廊修得很好吗？但这样的一个特色，可以说代表了一个王国的荣耀。过隐居的生活，虽然是住在女修道院，但只是一个独居者，并不是隐士。我想你的兄弟会同意这事的。如果我是他，我会先用掉我一半的地产。我手上的这颗钻石比采石场的要好吧？

多尔：　是的。

玛门：　你很喜欢它。女士，你天生与光有缘。给，戴上它。拿着，这是我想说的，请相信我。

多尔：　用硬石链吗？

玛门：	是的，价值不菲，请保密——另外，请记住这是我在欧洲最快乐的时刻。

多尔：	你很满足吗，先生？

玛门：	不，说真的，我嫉妒那些贵族，对这些国家充满了恐惧。

多尔：	你是在说厄匹克尔先生？

玛门：	是的。你可能会觉得那是荣誉的产物。我对形式并不看重，我会让这种美超越一切形式的束缚。

多尔：	你的意思是没有背信，先生？

玛门：	没有，我不会嫉妒了。女士，我就是炼金石的主人。

多尔：	是吗，先生！你是石头的主人？

玛门：	我是变形术的主人。今天，屋里那个一直辛苦的人已经为我们做到了。他现在正在预测，想想你的第一个愿望，说来给我们听听。在你身上可能会发生一些事，金子如洪水般涌来，犹如瀑布般泛滥，你会获得权力。

多尔：	先生，看来你很高兴为我们的抱负而工作。

玛门：	我很高兴她知道天主教会修士居住的地方，对她来说住在那儿并不是很隐蔽。在艾塞克斯，很多人为了总管的女士去学习医术和外科，顺便感受一下宫殿的气氛、饮食起居，并了解三角洲苦工的生活，看看他们的练习；还能在宴会和胜利庆典上看到珍珠、珊瑚虫、金子、琥珀的酊剂，还能问问她创造了什么奇迹。看着火焰，就像燃烧的玻璃一样，把它们都变成了炭渣。二十颗宝石装扮在你身上，灯光使你闪耀如星。提起你，女王的脸色就会苍白，但我们很爱你，故事中没有了尼禄的爱妻波培娅，这样我们就拥有了它。

多尔：	先生，我同意你的看法，但是在君主国中，这会怎样？王子很快就会发现你，会抓住你，得到你的炼金石。对一些人来说，那可是一份来路不明的财产。

玛门：	等他知道了再说。

多尔：先生，你在自夸。

玛门：向你夸耀我的生活。

多尔：噢，先生，但要小心哦。说这种话，你的余生可能会在你不喜欢的监狱中度过噢。

玛门：没必要害怕。我们会带着它离开，在一个自由的国度定居。在那儿我们能吃鲻鱼，能喝很多上层社会喝的酒，吃野鸡蛋；能在银制贝壳中煮乌蛤，矮小的人住在这儿也能游泳了；能用海豚乳制作出少量黄油，海豚乳看起来就像蛋白石一样；吃着这些松软的肉，会让我们乐翻天。我们再次平静下来，然后喝着炼金药，重拾我们的年轻与力量。我们好好享受渴求的生活。你会拥有衣橱，会比原来还要富足，你也可以改变自我——为了你的自尊，比起她和仆人，你得频繁地改变。（费斯又进来了）

费斯：先生，你声音太吵了，我在实验室都能听到你说的每句话。其他一些地方也能听见，比如花园、大卧室，你觉得她怎样？

玛门：很优秀！费斯，这是给你的。（给他钱）

费斯：你听见了吗？先生，注意点，别提到犹太教教士。

玛门：我们没有提啊。（玛门和多尔出去了）

费斯：噢，那很好——萨托尔！

场景二

（同上）

（费斯，萨托尔又进来了）

费斯：你没笑吗？

萨托尔：嗯！他们走了吗？

费斯：都走了，清静了。

萨托尔：寡妇来了。

费斯：你那个爱吵闹的信徒？

萨托尔：对。

费斯：我又得再次履行队长职责了。

萨托尔：停，先把他们带来吧。

费斯：我也这么想的。她怎么样？令人赏心悦目吗？

萨托尔：我不知道。

费斯：我们会招引许多人的，你能坚持住吗？

萨托尔：坚持什么？

费斯：噢，为了协调，现在拉下窗帘吧。

萨托尔：去门那边。

费斯：你们会有第一次亲密接触，我还没准备好。（离开了）

萨托尔：嗯，也许可以把你撵走。

费斯：（朝里走）你在和谁说话？

卡斯崔尔：（朝里走）队长在哪儿？

费斯：（朝里走）走了，去办事了。

卡斯崔尔：（朝里走）走了！

费斯：（朝里走）他会回来的。但他的助理在这儿。（卡斯崔尔进来了，后面跟着普里昂特女士）

萨托尔：走近点，我可敬的孩子。这是我的地盘，自在点。欢迎到来，我了解你们的欲望与要求，我会让你们满意的。首先，现在听我说，这是我的地方，不要吵了。

卡斯崔尔：你撒谎。

萨托尔：孩子脾气啊！有大声撒谎的吗？为了什么，急躁的孩子？

卡斯崔尔：不是，我只是预料到你会。

萨托尔：噢，不是那样的，只是错误的逻辑推断！孩子，你必须告知原因、你的意图；了解你的教规、你的分歧、心境、学位程度、与别人的不同之处；明确你的窘境、实质、意外事件，以及了解许多走读生和住院实习医生，了解他们的事件、办事效率、社交集会和结局，使你自己变得完美。

卡斯崔尔：这是什么？你说得这么快？

萨托尔：事先制定的错误戒律欺骗了许多人，他们在意识到这之前经常吵架，事后又违背了他们的愿望。

卡斯崔尔：先生，我应该怎么做？

萨托尔：我对这位女士表示同情，人们应该尊敬她。（吻她）我称呼她为女士，是因为你会与她待得很久，真是温和、高大、漂亮的寡妇。

卡斯崔尔：真的是这样吗？

萨托尔：是的，或者我是个极坏的爱说谎的人。

卡斯崔尔：你怎么知道？

萨托尔：通过观察她的前额和她嘴唇的细微处，可以尝尝她的味道做判断。（又吻了她）她就像干梅干一样温柔。这有个办法，你可以遮着面纱告诉我他不是骑士。

普里昂特女士：然后呢，先生？

萨托尔：让我看看你的手。噢，你的手相显示运气好，手很平滑，这里有个标记。最重要的，你的情感归宿——女士，他是个军人，或者说是个艺术家，也获得过一些荣誉。

普里昂特女士：弟弟，相信我，他是个优秀的男人。（费斯穿着他的制服又进来了）

卡斯崔尔：请安静，另外一个优秀的男人来了——请，队长。

费斯：好心的卡斯崔尔，这位就是你的姐姐吗？

卡斯崔尔：是的。请你吻她，认识她你会感到很自豪。

费斯：很高兴见到你，女士。（吻了她）

普里昂特女士：弟弟，他也叫我女士。

卡斯崔尔：嗯，安静。我听到了。（把她带到一边）

费斯：伯爵来了。

萨托尔：他在哪儿？

费斯：在门口。

萨托尔：你要好好款待他。

费斯：在此期间你要做什么？

萨托尔：给他们看些夸夸其谈的书或黑色的玻璃。

费斯：天哪！真是位娇美的小姐啊，我得拥有她。（离开了）

萨托尔：（在一旁）当然！如果你运气好，你可以占有她——来，先生，队长不久就会来了。我先带你们去我的示范室，我要在那儿给你们讲讲语法、逻辑、争辩术；我会把我的整个方法都告诉你们。我也有许多种方法能让你们争吵。女士，我要你看着玻璃，看半小时，然后预测你的命运，陈述你的见解，这个比我评判那突发事件还准确，相信我。（离开了）

场景三

（同上）

（费斯进来了）

费斯：医生，你在哪儿？

萨托尔：我马上来。（进来）

费斯：我要得到这个寡妇，花多少钱都行，我已经见过她了。（萨托尔进来了）

萨托尔：你说什么？

费斯：你把他们安排好了没？

萨托尔：我已经把他们送上去了。

费斯：萨托尔，说实话，我也想要得到这个寡妇。

萨托尔：就是这个事吗？

费斯：不，你听我说。

萨托尔：走。如果你再违抗，多尔会知道所有的事。别说了，看你的机会了。

费斯：不，现在你太粗暴了。你想想，等你老了，就不能办事了——

萨托尔：谁不能？我？我会和你一起为她服务——

费斯：不，请你理解，我会给你补偿的。

萨托尔：我不会和你一起的。什么？卖掉我的财富？那比我的权利还好。不要抱怨，赢了她，把她带走。如果你抱怨，多尔会马上知道的。

费斯：好，先生，我不说了。你能帮忙把多恩接来吗？（离开了）

萨托尔：先生，我跟着你。我们必须尊敬费斯，否则他会像个暴君一样忽略我们的。（费斯又进来了，萨利假扮成一个西班牙裁缝来了）

谁来了？约翰·多恩！

萨利：绅士，我要亲吻你的手。

萨托尔：太夸张了吧，我会招架不住的。他穿着深色环状领衣服，就像头在大浅盘里一样。他能提供覆盖两个支架的短披风。

费斯：你说像什么野猪脖子，剪掉耳朵下面的肉来腌制，并用刀子乱绞？

萨托尔：他看起来太胖了，不像西班牙人。

费斯：也许一些佛兰芒人或荷兰人在阿尔瓦时代也这么认为。埃格蒙特伯爵怪怪的。

萨托尔：多恩，你的败血病使你看起来面黄肌瘦，这在马德里很普遍。

萨利：举个例。

萨托尔：他能说出防御工事，他没有做出什么出奇的事。

萨利：哇，先生，多么漂亮的房子啊！

萨托尔：他说什么？

费斯：我想，是在夸房子吧。我也不太清楚。

萨托尔：是的。我亲爱的杰姆斯，那美丽会骗你陷进去的，你知道吗？你会被骗的。

费斯：被骗，你看到了？

萨利：我知道。

萨托尔：你计划的吗？亲爱的多恩，我们也是这样想的。你给了他西班牙金币没？（对费斯说）你摸到了什么东西吗？

费斯：（摸他的口袋）满满的。

萨托尔：多恩，正如他们所说，你会耗掉一切的，最后累得你气喘吁吁。

费斯：亲爱的多恩，说实话，你还会被勒索。

萨托尔：看看这些浑蛋，都是贪婪的狮子。

萨利：如果你们愿意，我能看看那位女士吗？

萨托尔：他在说什么？

费斯：关于那位女士。

萨托尔：噢，这是母狮，你也会看到的。

费斯：萨托尔，我们该怎么做？

萨托尔：关于什么？

费斯：你知道的，多尔被雇用了。

萨托尔：没错。我不知道他是否快乐，但他肯定会待在那儿。

费斯：待在那儿？绝不可能。

萨托尔：不可能，为什么？

费斯：除非你毁掉一切，但即便如此他也会怀疑的。他也不会偿还，一半钱都不会付的。这就是一个有旅行经验的人，通晓延误的事。他是个十足的浑蛋，看起来总是很猖狂。

萨托尔：玛门不会有困难吧？

费斯：玛门！绝对不会的。

萨托尔：那我们该怎么办？

费斯：想想，你得快点行动 。

萨利：我知道女士很漂亮，我很想看到她，她是我一生中最重要的财富。

费斯：哇！萨托尔，他的话让我想起了寡妇。要是把她叫来，你有什么看法？哈哈。告诉她这是她的财产？我们所有的冒险行为都是靠着这个撒谎的。只有一个人有机会得到她；另外，她不贞洁了，不用害怕失去。你怎么看的，萨托尔？

萨托尔：谁？我？为什么——

费斯：　因为我们房子的信用度也牵扯在里面了。

萨托尔：　不久前你说要给我东西，说实话你会给我什么？

费斯：　现在我不会买什么。我知道你也同意。拿着你的那份，抓住机会，赢了她，拥有她。

萨托尔：　我不会让她工作的。

费斯：　那很普遍；想想你吧。你说过，多尔会知道这事的。

萨托尔：　我不在乎。

萨利：　先生，为什么耽搁这么久？

萨托尔：　确实。我老了，不中用了。

费斯：　先生，那不是原因。

萨利：　你们能为我做点什么吗？

费斯：　你也听到了多尔在说话？这种情况是我引发的，多尔，松开铰链！

萨托尔：　真是地狱似的折磨啊——

费斯：　你要做什么？

萨托尔：　你是个可怕的浑蛋，我会考虑考虑的。先生，你要叫来寡妇吗？

费斯：　嗯。我也会接受她，包括她所有的缺点，现在我真的认为没有比这再好的了。

萨托尔：　说到我心里去了，先生。我解放了吗？

费斯：　随你便。

萨托尔：　来，握个手。（他们握了手）

费斯：　现在记住，无论发生什么改变，你都不要向她索取什么。

萨托尔：　先生，希望你快乐、身体健康，娶个妓女当老婆！命运呀，先让我娶个女人吧！

萨利：　看看你的胡须哦——

萨托尔：　他以他的胡须发誓。走吧，也把她弟弟叫来吧。（费斯离开了）

萨利：　先生，你们不会是在骗我吧？

萨托尔：怎么会呢？尊贵的先生，你是值得的。如果你满意命运的安排，在你走之前你会被浸泡在水中，被别人用力擦洗、擦伤，你还会被骗的。你应该相信，你甚至会被抓挨打，精神失常，被浸泡。我会很用心地处理这事，尽快让寡妇变得无知，然后对鲁莽的费斯充满敌意，很快就会的。

（萨托尔和萨利离开了）

场景四

（洛弗威特的另一个房间里）

（费斯、卡斯崔尔和普里昂特女士进来了）

费斯：来，女士。我知道医生在他找到她的财产前是不会离开的。

卡斯崔尔：你是说伯爵女士？西班牙的伯爵女士，先生。

普里昂特女士：为什么，比英国伯爵女士还要好吗？

费斯：是的！有问题吗，女士？

卡斯崔尔：没有。队长，她很愚蠢，请原谅她。

费斯：你要从崇拜你的人问到小旅馆的人，他们会跟你说：你的西班牙小马是最好的马；你的西班牙式的走廊是最结实的走廊；你的西班牙式的胡须剔得最好；你的西班牙环状领穿得最好；你的西班牙孔雀舞跳得最好；你的西班牙手套最香；还会说到你的西班牙长矛、剑。请让可怜的队长说话吧——医生来了。（萨托尔拿着一张纸进来了）

萨托尔：我敬爱的女士，现在才来招呼你。我在占卜中发现你近期会有好运，你现在想说些什么？如果有的话——

费斯：先生，我都告诉她了，她的弟弟也在这儿：她将会成为伯爵女士，西班牙伯爵女士，不要耽误他们了。

萨托尔：亲爱的队长，你不能守住秘密！女士，既然他都告诉你了——你原谅他的话，我也原谅他。

卡斯崔尔：先生，她会的。我会注意的，那是我的职责。

萨托尔：很好。什么也没剩下，但她很爱她的财产。

普里昂特女士：　实际上我从来都不会容忍西班牙人。

萨托尔：　不会？

普里昂特女士：　自从西班牙无敌舰队打败了我们国家后，我就不能容忍他们了——那是在我出生时的三年以前，真的。

萨托尔：　来，你一定要爱他，要不会受苦的。做选择吧。

费斯：　快点说服她，否则她会在一年内在街上卖草莓的。

萨托尔：　不，是鲱鱼和鲭鱼，那样更糟。

费斯：　确实是，先生。

卡斯崔尔：　你应该爱他，否则我会生气的。

普里昂特女士：　弟弟，我会照你说的做的。

卡斯崔尔：　按我说的做，要不我会顺手打伤你的。

费斯：　不要，先生，不要这么粗暴。

萨托尔：　不，被惹怒的孩子，她会被驯服的。在她体会了当伯爵夫人的快乐，并有人向她求爱后——

费斯：　还有亲吻和骚扰！

萨托尔：　啊，在帘子后面。

费斯：　真壮观！

萨托尔：　了解了她的状况了。

费斯：　比起那些祈祷者来说，她的爱慕者都被清除干净了。

萨托尔：　都搞定了吗？

费斯：　了解她的过去，得到了她的门房、男仆还有四轮大马车——

萨托尔：　她的六头母驴——

费斯：　不，是八头！

萨托尔：　快点把她带到伦敦，伦敦交易所、疯人院、出售中国商品的商店里——

费斯：　嗯，让人们看着她，赞美她的头饰以及我主人的黄绿色装束，和她一起骑车旅行。

卡斯崔尔：　很好。如果你拒绝，我就不认你这个姐姐。

普里昂特女士：　弟弟，我不反对。（萨利进来了）

萨利：为什么她还没来？再等下去会杀了我的。

费斯：伯爵已经来了。医生就知道他会来的。

萨托尔：真漂亮。

萨利：她是我见过的最美的女人。

费斯：这不是你们向女人献殷勤时的话吗？

卡斯崔尔：令人敬仰的言语啊！是法语吗？

费斯：不是的，是西班牙语。

卡斯崔尔：感觉像是法语里的法律用语。他们说，这是法庭用语。

费斯：请列举一下。

萨利：这位女士的到来使太阳黯然失色，上帝帮帮我吧。

费斯：他很敬仰你姐姐。

卡斯崔尔：她可别向他行屈膝礼。

萨托尔：她会的。她肯定会向他走去，然后给他一吻。女士主动献殷勤，这是西班牙问候的方式。

费斯：先生，他说的是事实，他对这个比较了解。

萨利：你怎么不靠近点呢？

卡斯崔尔：我觉得，他在和她说话。

费斯：正如你所言。

萨利：上帝之爱，为何来得这么迟？

卡斯崔尔：没有，你看吧，她听不懂他说什么。真是笨蛋，傻瓜。

普里昂特女士：弟弟，你刚才说什么？

卡斯崔尔：傻姐姐，你去吻那个奸诈狡猾的人吧，因为他要拥有你了。我会在你臀部扎个别针。

费斯：先生，不要这样。

萨利：女士，你的美不值得我靠近。

费斯：他还不够大胆地接近她吗？

卡斯崔尔：勇敢点。说真的。

费斯：不，他还会更厉害的。

卡斯崔尔：你是这么想的？

萨利：女士，遵您吩咐，我们进去吧。（萨利跟普里昂特女士一起出去了）

卡斯崔尔：他要带她去哪儿？

费斯：去花园。你不用担心，我得替她翻译一下。

萨托尔：跟多尔说一声。（站到费斯旁，费斯出去了）脾气暴躁的孩子，看来接下来，我们又得继续学习如何吵架了。

卡斯崔尔：同意。我打心眼里喜欢那个西班牙男孩。

萨托尔：不是吧？那样的话，你就是某个伯爵的兄弟了。

卡斯崔尔：当然了，我一早就知道了。这次婚姻会使我们卡斯崔尔家族的房子升值的。

萨托尔：愿上帝保佑你姐姐别太温顺了。

卡斯崔尔：为什么这么说？她另外那个丈夫认为她就是这样的。

萨托尔：怎么个温顺？

卡斯崔尔：温顺寡妇。你不知道？

萨托尔：说实话，真不知道。不过，看她的命相，我能猜个差不多。走，我们去练习吧。

卡斯崔尔：好的。医生，你觉得我能好好吵一架吗？

萨托尔：我向你保证。（退场）

场景四

（洛弗威特家的另一个屋子里）

多尔出场，精神错乱；后面跟着玛门。

多尔：自从亚历山大去世后——

玛门：真是好女人——

多尔：皮迪卡斯和安提柯一世是被暗杀的。接替他们的是西里柯和普特罗米——

玛门：女士——

多尔：整理一下你的双腿，要有人的姿态。 这是哥格北和埃及南。以后可以把它们叫作哥格铁腿和埃及铁腿。

玛门：　女士——

多尔：　还可以叫作哥格角和埃及角，甚至叫作埃及黏土腿及哥格黏土腿。

玛门：　甜美的夫人——

多尔：　最后还可以叫作哥格尘土和埃及尘土。这些都和第四链的最后一环联系在一起。当然，这些都是故事里面的明星。我们谁也没有看见或看到过。

玛门：　我该怎么做？

多尔：　像他所言，除了叫那些犹太教徒和希腊的异教教徒——

玛门：　亲爱的女士——

多尔：　来自塞姆勒和雅典，然后去教化英国人——（*费斯身着仆人服，急匆匆地进场*）

费斯：　先生，发生什么事了？

多尔：　请说艾伯语和爪哇语——

玛门：　噢，她现在很开心。

多尔：　我们什么都不清楚的——

费斯：　先生，我们完了，完了！

多尔：　你见过哪位博学的语言学家用古代的元音和辅音来进行交流——

费斯：　我主人会听到的！

多尔：　毕达格拉斯高度赞扬的智者——

玛门：　真是甜美高雅的女士啊！

多尔：　用几个字母来组合一切的声音。

费斯：　不是的，你可别希望现在去睡她。
　　　　他们在一起谈话。

多尔：　所以我们也是通过《塔木德经》了解的。还有世俗的希腊故事，我们修建了海伦屋来抵抗埃斯马里特的侵犯；索加玛的国王和他的大臣布里姆斯托尼，脾气暴躁而下流；阿百顿国王的武力以及摄提姆的兽性。这些都由传教士大卫·克姆奇·昂克罗斯和阿本·伊兹拉翻译成了罗马文。

费斯：你是怎么把她弄进去的？

玛门：哎，我说起了我曾想用哲学家的石头偶然创建的第五君主国，然后这个君主国就落到了第四个上。

费斯：从布劳顿冒出来的！我跟你说过的，慢慢地，让她住嘴吧。

玛门：那样不好吗？

费斯：那她就不走了。如果那个人听到她说话了，我们就完蛋了。

萨托尔：（进来）发生什么事了？

费斯：噢，我们迷路了！她现在听见他说话了，她变得安静了。（萨托尔进场）他们朝不同的方向逃跑了。

玛门：我藏哪儿呢？

萨托尔：怎么藏！这里情况如何？隐藏于黑暗之中，避开光源。把他带过来。他是谁？什么，我的孩子？噢，天哪，我活得太长了。

玛门：不是的，先生。没有什么歹意的。

萨托尔：是吗？那我进来时你避开我？

玛门：是我的过错造成的。

萨托尔：过错？孩子，是罪过，不要说错了词。当这类事情在发酵时，若我发现工作中出了漏子，这可不算什么奇迹的事。

玛门：怎么这么说，你发现漏子了？

萨托尔：半个小时过去了，锅炉依旧纹丝不动，我们的工作又得重做了。我那个邪恶、下流的苦工呢？

玛门：先生，别那样，别怪他。这会有悖于他的意志和知识的。我看见她纯属偶然。

萨托尔：你还想继续犯错，替个恶棍辩解吗？

玛门：但愿是真的。

萨托尔：不会吧，那样我倒纳闷儿祈祷是为谁准备的，竟如此引诱人，让你错失好运。

玛门：先生，为什么这么说？

萨托尔：这至少会使工作延误一个月。

玛门：不会吧。那样的话，有没有补救的办法？不过，先生，不用想什么补救了，我们的目的是光明正大的。

萨托尔：希望吧，结果会证明的。（锅炉里面发出一阵开裂声和噪音。）

现在情况如何？哀哉！愿上帝和圣徒保佑我们——（费斯又进场了）

那是什么？

费斯：噢，先生，我们失败了。所有的东西都变成烟雾了，玻璃都破裂了，锅炉和一切都报废了，就好像一声巨雷从屋里穿过一样。反驳声、破产接管人、蒸馏器、长颈瓶，所有的一切都在抖动！（萨托尔一下子瘫倒在地上，昏了过去）

救命啊！他快不行了。

玛门先生，快想想办法啊！别一直站着，好像你要准备离开一样。谁在那儿？我的主人来了。

玛门：哈哈，费斯！

费斯：他的四轮马车在门口，不要让他看见，他和他姐姐一样疯狂暴怒。

玛门：（悲痛地叹息）哎！

费斯：我的脑袋烧坏了，先生。我从来都不希望自己成为自己的雇工。

玛门：费斯，都丢了吗？我们的付出都付诸东流了吗？

费斯：只剩一点点了，先生。还有一堆煤炭，也算是慰藉吧。

玛门：噢，真好。我会受到公平的惩罚的。

费斯：我也是。

玛门：那是我所有的希望啊——

费斯：那是必然的事啊。

玛门：都怪我自己低贱的喜好呀。

萨托尔：（似乎也在说他自己）噢，是错误和欲望导致的结果啊！

玛门：　是我的错，原谅我。

萨托尔：　这超出我们的能力了，否则不会失败的。噢，为了这个可恶的男人，公平点。

费斯：　不。你想想，先生，他看见你就会觉得很悲伤。先生，那位贵族会来的，把你带走，这可能会导致悲剧的发生。

玛门：　我会走的。

费斯：　先生，在家忏悔吧。你可能苦行一阵，给疯人院100英镑——

玛门：　嗯。

费斯：　只有这样才能让他们恢复聪明才智。

玛门：　我会的。

费斯：　我会派个任务给你，请接受。

玛门：　嗯。没留下什么要做的吗？

费斯：　先生，一切都糟透了。

玛门：　你想想有没有留下对医学有益的东西？

费斯：　我说不好。可能有些尖利碎片，能刮擦治愈疥疮，尽管那并不是你所想要的。（站在一旁说道）它可能是为你留下的，你可以送回家。先生，走这边，免得遇到主人。（玛门离开了）

萨托尔：　（抬起头）费斯！

费斯：　嗯。

萨托尔：　他走了？

费斯：　是的，走得很沉重，因为他所希冀的金子都在血液里。我们轻点。

萨托尔：　（跳起来了）快乐就像球弹起来撞到我们的脑袋上，已超出了我们的最大限度了。现在，我们没有什么可在意的了。

费斯：　那就行动吧。

萨托尔：　费斯，你的年轻寡妇现在被打造成了伯爵女士，为了你，她陷入了痛苦中。

费斯：　很好。

萨托尔：　这些事情完后，你带着衣服出去问候问候她，要像新郎问候新娘一样。

费斯：　很好。你等会儿要接来多恩·迭戈吗？

萨托尔：　先生，如果你高兴，你也可以把他接走。多尔现在在骗取他的钱财没？

费斯：　如果你去做，你也可以做那事。请你证明你的能力。

萨托尔：　好，如你所愿。（离开了）

场景六

（洛弗威特家的另一个房间里）

（萨利和普里昂特女士进来了）

萨利：　女士，现在你掉入了流氓窝中，看见你真让人拍手叫好；因为你容易轻信人，但又让我如此准时地前来。地点、时间或其他情况都可能造就一个男人，因为你是个漂亮的女人，你也很聪慧。我是个绅士，来这里伪装，却发现这个地方有许多浑蛋。在这儿，我可能有碍你的名声，也可能不会。我很喜欢你。他们说你是个有钱的寡妇，而我是个单身汉，什么也没有，你的财富可以让我成为一个男人，而我会让你成为女人。想想吧，你是否值得我拥有你。

普里昂特女士：　我会的，先生。

萨利：　至于家里面的那些无赖，我来处理。（萨托尔进来了）

萨托尔：　我亲爱的迭戈现在可好？亲爱的伯爵夫人是否也好呢？女士，伯爵没有对你失礼吧？宽宏大量，心胸坦荡？我想你看起来非常忧郁，我不喜欢你眼中的无奈，那看起来很沉重，就好似你喝了啤酒似的——所以说你很笨呢。放松些，我会给你钱的。（他低下头把它们捡起来了）

萨利：　（打开了他的外套）你要以龌龊的方式得到她的钱吗？（跨过了他）现在怎样？你晕吗？起来，先生，你会发现我很重，我会给你相同的分量。

萨托尔：救命呀，杀人了！

萨利：不是的，先生。我压根儿就没这打算。针对妓女的惩罚及鞭打会让你减轻恐惧。我是个西班牙导师，不应该受骗的。你知道吗？被骗？队长费斯在哪儿呢？还有那些旧货商人、妓女和所有的浑蛋呢？（费斯穿着制服进来了）

费斯：怎样，萨利？

萨利：走近点，队长。在那个地方，我发现了铜环和铜调羹了。你都在小酒馆中欺骗外国人了。你在这儿学会了用硫黄美化你的皮靴，然后轻轻抚摸着金币，然后说什么也不是，然后改变了其颜色——你可能没有什么理由就得到了它。这个医生，也就是你那个蓄着乌黑、烟状似的胡须的同伴，可能不会给你那么多的金币。可能会突然改变，用另一种方法传输升华了的水银，接着爆发出热量，散发出烟雾，然后让玛门呛得流泪，最后昏倒。（费斯溜出去了）或者他成了浮士德。他可以利用占星学进行占星，施魔法，治愈瘟疫、痔疮、疹，然后把三个郡的妓女和产婆联系起来。你可以进去——队长——什么——他走了？——有孩子的未婚女子、结了婚的妇女都没有价值，等待婚姻的女仆又生病了。（在萨托尔要离开时抓住了他）先生，你得留下，尽管他跑了，用耳朵听来回答。

场景七

（洛弗威特家的另一个房间里）

（费斯和卡斯崔尔一起又进来了，走向了萨利和萨托尔）

费斯：现在是时候了。如果你们要争论的话，就像他们说的，是真正有天赋的孩子。医生和你姐姐都被骗了。

卡斯崔尔：他在哪儿？他是谁？他是个奴隶，无论他是谁，都是男妓的儿子——我想你就是那个人吧？

萨利：我才不是，先生，我也在忏悔。

卡斯崔尔：但你也撒了谎。

萨利：是吗！

费斯：（对卡斯崔尔说）他是个十足的浑蛋、骗子，却是另外一个不喜欢医生的巫师雇来的，如果他知道会怎样的话，也不会要他的。

萨利：你被骗了。

卡斯崔尔：你撒谎，不过没关系。

费斯：先生，说得好，他是最粗鲁的浑蛋——

萨利：你说得对。你听到了吗，先生？

费斯：绝不是。让他走。

卡斯崔尔：快滚！

萨利：这很奇怪啊——女士，你没告诉你弟弟吗？

费斯：在这个城镇里没有像他这样的浑蛋，医生不久就会接受他了。又发现西班牙伯爵要来访。萨托尔，要坚持住。（站在一旁说道）

萨托尔：是的，先生，他在一个钟头内就会到来。

费斯：这个浑蛋也会伪装一下来的。但有了另一种精神的驱使，也会给我们的工作造成麻烦，尽管有造成损害。

卡斯崔尔：好的，我知道了——（对他姐姐说）走吧，你说话就像个愚笨的女孩。

萨利：先生，她说的都是真的。

费斯：别信他。他是个最爱说谎而且很卑鄙的人。根据你自己的意愿去做吧。

萨利：没有别人的陪伴，你会勇敢的。

卡斯崔尔：是的，然后又怎样呢，先生？（德鲁格拿着一段缎子进来了）

费斯：这儿有个人对他很了解，知道他的把戏。阿贝尔，照我说的做吧，这个骗子可能是通过这个寡妇骗了你——（退向德鲁格说）他欠老实的德鲁格7英镑，他已经给了他2便士的烟草。

德鲁格：是的，先生。他已经指责了自己，要偿还我了。

费斯：洗剂方面他欠了什么？

德鲁格：6个注射器，30先令。

萨利：真是个浑蛋。

费斯：先生，如果你要和他吵架，请你出去吵。

卡斯崔尔：我会的。如果你没出去，你就在撒谎；你就是个做坏事的人。

萨利：这有点疯狂，先生；你一点都不勇敢，真好笑。

卡斯崔尔：那是我的荣幸；你是个爱干坏事的人，也是个花花公子，就像堂吉诃德一样。

德鲁格：或者是稀奇的花花公子中的骑士，你知道吗？（阿纳尼亚斯进来了）

阿纳尼亚斯：房子里真安静。

卡斯崔尔：我并不是为了谁而保持安静的。

阿纳尼亚斯：铸造银币是合法的。

卡斯崔尔：他是总管吗？

萨托尔：闭嘴，阿纳尼亚斯。

费斯：他不是，先生。

卡斯崔尔：你就像水獭、西鲱，滥用职权是不适当的。

萨利：你会听我说话吗，先生？

卡斯崔尔：不会。

阿纳尼亚斯：动机是什么？

萨托尔：动机是那个年轻人狂热抵制他的西班牙污点。

阿纳尼亚斯：他们世俗，下流，迷信，盲目崇拜偶像。

萨利：又一帮浑蛋！

卡斯崔尔：你也离开吗，先生？

阿纳尼亚斯：逃避吧，邪恶的人啊！你已经一无用处。你脖子上的环状领出卖了你。人民看到同样不洁的鸟儿，77天内在不同的地方打扮自己。你戴着猥琐的帽子，看起来就像反对基督教的人。

萨利：我得走了。

卡斯崔尔：走吧。

萨利：我要和你探讨一下。

阿纳尼亚斯：走吧，自满的西班牙朋友。

萨利：队长和医生。

阿纳尼亚斯：毁灭的孩子啊！

卡斯崔尔：走吧，先生——（萨利离开了）难道我没有勇敢地争辩吗？

费斯：确实是，先生。

卡斯崔尔：我想想，我会的。

费斯：噢，先生，你必须照做。如果恐吓他温和了点，他又会转向其他的。

卡斯崔尔：我会回报他的。（离开了）

费斯：德鲁格，这个浑蛋为了你而阻碍了我们。我们决定，你们应该穿着西班牙西装来，把她也带来。他是个可怜的奴隶，去，给他穿上。带来缎子没？

德鲁格：带来了，先生。

费斯：你去借一套西班牙衣服来。没钱吗？

德鲁格：没有。难道你没见过我装扮成傻子吗？

费斯：我不知道，德鲁格——如果我能帮忙，你会——（退向一边）荷若尼莫的旧披风、环状领和帽子都有用。你把它们拿来后，我再告诉你更多。（德鲁格离开了，这时萨托尔在和阿纳尼亚斯窃窃私语）

阿纳尼亚斯：先生，我知道。西班牙人讨厌同胞，也了解他们的行为。这一点我不顾忌——但神圣的宗教仪式也在为它祈祷，因它而冥想。在他们面前什么也没显露出来，铸造金币是最合法的。

萨托尔：　确实。但在这儿我做不到。如果碰巧有人怀疑这房子，一切就都完了。我们会永远被锁在塔里，为国家铸造金币，永远都出不去。那你们就完蛋了。

阿纳尼亚斯：　我会把这事告诉老者和弱小的同伴们，然后分开的整个团队可能会再次聚在一起祈祷。

萨托尔：　行动快点。

阿纳尼亚斯：　为了某个能胜任的位置。有了阻碍，心灵才能平静下来休息一下。（离开了）

萨托尔：　谢谢，彬彬有礼的阿纳尼亚斯。

费斯：　他来这儿干什么？

萨托尔：　铸造金币，不久就会失去控制。我跟他说过，西班牙的公使会来这儿视察的，看看我们是否真心——

费斯：　我想过。来，萨托尔。因为这最小的失败，你倒下了。如果我不帮你走出来，你会怎么做？

萨托尔：　谢谢你，费斯。因为这个生气的孩子。

费斯：　谁会期望恶棍萨利已经知道了那事？他已经尽了他的职责。好了，先生，这是给你做衣服的缎子。

萨托尔：　德鲁格在哪儿？

费斯：　他去给我借一套西班牙宗教服饰去了。我很快就是伯爵了。

萨托尔：　寡妇在哪儿？

费斯：　和我主人的姐姐在一起，多尔女士在招待她。

萨托尔：　费斯，多亏你的相助。她现在很坦诚，我会再次忍受的。

费斯：　你没有帮忙吗？

萨托尔：　为什么？

费斯：　忍受你的话——或者——多尔来了。她知道——

萨托尔：　你还是那么粗暴。（多尔急匆匆地来了）

费斯：　严谨点——现在怎样，多尔？告诉了她西班牙伯爵要来了吗？

多尔：　嗯，但另一个也会来——是你不想见到的人。

费斯：　谁？

多尔：　你的主人——房主。

萨托尔：　怎么会是他！

费斯：　她撒谎，这是在玩把戏。来，多萝西，不要含糊其辞。

多尔：　看看窗外。（费斯走到了窗边）

萨托尔：　你在认真看吗？

多尔：　40个邻居在和他交谈。

费斯：　是他，真是美好的一天。

多尔：　但对我们来说却是糟糕的一天。

费斯：　真烦。

多尔：　我害怕。

萨托尔：　你说他不会来的，他们一周都待在郊外的。

费斯：　不是这样的，确实在里面。

萨托尔：　是这样。你很幸运。我认为很自由。费斯，现在我们该怎么办？

费斯：　安静点。如果他敲门或者喊话，不要说话。我会再次依我的旧方式与仆役长杰里米见面。另外，你们两个把货物和赃物收拾好没？把它们运到两条主干线道上去。今天我把他拖住，如果我坚持得不久，晚上我会用船把你们送到拉特克里夫。我们明天在那儿碰头，然后分钱。让玛门把黄铜和白镴放在地下室里。我们另找时间来拿。多尔，你快点去烧点水来，萨托尔肯定会为我剃须的。队长的胡须都剃掉了，让我自然一点和杰里米见面。行吗？

萨托尔：　嗯，好的，我会为你剃好胡须的。

费斯：　只是刮胡须，可别刮到了我的喉咙。

萨托尔：　没问题的。（离开了）

第五幕

场景一

（洛弗威特家的门口）

（洛弗威特和许多邻居来了）

洛弗威特：你们说这儿怎么有这样的地方呢？

邻居1：白天都是这样的。

邻居2：晚上也是。

邻居3：有些人还和主人一样勇敢呢。

邻居4：还有女人和绅士。

邻居5：还有些人妻。

邻居1：还有骑士。

邻居6：在四轮大马车里。

邻居2：是的，还有些沉默寡言的妇女。

邻居1：还有些其他的献殷勤的男子。

邻居3：海员的妻子。

邻居4：烟草男。

邻居5：还有个另外的地方，人们在那儿可以吃蛋糕、喝麦芽酒。

洛弗威特：我的人应提前做些什么来经营这个商号呢？他不会出售用5个支架撑起的奇怪的犊皮，或者带有6个爪子的龙虾肉吗？

邻居6：不会的，先生。

邻居3：我们进去了。

洛弗威特：他没有像清教徒说道者那样具有教授的天赋。你听说过没有钱能保证治好疟疾和牙痛吗？

邻居2：没有这样的事。

洛弗威特：或者听到为了狒狒或木偶而击打的鼓声？

邻居5：也没有。

洛弗威特：那么他有没有带来什么设备？我喜欢聪明人，就像我喜欢营养品一样：他没有让房门敞开，又卖掉了我的帷幔和寝具。我什么也没给他留下。如果他吃掉它们，就要受飞蛾的折磨。他肯定得到了一些把男修士、女尼姑聚在一起的下流图画，或者看到了骑士的骏马和牧师的母驴上演的新的木偶表演，或可能有跳蚤跑到桌子上，或有些狗跳舞。你什么时候看到他的？

邻居1：谁，你是说杰里米？

邻居2：杰里米仆役长？这个月我们没有看见他啊。

洛弗威特：不会吧！

邻居4：不是五个星期都没看到吗？

邻居6：至少有六个星期了。

洛弗威特：邻居们，你们让我大吃一惊啊！

邻居5：确实，你不知道他在哪儿，他已经溜走了。

邻居6：希望上帝别让他走。

洛弗威特：现在并不是怀疑的时候。（敲门）

邻居6：大约三个星期前我听到了悲哀的哭声，那时我正在补我妻子的长袜。

洛弗威特：很奇怪没人回应。你说你听到了哭声？

邻居6：嗯。听起来就像一个男人被掐住了脖子，长达一个小时，然后不能说话。

邻居2：我也听到了，就是三个星期前的今天，第二天早上的2点。

洛弗威特：你们那样说，真是令人惊奇的事。一个男人被掐住了一个小时的脖子，然后不能说话。你们都听到他叫喊了？

邻居3：是的，从楼下传来的。

洛弗威特：你们真聪明。请你把手给我，你是做什么的？

邻居3：一个铁匠，不值得你看的。

洛弗威特：铁匠！那请帮我把门打开吧。

邻居3：我马上去，但我要去拿我的工具——（离开了）

邻居1：在你把它破开之前，最好再敲下门。

场景二（洛弗威特家门口）

（有洛弗威特和邻居）

洛弗威特：（又敲了门）我会的。

（费斯穿着他的男仆役长制服来了）

费斯：你这是什么意思？

邻居1、2、3、4：噢，杰里米在这儿！

费斯：先生，从门进来。

洛弗威特：怎么回事？

费斯：离远一点，你太近了。

洛弗威特：我很好奇，这是怎么回事？

费斯：有人要看房子。

洛弗威特：什么，有瘟疫没？你站远点。

费斯：没有，我没得瘟疫。

洛弗威特：谁得了？我什么也没留下，只有你留在房子里。

费斯：先生，照看食品室的猫染了瘟疫，这是我一周后才发现的。但我当晚就把它送走了。这房子已经锁了一个月了——

洛弗威特：那又如何！

费斯：先生，我是有目的的，我把玫瑰醋、糖浆、焦油加热，使之变得很甜，这你从来都不知道的。但我知道这个消息会让你苦恼。

洛弗威特：不要小声说，离远一点。这更奇怪了，这儿的邻居们告诉我说这儿的门一直都开着——

费斯：怎么了？

洛弗威特：最近十个星期，有人看见穿着各种各样的衣服献殷勤的人，男人和女人聚在这儿，犹如第二个赌场。那些天，皮姆利科在旅游胜地创办的郊区旅馆生意不太好。

费斯：先生，聪明人是不会这样说的。

洛弗威特：今天他们说到了四轮大马车和献殷勤的男子们，他们告诉我一个戴着法国头巾的人进来了，还有人看见另一个人穿着天鹅绒的长袍站在窗边，还有其他形形色色的人进进出出。

费斯：我很确信他们所看到的，他们经过门，穿过墙。先生，这儿，钥匙在我口袋里，我已经保存了二十多天了。以前我只看着重要的地方，下午就没有了。我相信我的邻居喝酒后视线模糊，把一个看成了两个，然后就有了这些人的出现。请相信我，这三个星期内门都没有开过。

洛弗威特：那就奇怪了！

邻居1：我想我看见了一辆四轮大马车。

邻居2：我发誓，我也是。

洛弗威特：现在你们想起来了吗？只是一辆马车？

邻居4：先生，我们说不好。杰里米这个人非常诚实。

费斯：你们看见我了吗？

邻居1：没有，这个我们很确定。

邻居2：我也保证。

洛弗威特：你们真是展现出了十足的恶棍形象。（邻居3拿着工具来了）

邻居3：杰里米来了？

邻居1：嗯，是的。你可能用不着工具了。他说我们被骗了。

邻居2：　他有钥匙，这三个星期门都是关着的。

邻居3：　好像是。

洛弗威特：　安静些，笨蛋，走吧。（萨利和玛门来了）

费斯：　（独白）萨利来了！玛门也是！他们会说出一切的。我应该怎样阻止他们呢？我该做什么呢？没有什么比内疚的良心更惨了。

场景三

（洛弗威特家门口）

（有萨利、玛门、洛弗威特、费斯、邻居）

萨利：　先生，他是个了不起的内科医生。那并不是什么低级下流的房子，只是一个高坛。你知道主人和他姐姐吧。

玛门：　不知道，好心的萨利——

萨利：　让人愉悦的词——“成为富人”——

玛门：　不要像个暴君——

萨利：　应该今天告诉你所有的朋友吗？你的铁制柴架哪儿去了？黄铜罐应该变成金色的酒壶和很大的楔子？

玛门：　让我想想。我想他们已经把门关上了。（他和萨利去敲门）

萨利：　现在他们在休息。

玛门：　浑蛋、骗子、肮脏的人！

费斯：　你什么意思？

玛门：　如果我们能进去的话。

费斯：　这是另外一个男士的房子。这是房主，你们谈事吧。

玛门：　先生，你是房主？

洛弗威特：　是的。

玛门：　里面那些是浑蛋，是骗子。

洛弗威特：　什么浑蛋？什么骗子？

玛门：　萨托尔和费斯。

费斯：　先生，这位绅士心神不定乱说的。

萨利：你的话说得真自大啊！

费斯：我是管家，你要知道钥匙一直在我手里。

萨利：这是另一个费斯。

费斯：你认错房子了。它有什么标记？

萨利：你个无赖！这儿有个联盟。走，长官，推开门。

洛弗威特：先生，请你待在这儿。

萨利：不，我们有权可以来。

玛门：我们会把你的门打开的。（玛门和萨利离开了）

洛弗威特：什么意思？

费斯：先生，我不清楚。

邻居1：我想这就是我们看到的那两个男子。

费斯：两个蠢货。你和他们一样无所事事。先生，相信我，我想是太闲会让他们都发狂吧。（独白）噢，天啊。（卡斯崔尔来了）

愤怒的男孩也来了。他要制造噪音了，在出卖我之前他是不会离开的。

卡斯崔尔：（在敲门）浑蛋，奴隶，快点开门！无知的人，我姐姐呢？我会把执法官接来的。

费斯：你要和谁说话？

卡斯崔尔：下流的医生、骗子队长，还有我淘气的姐姐。

洛弗威特：又是什么？

费斯：相信我，先生，门从来都没开过。

卡斯崔尔：胖骑士和瘦绅士已经把他们的诡计都告诉我了。

洛弗威特：其他的人来了。（阿纳尼亚斯和特表雷森来了）

费斯：阿纳尼亚斯和他的牧师也来了！

特表雷森：（敲打门）又把我们关在门外。

阿纳尼亚斯：来，用硫黄，就会把门弄破。在房里，真有令人憎恶的行为啊。

卡斯崔尔：我姐姐在那儿。

阿纳尼亚斯：　这个地方变成了不洁鸟儿的笼子了。

卡斯崔尔：　我会把清扫工和警察找来的。

特表雷森：　做得很好。

阿纳尼亚斯：　我们会加入你，把他们除去的。

卡斯崔尔：　你是不是不会来了？我姐姐变成妓女了。

阿纳尼亚斯：　不要叫她姐姐。她是个真正的妓女了。

卡斯崔尔：　我会养活街上的人的。

洛弗威特：　先生说得好。

阿纳尼亚斯：　魔鬼不会阻挡我们的热情的。（阿纳尼亚斯、特表雷森和卡斯崔尔离开了）

洛弗威特：　世界已经变得疯狂了。

费斯：　他们现在已经不在圣·凯瑟琳的统治下了，他们自由了。他们总是有各种各样的疯狂的亲戚。

邻居1：　我都看见过这些人进进出出的。

邻居2：　确实是这样。

邻居3：　他们是团体。

费斯：　你们这几个醉鬼都给我闭嘴！我很好奇，让我去摸摸门，我会试着改变下锁。

洛弗威特：　让我感到混乱啊。

费斯：　（走到门边）先生，我想没有这样的事，那是错觉——（独白）我能把他支开吗？

达珀：　队长，医生！

洛弗威特：　他是谁？

费斯：　（独白）我忘了我们还有职员在里面——我不认识。

达珀：　什么时候她才有空？

费斯：　哈哈。幻觉——（独白）他的嘴被封住了，现在他又能说话了。

达珀：　快把我闷死了。

费斯：　（独白）你们会一起吗？

洛弗威特：在我家里。

费斯：相信我，是空气中的声音。

洛弗威特：你闭嘴。

达珀：（进来）我的姨母没有好好对待我。

萨托尔：（进来）你个蠢货，闭嘴，你会把一切都搞砸的。

费斯：（通过门孔说话，而洛弗威特避开人们来到了门口）浑蛋，你们要怎样？

洛弗威特：噢，是这样？你在与幽灵说话？来，先生。不要再玩把戏了，杰里米。简短地把事实说出来吧。

费斯：我解雇了这群乌合之众——（独白）我该怎么做？我被抓了。

洛弗威特：邻居们，谢谢你们。你们可以走了。（邻居离开了）——来，先生。你知道我是个很宽容的老板，因此不要隐瞒任何事。你是用什么方法吸引了这么多的人来？

费斯：你很习惯去影响别人的欢乐和智慧——但在街上没有地方谈论。我祈求你们，让我自由，让我充分利用我的财富吧，原谅我滥用了你的房子。我帮你找了个寡妇，作为补偿，你应该谢谢我。她会让你年轻7岁，变得富有。披上你的西班牙披风，我把她安排在里面。你不必害怕这所房子，没有人来参观的。

洛弗威特：我回来得比你期望的早。

费斯：是的，先生。请原谅我。

洛弗威特：那么我们去看看寡妇吧。（离开了）

场景四

（洛弗威特家的一个房间里）

（萨托尔进来了，达珀也进来了，眼睛像平时一样蒙着）

萨托尔：怎样？塞在你嘴里的东西吃了吗？

达珀：是的，它在我嘴里被嚼碎了。

萨托尔：　你把一切都毁掉了。

达珀：　没有！我希望我的菲丽姨母能原谅我。

萨托尔：　你姨母是个和蔼的人，但你应该受到惩罚。

达珀：　我控制不住愤怒，也不想饿肚子。因此请你满足她的要求。（费斯穿着制服进来了）

队长来了。

费斯：　现在怎样！他的嘴不是封住了吗？

萨托尔：　他已经能说话了。

费斯：　真是个祸害，你也是。他解放了——（转向萨托尔）我不得不说，房子里鬼魂缠绕，来召回下贱的人。

萨托尔：　你那样做了吗？

费斯：　当然，今晚会的。

萨托尔：　费斯的胜利和歌声这么出名，是当下智者中的大王。

费斯：　你没听见门口的纷乱吗？

萨托尔：　听到了，我很害怕。

费斯：　让他见见他的姨母，然后让他离开。我会把她送到你那儿的。（费斯离开了）

萨托尔：　好的，先生。你的姨母不久会见到你的。队长说你没有吃掉塞在口中的东西表示看不起她。（解开了他眼睛上的布条）

达珀：　先生，相信我，不是我。（多尔打扮成菲丽姨母来了）

萨托尔：　她来了。跪下，不要扭动。她真高贵呀。（达珀跪下，走向了她）好！但还不够接近。上帝救了你啊！

达珀：　女士。

萨托尔：　是你的姨母。

达珀：　我最和蔼的姨母，上帝救了你呀。

多尔：　侄子，我们本该生你的气的，但是看着你可爱的脸我们改变了想法——我们充满了欢乐，充满了爱呀。快起来，摸摸我的天鹅绒长袍。

萨托尔：　是裙子，亲吻它们吧。

多尔：　让我敲敲头清醒一下。侄子，你会赢的。你会用掉很多，失去很多，也会给出很多的。

萨托尔：　（独白）确实很多！——为什么你不谢谢她呢？

达珀：　我不是为了让她高兴才说的。

萨托尔：　看，真是善良的不幸的人啊！确实是你的家属啊。

多尔：　把东西给我。侄子，这是你钱包里的东西，本应把它戴在脖子上。戴上它，这7天晚上你都要戴在右手腕上。

萨托尔：　用钉子弄出纹理，吮吸一个礼拜，期间你不能看它。

多尔：　不是那样的，侄子，你要对得起你的血统。

萨托尔：　他不想让你吃太多的小酒馆武尔塞克的馅饼或者戴格煮在牛奶中的小麦。

多尔：　不要打破他在小酒馆天堂和地狱的斋戒习惯。

萨托尔：　无论你在哪儿，她都与你同在。不要和叫卖小贩一起玩不说话的游戏、托盘旅行游戏和上帝让你变富裕的游戏——你姨母都玩过了——要和献殷勤的男子一起，玩最好的游戏。

达珀：　知道了。

萨托尔：　欺骗和普利麦罗纸牌游戏也行，你得到的东西对我们来说都很真实。

达珀：　我会的。

萨托尔：　在明晚前，你可以带1 000英镑过来。如果是3 000英镑，那将更令人振奋。你可以做到。

达珀：　我会的。

萨托尔：　你会学会所有游戏的。

费斯：　你做了吗？

萨托尔：　她会不会给他安排更多任务？

多尔：　不会的，但要常来看我。如果他跟那些赌徒赌得好的话，我可能会留给他三四百箱财宝。

萨托尔：　真是善良的姨母，吻她以示作别吧——但你必须一年欺骗

40个人。

达珀：先生，明白了。

萨托尔：把它送走，真是祸害。

达珀：我会把它给姨母的。我这就去取信件。（离开了）

萨托尔：好，走了。（费斯又进来了）

费斯：萨托尔在哪儿？

萨托尔：在这儿呢，什么事？

费斯：德鲁格在门口来拿他的衣服，然后让他赶紧请个牧师过来。跟他说，他得娶这个寡妇。这事会花掉100英镑。（萨托尔出去了）多尔，你都了解了吧？

多尔：嗯。

费斯：你觉得普里昂特女士怎样？

多尔：笨得要命。（萨托尔又进来了）

萨托尔：这是你的赫罗尼莫披风和帽子。

费斯：给我吧。

萨托尔：环状领也要吗？

费斯：嗯。我很快就会去你那儿的。（出去了）

萨托尔：现在他去做他的事去了。多尔，我告诉过你，他是为了那个寡妇。

多尔：那违反了我们的条款。

萨托尔：我们应该去迎合他。你骗了她的珠宝和手镯没？

多尔：没有，但我会做的。

萨托尔：多尔，很快我们晚上就坐船走了，把货物运到国外，向东运到拉特克里夫；然后转变路线，向西去布雷恩福德。如果你说要带个无赖离开，那肯定是专横的费斯。

多尔：好了，我对他厌倦了。

萨托尔：多尔，如果这个浑蛋结婚的话，那就违背了我们缔结的条款了。

多尔：我会尽力让他失去他的东西。

萨托尔：好的，告诉她无论如何她必须见见这个狡猾的人，好让她为自己错误地怀疑他的技巧而改正错误。如果送她一个戒指或珍珠项链，她睡觉时会极度痛苦的，因为她得到这么奇怪的东西。你会给吗？

多尔：会的。

萨托尔：真好，夜间的好东西呀！我们在布伦特福德过得很愉快。我们得到一切后，就不用锁箱子了。说什么这是我的，这是你的；你的，我的。（他们在接吻）

（费斯又进来了）

费斯：现在情况如何？在开账单吗？

萨托尔：嗯。我们库存东西的要送出去了，心里有点激动。

费斯：德鲁格带牧师来了。萨托尔，让他进来，让德鲁格回去把脸洗一下。

萨托尔：好的，让他把胡子也刮一下吗？（出去了）

费斯：如果你能让他那样做的话。

多尔：费斯，那是什么？你很激动。

费斯：这就是你的把戏，一个月花掉了10英镑。（萨托尔又进来了）

费斯：他走了吗？

萨托尔：牧师在大厅等你。

费斯：我去招呼他。（出去了）

多尔：他要马上跟她成婚吗？

萨托尔：不会的，他还没准备好呢。多尔，尽你所能去骗他。去误导他不算欺骗，只能说是正义，这可能会打破我们之间无法摆脱的关系。

多尔：让我一个人去顺从他吧。（费斯又进来了）

费斯：过来，冒险者们，你们的事都做好了吗？箱子在哪儿？拿过来。

萨托尔：在这儿。

费斯：　我们瞧瞧。钱呢？

萨托尔：　在这儿，在这里面。

费斯：　玛门的10英镑，之前是8分，这是同伴的钱，还有德鲁格的和达珀的。那是什么？

多尔：　那个女仆的珠宝，肯定是她从她夫人那儿偷来的——

费斯：　难道她有女主人的特权？

多尔：　是的。

费斯：　那盒子是什么？

萨托尔：　我想是卖鱼妇的戒指，只值一点钱。不是吗，多尔？

多尔：　是的，水手的妻子让你认识她的丈夫是和海盗沃德一起的。

费斯：　明天我们把银烧杯和小酒馆的杯子弄湿。法国衬裙、腰带和挂钩在哪儿？

萨托尔：　这儿，在箱子里，还有几卷上等细麻布。

费斯：　德鲁格的缎子和烟叶在这儿没？

萨托尔：　在。

费斯：　把钥匙给我。

多尔：　你要钥匙干什么？

萨托尔：　不要紧的，多尔。因为我们在他来之前不应该打开它们。

费斯：　是这样。你们确实不应该打开它们。你们看，你们让它们露出来了。多尔，不要让它们露出来。

多尔：　我没有。

费斯：　没有，你这个猖狂的家伙。事实是，我的主人什么都知道，他已经原谅我了，他要得到它们。医生，你找到了所有人：我会送给他。这样，他和她都感到高兴的，因为与萨托尔、多尔和费斯的三个契约结束了。多尔，我所能做的就是在背后帮助你们克服障碍，或借给你一床被单保留你的天鹅绒衣服。警察很快就要来了，想想你们怎么逃到码头吧。在那里你们会有另外的身份。（有人敲门）快想想。

萨托尔：　你真是个矫揉造作的瘾君子！

警察：　（在外面）开门，开门！

费斯：　多尔，真的很抱歉，但你听到了吗？虽然我会面临困难，但我会把你们安排在某个地方，带着我的信去找阿莫夫人——

多尔：　我要绞死你！

费斯：　或者恺撒夫人。

多尔：　你真是个祸害，要是有时间，我肯定会揍你。

费斯：　萨托尔，我想知道你下一步要去哪儿，为了我们的相识，我会时不时给你介绍顾客的。你有什么新的计划没有？

萨托尔：　浑蛋，我会绞死我自己。然后做个魔鬼，在你床上和食品室里缠着你。（离开了）

场景五

（在洛弗威特家外面的一个房间里）

（洛弗威特穿着西班牙衣服和牧师一起在门口大声敲门）

洛弗威特：　你们这是什么意思？

玛门：　骗子们、妓女们和巫师们，快开门！

警察：　不开门的话，我们要破门而入了。

洛弗威特：　你有逮捕证吗？

警察：　先生，我们有授权证就够了。如果你不开门的话，不要怀疑。

洛弗威特：　这儿有军官吗？

警察：　有，为了避免落空，有两三个。

洛弗威特：　请耐心点，我会直接把门打开的。（费斯作为男仆役长进来了）

费斯：　先生，事情办了吗？结婚了？真是完美。

洛弗威特：　是的。

费斯：　先生，请脱下你的环状领和披风，自在点。

萨利：　开门。

卡斯崔尔：　（在外面）破门吧。

洛弗威特：　（开门）停，停，先生们，这么暴力干什么？（玛门、萨利、卡斯崔尔、特表雷森、警察冲进去了）

玛门：　运煤船在哪儿？

萨利：　队长费斯呢？

玛门：　这些天他总是在夜间活动。

萨利：　那是偷钱的行为。

玛门：　夫人呢？

卡斯崔尔：　我姐姐是娼妇。

阿纳尼亚斯：　恶臭井里的害虫啊。

特表雷森：　阿贝尔和脾气暴躁的人一样世俗。

阿纳尼亚斯：　比蝗虫或者埃及的寄生虫还要坏。

洛弗威特：　先生们，听我说。你们是警察吗？能停止暴力吗？

警察1：　保持安静。

洛弗威特：　怎么回事？你们找谁？

玛门：　我们找化学骗子。

萨利：　做坏事的老大。

卡斯崔尔：　我的修女姐姐。

玛门：　犹太学博士夫人。

阿纳尼亚斯：　蝎子和毛虫。

洛弗威特：　请你们少说点。

警察1：　我要一个一个地控告你们。

阿纳尼亚斯：　他们自满，充满欲望和暴力。

洛弗威特：　请不要激动。

特表雷森：　安静，阿纳尼亚斯执事。

洛弗威特：　房子是我的，门也开了。如果这儿有你们要找的人，我允许你们去找。实话告诉你们，我刚到这个城镇，就发现我门口的吵闹声。在一定程度上这让我感到震惊。在来这儿前，我的人担心我会遇到不悦的事，他告诉了我他某方面做得很无礼，就把我的房子租给了医生和队长（或许我讨厌这个城镇，但这儿并没有疾病）。他根本不知道他们是谁、做什么的、哪儿人。

玛门：他们走了吗？

洛弗威特：你可以进去找。（玛门、阿纳尼亚斯和特表雷森进去了）这儿，我发现了空墙——比我离开的时候严重了，被熏过了——还有许多有裂缝的罐子、玻璃器皿和火炉。天花板上到处都是用蜡烛写的诗歌；墙上还写了一首歌的片段。在房里我只碰到了一个女的，有人说她是个寡妇——

卡斯崔尔：那是我姐姐，我要去找她，她在哪儿？（进去了）

洛弗威特：她不是已经嫁给西班牙伯爵了吗？但他已经完全把她忽视掉了，一个鳏夫和她在一起。

萨利：什么？我已经失去她了？

洛弗威特：你是那个先生吗？

现在她肯定会气急败坏指责你，说你发过誓的，然后告诉她，为了她你忍着痛苦把胡须染了，把脸涂成了棕红色，借了一套环状领的衣服，然后什么也不做。她想要的就是这个。然后遇到一个老火枪手，能事先填满粉末物质，然后射击、碰撞，一切都在一瞬间。（玛门又进来了）

玛门：他们都逃了。

洛弗威特：他们是哪种人？

玛门：一种扬扬自得的人，有偷窃习惯，五个星期里就拿了我钱包里的130英镑。我的货物放在地下室里，很高兴他们已经离开了，我可以回家了。

洛弗威特：你是这样想的？

玛门：嗯。

洛弗威特：要遵守法律，否则就是另外一种情况了。

玛门：那又不是我的东西！

洛弗威特：我不知道，很多人说那是你的东西。你必须能证明你被他们骗了，或者带来法律条文；否则就是自欺欺人。我不会拘留他们的。

玛门：我宁愿失去那些东西。

洛弗威特：别。相信我，从这些条款看，那些东西是你的。东西都会变成金子吗？

玛门：不，我说不好。可能会，或者其他？

洛弗威特：多么大的损失啊，那是你希望的啊！

玛门：不是我，是这个团队的。

费斯：他可能会重新修建城市，花钱挖沟渠，然后就能很快地从混乱的地方来这儿。在穆尔菲尔兹，每个星期天，青少年、女子和男孩们都能免费来到这儿。

玛门：会坐上马车，在两个月内完成在全世界的讲道。萨利，这是在做梦吗？

萨利：我需要靠正直的傻瓜来欺骗我自己！走，我们一起去倾听一下无赖们吧，如果以后我见到了费斯，我会给出自己的评价。

费斯：如果我知道他，我会带话到你家里；尽管他们对我来说只是陌生人，我想他们和我一样的诚实。

（玛门和萨利离开了）

（阿纳尼亚斯和特表雷森又进来了）

特表雷森：很好，圣徒们不会失去所有的东西。去推些手推车来——

洛弗威特：干什么用？

阿纳尼亚斯：拿走一部分小偷偷来的东西啊。

洛弗威特：那是什么？

阿纳尼亚斯：同伴们花银币买来的商品。

洛弗威特：什么？骑士玛门不是说那些东西在地下室里吗？

阿纳尼亚斯：我才不服那个缺德的玛门，所有同伴也一样。你个世俗的人！我问你，你安的什么心，提出反对我们的谬论？上帝的子民是不知道这些的。先令凑成英镑有多少，没有计算过吗？在第四个星期的第二天，英镑没有统计出来吗？第八个月用了多少？圣徒们一年用了多少？600英镑还是1 000英镑？

洛弗威特：我诚挚热情的工人和执事，我不会和你们争论，但如果你们不尽快离开，我会用棍棒把你们赶出去的。

阿纳尼亚斯：先生！

特表雷森：耐心点，阿纳尼亚斯。

阿纳尼亚斯：我很强大了，能忍受一个人赶我们出去、威胁我们。

洛弗威特：我会送你们去阿姆斯特丹，去你们的地窖。

阿纳尼亚斯：请你不要紧靠着房子，狗可能会弄脏墙的。黄蜂在屋顶上产子，真是个谎言地啊！（阿纳尼亚斯和特表雷森离开了）

（德鲁格又进来了）

洛弗威特：还有另外一个？

德鲁格：不是的，先生，我跟他们不是一伙的。

洛弗威特：（打他）走开，你这同伙！你要说话吗？（德鲁格出去了）

费斯：不是，这是阿贝尔·德鲁格。先生，走吧，去牧师那儿，让他高兴。告诉他一切都办妥了，他总是一本正经的样子。他听说医生在韦斯切斯特，告诉他队长在雅茅斯或在一些通风好的港口城镇。（牧师出去了）

如果现在你能离开这个生气的孩子——（卡斯崔尔拽着他姐姐进来了）

卡斯崔尔：过来，你个母羊，你和别人交配了，是吗？我说过的，我从来都不希望你跟一个骑士来往，然后把你变成一个妓女。你是个受他人操纵的人啊！噢，现在我真想粗暴地对你。你非要嫁给一个祸害吗？

洛弗威特：孩子，你在撒谎。幸好我事先知道。

卡斯崔尔：那是不久后。

洛弗威特：来，你还要吵吗？小子，我想打你。你为什么不把工具扣牢呢？

卡斯崔尔：这是我见过的最好的老男孩。

洛弗威特：什么，你要不要改一下你的说法？说吧，这儿有个无知的人：如果你敢，就打她。

卡斯崔尔：我肯定喜欢他。相信我，我别无选择，因为那事我会被绞死的。姐姐，我敢肯定地说，因为这事我很尊敬你。

洛弗威特：你要这样？

卡斯崔尔：是的，老男孩，你可以拿走烟草和酒；如果她结婚了，我会给她500英镑，比她自己的钱还多。

洛弗威特：杰里米，把烟斗填满。

费斯：好，但是要进去拿。

洛弗威特：我们进去。杰里米，在某些事上，你在支配我。

卡斯崔尔：你没有义务，你是个快活人！走，我们进去吧！麻烦你去把我们的烟拿来。

洛弗威特：孩子，和你姐姐一起。（卡斯崔尔和普里昂特夫人离开了）仆人让主人这么高兴，又得寡妇又得钱。主人应该因此宽容仆人的小心思，并帮助他得到财富——尽管那样做会给他的好名声带来小小的压力——不然主人就是忘恩负义。（往前走）因此，先生们以及热心的旁观者们，如果我不严肃的话，想想这个年轻的妻子和一个聪明的人会做什么？有时候充分利用年龄会损害它的。小子，说说你自己吧。

费斯：好，先生。（走到了前面的舞台上）先生们，在最后一个场景，我的演讲可能有点低沉。这是戏剧礼仪。尽管我离开了所有和我交易过的人，萨托尔、萨利、玛门、多尔、激动的阿纳尼亚斯亚、达珀、德鲁格，但我把自己放在你们的角度看，你们就是我的评判员，这就是我得到的钱。如果你们放弃我，那么钱可以让你们经常举行宴会、邀请新朋友。（退场）

菲拉斯特

Philaster

〔英〕弗兰西斯·博蒙特　约翰·弗莱彻　著

主编序言

伊丽莎白时期戏剧奠基人的身份通常都未被证实，尽管他们都接受过大学教育，但他们都很穷。博蒙特和弗莱彻是专业戏剧写作的第一代人，他们都来自显赫的家庭，通常都和有钱人打交道。而这种社会环境自然而然赋予了他们某些优势，他们在作品中总是可以自如地展现上流社会的女士和先生们的对话。

弗兰西斯·博蒙特（1585—1616）曾就读于牛津大学，在内殿法律学院学习法律。尽管他的作家生涯很短暂，但他作为诗人却赢得了很高的荣誉，死后被埋在威斯敏斯特教堂。

约翰·弗莱彻（1579—1625）是伦敦主教的儿子，剑桥大学研究生毕业。比起博蒙特，他是更专业的人才，自己写过很多戏剧，在博蒙特停止写作后，他还和一些人一起合作写过戏剧，其中包括莎士比亚。

《菲拉斯特》是他们的代表作，桑代克曾很好地描述了其特点：

“情节大部分是虚构的，富有独创性，设置复杂而精巧。他们善于展示皇室或贵族成员们在国外的英雄事迹。主题一般是国与国之间的战争、篡权、遭受灾难以及毁灭。场景总是设置在宫殿的房间内或宫殿附近，情节没有涉及战争和游行。故事采用对比的手法讲述一个充满欲望激情的爱情故事和一个平凡的爱情故事，向读者展现发生在角色间各种各样的事情。戏剧的主旨在于表现永恒且各种令人激动的情感……戏剧的趣味并不在于对人性的揭示或描述人物性格的发展，而在于各种悬念之间的连接巧妙、自然、恰当并且富有诗意，引人入胜。”

查尔斯·艾略特

戏剧人物

西西里国王
菲拉斯特　西西里的王位继承人
法拉莫德　西班牙王子
戴尔恩　一个有爵位的贵族
克里尔蒙特　一个高贵的绅士，戴尔恩的同事
斯瑞斯莱恩　一个高贵的绅士，戴尔恩的同事
一个老队长
五个公民
一个乡下人
两个看管森林的人
国王的警卫队
艾里苏萨　国王的女儿
尤菲拉萨　戴尔恩的女儿，但是假扮成一个叫贝拉丽欧的侍者
梅格拉　一个淫荡的女人
格拉特　一个聪明端庄的女人，负责照看公主
两个其他的女人
场景：墨西拿及其附近

第一幕

场景一：宫殿的接客厅里

（戴尔恩、克里尔蒙特和斯瑞斯莱恩进场）

克里尔蒙特：怎么大人们和女士们都不在这儿？

戴尔恩：先生们，我也觉得很奇怪，国王已经下令要求他们必须到场。另外，明文规定官员不能阻止任何想要到场及参加旁听的人。

克里尔蒙特：那你能猜到是什么原因吗？

戴尔恩：先生，很显然是因为西班牙王子，他将会迎娶我们王国的公主，以后就是我们的君主。

斯瑞斯莱恩：听一些好像很了解这件事的人说，她看他的眼神并不像陷入爱情里的少女那样。

戴尔恩：先生，相信我，大多数群众除了自己的事情，他们都不太关心别的事情。但大家都说他们会结婚的。在这位西班牙王子到达这儿之前，就已经收到了确切的消息，因此我想公主已经下定决心要嫁给他了。

克里尔蒙特：先生，那就是说，和她结婚，他将同时拥有西西里和卡拉布里亚两个国家？

戴尔恩：先生，毫无疑问，就是这样的。但对他来说能够安稳地享有这两个国家是件很困难的事，因为其中一个国家真正的继承人还活着，而且品行端正，人们都很敬佩他的勇敢，也为他所受到的伤害感到难过。

克里尔蒙特：谁？菲拉斯特吗？

戴尔恩：嗯，是的。我们都知道，我们原来的卡拉布里亚国王通过不正当的方式把他的父亲从肥沃的西西里赶了出去。我自己在那些战争中也流了不少血，从那以后我就洗手不干了。

克里尔蒙特：我对我们国家的政策一无所知，所以我不知道这是为什么。菲拉斯特是其中一个国家的继承人，国王应该允许他自由地往来于各个国家之间。

戴尔恩：先生，似乎你不太喜欢打探太多关于国家的消息。但国王最近在这两个王国——西西里和他自己的王国的事上冒了险，把菲拉斯特监禁了。当人们听到这个消息的时候，整个城市都全副武装了起来，任何命令都无法阻止人们这样做，直到人们看到菲拉斯特高兴地骑着马穿过街道，身边没有警卫控制着，他们才肯脱下帽子，扔掉武器。为了庆祝菲拉斯特获得解脱，有人点起了篝火，有人喝酒庆祝。聪明的人说国王这么做是为了在别的国家建立自己的威信，为统治别国做准备。（格拉特、一个女士和梅格拉进场）

斯瑞斯莱恩：看！女人们来了。最前面那个人是谁？

戴尔恩：她是在公主身边照看公主的人，是一个聪明端庄的女人。

克里尔蒙特：后面那个呢？

戴尔恩：她是个小心谨慎的人，非常喜欢跳舞。在被别人追求时，她总是对着别人傻笑，却冷落她自己的丈夫。

克里尔蒙特：最后那个呢？

戴尔恩：国王肯定安排了很多人在菲拉斯特身边来监视他，我想她是其中一个。在西班牙王子和公主成功联姻之前，她会和整支军队一起撒谎。在我们国家，她的名字人尽皆知。她的坏名声堆起来比赫居里士[①]所举起的柱子还重[②]。她喜欢和不同的男人交往，她可以为了集体的利益毁坏自己的名声。

克里尔蒙特：她是个有利用价值的人。

梅格拉：安静点，如果你们相信我的话，我敢说那几个先生会一直站在那儿，不会过来向我们献殷勤的。

格拉特：如果他们会呢?

女人：对啊，如果他们会呢!

梅格拉：不会的，不要跟着她说一样的话。如果他们会，如果他们会的话，我敢肯定他们从来没有去过国外。外国人谁会这样做?那直接说明了他们没有出国旅行过。

格拉特：为什么?如果他们出国旅行过了呢?

女人：如果他们出国旅行过了呢?

梅格拉：女士，不要重复格拉特的话。“如果他们出国旅行过?”即使他们确实出去旅行过了，我也看得出来，他们也不懂得怎样和一个明智的女人主动搭讪、交谈，更不会懂得礼貌地鞠个躬并说“打扰一下”。

格拉特：哈哈哈!

梅格拉：这有什么好笑的，女士?

戴尔恩：你们在聊什么这么开心，女士们!

梅格拉：坐到我们旁边来你不就知道了吗?

戴尔恩：我会坐在你们旁边的。

梅格拉：要不然就挨着我坐吧。这儿有位女士不能容忍有陌生人，对我来说你就是个非常陌生的人。

女人：我想他不是很陌生，他很快会变成熟人的。

---

① 希腊神话中的大力神。

② 这里比喻该女人名声很不好。

斯瑞斯莱恩：安静，国王来了！（国王、法拉莫德、艾里苏萨和士兵进场）

国王：尊贵的西班牙王子，我要用事实证明我对你强烈的爱，这比仅仅给你一句简单的承诺要好，况且这种承诺通常是在一个王子出生和死亡的一刻才给的。对我的女儿做出合理的亲热的表示吧，告诉我们国家的公民们当你继承王位后会给他们带来多么好的服务，他们对此都非常期待。接下来，我希望你和我们国家联姻，当我们王国的继承人。正如你告诉我的，这个女人是你生活里最好的一部分，我相信你说的，她的年幼无知让她除了只知道脸红和害羞外什么都不懂，也没有什么欲望和要求，她的谈吐和知识也仅限于她所知道的那点儿。你要给她带来快乐，让她保持健康，要让她在睡觉时，不会想到白天不愉快的事，也不会在晚上做噩梦。先生，不要认为我说这些只是为了告诉你她的童贞形象以及她对你纯洁的爱。不是的，先生，我敢大胆地说，她还没有完全长大，还没有长成一个成熟的女人，但我仍然请求你要向她求婚，想想她的端庄，她比任何人都更适合做妻子。如果她做了王后，她的眼睛会说出她的爱意，让她的爱人感到舒服。最后，高尚的孩子，现在我必须这么叫你，我已经把你继位的消息公之于众了，这样做并不是为了安慰你或我，而是整个国家。安慰一下王国的这些贵族们，我保证最晚要在这个月内完成你的继位大典。

斯瑞斯莱恩：这几乎是不可能的。

克里尔蒙特：如果非要这样做，事情肯定也好不到哪儿去。

戴尔恩：当一件事情做到一半的时候，就是最好的时候。但是同时，一个勇敢的人受到了不公正的待遇，然后会被抛弃。

斯瑞斯莱恩：恐怕是这样的。

克里尔蒙特：谁又不是这么想的呢？

戴尔恩：尽管我不是为了自己而感到害怕，但我还是害怕。看事情发展的情况再说吧，先不说了。

法拉莫德：公主，让我亲亲你那白净的手，我将去谢谢你那高贵的父亲，他给我的东西远远出乎我的意料。请明白，伟大的国王，你的这些臣民，也是我的臣民（因为你已经坚定地告诉了我，所以现在我敢这么说了），他们希望让这个王国和一个怎样的人联姻呢？他得有多优秀，他被寄予了多少期待，他应该有怎样的能力、礼貌和优点呢？你在我身上寄予了厚望，噢，这个国家呀！我发誓我会让它充满快乐。对臣民们来说，快乐就是他们拥有一位伟大、优秀的国王，这也是让你感到高兴的地方。人们已经在史册中记下你的名字，让你名垂千古，从你身上我看到我自己是最幸福的。国王，请相信我的话，一个王子的话，没有什么能比得上一个王国的强大、繁荣和稳固，也没有什么比得上一个王国让人敬畏，不但易于管理同时也受到拥护，我会用我一生的努力来建设一个那样的国家。我发誓，我统治下的臣民会很轻松，每个人都能自由地主宰他们自己的生活，遵从自己的规则——当然我还是他们的王子，他们也要服从我的管理。亲爱的公主，你应该对自己说，他的声誉会为你锦上添花，选择他，你会是最快乐的。亲爱的公主，你会享受一个拥有众多臣民的男人做你的爱人的，让他成为你的爱人吧，对他来说，和你比起来，即使是女王也会逊色。

斯瑞斯莱恩：真是不可思议！

克里尔蒙特：这就是他叫作西班牙人的原因，除了会臆造一些言辞往自己脸上贴金外，其他什么也不会。

戴尔恩：我想知道他的身价是多少，毫无疑问他会卖了他自己的，他太高傲自大了。（菲拉斯特进场）

有个更配得上这长篇大论的人走过来了。让我好好消化一下，在所有形容男人优点的词语中，我随便说一个词都可以用来形容他，并且一点都不为过。在我看来，要是这个西班牙王子成为了国王，那真是个天大的笑话。

菲拉斯特：（跪下了）尊贵的国王，我的权力是多么小，我真心地给您跪下了，请您帮助我。

国王：起来，你会如愿的。（菲拉斯特起来了）

戴尔恩：注意看国王，他的脸色多么苍白啊！他在害怕！噢，这可怕的良心，真是够折磨人的！

国王：说说你的想法吧。

菲拉斯特：我能想说什么就说什么吗？尊贵的国王。

国王：作为我们国家的一个臣民，你有这样的权利。

戴尔恩：现在事情要进入到白热化阶段了。

菲拉斯特：现在我要对你说了，西班牙王子，你是个不相干的人。不要用好奇的眼神盯着我，听我说完，你也必须听我说完。现在你站在我们的土地上，你希望美丽的公主把这当作嫁妆。这块土地是我死去的父亲的，噢，我有个父亲，我一直很钦佩他，这块土地不是留给你来继承的，是得由我长大了再继承的。现在我拥有了我自己的兵权，拥有了自己的声望和一些功绩，拥有了武器和许多朋友，我会很冷静地处理这件事情，我会说“我可以做到”。我告诉你，法拉莫德，当你成为了国王后，你可以当我已经死了，腐烂掉了，可以认为我的名字已经化为灰烬。但听我说，法拉莫德！你踏上的是我父亲的朋友靠着他们的信念使它变得如此富饶的一块土地，在你当上继承人这耻辱的一天来到前，这块土地会瞪大眼睛看着你，并且吞掉你和你的国家，就像一个饥饿的坟墓要将你吞进它的内脏一样。王子，这些一定都会发生的！上帝是公平的，一定会的！

法拉莫德：他是个疯子！不可救药的疯子！

戴尔恩：这儿有个人的怒火已经烧到血管里了，西班牙王子看起来就像个装牙刷的抽屉一样[①]。

菲拉斯特：你这像鹦鹉一样的王子，我会向你证明的，我没疯！

国王：你惹得我们都很不高兴，你太莽撞了！

菲拉斯特：不是的，我太温顺了，温顺得像只乌龟一样。我生来就是个没有激情的家伙，是个软弱的人，每天只知道醉得云里雾里的，什么也不做。

国王：我不想听这个。把医生叫来，他有点精神失常了。

斯瑞斯莱恩：我不觉得他疯了。

戴尔恩：他已经把他所拥有的权力又全部重申了一遍。坚定点，先生们，就算我会被逐出王国，也要为了菲拉斯特冒险一试。

克里尔蒙特：放心，我们和你一样都会站在他那一边的！

法拉莫德：你说我很冒犯，我一点都不觉得，除非你指的是将这个女人和继承权都给了我的事。尽管会激起你的狂怒和反叛，但我必须拥有我的继承权。我不会怀疑你的血统，我也不在意你属于什么家族，但国王会把这个国家留给我，我也敢把它变成我自己的。现在你已经得到答案了吧。

菲拉斯特：西班牙王子，是国王自己建造了这个王国，而不是你，即使你是国王唯一的继承人，你也不会有任何作为，除了你自己的东西外，你什么都得不到。国王，你认为法拉莫德真的非常勇敢吗？但我觉得他非常冷漠无情，他在朋友中很会见机行事，比如谈论到严肃的问题时会假装脸红，或者得到一些过度的表扬时会假装谦虚。国王，从现在开始，不要相信这个怪物说的话，你应该多听听我的。

国王：菲拉斯特，你误会了这位西班牙王子。我没给你特权让你冒犯我们最好的朋友。你让我们对你不满。去吧，态度好点儿。

菲拉斯特：当我受到尊重的对待时，我的态度一定会很好的。

① 这里形容菲拉斯特说的话让法拉莫德非常难堪和生气。

格拉特：女士们，这只是继位过程中的一个小插曲，菲拉斯特从没有遇见过这种恶作剧。在我看来，今天，他是个真正的男人。

梅格拉：你的品位真让人不敢恭维，但在我眼中另一个才是真正的男人。噢，他是模范王子。

格拉特：模范王子？

国王：菲拉斯特，告诉我你究竟想怎样？

菲拉斯特：您能不能站在我的角度替我想想呢？想想我的遭遇，想想我因为您而受到的伤害，想想我不幸的命运以及我伟大的理想，我现在除了希望和害怕什么都没有了。我这一切的不幸会成为笑柄，被你们嘲笑。您仍然是我的国王，还会为我主持公道吗？

国王：这些我们可以私下再说。

菲拉斯特：您能让我说完，就是给我减轻了一点心理负担。我心里的负担太重了，重到都可以压倒强壮的阿特拉斯神①。（他们窃窃私语）

克里尔蒙特：菲拉斯特承受不了打击。

戴尔恩：我不会怪他，这件事情对他而言，风险太大了。每个人处在这个年龄，心灵都不会像水晶一般透明，让人通过他们的行为就可以猜测到他们内心的想法。在这样的年龄他们还不够聪明，他们内心想的和脸上表现出来的完全不一样。好好看看菲拉斯特王子，从他的英勇中你会看到热情，他的动作像一个真正的勇士。但我依然没法判断，在国王的逼迫下，他是否会再次坚持不放弃他的王权。

国王：去吧，如果你能尊重我们，那你就能自由地做你自己，否则你会激怒我们的。我必须让你知道，你应该也必须要乐意接受我们的安排。不要皱眉了，要不然的话……

菲拉斯特：陛下，我要死了，你就是我的灾难。我并不认为我自己有

① 希腊神话中被罚以双肩掮天的巨人。

什么错。所有这一切只是因为我没有好的运气。在场的都是有血有肉的人，大家都是凡人，谁敢说我完全不爱这位西班牙王子，一点也不尊重他？

国王：是的，他的确已经走火入魔了。

菲拉斯特：我被我父亲的精神弄得走火入魔了。噢，陛下，它就在这儿，这是一种危险的精神。现在我父亲的灵魂告诉我，我是王位的继承人，让我做国王，还对我小声说，这里全部都是我的臣民。很奇怪他没有让我完全睡着，潜入到我的潜意识中。他跪下来为我服务，叫我国王，但我会阻止他的，他这样真是在给我捣乱，这样对我没什么好处。（对法拉莫德）尊贵的先生，握握手吧，现在我先让你一步。

国王：走开！我不喜欢你这样。我会让你变得更听话的，否则我会要了你的命。这次就原谅你说的这些粗鲁的话，仅仅把你关起来。（国王、法拉莫德、艾里苏萨和随从离开了）

戴尔恩：谢谢你，菲拉斯特，你对别人都不会这样的。

格拉特：女士们，现在你们怎么看勇敢的菲拉斯特？

梅格拉：只不过是一个很会说话的人，这样的人随处可见。但是，看看那个陌生王子，他难道不是个完美的绅士吗？噢，这些从外国来的人们，我太喜欢他们了！他们只做了一点点小事就让所有人都高兴起来了。只要我活着，为了他我也会一直爱这个国家的。

格拉特：愿上帝安慰安慰你这简单的头脑，女士。恐怕因为太久没喝酒，你的头脑觉得有点渴了，我想今天晚上你需要喝一杯了。（女人们退场）

戴尔恩：看看菲拉斯特用了多么巧妙的方法！他简直就是在火上浇油，这多么危险啊！他还不够勇敢吗？他动摇了国王，使国王也能设身处地为他着想，尽管他的血液都快沸腾了，但他的神情镇定得就像冬天的冰。

菲拉斯特：先生们，你们不去控告我吗？我不是一位宠臣，如果我反对国王，会毁掉你们的家庭的话，那我想你们一定会站在国王的朝臣们的那边，不会支持我的。你们都很诚实，回去吧，回到自己的家。希望你们把你们的国家变成一个有道德的地方，在你们年老生病时，就可以退休然后过着安逸隐居的生活。

克里尔蒙特：那你呢，尊贵的先生？

菲拉斯特：我很好。如果国王愿意的话，我会过得很好，还可能会活很多年。

戴尔恩：国王肯定会愿意的。同时我们知道你是谁，知道你的美德，了解你受到的伤害。不要退缩，尊贵的先生，像你父亲一样，拿出像他一样的精神和勇气。以你父亲的名义，我们会召集所有的力量，召唤所有受虐的人拿起复仇的棍棒，他们对国王有很大的怨恨，也会对复仇热情高涨，让我们走上复仇之路吧。他们会包围敌人的兽穴，我们在最安全的情况下，就可以让你的敌人在你的刀剑下求饶。

菲拉斯特：朋友们，别再说了，我的耳朵承受不起了，现在我们不能靠着美好的愿望而生活，你们爱我吗？

斯瑞斯莱恩：当然爱你，就像我们都爱欢乐和荣誉一样。

菲拉斯特：戴尔恩大人，你有个善良的女儿，她还活着吗？

戴尔恩：是的，最尊贵的先生，她还活着。但是为了毫无意义的苦修，她已经踏上了一条冗长而乏味的朝圣之路。（一个女人进场）

菲拉斯特：你来是找我，还是我们中的谁？

女人：找你，勇敢的王子，公主请你现在过去陪她。

菲拉斯特：公主找我！你弄错了吧。

女人：如果你叫菲拉斯特，那就是你了。

菲拉斯特：请亲吻她美丽的手，并转告她我会去看她的。（女人离开）

戴尔恩：你知道你在做什么吗？

菲拉斯特：　知道，去看一个女人。

克里尔蒙特：　但你掂量过这其中的危险没？

菲拉斯特：　一张甜美面孔里的危险吗？我不会怕一个女人的！

斯瑞斯莱恩：　但你能确定是公主来请你吗？这有可能是个阴谋，会要了你的命。

菲拉斯特：　我不这样认为，她很高尚。她的眼神就可以杀死我了，看着她白里透红的脸颊，我就会飘飘然，这些就是危险。但不管怎样，单是她的名字，就可以俘获我了。（离开）

戴尔恩：　快去吧，这是你无畏的真正的快乐。来，先生们，让我们好好商量商量，大家统一说法，以免以后国王挑出什么错误来。（退场）

场景二：宫殿里艾里苏萨的房间

（艾里苏萨和一个女人进场）

艾里苏萨：　他来了吗？

女人：　什么？

艾里苏萨：　菲拉斯特会来吗？

女人：　亲爱的公主，你不是一直都很相信我吗？

艾里苏萨：　但是你告诉我了吗？我忘了。女人的直觉告诉我，我的婚姻将会充满危险，如此澎湃的海平面下隐藏着很多危险的事情。当他告诉你他会来时，他看起来怎样？

女人：　怎么了？很好啊。

艾里苏萨：　一点都不害怕？

女人：　害怕？怎么会呢，他连害怕是什么都不知道。

艾里苏萨：　你们都帮他，整个朝廷的人都赞赏他。尽管我在做着崇高的事情，却可能会被忽视，不被人理解，我就像个一点一点地把金子扔进海里的傻瓜一样。但是我知道他很害怕。

女人：　害怕！我从他脸上看到的更多的是爱而不是害怕。

艾里苏萨：　爱？对谁的爱，对你的吗？你是照我说的话原原本本传达给他的吗？就这么匆忙地见面，这么一两个手势你就把他吸引住了吗？

女人：小姐，我指的是对你的爱。

艾里苏萨：对我的爱？哎，你太无知了，你不知道我们复杂的出身。大自然不喜欢被人们问太多的为什么，它喜欢什么事都直接带给人们结果，并且要人们乐于接受这个结果。大自然没有赐予这个世界任何两样非常对立、矛盾的事物，就像他和我，如果从我手臂上流出的一碗血会让你中毒，那他的血就能够治愈你。对我的爱！

女人：公主，我听到他来了。

艾里苏萨：让他进来。（女人退场）神啊，不要让他再承受厄运了，您拥有高尚和智慧，这时候您应该派一个温柔的侍者来服侍他，我也会服从您这一公平的安排。（女人又一次进场，和菲拉斯特一起）

女人：公主，菲拉斯特王子来了。

艾里苏萨：好，你退下吧。（女人退场）

菲拉斯特：公主，你派人叫我来，是想和我谈谈吧。

艾里苏萨：是的，菲拉斯特。但我要说的话应该不适合一个女人说出口，我也不愿意说出口，但我还是希望说出来。你觉得我有无礼地对待过你、贬低过你、轻蔑过你吗？

菲拉斯特：公主，从来没有。

艾里苏萨：那为什么你要在公共场合伤害一个公主，诽谤我，让我出丑，谈论我的嫁妆？

菲拉斯特：公主，我接下来要说的可能会很荒谬，但确实是事实。你美丽、善良，但我无权给你想要的东西。

艾里苏萨：菲拉斯特，我知道，但我必须拥有这两个国家。

菲拉斯特：公主，两个都要吗？

艾里苏萨：两个，否则我会死的。我发誓，菲拉斯特，如果不能安稳地拥有两个国家，我会死的，菲拉斯特。

菲拉斯特：　我愿意努力让你过上那样高贵的生活，但我不想让我们的后代在了解我们的故事后，知道菲拉斯特为了满足一个女人的愿望，付出了高昂的代价才得到王权和王位。

艾里苏萨：　不是的，听我说，我必须得到它们，或者更多……

菲拉斯特：　更多什么？

艾里苏萨：　否则会失去舒适的生活，神已经准备给这片贫乏的土地制造麻烦了。

菲拉斯特：　公主，更多什么？

艾里苏萨：　不要和西班牙王子作对，离开这儿吧。

菲拉斯特：　不要。

艾里苏萨：　快点！

菲拉斯特：　我可以忍受不和他作对。我从没见过这么可怕的敌人，但我想我和他一样是个狡猾的人，能用眼神杀死人；也和他一样会说难听的话，即使这样我也不会变成坏蛋。是不是从现在开始我要害怕你甜美的声音了？我还可以爱一个女人的声音吗？如果你说你要我的命，我会给你。尽管这是我不愿意的事，但你要我的命，我不会讨价还价，如果你真这样对我，我会很坚定地听你的话的。

艾里苏萨：　为了我，你看起来显得有点卑微。

菲拉斯特：　是的。

艾里苏萨：　你要知道，我必须得到它们和你。

菲拉斯特：　我？

艾里苏萨：　如果没有你的爱，所有的土地对我来说，除了可以埋葬我的身体外，没有任何意义。

菲拉斯特：　这可能吗？

艾里苏萨：　你太低估了你在我心中的分量，你以为我的爱很渺小。但现在，你的呼吸就能触动我，几乎快要撕碎我的心了。

菲拉斯特：　公主，你头脑里都是高贵的思想，会努力去改变被别人蔑视的生活。而我从没对我们的爱产生过令人讨厌的怀疑，我爱你！你点亮了我一生的希望，让我心怀激情，这份激情足以使一个对爱怀疑的人大为震惊。

艾里苏萨：你的灵魂进入了我的身体，除了你的呼吸，没有什么能让我充满力量与激情。但我们不要浪费时间来讨论我为什么变成现在这样，是上帝，上帝让我这样的。你要相信，我们的爱会更高贵、更幸福。因为在上帝的字典中，包含着爱。我们离开吧，找个地方好好亲热一下。别让一些讨厌的人夹在我们中间破坏了我们，我们要远离他们。

菲拉斯特：那样不行，我必须在这里多留一段时间。

艾里苏萨：我也希望这样，但是，你到我这里来的次数越多，情况就会越糟。我们怎样才能在分开后依然保持理智？我们得达成一致，不管遇到任何新的情况，都要有一个最好的应对方法。

菲拉斯特：上帝派给了我一个侍者，我希望我的计划还没被别人发现。当我在狩猎雄鹿的时候，我看见他坐在一个喷泉旁边，他喝了一些喷泉的水，并流下了眼泪。他用山谷里的花做成了一个花环放在自己旁边，他排列花的顺序很不寻常，这引起了我的好奇和注意。但他那温柔的眼睛再看到那些花时，又变得忧伤，就好像希望这些花重新再长出来一样。看着他的无助和无辜，我问了他所有的经历。他的父母都死了，给他留下少得可怜的田地，那是他的根，是不会断竭的源泉。他感谢太阳神给了他光芒，然后他捡起他的花环，告诉我每一种花代表的意义，他之前之所以那样排列花的顺序是为了表达他的忧伤。就这样我想我了解了他，我会好好对待乐意跟随我的人。这个最忠诚的、最可爱的、最温和的随从，没有人遇到过这样好的仆人。我会派他来服侍你，派他来支撑我们隐秘的爱。

艾里苏萨：很好，不过别再说了。（女人又上场）

女人：公主，西班牙王子来办他的事了。

艾里苏萨：　菲拉斯特，你怎么办？

菲拉斯特：　上帝已为我指明了道路。

艾里苏萨：　亲爱的，快藏起来，西班牙王子来了。（女人退场）

菲拉斯特：　法拉莫德来我就要藏起来！我这么大声是因为这是上帝的声音。尽管我敬畏他，但我不会藏起来。难道要让一个异国王子吹嘘说他在外国让菲拉斯特藏起来了吗？

艾里苏萨：　他不会知道的。

菲拉斯特：　哪怕全世界永远都不知道，对我来说藏起来就是可耻的，我的良心会一辈子感到不安的。

艾里苏萨：　那么，菲拉斯特，他总会说些你不愿听的，但为了我，不管他说什么，给他留点余地吧，求你了。

菲拉斯特：　我会的。（女人又一次上场和法拉莫德一起上场）

法拉莫德：　高贵的公主，我过来亲吻你美丽的手（女人退场），就像真正的爱人那样，正式说出我对你的爱，我心中真正的爱。

菲拉斯特：　如果国王不能直接给我答案，我就会离开。

法拉莫德：　他想要什么答案？

艾里苏萨：　他想要对整个国家的统治权。

法拉莫德：　小子，在国王面前我够容忍你的了。

菲拉斯特：　很好，那就请你继续保持，我不想和你说话。

法拉莫德：　虽然不太合时宜，但现在我们不妨来谈谈关于国家权力的事……

菲拉斯特：　让我走吧。

法拉莫德：　那是上帝的意思……

菲拉斯特：　闭嘴，法拉莫德，如果你……

艾里苏萨：　走吧，菲拉斯特。

菲拉斯特：　我已经遵命了。（正在离开）

法拉莫德：　你要走，我发誓我会把你抓回来。

菲拉斯特：　没必要。（转回来）

法拉莫德：　你想怎样？

菲拉斯特：　法拉莫德，我讨厌和你这样一个暴躁的人争吵，你除了有副大嗓门外什么都没有，但如果你还要激怒我的话，是男人都会说：最好别后悔！

法拉莫德：　在公主的房里，你就这样轻蔑我的伟大？

菲拉斯特：　待在这个地方，我必须要保持恭敬，但如果这儿是教堂，或者在圣坛上的话，你就不会像现在这样安全了，在那儿你可以伤害我，但我也敢杀了你。你说你伟大，我也能把你和你的伟大变得一文不值。别说话了，不要再反击我了，再见！（退场）

法拉莫德：　真是个古怪的家伙。我们结婚时，得下令堵住他的嘴。

艾里苏萨：　你最好把他变成你能控制得了的人。

法拉莫德：　我想他绝不会服从的。但是公主，我希望我们的心连在一起，还要很久我们的国家才会联姻，如果你高兴，也同意的话，我们不要等待了，何不偷点欢呢？享受我们当下的欢乐。

艾里苏萨：　你敢说出这样的话！为了我的荣誉，我也必须离开了。（退场）

法拉莫德：　我的身体坚持不到婚礼之后，你这样我必须到别处去寻欢了。（退场）

第二幕

场景一：宫殿里的一个房间

（菲拉斯特和贝拉丽欧进场）

菲拉斯特：孩子，你会发现公主很高尚，她会喜欢你的年轻、谦逊，为了我，在她那儿少说话、多做事。

贝拉丽欧：先生，在我一无所有的时候你接受了我，现在我所有的一切都是你的。你相信我天真无邪，但现在你却要破坏我的这种天真，也许这些是你用心良苦安排的，让我成为一个狡猾的、会撒谎和会偷窃的男孩。但你把我派到她身边，这样做多冒险啊！我从没想过要去服侍一个女人，我不想对别人比你怀有更多的尊敬和爱戴。

菲拉斯特：但是孩子，那样做对你有好处。对那些拍着你的脸说你很美的人来说，你还年轻，你充满了孩子气。但是当你长大了，具有了判断力，对自己的感情也有了控制力之后，你会记得那些真正对你好、让你过上高贵生活的人。我希望你能去服侍公主。

贝拉丽欧：就在这一刻我认为我看清了这个世界。我从没遇到过一个人如此急迫要和他最信任的人分开。我记得，我父亲也会希望在他身边服侍他的小男孩，长大了能成为比他更优秀的人，但那也必须在他们长到足够成熟漂亮的时候啊。

菲拉斯特：怎么了，孩子，我的意思并不是指你哪儿做错了。

贝拉丽欧：先生，如果我因为年轻无知而犯了错，请您教导我改正；如果我不够聪明，我愿意学习，年龄和经历都会给我带来更多的知识；如果我任性犯了错，不要对我失望。主人对他的随从，会不会严厉到不警告一声就把他辞掉呢？如果不是的话，就请您给我个机会让我改掉我的毛病，别辞掉我，我一定会改正的。

菲拉斯特：你会如此强烈地要求留下来！其实，和你分开我也会很伤心。哎，我不会辞退你的，但你知道这就是我的责任，因此我让你去她身边。你要这样想：你和她一起，就像和我在一起一样，而且也确实就是这样，毕竟，你还这样柔弱，还不能理解。等到了一定时候，你就可以放下这沉重的任务了，我会很高兴地接你回来的。只要我活着，我就会的。别哭了，孩子，你该去照顾公主了。

贝拉丽欧：我去了，不知道以后还能不能再服侍您了，所以请接受这个小小的祈祷吧：愿上帝保佑你的爱人，保佑你将要参加的战斗和你计划的一切！愿生病的人们得到你的祝福后就能康复！愿上帝憎恨你诅咒的那些人，尽管我也是其中一个！（退场）

菲拉斯特：仆人们对主人的爱真是奇怪。如果通过察言观色可以了解一个人的话，那这个孩子所表现出来的就是他心里所想的，有一天我会报答他的忠诚的。（退场）

场景二：宫殿的一条走廊上

（法拉莫德进场）

法拉莫德：为什么那些女人们还没来？她们肯定会从这条路来的。我知道王后并没有把她们叫过去。因为掌管宫女的嬷嬷给我带话，说她们都会来花园。如果她们都很纯真的话，那我要从她们中好好选一个。我从来没这么长时间都没有碰过女人，但说句良心话，我觉得这不是我的错。噢，我们这个国家的女人们啊！

（格拉特进场）有个人来了。我去逗逗她——女士！

格拉特：您好！

法拉莫德：打扰到你了吗？

格拉特：没有，王子。

法拉莫德：你真聪明，这双温柔的手……

格拉特：您过奖了，这只是双旧手套。如果您在说话的时候能保持点距离的话，我会乐意和您聊天的。但是王子，不要说粗话，也不要自夸，这两点都是我讨厌的，你只有这样做，我才能保持足够清醒的头脑来回答你那高贵血统所能想到的重要的问题了。

法拉莫德：亲爱的女士，你可以爱我吗？

格拉特：尊贵的王子，你指的是多深的爱呢？我从来没有坐过你的马车，也没有和你一同参加宴会让你丢脸。我没有做过什么不光彩的事，也没有做过令我脸红的事。我的头发，我的这张脸，从来没有花钱打扮过，已经很久没有人爱它们了。正如你看到的，这剩下来的我可怜的行头，并不是受任何人恩惠得到的。如果我会爱你的话，不管是谁，都会诅咒我们相爱的。

法拉莫德：女士，你误会我了。

格拉特：我就是这样，谁都无法改变！

法拉莫德：你真是杯危险的苦酒，就像毒药。

格拉特：不是的，先生，我的意思并不想赶你走，我只是想让时间过得快一点。

法拉莫德：这个国家的女人都这么不尊重像我这样完美的男人吗？

格拉特： 完美！我不明白，除非你的完美是指身体长得很胖。据我所知，王子，你唯一的补救办法是，在早上，只喝一杯泡有蓟的干净的白酒[①]，然后直到晚饭前一直斋戒，大约八点你就可以吃饭了。你要坚持，就好比喂养一只鹰，只要经常练习，最后你就能用弓射住它。但最后，你必须戒掉血、猪肉、康吉鳗、纯净的乳清，因为这些东西会击垮你减肥的意志的。

法拉莫德： 女士，你相当于什么都没说。

格拉特： 我说了，我在说你。

法拉莫德： （独白）真是个狡猾的婊子。我很喜欢她的机智，居然激起了我的兴趣，真是奇怪。她是达那厄[②]，得用钱财去追求。

女士，看，这儿有这么多钱，还有更多……

格拉特： 你这是在做什么，先生？黄金！真美啊！你应该把它们换成银子，这样方便用来和侍者们玩儿。你不应该在如此糟糕的时候这样认真地对待我，但是如果你现在要用银子的话，我可以叫我的仆人送些过来，然后暂时为你保存你的金子。

法拉莫德： 女士，女士！

格拉特： 梅格拉来了，快把钱藏在后面，不然她会拿走的。

（独白）就算是为了这些钱，我也会和你们竞争到底的。

（从帘子后面退场）

法拉莫德： 如果这个国家再多两个像她这样的人，那还不如把我们吊死在竖琴上算了。如果有十个这样无情的人在一起，那我们现在的这个时代就又能被叫作黄金时代了，女人们只会教给那些因为没有孩子而愁眉苦脸的丈夫得到自己孩子的

① 蓟是一种可用作药的植物。

② 希腊神话中阿戈斯国王之女。

土方法，如果这样的话那将是多么大的不幸啊！算了，先不想这些了！（梅格拉进场）又来了一个，如果她和之前那个一样的话，就算她是魔鬼我也会鼓起勇征服她的。女士，这是一个多美的早晨啊！

梅格拉：就如每个美丽的早晨一样，你英俊、温柔，让人看到希望。

法拉莫德：（独白）她说了这么多好听的话，显然这人是个很随意的人。

如果你没有什么要紧的事情的话，那就让我先和你待一刻钟吧，然后很快我们就能聊一个小时的。

梅格拉：你想聊什么？

法拉莫德：一些赞美你的话，我想走近你，看你的眼睛、你的嘴唇，这就足以让一个男人看很久了。

梅格拉：是的，我年轻的唇红润柔软、醇美可口，除非是镜子把我照错了。

法拉莫德：噢，那两片唇瓣如樱桃般红润，在阳光的照耀下闪烁着成熟诱人的光芒。最美的女士，来，我忍不住想尝一下。

（他们亲吻了）

梅格拉：（独白）噢，多温柔的王子！如果一个女孩遇到这样一位吟了十句诗歌表达炽热感情的人，仍然选择拒绝他并继续保持一颗比雪还要纯洁的心的话，那她可能是个从未恋爱过的修女。

（对法拉莫德）你吟了这么美的十句诗，并且亲吻了我，哪怕我能够吟出五句如此美的无韵诗，也一定用它来赞美你的额头和脸颊，并且亲吻你。

法拉莫德：那你就写成散文吧，你一定可以的，女士。

梅格拉：我会的，我会的。

法拉莫德：虽然你现在还不会，但我会教你的，（吻了她）现在会了吗？

梅格拉：　现在会了。虽然在我之前你已经吟过诗了，但我也一定会坚持写成散文的。（吻了他）

法拉莫德：　坚持到明天早上吧，亲爱的，我不会和你分开，但我们这是在浪费时间，你爱我吗？

梅格拉：　爱你！王子，你希望我怎样爱你？

法拉莫德：　我不会填满你的记忆，简而言之就是：爱我，就和我睡觉。

梅格拉：　“和你睡觉”是从你口中说出来的吗？绝不可能啊。

法拉莫德：　不要拒绝我强烈的欲望，尝试一下。要是你晚上丢下我独自去睡觉，那我的尊严何在？还是让我教教你如何去爱一个男人吧。

梅格拉：　为什么，王子？你有自己的女人，而且你也乐意去教她。

法拉莫德：　我宁愿教一头母驴怎样庄严地跳舞，也不愿教她这方面的事情。她一想到和男人在一起可能发生的事，就会害怕。我知道结婚后，我肯定会强迫她的。

梅格拉：　虽然这是个下流的错误，但是先生，我相信时间会让这事过去，你也会想办法让这事过去的。你见过我们的宫廷之星格拉特了吗？

法拉莫德：　别提她！她就像中风了一样，非常冷酷，她刚走。

梅格拉：　但她非常机智聪明，你是怎么对付她的呢？

法拉莫德：　我对付她？所有的军队都无法对付她的机智，她会把接近她的人都踢到国外去。对她来说，朱庇特[①]就像是可口的鱿鱼饼干。你看你，你说话时怎么像被什么东西拴住了舌头似的。不过话说回来，亲爱的梅格拉，你会随时欢迎我吗？如果你不相信我的诚意，就真的误会我了。

梅格拉：　王子，我不会的，我也不敢。

法拉莫德：　别担心你的处境，我会用钱封住别人的嘴，而且我会给你

---

① 罗马神话的宙斯神。

所有你想要的东西，每天早上都花两小时想想你要什么吧。来，别害羞，告诉我你想做我的女人吗？好好想想，我很快就来看你。

梅格拉：王子，我的房间太不安全了，晚上我会想办法溜进你房里的，直到……

法拉莫德：直到我们身心交融。（两人走不同的路退场）

（格拉特从帘子后面进场）

格拉特：噢，好你个邪恶的王子！竟是这种德行！我不揭穿你，就不是女人。我发誓我说到做到。（退场）

场景三：艾里苏萨的房间

（艾里苏萨和一个女人进场）

艾里苏萨：那男孩在哪儿？

女士：在里面，公主。

艾里苏萨：你给他钱买衣服了吗？

女士：给了。

艾里苏萨：他买了吗？

女士：是的。

艾里苏萨：他长得很漂亮，但看起来闷闷不乐对吗？问了他名字没？

女士：没有。（格拉特进场）

艾里苏萨：噢，格拉特，欢迎你，有什么好消息吗？

格拉特：我来向您禀报一个非常好的消息，梅格拉做的事情会如您所愿的。

艾里苏萨：你发现了什么？

格拉特：我有点不好意思对您说。

艾里苏萨：请说吧，怎么了？

格拉特：我听说了一件淫乱的事情。我知道，一个作风不正派的女人，肯定会找机会干点什么。您的王子，勇敢的法拉莫德，对此还很热衷。

艾里苏萨：　和谁？

格拉特：　和我怀疑的那个女人，我能告诉你时间和地点。

艾里苏萨：　噢，什么时候，在哪儿？

格拉特：　今晚，在他住的地方。

艾里苏萨：　你快跑去那儿，混在其他女人中，剩下的事情交给我。（格拉特退场）我不敢问命运为什么这样对待我，法拉莫德的本性是不会改变的，最后这场联姻终将失败——那男孩呢？

女人：　在这儿，公主。（贝拉丽欧进场）

艾里苏萨：　调到这儿来你很伤心吧？

贝拉丽欧：　公主，我并没有调动，我服侍你，也是在为菲拉斯特王子服务。

艾里苏萨：　敢反驳我，你叫什么？

贝拉丽欧：　贝拉丽欧。

艾里苏萨：　你会唱歌会弹琴吗？

贝拉丽欧：　小姐，如果我说能，你看我这么伤心，是不是就能让我回到菲拉斯特王子身边去呢？

艾里苏萨：　伤心？你这样的年纪会有什么伤心的事？学校有个很凶狠的老师吗？除了这个你不应该有其他伤心事。如果你不叹气的话，你的眉毛和脸颊会如水一般温和、光滑。相信我，孩子，看看你皱起的眉头和那空洞的眼神，不要这样了，高兴点。来，实话告诉我，你的主人爱我吗？

贝拉丽欧：　爱？公主，我不知道爱是什么？

艾里苏萨：　你知道悲伤，却不知道爱是什么，你在骗人。他说起我时，有说过希望我好吗？

贝拉丽欧：　如果爱是一想到你就忘了他的朋友；如果爱是他坐着叹息一整天，直到晚上与星星为伴；如果爱是街上着火了，他会像别人那样大声、匆忙地叫着你的名字；如果爱是当他听见有女人死了或被杀了，因为害怕那是你而哭得很伤心；如果爱是他死的时候——当然现在还不会——在他的每一句祈祷词中都会提到你的名字……那公主，我敢发誓他爱你。

艾里苏萨：你真是个狡猾的孩子，为了主人的名誉，说谎骗我。不过一个谎言总比坦言不爱我听起来要好得多。跟我一起去一个地方吧，孩子。（对女人）你也和我一起吧。是关于你主人的事情，所以我必须快点去，走吧！（退场）

场景四：宫殿里法拉莫德的住处前

（戴尔恩、克里尔蒙特、斯瑞斯莱恩、梅格拉和格拉特进场）

戴尔恩：来，女士们，我们聊会儿天吧。男人晚饭后走一千米，女人晚饭后会说一个小时的话，这是他们各自的锻炼方式。

格拉特：太晚了。

梅格拉：我的眼皮都在打架了，我想睡觉了。

格拉特：恐怕你的眼皮太重了，使你今晚无法看清回家的路了。（法拉莫德进场）

斯瑞斯莱恩：王子来了！

法拉莫德：都还没休息吗，女士们？你们是好仆人啊。祝你们有个好梦，一觉睡到天亮怎样？

梅格拉：王子，在一觉睡到天亮之前，我宁愿选择高兴地醒来。（艾里苏萨和贝拉丽欧进场）

艾里苏萨：很好，你在追求这些女人——时间还不算太晚，是吧，先生们？

克里尔蒙特：是的，公主。

艾里苏萨：你们都这儿等着，先不要走。（退场）

梅格拉：（独白）只要我活着，她就会嫉妒我。

王子，你看看，公主有个许拉斯[①]，是个美少年。

法拉莫德：他长得就像个天使。

梅格拉：你们结婚后，公主会让他伺候你们的。他一定会坐在你枕边，像年轻的阿波罗[②]一样，用手轻轻拍着你，轻声细语哄着你入睡。

法拉莫德：我对像这样的孩子完全没兴趣。

梅格拉：我也没有。这样的孩子什么也不会做，做一点点事的时候，巴不得所有人都知道，也不知道谦虚点。

戴尔恩：他伺候公主吗？

斯瑞斯莱恩：是的。

戴尔恩：多漂亮的男孩啊！公主可是精心打扮了他呀！

法拉莫德：女士们，睡个好觉吧！在你们明早梦醒前，我会把花花公子杀死的[③]。

梅格拉：祝你愉快。（法拉莫德退场）先生们，睡个好觉！走，我们也回去休息了吧？

格拉特：好吧，各位，晚安！

戴尔恩：愿你们有个好梦，美梦成真！（格拉特和梅格拉退场）先生们，现在我们该怎么办呢？已经很晚了。看，国王过来了，还有一支警卫队跟着一起，他还没睡。（国王、艾里苏萨和警卫队进场）

国王：我来看看你说的是否是真的。

艾里苏萨：我发誓是真的。请您别把我嫁给那个男人，他爱上了别人抛弃了我。

戴尔恩：这话是什么意思？

国王：如果是真的，那那个女人最好患上不可治愈的疾病。去休息吧，我会为你主持公道的。（艾里苏萨和贝拉丽欧退

① 希腊神话中的美男子，这里是指贝拉丽欧。

② 希腊神话中的太阳神。

③ 意思是让女士们睡个好觉。

场）先生们，过来，我现在需要你们的帮忙，年轻的法拉莫德回他的房间了吗？

戴尔恩：我看见他进去了。

国王：你们其中一个人快去看看梅格拉是否在她自己的房里，要注意方式。（戴尔恩退场）

克里尔蒙特：陛下，她刚和其他女人从这儿离开的。

国王：如果她在自己房里，我们就不必怀疑她了。

（独白）上帝啊，我知道用不正当的手段从别国得到财富或土地的人应该被诅咒，并且卑贱的人不能得到幸福，但是我老了，除了他，没人来当我的继承人。他的名誉会因为这件事被抹黑的，如果他和那个女人有了孩子，就更难处理了。上帝啊，艾里苏萨和法拉莫德之间的矛盾，是您安排的吗？如果是，请您原谅我犯的错。如果您要怪罪的话，千万不要怪罪到我孩子的头上去，请理解她，她并没有违背您。我要怎么能看到您的公平，我该怎么为我的罪过祈祷呢？（戴尔恩进场）

戴尔恩：陛下，我问过了，她的人发誓说她在自己房间里。但我认为她们是妓女。当我要求和梅格拉说话时，她们大笑，说她们的主子已经睡了，不能和我说话。我说，我来这儿真的有重要的事。她们说她睡觉这件事也很重要。我急了，大声说我的事情是涉及生与死的事。她们仍然说她已经睡着了。我强烈要求要见她，但她们说上次见过我之后，她就不想再见我了。她们又笑了，说其实睡觉什么也不用做，只是躺下把眼睛闭着而已。我没有得到更直接的答案，总之，我觉得她不在那儿。

国王：别浪费时间了。警卫队，去守住王子房间的后门，别让任何人经过。（警卫队退场）敲他的门，大声敲，再大声点！（戴尔恩、克里尔蒙特敲法拉莫德房间的门）什么？他们高兴到没听见吗？我要打破他们的沉默，再敲！……

还没听见？他肯定没睡着，再给他敲响警钟！再敲门！法拉莫德！王子！（法拉莫德出现在了楼上）

法拉莫德：大晚上的，这么粗鲁地敲什么？仆人们都去哪儿啦？真是大胆，烦死了，让我看见谁在敲我就要他死！

国王：王子，王子，你误会了，我们是你的朋友。下来吧！

法拉莫德：国王！

国王：是的，王子，下来，我们现在有些事情要征求你的意见。

法拉莫德：如果您需要见我的话，我会去您房里的。（法拉莫德从楼下出现）

国王：不用了，太晚了，王子，我们莽撞了。

法拉莫德：是我无礼，我有一些私人的原因，所以刚才不是很礼貌。（他们拥挤着想进去）别挤，先生们，谁今天想挤进去，除非先要了我的命。

国王：王子，我必须进去看看，都进去！

法拉莫德：我不能这样不被尊重。谁进来，谁就会死！陛下，你不是不了解我，你居然在这样不合适的时间把这些家伙带到我房里来！

国王：怎么发这么大的火？你没错，只是因为我的缘故，要来搜查一下你的房间。我说，进去！

法拉莫德：不准进！（梅格拉从楼上出现）

梅格拉：让他们进来，王子，让他们进来！我已经起来了并且穿好了衣服。我知道他们来做什么，他们急着找个女人，就让他们找吧，我就在这儿！噢，我的陛下，把一个女人的丑事公之于众，是不是有失您的身份！

国王：你下来。

梅格拉：我当然敢下来！你们的乱叫乱嚷、你们的窃窃私语、你们嘲笑别人的话都粗俗不堪，你们的行为和我的比起来更卑鄙！你们让我遭受到莫大的耻辱，自己却在那儿幸灾乐祸。我发誓，我会报仇的。

国王：你能下来吗？

梅格拉：当然，我会下去嘲笑你们干的糟糕透顶的事。等着，会有你们好受的！（从楼上消失）

国王：孩子，我得好好说一下你了，你这么不检点，伤害了一个值得你爱的女人，以后可不能再这样了。带西班牙王子到我那儿去睡吧。（法拉莫德和随从下）

克里尔蒙特：实际上是因为你的原因才让他找了另外一个女人，是你把他带到了床上。

戴尔恩：真奇怪，一个男人居然不能有一两个红颜知己。如果他不改正，以后他的住处还是会被搜查的。祈求上帝，让我们可以安全地和妻子躺在一起，同时别让她们能通过某些方法知道我们犯的错。（随从和梅格拉进场，在楼下）

国王：女士，你已经声名扫地了。除了王子，没人会看上你。你最好隐瞒这件丑事，否则我会派人把你整得很惨，让你饱受肉欲的折磨，把你扔到野蛮的荒地，让你染上疾病，病入膏肓无药可救。你的罪孽大得足以下地狱，你是个魔鬼，顽固执拗不知悔改！但是，你要清楚，他一定会是我的女婿，他也绝不会委屈我的女儿。你要明白，你会成为整个皇宫的笑柄，被唾弃、被嘲笑、被辱骂，你的名字将被永远地刻在耻辱柱上！你还笑得出来，你这个不知羞耻的女人！

梅格拉：陛下，你必须原谅我，这样对我们大家都好，请原谅我这样说，我也是别无选择了。噢，陛下，如果你不原谅我，我以神的名义发誓，如果你敢这样做，我会叫我的朋友们把这件事闹大。公主，你的女儿，也会和我一起在耻辱柱上留下名字，和我一样成为爱情的牺牲品，总之我怎样她就会怎样。别再激怒我了，我知道她常去哪儿、睡在哪儿、做什么、怎么花钱，我能知道她所有的事。我会让她声名狼藉的！她身边有个男孩，大约18岁的漂亮男孩，他们俩在什么地方什么时候做什么来着，我全清楚。陛下，是你把我变成个疯女人，点燃了我的愤怒，我要把公主的事闹得众人皆知……

国王：什么男孩?

梅格拉：哎呀，好心的国王，你竟然不知道这些事情！我其实是不愿意说出这些。就好像你身边有这么多腐败的官员，而您却毫无察觉一样。但是，我不能让自己一个人成为牺牲品，为了我自己，我也得说出来了，我知道的事也应该让大家都知道。我要让所有人谈论起这件事就像说自己的母语一样平常自如，我会让这事变成一颗高高在上、闪闪发亮的丧星，人们会一直盯着它，来自其他国家的人们也能看到，甚至还会旅游到我们国家来了解这件事，直到他们发现没有人再传这件事了才停止。然后看到你美丽的公主名声毁尽，遭人唾弃。

国王：她有个男孩吗?

克里尔蒙特：我看见过一个男孩在等她，一个非常漂亮的男孩。

国王：回到你自己的住处吧，现在我会试着原谅你了。

梅格拉：你要试着原谅我了吗?那我也要试着原谅你了。（国王、梅格拉、警卫队退场）

克里尔蒙特：这个女人简直拥有大力神的男子气概。如果这儿有九个杰出的女人，这个女人一定会控制住她们成为她们的队长。

戴尔恩：确实是，她说话就像魔鬼一样，一直在辩护，她说出的话真狂野。她狠狠地刺激到了国王，所有的医生都无法治疗他。那个男孩对她来说真是一剂意外的解毒剂。那个男孩，那个公主的男孩；那个勇敢、纯真、善良的女人的男孩是个漂亮的能说会道的男孩。考虑到这些，我什么事情也不能做了。我要去溜达溜达，得把你们留在这儿了，先生们。

斯瑞斯莱恩：我们和你一起吧。（退场）

第三幕

场景一：宫殿的审判厅里

（戴尔恩、克里尔蒙特、斯瑞斯莱恩进场）

克里尔蒙特：看来梅格拉说的关于公主的事情是真的。

戴尔恩：这是神的旨意，是对国王的惩罚啊。对我们来说，难道我们作为臣民，生活在这样一个国家里不是种耻辱吗？我们眼睁睁看着年纪轻轻、如此英勇的菲拉斯特被这个冷漠的国王逼着丧失王权，却还要将这件事当成一件高贵的事情记入史册，这难道不是一种耻辱吗？那个女人贪婪地和一个很漂亮的男孩住在一起，她马上将和那位外来的王子结婚了，我们只能眼看着王权很快就会落到她这个淫荡的女人手中，对我们来说这难道不是一种耻辱吗？那位外来的西班牙王子，生来就是个奴隶，但人们很愿意让他成为王子，他最高贵的地方在哪儿呢？是他的思想吗？这些难道都不是耻辱吗？

斯瑞斯莱恩：那个西班牙王子绝对不会站在我们这边和我们一起帮助菲拉斯特的，上帝忘记有这样的人到过这世上吧！

克里尔蒙特：　菲拉斯特太迟钝了。贵族们都在等着他复仇，人们都偏向了他这一边。大家就像田地里站立着的谷物，大风一吹就都把头往一个方向倒了。

戴尔恩：　让菲拉斯特从该复仇计划中退缩的唯一原因就是美丽的公主。他很欣赏公主的爱，但是现在我们知道了公主的丑事，我们有理由能驳斥他了。

斯瑞斯莱恩：　也许他不会相信。

戴尔恩：　为什么？先生们，毫无疑问事实就是这样啊。

克里尔蒙特：　说她不诚实，过去就已经这样说过了，但如果他很小心谨慎，我们要怎么告诉他，才能让他相信呢？

斯瑞斯莱恩：　我们都非常相信自己能够说服他。

戴尔恩：　因为这件事是真的，而且我们也是为了他好，告诉他公主的事时我会表现得就像我知道这件事一样，我会说我知道这事，而且，我还会发誓说我亲眼看见过。

克里尔蒙特：　这样就最好了。

斯瑞斯莱恩：　那样的话他可能就会相信了。（菲拉斯特进场）

戴尔恩：　他来了。早上好，我们一直都在找你。

菲拉斯特：　我亲爱的朋友们，谢谢你们还能惦记着你们的朋友，知道我还深陷于痛苦中，谢谢你们不让别人诋毁我的美德，祝你们拥有好运的一天——我要做点什么来回报你们呢？

戴尔恩：　王子，我们来是督促你干好事的，我们知道你内心一直都在想着这件事，希望建立一支武装部队来反抗！贵族臣民们都对那个篡权的国王很不满意，不要再犹豫，不要再那么善良了，没人听过“善良”这个词，也没人知道善良这件事，所有人都会支持你的想法的。

菲拉斯特：　你为我做了很多事却不求任何回报，谢谢你这么支持我！要知道，我的朋友们，你们从菲拉斯特一出生就怜悯他的谦恭可怜，我非常感谢你们，但我的计划还不成熟，等时机成熟了，我会需要你们的，离那个时候不远了。

戴尔恩：　先生，现在比你期望的时间还要成熟，今后可能就没有这么好的机会了，以后就只能完全靠武力才能解决了，或许现在就应该该抓住这个时机。至于国王呢，你知道人们憎恶他很久了。至于他们都非常喜欢的公主呢……

菲拉斯特：　公主怎么了?

戴尔恩：　她像国王一样被厌恶。

菲拉斯特：　什么意思?

戴尔恩：　她被认为是个婊子。

菲拉斯特：　你撒谎。

戴尔恩：　王子……

菲拉斯特：　你撒谎。大人，你是知道的，我一直觉得你思想崇高、受人尊重，但是你这样诋毁一个女人的好名声，这些诋毁她的话如果被大家到处传开，她是不会被原谅的，那一切就会像被打进地狱一样，永远都不能挽回。如果人们知道了，他们会把这件事形容得更邪恶。现在这个谎言才刚涌现出来时，我要想办法让这个谎言到我这儿停止继续传播。让我好好想想，我一定要想出办法来阻止这些谣言继续到处扩散。

戴尔恩：　真是太奇怪了，我确定他是真的爱她。

菲拉斯特：　我真的很爱她，她是我最爱的女人，谁伤害了她，就是与我为敌。先生们，我不想再听你们说了，让我走吧。

斯瑞斯莱恩：　不，王子，耐心点。

克里尔蒙特：　王子，请记住，我们是你真诚的朋友，是来为你服务的，我们会证明我们为什么会这样说。

菲拉斯特：　先生，很抱歉，我刚才太激动了，我想知道真相。我也曾听人在背后说过有损你们名誉的坏话，但我相信那些都不是真的。我现在就像当时那样，非常生气，非常恼怒。

戴尔恩：　但是王子，我说的这个是真的。

菲拉斯特：　噢，不要这样说。先生，请不要这样说。如果是真的，那天底下所有的女人都有错。不要再说服我了，那是不可能的。你们怎么能认为公主是淫荡的人呢？

戴尔恩：她被现场逮到了。

菲拉斯特：肯定弄错了，一定是弄错了，不可能的，那可能吗？先生们，你们说说，以上帝的名义说说，那可能吗？所有女人都该受到谴责吗？

戴尔恩：当然不是。

菲拉斯特：那么，那绝对不可能。

戴尔恩：她被逮到和她的男孩待在一起。

菲拉斯特：什么男孩？

戴尔恩：一个服侍她的男孩。

菲拉斯特：噢，上帝呀！是一个小男孩吗？

戴尔恩：你知道那个男孩吗，大人？

菲拉斯特：（独白）鬼都知道！

先生们，你们被骗了。我会解释给你们听，但可能会对你们有一点不友好。如果她好色，她会要一个能满足她愿望并且清楚地知道自己是在做一件罪恶的事情的人，而不是一个连欲望是什么都不知道的男孩在身边。你们被骗了，她和我也被骗了。

戴尔恩：你怎么能这么说呢，王子？

菲拉斯特：现在是怎么了，整个世界都在滥传错误的不公平的消息。

戴尔恩：噢，高贵的王子，你的善良让你不能看清女人内心深处真正的想法！简单说，我看到公主和那个男孩了，我亲眼看到的。

菲拉斯特：现在请在我愤怒前离开，你们这群魔鬼。现在这些事就是你造成的，你什么时候看到了！不要出现在我眼前！你给了我心灵沉重的一击。你什么时候看到了，或者你永远都不要说出来，对这种邪恶的事就应该永远保持沉默。

斯瑞斯莱恩：你知道他脾气这么暴躁吗？

克里尔蒙特：　以前从不知道。

菲拉斯特：　微风从地球的各个角落吹来，各自吹过大海，吹过陆地，它连一个纯洁的人都没有亲吻到吗？你们都是什么样的朋友啊？你们这样还不如拿把剑杀了我。

戴尔恩：　为什么，王子，你一点都没有动摇吗？

菲拉斯特：　你们都不善良了，我还要善良干什么？真是有趣。

戴尔恩：　但是，王子，好好问问你自己，想想最好该做什么。

菲拉斯特：　谢谢你，我会好好想想的。请离开我，我会考虑的。明天我会去你的住处，告诉你答案。

戴尔恩：　愿神指引你找到最好的方法。

斯瑞斯莱恩：　他极其不耐烦。

克里尔蒙特：　我们就当那是他的优点和他高贵的思想吧。

（戴尔恩、克里尔蒙特和斯瑞斯莱恩退场）

菲拉斯特：　我忘了问他他是在哪儿看到公主和那个男孩的，我要跟着他们。噢，我的心中泛起了千层浪，扑灭了我心中的怒火。许多事情都能煽起我心中的火焰，现在这件事更折磨我了。我要弄清楚这件事是谁传出来的，而不单是这件事而已。戴尔恩告诉我让我远离公主，说远离她就是远离谎言，因为她是一个不诚实的人，还说我这样做是高尚的行为。噢，我们应该像野兽一样，不要让自己因为没亲眼看到的事而悲伤。公牛和公绵羊会战斗保护它们的女同类，会让它们不离开自己的视线，但战争过后，它们会再次回到牧地，开始繁衍、成长，像从前那样快乐地尝尝泉水，香甜入梦。但悲惨的人们呢……（贝拉丽欧进场）看，他走来了。他的脸庞还是以前那样的天真，没有改变！难道我要进入别人的圈套，也像别人那样相信像他这样如此天真的人会不忠城吗？这样对他公平吗？现在，我不相信他有罪。

贝拉丽欧：　愿你安好。公主让我把她的爱、她的生命和这个都托付给

你。（拿出一封信）

菲拉斯特：噢，贝拉丽欧，现在我感受到了她很爱我，她把对我的爱表现在了对你的爱上，她把你打扮得很漂亮。

贝拉丽欧：大人，她给我的打扮超过了我的预料，也超过了我的功劳。这样的打扮更适合她的侍者，尽管我也是在她身边服侍她的人，但还是不适合我。

菲拉斯特：你变得谦和而有礼貌了。噢，应该让那些不知检点的女人，从这张纸中学学怎样掩饰感情。在这张纸里，她写给我说她的心对我如矿井般坚定不移！一看到我，她的心就会像刚下的雪一样融化。告诉我，男孩，公主对你怎样？通过这个，我就能判断出她对我的爱有多深。

贝拉丽欧：她对我不像是对她的仆人，反而是好像我和她连在一起一样，或许是因为曾经有三次我都很忠诚，保护了她的命。她爱我就像很多母亲爱她们唯一的孩子一样，非常信任我，她对我说如果她受到了伤害，我就要以生命偿还。

菲拉斯特：非常好，她还跟你说了些什么？

贝拉丽欧：她告诉我她相信我不会把她的爱情秘密说出去，认为我是她聪明的仆人。她叫我不要再因为离开你而伤心流泪了，她会很关心我。像这类很温和的话，我通常在她说完时比她说这些话之前更感动、更想哭。

菲拉斯特：这样就再好不过了。

贝拉丽欧：你没事吧，大人？

菲拉斯特：没事，贝拉丽欧。

贝拉丽欧：我想你的话并不像你说得那么简单，你的表情太平静了，并不像我平常看到的那样。

菲拉斯特：你被骗了，男孩，她打了你的头没？

贝拉丽欧：嗯。

菲拉斯特：她打了你的脸没？

贝拉丽欧：打了。

菲拉斯特：　她亲了你没？

贝拉丽欧：　什么？

菲拉斯特：　她亲了你没？

贝拉丽欧：　我发誓从来没有。

菲拉斯特：　那就奇怪了，我知道她亲了你。

贝拉丽欧：　真没有，我发誓。

菲拉斯特：　那她就是不爱我了。她肯定亲了你，因为是我让她那样做的。我以我和她之间的爱，以我和她希望享受平静的生活为由指责她让你屈服，让你很高兴赤裸裸地上了她的床。我以她的名义发誓，你喜欢她。告诉我，她的身体难道不是均匀平衡的吗？她的呼吸不和水果成熟后阿拉伯风吹出来闻到的一样甜吗？她的胸不像象牙球一样光滑吗？她难道不是一颗快乐的矿石吗？

贝拉丽欧：　现在我知道我的那些想法为什么这样混乱了。我第一次去她那儿，我就预料到了。你被骗了，一些坏人骗了你。我知道你为什么要这样了，我想你的脑袋肯定是被滚下的岩石砸到了，你简直糊涂了。一些别有用心的人预谋好了要把你的高贵变得什么也不是。

菲拉斯特：　你认为你这样说我就不会对你生气了吗？来，你应该知道我的计划。比起我想要的幸福，我更讨厌她。我把你放在她那儿是让你仔细点观察她的一举一动。你发现什么了吗？正如我希望的那样，她堕落在欲望中了吗？说一些让我安慰的事给我听。

贝拉丽欧：　你误会我了。她是像麻雀或山羊那样充满欲望的动物吗？她的确犯了个错，她没有告诉任何人她的用心良苦，这错误已经超出了欲望的范围了。我不能帮助她满足她那小小的欲望，但我知道作为她的仆人，我不能泄密，否则我会失去生命的。

菲拉斯特：　噢，我的心！你的话真是毒药啊，比疼痛本身更可怕。告诉我你的想法，因为我想知道你究竟是怎样想的，否则我会把你的心撕开来看。我一定会清楚地知道你的想法的。

贝拉丽欧：我发誓，你面前的这个人，她就像冰一样纯净，她也和地狱一样邪恶，但她的邪恶都是因为国王的命令、武力、折磨或金钱而造成的。

菲拉斯特：没时间和你慢慢耗了。我要杀了你，因为我恨你。现在我要骂你。

贝拉丽欧：如果你恨我，你就不会先骂了我，而是直接把我杀了。比起你的恨，上帝对我的惩罚都没有这么狠过。

菲拉斯特：呸，呸，你还这么年轻，就这么虚伪！告诉我你什么时候喜欢她的，喜欢她哪儿？如果我不杀了你的话，就让瘟疫降临在我身上吧。（菲拉斯特抽出了他的剑）

贝拉丽欧：我发誓，我从来没有。如果我因为撒谎而保住了自己的命，我可能会活得更久，但会更遭人讨厌。砍死我吧，我宁愿你把我砍成碎片也不愿苟且偷生。我会亲吻我的四肢，因为它们都是你给我的。

菲拉斯特：你不怕死？像你这样的男孩子们都不害怕死亡吗？

贝拉丽欧：任何男孩子都很希望成为一个让自己满意的男子汉，充满热情。这不需要理由。

菲拉斯特：但你不知道什么是死亡。

贝拉丽欧：我知道。没有出生重要，只是长眠而已，是安静的休息，远离所有猜忌，这是我们都追求的。另外，死亡就好比结束了一场一定会输的游戏。

菲拉斯特：但发假誓的灵魂会很痛苦，孩子。想想这些，你的心会融化一些的，你会说出所有事情的。

贝拉丽欧：如果我说谎了，你就去控告我吧，只要我还活着，让所有人都来攻击我吧！如果我错了，就让我接受你说的惩罚，杀了我吧！

菲拉斯特：噢，我应该做什么？为什么，谁能不相信他？他这么真诚地发誓，如果他真的说谎了，神都不会原谅他的。起来吧，贝拉丽欧，你的声明这么强烈，你说话时看起来是这么真诚，我希望正如我想的那样，它们都不是真的，我不能再逼你了。如果我再逼你，你会责怪自己的，这样会伤害到我，因为我喜欢你真诚的眼神，我不会因为你的年轻而报复你。无论你做了什么，我对你的爱是不变的。我打了你，那让我觉得很烦，但那才能让你变得更好。孩子，不要让我再看到你了，有些事情发生了，这让我感到很烦，如果我再看到你，你又这么温柔地对我，我会发疯的……不要让我再看到你了。

贝拉丽欧：在你讨厌我之前，我会走得很远。看看我流下的眼泪，这是我绝望的泪水，因为我看到的是一个背叛了你、公主还有我的世界。永别了！你会发现我是绝对忠心的，如果你听到我因为悲伤而死，想到我你就会流泪的话，我就会安息了。（退场）

菲拉斯特：无论你值不值得，我都祝福你。噢，我该去哪儿清洗一下我的身体？人的本性太坏了，没有什么药能治愈一颗烦恼的心！（退场）

场景二：宫殿里艾里苏萨的房里

（艾里苏萨进场）

艾里苏萨：真奇怪我的男孩还没回来。但我知道我的爱人肯定会反复问他我何时睡觉、何时起床；都说了些什么话；我是否经常想起他吗；我最后一次亲切地叫他的名字是什么时候；我叹息、哭泣、唱歌的时候有提起他吗；还有一千件类似这样的事。贝拉丽欧在那里逗留得太久了，我很生气。

（国王进场）

国王：你在想什么？现在是谁在你身边侍候你？

艾里苏萨：没有人，只有我自己。我不需要什么人伺候和保护，我又没犯错，不用害怕任何人。

国王：告诉我，你有个男孩吗？

艾里苏萨：嗯。

国王：什么样的男孩？

艾里苏萨：一个男侍者。

国王：一个长得很漂亮的男孩吗？

艾里苏萨：我认为他不丑，品质好，很尽职。我要他服侍我并不是因为他长得漂亮。

国王：他很会说话、会唱歌、会弹琴吗？

艾里苏萨：嗯。

国王：大约18岁吗？

艾里苏萨：我没问过他年龄。

国王：他为你提供所有方面的照顾吗？

艾里苏萨：你为什么这样问？

国王：把他送走。

艾里苏萨：父亲！

国王：我说把他调走。他对你服务得真周到，周到得让我难以启齿感到羞辱。

艾里苏萨：父亲，请让我明白你为什么这么说。

国王：如果你还知道关心我、替我担忧的话，就照我说的做，把他送走。

艾里苏萨：如果你能给我一个理由，那么我会照你说的去做的。

国王：你问这件事的时候不脸红吗？和他断绝所有关系，要不然我就会和你断绝关系。在我的生命中，你是我的一个耻辱，就像我自己很耻辱一样，我都不敢告诉自己你做了什么。

艾里苏萨：我做了什么，我的国王？

国王：你难道不明白我在说什么吗？现在大家都在传这件事。请你也理解理解我，现在大家都在用污秽的语言到处传播这件事情。快把他送走，马上就送走！再见。（退场）

艾里苏萨：有没有什么地方，可以让一个少女自由地生活，并且一直拥有好名声呢？在那个地方，人们能听进别人的意见，能在自己所犯的错误中吸取教训，能在美好的憧憬中不断成长；人们能从别人的诽谤中吸取营养，在丢脸中获得成长。噢，人们会计划让不好的事都成为过去！会努力工作，用汗水把冰冷的石碑融化，并在纪念碑上刻上自己高贵的名字。（菲拉斯特进场）

菲拉斯特：请冷静下来，亲爱的小姐！

艾里苏萨：噢，我最亲爱的爱人，我的内心充满矛盾和纠结。

菲拉斯特：我绝对不会让你的眼泪白流的。亲爱的，怎么了？作为你的爱人，一想到善良的你，我就会重新热情高涨，我会让你拥有好名声的。

艾里苏萨：噢，我亲爱的爱人，那个男孩！

菲拉斯特：什么男孩？

艾里苏萨：你给我的那个男孩……

菲拉斯特：他怎么了？

艾里苏萨：他肯定不再属于我了。

菲拉斯特：为什么？

艾里苏萨：大家都在猜疑他。

菲拉斯特：猜疑！是谁？

艾里苏萨：国王。

菲拉斯特：（独白）噢，这真是我的不幸呀！
真是无中生有的猜疑！那就把他送走吧。

艾里苏萨：噢，真残忍！你也这么狠心吗？他走了，谁来告诉你我有多爱你？谁来对你说我很伤心地哭了？谁给你带信，帮你转赠礼物？谁会不顾自己健康还服侍别人？谁因为得到了你的赞美而在沉闷的夜晚醒来？谁哭着唱你的赞歌？谁会对着你毫无意义的画而感到忧伤、惋惜？谁会在我入睡时弹奏你的鲁特琴，伴我入梦，然后哭着说“噢，我亲爱的菲拉斯特”？

菲拉斯特：（独白）噢，我的心！他让你心碎了吗，你让我确认了你这个女人不忠贞！

公主，忘掉这个男孩吧。我会给你找个更好的。

艾里苏萨：噢，永远，永远也不会再有人像我的贝拉丽欧了。

菲拉斯特：这只是你的一片痴情罢了。

艾里苏萨：和我一起的男孩，永别了，你是我最亲密的仆人。再见，祝你愿望成真！让所有猜疑你的人都被纯洁的爱情出卖和背叛吧！

菲拉斯特：你所表现出来的这些都是为了一个男孩？

艾里苏萨：他是你的男孩，是你把他送给我的，失去他我肯定会感到伤心。

菲拉斯特：噢，你真是个忘恩负义的女人！

艾里苏萨：你为什么这么说？

菲拉斯特：虚伪的艾里苏萨！在我失去理智时，你有办法能让我清醒过来吗？如果没有，就不要说了，就这样做吧。

艾里苏萨：做什么？你要睡觉吗？

菲拉斯特：艾里苏萨你总是这样。噢，天啦，你给我耐心点。难道我没有不加掩饰地独自站在这儿，对命运感到震惊吗？难道我没有看到无数的悲哀和伤害变得像一片汪洋大海一样出现在我面前吗？难道我没有面对足以置我于死地的危险，然后笑一笑，反而把它当成一种欢乐，不管不顾吗？难道我要像别人那样生活，屈居于残暴的国王统治之下，当国王死亡的丧钟敲响时，像其他人一样为他哀悼吗？难道我要勇敢地忍受着这一切，沉浸在一个女人的谎话中吗？噢，那个男孩，那个可恨的男孩！除了这个罪恶的男孩，没有人能让你减轻欲望。

艾里苏萨：我被出卖了，我觉得这所有的一切都是有人要故意陷害我，我真可怜。

菲拉斯特： 现在，你可能只得到了我在这个王国的一点点权力。你要是高兴，全都给你吧，我没有兴趣。我必须去寻找一个很远的地方，一个目前还没有女人敢去的地方，因为她们害怕突然发生疾病，我会去寻找这样的地方，在那里活下来，然后诅咒你。我要在那儿挖个洞穴，告诉鸟儿和牲畜们什么是女人，告诉它们不要靠近你。从你眼里看到的虽然是快乐，但你心里比地狱还阴森。你说的话就像蝎子一样，伤害了别人再去治愈别人①。你有成千上万种想法交织在一张精细的网上，并不断缠绕变化。我是个多么愚蠢的男人，居然相信一个女人脸上表现出来的东西，并且直到死了都还相信，永远迷失于其中。公主，你所拥有的美好的东西都只是虚幻的影子，它们早上和你一起，晚上从你背后经过，然后就消失了。你的誓言像霜冻一样，只用一个晚上就融化了，第二天太阳一升起就消失了。这些缺点你怎么都占了。我是个有点混乱又有点呆板的人，不能辨别出什么才是真正的喜欢。在我生命最后的时间里，我有义务告诉你这些。好了，我的所有苦恼，所有的欢乐，再见了。（离开了）

艾里苏萨： 神啊，请仁慈一点，让我死了吧！我究竟做了什么，竟让他这样对我？请让我的心如纯净水晶般透明，让全世界都猜忌我的人，能来看看我究竟有什么邪恶的想法。一个女人要去哪儿才能找到坚定不移的东西呢？（贝拉丽欧来了）救救我吧，现在这个男孩看起来多么邪恶，多么罪恶呀！噢，贝拉丽欧，你这个伪君子，在你还没学会说话，在你还在摇篮里的时候，上帝就派你来欺骗和背叛无辜的人了！你的主人和你自己的荣誉都变成了尘埃。我真愚蠢，什么也没赢到。滚开，贝拉丽欧！你一点儿也不觉得羞愧

---

① 人们都认为蝎子自己会治愈自己造成的伤口。

吗？如果你明白你所做的是让人讨厌的事，你应该躲在一堆山里去，免得人们把你找出来。

贝拉丽欧：　噢，天啦，那些讨厌的人们，他们把这些奇怪不好的思想传输给了高贵的小姐！小姐，你对我的这一点点责怪，对我来说只不过是沧海一粟，根本就不会有什么影响。我的主子对我非常生气，对我不抱任何希望了。你不必让我滚，我来只是说再见的，向你做最后一次道别。永别了！你是一个好女人，我不会像一个男孩犯了非常严重的错误一样，悄悄就逃走了，我要来跟你道个别。神的力量会帮助你抚平伤痛的！快点把实话告诉国王和我的主人，他会知道你的珍贵的。同时我要去寻找一个别人找不到的地方结束自己的生命。（退场）

艾里苏萨：　愿你安息。你已经伤害过我一次了，如果我再遇到像你这样的人的话，我的意思是，如果他是长得跟你很像的另一个浑蛋，那还不如让我赤裸裸地、头发乱蓬蓬地穿过热闹的街道算了。（一个女人进场）

女人：　小姐，国王要去狩猎，他很诚挚地邀请你一起去。

艾里苏萨：　我也正想去狩猎。狄安娜女神啊，如果你对我也能像对亚克托安一样就好了，让我窥见你洗澡吧，然后把我变成牡鹿，最后被猎犬追逐，在悲伤中死去吧。（退场）[①]

① 狄安娜是罗马神话中的月亮和狩猎女神。亚克托安是希腊神话中著名的狩猎者，因无意中窥见狄安娜女神沐浴，被她变成牡鹿，最后被自己的50条猎犬追逐撕碎。

第四幕

场景一：在宫殿前

（国王、法拉莫德、艾里苏萨、格拉特、梅格拉、戴尔恩、克里尔蒙特、斯瑞斯莱恩和仆人们上）

国王：猎犬在前面排好了吗？看管森林的人来了吗？马匹和弓箭都准备好了吗？

戴尔恩：都准备好了，国王。

国王：（对法拉莫德说）你怎么看起来愁容满面啊，先生。来，我们已经忘记了你之前的那件事了，不要再想了，没有谁敢说出来的。

戴尔恩：他看起来就像个吃多了的老公马，也像冬眠鼠一样迟钝。看他多么没精神！

斯瑞斯莱恩：他不需要别人教，他自己很会打猎。他最大的错误在于他已经在这附近猎杀了许多动物，他已经没有心情再去狩猎了吧！

戴尔恩：至于他猎捕到的动物的角呢，他已经把它们放在他待会儿要待的地方了。噢，他就像条宝贵的猎狗。别管他，让他去追女人吧。如果他把她弄丢了，这会让他犯错的。

国王：你的男孩离开了吗？

艾里苏萨：按照你的命令，我已经照做了。

国王：很好，我们到远点的地方去谈谈。（他们去远点地方谈话）

克里尔蒙特：这个西班牙王子可能对自己所做的忏悔吗？我想，他根本就不是一个高尚的人。但他假装让自己看起来就像个受了伤害的人，就好像《病人的药膏》里面讲的一样，如果一个比他更坏的人犯了错，医生和其他人会撕开那个人的内脏，然后用鞭子抽打那个人，直到抽出血来。

戴尔恩：看，那个女人看起来多么端庄，就好像是和她的邻居来接受仪式的一样。人们怎么会能从她脸上看到邪恶呢？她真的很纯真。

斯瑞斯莱恩：没有什么好说的了，愚蠢的人以为只要对她眨几次眼，她就会上当了；但聪明的人会知道这样做是没有用的。

戴尔恩：看他们在一个个地点名！噢，你看那支队伍，那个恶棍举着旗帜，其他人敲着鼓。他们所有的人都拖着东西过来了。

克里尔蒙特：很好啊，这个女人转变了想法。在她说话前，没人敢说是什么改变了她的想法。她的脸看起来就像有人准许、希望、要求她说出所有话。当这个女人想为自己辩解时，别人会回答说忙得不可开交没时间听她说话。只要我活着，她就会得到很好的保护，她很和蔼，为了健康，她会很小心地保养她的身体，一周一次，除了大斋节和三伏天。噢，如果他们过来是为了得到钱，那我们的国家会损失多少钱啊。

国王：骑马，骑马！先生们，我们浪费了一早上。（退场）

场景二：森林中

（两个看管森林的人进场）

看管者1：什么，你们追到鹿了吗？

看管者2：　是的，它们似乎是准备好要被捕杀一样。

看管者1：　谁开的枪呢？

看管者2：　公主。

看管者1：　她会打猎？

看管者2：　我说她站在那上面看。

看管者1：　那是谁呢？

看管者2：　年轻的西班牙王子。

看管者1：　这个王子可以用弯弓来狩猎，我很佩服他，但是自从我知道他因为10先令而放弃检验后，我就不再喜欢这位来自海外的王子了[①]。当时鹿倒下的时候，他也在那儿，但是他没想到的是，他需要付一点点钱来检测鹿肉。我还听说，他的管家需要一头雌鹿的角来修饰帽子，我想他非常喜欢狩猎，他简直就是个老崔斯特瑞姆先生[②]，如果你还记得，在草地上，他曾经放弃了一头雄鹿，悄悄匍匐前进攻击一头瘦弱的雌鹿，然后刺伤了它的眼睛。谁又射杀了其他的鹿？

看管者2：　格拉特女士。

看管者1：　她是一个好女人，她端庄大气，他们说她不诚实，不管是不是真的，也和我没什么关系。就只有这些人？

看管者2：　不，还有一个人，是梅格拉。

看管者1：　那是个很敏捷的人。如果有个女人会把她猎杀到的动物制作成马鞍，而且很快就做好了，令人拍手叫绝，那这个女人一定是她。我听说她太大胆了，森林里什么地方都敢去，一个下午在森林里迷路了三次，即使是一个男人也需要很久才能找到她。她骑马骑得很好，捕到的猎物也挺多的。快，我们走吧。（退场）

---

① 这里的检验是指将猎物切割，以此验证肉的质量，这其中要给饲养者10先令的费用。

② 圆桌骑士之一。

（菲拉斯特进场）

菲拉斯特：　喫，我在这些树林里靠山羊奶和橡子吸取营养，早就不再想王权或掩饰的裙摆下女人的样子了。我自己挖了个洞穴，我、我生的火、我的牛和我的床都在一个棚子下面，风替我吹来了一位姑娘，那姑娘和她居住的坚硬的岩石一样简单，她会用树叶、芦苇和野兽皮为我铺床。我们的邻居们也都知道她心里装的都是我的事情。这真是一种真实没有烦恼的生活啊！（贝拉丽欧进场）

贝拉丽欧：　噢，邪恶的人们！一个天真无邪的人也可以安全地行走在野兽中间，在这儿没有什么能攻击我。我看到我悲伤的主人坐在那儿，他好像在设法把他自己藏起来一样。主人，原谅我，我会违背你的最后一个命令。我必须说，因为我很同情你的悲伤，听着，我的主人！

菲拉斯特：　难道这里还有比我更悲惨的生灵吗？

贝拉丽欧：　噢，我的主人，请看看奇怪的运气都赐予了我什么。我的服侍不值得我拥有什么，你给我的奖赏太多了，其中一小部分就能让我免于挨饿受冻。

菲拉斯特：　是你？滚开！去卖掉那些穿在你身上的不适合你的衣服，然后靠它们生活吧。

贝拉丽欧：　噢，我的主人，这些衣服是根本卖不出去的。这个国家里那些愚蠢的人们觉得触摸到这些你送我的衣服就等于是在背叛国家。

菲拉斯特：　现在，这事很不幸已经发生了，看见你让我非常生气。你又再次把自己伪装起来，你再次欺骗我又有什么意义呢？还要让我经历我没有经历过的折磨吗？我首次接纳你的时候，你甚至哭着面对我，和我说话。我诅咒那次经历！如果你想要你的眼泪在其他人那儿有用的话，那你去别人那儿吧，我不会再理它了。你要走哪条路，我会避开你，因为你的眼光对我来说就像毒药，我不愿再生气了。这条路，还是那条？

贝拉丽欧：任何一条都行。但我会选择一条通向我坟墓的路。（各自退场）

（戴尔恩从一边进场，两个看管森林的人从另一边进场）

戴尔恩：这真是个奇怪的突然降临的机会！看管森林的人，麻烦过来一下。

看管者1：戴尔恩大人？

戴尔恩：你们看见一个女人骑着全身布满白点的黑马从这条路经过没？

看管者2：她不年轻，不高吗？

戴尔恩：对。她骑进森林里了，还是往平地方向去了？

管理者2：请相信，大人，我们没看见。（看管者退场）

戴尔恩：没看见还问什么问。（克里尔蒙特进场）怎么了？找到她没？

克里尔蒙特：我想还没有。

戴尔恩：让国王自己去找他的女儿吧。她只要有一点点自然常识，都不会走丢的，整个朝廷里的人肯定会全副武装去寻找她。如果她被找到了，我们就能过太平日子了。

克里尔蒙特：我们已经听到太多种说法了，有人说她的马驮着她逃跑了；有人说有狼在追她；另外的人说这是个阴谋，有人可能会杀了她，因为有人看见森林里有拿武器的人，但不可否认的是，她是自愿离开的。（国王和斯瑞斯莱恩进场）

国王：她在哪儿？

克里尔蒙特：我不知道。

国王：怎么会这样呢？又是这样的答案。

克里尔蒙特：我能说谎吗？

国王：比起那该死的“不知道”，撒谎更好。我说，她在哪儿？不要小声低语！你说，她在哪儿？

戴尔恩：陛下，我不知道。

国王：　如果你再敢说不知道，我对天发誓，那将是你最后一次说话。你们，回答我。她在哪儿？所有人都注意，我是你们的国王，我希望见到我的女儿，把她带来。我命令你们，这是你们的职责，把她带来。什么？我不是你们的国王吗？如果是，为什么不听从我的命令？

戴尔恩：　如果你要我们做的事是有可能并且真实的话，那你就是我们的国王。

国王：　可能和真实的事？听我说，你们，你们是叛徒，敢要求你们的国王做“可能的真实的事”！把她带来，如果我没能将公主找回来，那整个西西里因为缺少了她就不是一个完整的国家了，这样等于是让我死啊！

戴尔恩：　相信我，我真的没办法把她马上带到您身边，除非您告诉我她在哪儿。

国王：　你已经背叛了我。你让我失去了我生命中的宝贝。去把她带来，让她坐在我面前。她的呼吸能使风平静，能让太阳出来，能让汹涌的大海变得美丽，能阻止洪水的到来。你说，难道她不能吗？

戴尔恩：　不可能的。

国王：　不！难道国王的命令也不能做到这些吗？

戴尔恩：　不可能的。不要这样自欺欺人了，一会儿把自己的肺气坏了。

国王：　会这样吗？请注意你的措辞！

戴尔恩：　陛下，请注意，您要理智、公平。

国王：　哎呀！国王被你们当成什么了！那为什么你们还要把我们放在万人之上、为我们服务、奉承我们、崇拜我们，直到我们相信我们能管理你们所有的人呢？当我们想要运用我们权力的时候，你们居然都不服从！我的确犯了错，现在应该在这儿接受惩罚，但不是这样被惩罚。让我选择自己的路，然后走下去。

戴尔恩：（独白）神迟早会惩罚的，还会有人想要和你一起被惩罚吗？

（法拉莫德和格拉特进场）

国王：找到她了吗？

法拉莫德：没有，我们找到了她的马，它独自飞奔着。我们这里有人是叛徒，格拉特，你和她一起骑进森林的，为什么你把她留下了？

格拉特：是她命令我那样做的。

国王：命令！你不应该听她的。

格拉特：违抗国王的女儿是会成为我的不幸和厄运的。

国王：你们都很狡猾，表面上是服从我们，然而却伤害了我们。但我一定会找到她的。

法拉莫德：如果我没有找到她，我发誓，就不会再有西西里这个国家存在了。

戴尔恩：（独白）什么，他要把西西里划入西班牙版图内？

法拉莫德：到那个时候，除了国王、一个厨子和一个裁缝，我不会让其他任何一个人活下来。

国王：（独白）我发现我因为所犯的错开始受到报复了。

戴尔恩：陛下，这不是找到她的方法。

国王：大家分头找，所有人都去。谁找到了她，或者如果她被杀害了，谁找到了杀她的叛国者，我重重有赏。

戴尔恩：我就知道有人会出5 000英镑来寻找她。

法拉莫德：走，我们去找吧。

国王：每人走各自的路，我走这条。

戴尔恩：来，先生，我们这条。

克里尔蒙特：女士，你也必须去找。

格拉特：我才不去，我宁愿找我自己。（各自退场）

场景三：森林里的另外一个地方

（艾里苏萨进场）

艾里苏萨：我现在在哪儿？我的脚呀，不要受我这混乱的大脑的影响，带我找路出去。我会大胆地跟随你穿过这些树木，爬过山坡，穿过荆棘、煤矿，蹚过洪水。神啊，我希望你减轻我的痛苦，我没有力气了。（坐下来）（贝拉丽欧进场）

贝拉丽欧：那边那个人是我的公主。上帝知道我什么也不想要，因为我并不希望活着。但是我会去帮助她。

（独白）噢，她的血管里已经流了很多血在地面上了。看，鲜红的血流出来了，恐怕她晕倒了。

公主，起来！

（独白）她不能呼吸了。

公主，张开双唇，去向我的主人道别吧！

（独白）噢，她醒了。

怎么样，公主？能说话吗？

艾里苏萨：把我留在这儿，让我痛苦，这不是在对我好。请让我走，没有你我会过得更好。我很好。（菲拉斯特进场）

菲拉斯特：我应该受到责备，我之前那么生气。我将会很冷静地告诉她，我听到那该死的真相的时间和地点。我会很温和地说话的，就像当初一样。噢，真可怕！不要引诱我，神啊！神啊，不要引诱一个脆弱的男人！他是谁？他有颗好心，但现在不是计较好心不好心的时候。

贝拉丽欧：王子，救命呀，救救公主！

艾里苏萨：我很好，我还能坚持住。

菲拉斯特：（独白）让我爱上闪电，让我被蝎子拥抱和亲吻吧，或让我喜欢上蜥蜴的眼睛，这些都比相信邪恶女人的话要好。人在做，天在看，让我在这块石头上永久刻下这该死的行为。你们这两个邪恶的人，你们在我心里点了一把大火，不要用眼泪浇灭它，因为这是邪恶的行为！我诅咒在你们吃饭睡觉时，绝望在等着你们！我会给你们的双唇涂上毒药。你们最好患上疾病。大自然也会诅咒你们！

艾里苏萨：亲爱的菲拉斯特，听我说，不要生气。

菲拉斯特：我已经生气了，原谅我的冲动。我不能保持镇定，我的心并不像平静的大海，没有任何办法能让我内心平静下来。我要让你知道。亲爱的艾里苏萨，拿着这把剑，（给了他出鞘的剑）看看我有颗多么温柔的心，然后你和你的男孩就可以在没有干扰的欲望中生活了。你会吗，贝拉丽欧？请杀了我，你很可怜，可能会非常有抱负。我死后，你就更自由了。我现在很狂暴吗？如果我疯了，我就会希望活下去，就不会让你杀我了。请你们感受下我的心跳，你们就知道一个人想死时心跳的节奏了。

贝拉丽欧：你的心跳就像个精神病人那样的。你说的话也是这样的。

菲拉斯特：你不杀我吗？

艾里苏萨：杀你！

贝拉丽欧：我对全世界发誓，我不会。

菲拉斯特：那我不怪你了，贝拉丽欧。按神的旨意去做你自己的事情吧。走吧，不要再说什么了，离开吧。这是我们最后一次见面。（贝拉丽欧退场）公主，用这把剑杀了我吧，聪明点，否则接下来的事会很糟糕。地球上无法容忍我们两个同时存在。快决定吧。

艾里苏萨：如果我落到你的手上，那也算我运气好，我死也瞑目了。但请你告诉我，人死了去到另外一个世界就没有诋毁、没有猜忌、没有伤害了吗？

菲拉斯特：没有。

艾里苏萨：那请你给我指条路，怎样才能到达另一个世界。

菲拉斯特：抓住我虚弱的手，你就有勇气走向死亡了，我必须履行正义！愿你在天堂安息！

艾里苏萨：我准备好了。（一个乡下人上场）

乡下人：　我一定要见到国王，不知道他是否还在森林里？我已经找了他两个小时了。如果我没看见他就回家了，我姐姐会笑我的。除了看见一个骑马比我好的人经过，我什么也没看到。除了呼喊声，我什么也没听到。国王喜欢的是聪明的人。这呻吟声会让一个卑鄙的人不知所措的。有个朝臣把他的剑拔出来了，我想，是针对那个女人的。

菲拉斯特：　你真的就这么冷静，一点都不害怕吗？

艾里苏萨：　我以苍天和大地发誓我真的已经准备好了，你快动手吧。

菲拉斯特：　真希望它们能将你的身体和灵魂分离。（用剑刺她）

乡下人：　等一下，懦夫！刺伤女人！我觉得你是个懦夫，你不应该去伤害一个拥有一颗破碎的心的好人。

菲拉斯特：　离开这儿，不要管闲事，我的朋友。

艾里苏萨：　你这粗野的人，你闯入我们的私人领地，打扰我们正事。

乡下人：　上帝会替我主持公道的，我知道你不会说的，但我知道这个浑蛋已经伤害了你。

菲拉斯特：　去做你自己的事，如果你把我激怒了，那我也会让你流血的，这对你没什么好处。

乡下人：　我不明白你的话，但如果你要伤害这个女人，我就会把这事说出去。

菲拉斯特：　浑蛋，你会受到惩罚的。（他们打起来了）

艾里苏萨：　上帝保佑我的王子！

乡下人：　噢，你在深呼吸吗？

菲拉斯特：　我听到有人来了。我受伤了，神也抛弃了我，是这个乡下人让我这样的吗？尽管我不愿意，但我必须活下来。我发现失去生命还不如努力一次好好地活着。（退场）

乡下人：　我不能跟着这个浑蛋一起走。女士，求求你，你能过来亲我一下吗？（法拉莫德、戴尔恩、克里尔蒙特、斯瑞斯莱恩和森林管理者上场）

法拉莫德：　你是谁？

乡下人：为了这个女人我差点被杀了。一个浑蛋伤害了她。

法拉莫德：是公主，先生们。公主，伤口在哪儿？严重吗？

艾里苏萨：他没有伤害我。

乡下人：我发誓，她在说谎，他刺伤了她胸口的地方。看其他地方，也被刺伤了。

法拉莫德：噢，流了好多血啊！

戴尔恩：真奇怪！谁敢这样刺伤公主？

艾里苏萨：我没感觉到疼。

法拉莫德：快说，是谁伤害了公主？

乡下人：她是公主？

戴尔恩：是的。

乡下人：那我的确看见了一些事。

法拉莫德：谁伤害了她？

乡下人：我告诉你，是个浑蛋，我以前从没见过他。

法拉莫德：公主，是谁伤害了你？

艾里苏萨：一个让人心烦意乱的家伙。我不认识他，而且已经原谅他了。

乡下人：他也受伤了，他肯定还没走远。我用我父亲的剑刺伤了他的耳朵。

法拉莫德：公主，你希望我怎么杀了他？

艾里苏萨：不要。他只是个让人心烦意乱的家伙。

法拉莫德：我发誓，我会把他撕得粉碎，切得比坚果还小，然后把他装进我帽子里给你带过来。

艾里苏萨：不，先生，如果你把他带来，请把活的他带来。我会为他的错误狠狠惩罚他。

法拉莫德：好，我会的。

艾里苏萨：请你发誓。

法拉莫德：我以爱的名义发誓我会的。森林管理者，把公主带去国王那儿，给这个受伤的乡下人处理一下伤口。来，先生们，

我们去追刺伤公主的人。（法拉莫德、戴尔恩、克里尔蒙特和斯瑞斯莱恩从一边退场，第一个管理者照顾着艾里苏萨从另一边退场）

乡下人：请你让我见国王。

管理者2：你会见到国王的，还会得到他的感谢。

乡下人：如果我早点知道她是公主的话，我就不会顾着去看美丽的风景了。（退场）

场景四：森林里的另外一个地方

（贝拉丽欧进场）

贝拉丽欧：我的脑袋沉重得要死，我必须睡觉。如果你愿意（躺下了），就请你永远忍受我吧。你是个温柔的人，我不会逼迫你的。在你眼里，我希望我只是一个死人。睡觉会让我闭上眼睛，我头晕，噢，我希望我能睡个好觉，永远也不要醒来。（睡觉了）（菲拉斯特进场）

菲拉斯特：我做得不对，我犯错了，我伤害了公主，她却没有反过来伤害我。当我打架时，我想我听到了她在祈求上苍保佑我。她可能被误会了，我是个讨厌的人。如果真是那样，她会隐瞒是谁伤了她。那个乡下人，他有伤口，不会跟来。他也不知道我是谁。这是谁？是贝拉丽欧！她在睡觉！如果她真的有罪的话，她睡觉就不会这么安心了，我那被她伤害的心早已支离破碎了。（大声的喊叫声传来）听！有人在追我。如果公主真是个好人的话，神啊，我会用我的血在我逃跑的路上做好标记。除了我的血，他们没有标志，也不会知道我在哪儿。如果不是这样的话，那就让不幸之光照亮世界各处吧，我要用剑给睡觉的贝拉丽欧制造点伤口！我想，我什么也没有了，我快死了，或许我会比贝拉丽欧死得伟大。（刺伤了贝拉丽欧）

贝拉丽欧：噢，我希望死亡快点来。能死在菲拉斯特王子的手下，我很幸福！对我来说这样很好。再来一次！

菲拉斯特：我坚持不住了（倒下了），我流了太多血，没法再逃了。这儿，这儿，都是我刺的，贝拉丽欧，你快报仇吧，像我对你的那样对我吧，让我生不如死吧。我教你怎么复仇。我用这只不幸的手刺伤了公主，告诉那些追我的人你在拦截我的时候受了伤，我会支持你，就当是给你的回报。

贝拉丽欧：快走，快走，我的主人，救你自己吧！

菲拉斯特：怎么？你希望我很安全吗？

贝拉丽欧：当然了，否则对我来说活着就没有意义了，都是徒劳的。我的这些小伤口没有流多少血。让我握一握你高贵的手，我会帮你藏起来的。

菲拉斯特：你是在很真诚地对我吗？

贝拉丽欧：是的，否则我会怀恨而死的。来，我的主人，悄悄爬进这些灌木丛中。除了上帝，谁都不会知道你藏在里面，神会保护你的。

菲拉斯特：如果不是因为这件事，我会悲伤地死去的。我已经伤害了你，你会怎么做？

贝拉丽欧：我不会在意这些的。安静！我听到他们来了。（菲拉斯特爬进了灌木丛）（有声音）再爬进去点，王子，把自己完全藏起来，我会用我自己的剑刺我的伤口，我不必假装跌倒，老天知道我不能站太久了。（倒下了）（法拉莫德、戴尔恩、克里尔蒙特和斯瑞斯莱恩进场）

法拉莫德：根据他的血迹我们跟到了这个地方。

克里尔蒙特：那儿，有人爬走了。

戴尔恩：等等，男孩儿，你是谁？

贝拉丽欧：我是一个悲惨的人，在森林中被野兽抓伤了。如果你是人类的话，请救救我，否则我会死的。

戴尔恩：这就是那个伤害公主的人。他是那个邪恶的伺候她的男孩。

法拉莫德：噢，你真该死。你为什么要伤害公主？

贝拉丽欧：　我被出卖了。

戴尔恩：　出卖？什么意思？

贝拉丽欧：　不要再逼我了，我承认，我对公主存有邪恶的想法，为了达到我的目的，她就得死。你要惩罚我，就让我快点死吧，但不要让我饱受折磨。

法拉莫德：　我想知道是谁让你这样做，伤害公主的。

贝拉丽欧：　我自己报复而已。

法拉莫德：　报复？为了什么？

贝拉丽欧：　在我的钱财没了的时候，人们都对我漠不关心，她却非常欢迎我成为她的侍者，她很欢迎我，然后让我的财产慢慢增多，还帮我威胁那些想打我钱的主意的人。但变化来得就像海上出现暴风雨一样，她看我的眼神就像刺眼的太阳一样，收回了我所有的财产，让我过上了好生活后又变得比所有人都惨。简而言之，我知道我活不了了，因此想复仇而死。

法拉莫德：　如果折磨会一直伴随你的话，请准备好接受最严酷的折磨。

克里尔蒙特：　把他带走吧。（菲拉斯特爬出了灌木丛）

菲拉斯特：　回来，你们这愚蠢的强夺者。你们知道你们这么粗鲁的代价吗？

法拉莫德：　他是谁？

戴尔恩：　是菲拉斯特王子。

菲拉斯特：　我并不是国王的一个不可多得的人才，我没有大笔的财产，也没有珍贵的宝石。是我伤了公主。上帝啊，请把我放到比山丘还高的金字塔尖上吧，请赐予我像雷电那样大的声音。在塔尖上我就能和所有在下面的人说话了，告诉他们存在的意义。

法拉莫德：　这是怎么回事？

贝拉丽欧：　有人已经厌倦了生活，希望可以高兴地死去。

菲拉斯特：　不要说这些不适宜的、谄媚的话，贝拉丽欧。

贝拉丽欧：他已经疯了。来，你们能带我走了吗？

菲拉斯特：所有人都应该遵守誓言，上帝会惩罚打破誓言的人，贝拉丽欧没有伤害公主。注意，贝拉丽欧，你作伪证，你这是在诋毁你的美德。我发誓，是我刺伤了公主。你们知道她在我和我所拥有的权力之间就是个障碍。

法拉莫德：你这是在自己为自己辩护！

克里尔蒙特：他是菲拉斯特！

戴尔恩：难道他不是勇敢的人吗？先生，恐怕我们都被骗了。

菲拉斯特：这儿难道没有我的朋友吗？

戴尔恩：怎么了？

菲拉斯特：那好，有个好人把我们的关系拉得越来越近。当你死了之后，你还能为自己流泪吗？但是我会因为伤心，哭得很厉害，哭得上气不接下气。即使普路托斯[1]的财富，或者藏在地心里的金子（拥抱了贝拉丽欧），也不可以从我这儿买走我的全套武器。我的这些武器是一份赎金，是为了赎回被带走的伟大的奥古斯塔斯·恺撒[2]。你这冷酷的人，比那些高山还要冷酷，你没看见这纯净的血在滴落吗？贝拉丽欧在他快要死亡的时候也没想过要伤害我。即使是女王们也应该扯掉她们自己的头发，为他流泪——原谅我，大人，你是可怜的、贫穷的菲拉斯特的一笔宝贵的财富！

（国王、艾里苏萨和警卫队进场）

国王：刺伤公主的那个浑蛋抓住了吗？

法拉莫德：陛下，有两个人都承认了，但可以确定的是，是菲拉斯特做的。

菲拉斯特：不要再怀疑了，就是我。

国王：那个乡下人和他打了一架，去把那个乡下人叫来告诉我们。

① 希腊神话中的财神。

② 这里指菲拉斯特想要回王权，找回自己的爱情。

艾里苏萨：他会赞同我说的！我知道他会的。

国王：你见过他吗？

艾里苏萨：父亲，如果是他的话，那他是假装的。

菲拉斯特：真的是我，噢，我想我应该继续活着，这样才能把什么事都解释清楚。（退到一旁）

国王：你这有野心的蠢蛋，你还给自己的人生铺好了道路。现在我要做的是回去再说。把他们关进大牢！

艾里苏萨：父亲，他们只是一起商量要过上没有伤害的生活，并不是报复，你这样做，我会难过得哭泣的。答应我吧，就像所有父亲非常爱他的孩子一样，让我来看管着他们，我会给他们酷刑，处死他们的。

戴尔恩：处死！温柔点，我们的法律还不至于因为这样的错误而判死刑。

国王：我答应，让一个士兵把他们带去你那儿。来，高贵的法拉莫德王子，这事过去了，我们可以更安全地继续讨论你的婚姻大事。（除了戴尔恩、克里尔蒙特和斯瑞斯莱恩，其他人都退场）

克里尔蒙特：我希望这件事不要让菲拉斯特失去民心。

戴尔恩：不用担心，聪明的人们会知道这是个骗局的。（退场）

第五幕

场景一：在宫殿前

（戴尔恩、克里尔蒙特和斯瑞斯莱恩进场）

斯瑞斯莱恩：国王已经派人去带菲拉斯特上断头台了吗?

戴尔恩：是的，但国王必须知道他这样做是在和上帝作对啊，仅仅靠他的力量是敌不过上帝的。

克里尔蒙特：我们在这里是在浪费时间，国王一个小时前就传唤了菲拉斯特和刽子手了。

斯瑞斯莱恩：他的伤口都好了吗?

戴尔恩：好了，都只是些擦伤，但他因为流了很多血，所以很虚弱。

克里尔蒙特：先生们，我们别在这儿浪费时间了。

斯瑞斯莱恩：走吧。

戴尔恩：在他被处死之前，我们要奋力一搏。（退场）

场景二：监狱里

（菲拉斯特、艾里苏萨和贝拉丽欧进场）

艾里苏萨：亲爱的菲拉斯特，不要悲伤，我们现在很好。

贝拉丽欧：　请再忍耐一下吧，主人，我们现在都非常好。

菲拉斯特：　噢，艾里苏萨；噢，贝拉丽欧，不要管我了，你们继续这样对我好，我会觉得很对不起你们，没脸见你们的。我错怪了这世界上最值得我信任的两个人，我自己都无法忍受我自己了。请原谅我，不要管我了吧。国王已经派人来带我上断头台了，噢，快让我上断头台吧，忘了我吧。男孩，我之前对你说的话，希望能抚慰你那颗受伤的、单纯的心。

贝拉丽欧：　啊，大人，您高贵的思想不值得为我的命运担忧。你只是暂时被关在这里，不代表一辈子都会被关在这里，这只不过是生命中一段很短的时光而已。如果我比你活得久，我也无法光荣地活着。等到你死亡的那一天到来的时候，我也会因为作了伪证而生活在污点之中，即使我活着，也是在浪费生命，什么意义也没有。

艾里苏萨：　我也以我的贞洁发誓我永远也不会对你们说谎，欺骗你们。

菲拉斯特：　不要让我觉得自己这么让人讨厌。

艾里苏萨：　从你们进监狱起，这个国家几乎所有的人都希望你们快点被处死。

菲拉斯特：　当人们发现我和你同样很不幸后，他们一定会为我感到难过的。公主，好好享受你的王国吧，在我长眠后，原谅我犯下的错吧。如果你真的原谅了我，即使我已经死了，但是我相信以前每一个误会我的人都会重新理解我并怜悯我的。

艾里苏萨：　不要这样说，我亲爱的王子。

贝拉丽欧：　公主，你也冷静一点吧！他并不是天生就能懂女人的。

菲拉斯特：　让我哭吧，因为我的心充满了耻辱和悲伤，几乎碎了。

艾里苏萨：　为什么？

贝拉丽欧：　不要再悲痛了。

菲拉斯特：　公主，我们本来是天造地设的一对。但是如果要让你来处罚我，请你真诚地告诉我，你会怎么做呢？

贝拉丽欧：　你错了，菲拉斯特王子。

菲拉斯特：　怎么？难道不是我说的这样吗？

贝拉丽欧：　王子，我们会向国王请求，让他原谅你的。

菲拉斯特：　你们希望我得到原谅，然后能好好享受接下来的生活吗？

艾里苏萨：　嗯，好好享受！

菲拉斯特：　你们真的就这样平静？

贝拉丽欧：　我们说的是真的。

菲拉斯特：　请你们原谅我。

艾里苏萨：　没事。

贝拉丽欧：　就应该这样。

菲拉斯特：　带我去死吧。（退场）

场景三：宫殿里一个大厅里

（国王、戴尔恩、克里尔蒙特、斯瑞斯莱恩和仆人们进场）

国王：　先生们，有谁看到西班牙王子了吗？

克里尔蒙特：　先生，他和一些人去参观城市以及新修好的圣坛去了。

国王：　公主准备好把罪犯从监狱带出来了吗？

斯瑞斯莱恩：　她在等你的命令。

国王：　告诉她，我们在等她。（斯瑞斯莱恩退场）

戴尔恩：　（独白）国王，你肯定也被骗了。你准备砍掉的头更值得被留下，如果你真的砍下菲拉斯特的头的话，它会像泛滥的洪水一样，突然地猛扑在你面前，还会把桥梁震垮，它会让所有人坚硬的心都破碎，它会经历千万次狂风暴雨，然后变得更强人，会把整个国家都抛到脑后，然后很骄傲地掌管强大的城镇、高塔、城堡、宫殿，最后把整个国家变成一片荒凉之地。你呢，尊贵的国王大人，因为你伤害了无数的生灵，最后你也会流血而死的。（艾里苏萨、菲拉斯特、贝拉丽欧、斯瑞斯莱恩穿着长袍，戴着花冠进场）

国王：　现在情况怎样？你们在开假面舞会吗？

贝拉丽欧：是的，高贵的陛下，我应该为这对恋人唱首颂歌，但我没有好运气，我希望天上的竖琴能为这对恋人奏起祝福的音乐，就像我给你讲的美好的故事一样。这对恋人在山上种了两棵美丽的雪松，雪松下面许多动物筑起了巢穴，不管是阴天，还是雷雨天气，动物们都在自己的巢穴里睡得很自在。它们长大后，会给地球带来很多的福音。在这些动物长大到能清除灌木丛、在荆棘上筑窝、分开这两棵树之前，那里只有一片祥和平静。即使它们长大后会将两棵雪松分开，但暴风雨再次到来时，这些枝丫也还是会缠绕到一起，永远不会分开。是上帝的旨意让他们的心连在了一起。现在，他们就站在你面前，他们是你的孩子，趾高气扬的国王，这些话我憋了好久，现在终于说出来了。

国王：你究竟在说些什么？说的都是些什么？

艾里苏萨：如果你真想知道，让我告诉你吧：我们不是在办什么化装舞会，你给我的犯人，也就是这位王子，他将会成为我的丈夫，你对他的嫉妒和他所经受的灾难铸就了现在的他，他经历过挣扎、努力，现在勇敢地站在这儿，他将成为我亲爱的丈夫。

国王：你亲爱的丈夫！去把城堡的首领叫来。你们就在那儿举行婚礼吧！我会举办一个假面舞会让你的爱人换掉他喜庆的红色衣服，改穿一件阴沉的衣服，对你唱悲伤的安魂曲。血会浇熄你热情的火把，你脖子上不会戴上鲜艳的花，而是一把斧头挂在上面，就像一颗巨大的流星，随时可能划破你甜美的喉咙。我还准备杀死你的爱人。所有人都听着！从现在开始，我将解除和这个女人的父女关系，这个卑贱的女人。这是报复，就像狮子报复狗弄伤或抢了它的幼崽。同样的，我希望你的婚姻越糟糕越好，这就是我希望的！

艾里苏萨：我已经发誓要和菲拉斯特一起生活了，没有什么能改变我，我对我所做的一切都不会后悔。我不担心会死，只要不是法拉莫德把我杀死的就行。

戴尔恩：（独白）无论你什么时候死，愿你安息，尊敬的小姐。这次我会原谅你，而且在你死亡的时候我会为你作序。

菲拉斯特：国王，现在让我说两句吧。我的遗言可能会比我迟钝的行动要好得多。如果你的目标是这个年轻甜美的无辜的公主，那你就是个专横野蛮的恶人，你的生活是建立在流血牺牲的基础上的。在你以后的生活里，想起这件事来会让你不愉快的。你所有的行为会被写进文书，但这事还会被刻在大理石上。没有编年史愿意提到你，你就是人类的耻辱。和皮立翁山一样高大的纪念碑也不愿意把你刻在上面，因为你的生活涉及这么卑鄙的杀戮。用黄铜、纯金和闪亮的碧玉铸成的墓志铭，就像金字塔一样，你的名字不会被刻上去的。我的墓碑呢，虽然仅仅能盖住我的骨灰，但这并不是我的错，反而会让它显得更出众。在我死后，不要疯狂地想那神圣的智慧，它们只会让你更疯狂的。想想我的父亲，国王。这一切就是个错误，但我已经原谅这一切了。请好好爱公主吧，如果你有灵魂，就请认真地想一想，救她，也是在救你。对我来说，这快乐的一刻我已经期盼很久了，在你统治下我很烦恼，并且日渐憔悴，上帝知道，死亡对我来说是件高兴的事，我能从死亡这件事中找到乐趣。（一个信差入场）

信差：国王在哪儿？

国王：这儿。

信差：国王，快救救法拉莫德王子吧，他正处于危险中。几个公民因为担心菲拉斯特，把法拉莫德王子囚禁起来了。

戴尔恩：（独白）噢，勇敢的人们！暴动吧，我的同胞们，叛变吧！现在，我英勇的领导者菲拉斯特，为了你的妻子，拿起你的武器吧！（退到一边）（又一个信差入场）

信差2：　打仗了，打仗了，打起来了，打起来了！

国王：　看来有上千个浑蛋都参与进来了！

戴尔恩：　（独白）愿上帝保佑他们！

信差2：　打仗了，国王！城市处于叛乱中，那些叛乱者由一位身份不明的暴徒带领，他们是来救菲拉斯特的。

国王：　都撤回城堡里去！我要看到大家都很安全，然后处理掉这些乱民。让警卫队和男人们也去参加！（除了戴尔恩、克里尔蒙特和斯瑞斯莱恩，其他人都退场）

克里尔蒙特：　整个城市都打起来了！这正是我们所希望看到的局面。

戴尔恩：　啊，我希望这场婚姻也如此。在我看来，我们所有的人都误解了这位高贵的公主。噢，我都想打我自己！或者你打我，我打你，因为我们都想的一样。

克里尔蒙特：　不，不，这样只会浪费时间。

戴尔恩：　你说得对。好，我亲爱的伙伴们，如果你们继续支持我，我会把你们记入编年史，会用十四行诗歌颂你们，把你们编写进新的民谣，让大家传唱，所有人都会高唱你们，我亲爱的朋友们。

斯瑞斯莱恩：　什么，如果希望能唤起处于低谷的人们，那么他们全部都会被召集来支持菲拉斯特的，他们会积极地加入解救菲拉斯特的战争中，还会边跑嘴里边喊着“蠢蛋才在后面”。是这样的吗？

戴尔恩：　冲在最前面的也是蠢蛋。应该让支持菲拉斯特的人们在早餐时就喝高兴、喝满足。如果他们都是胆小鬼的话，我会诅咒他们的。希望那些在家里自由自在、不愿为了菲拉斯特而出去战斗的人都染上瘟疫！希望蛾虫咬坏他们的丝绒。希望他们所犯的错误会对他们有好处，希望他们能认识到应该去支持菲拉斯特。希望留在家里的男人和骑兵们都不堪一击，只能靠一点牛肉和芜菁糊口。希望他们的孩子都不要像父亲那样。希望他们除了只会些胡扯的话，什

么语言也不懂，只会些淫荡的拉丁语。希望他们能将他们的错误一一记录下来，然后改正。（国王又进场）

国王：现在，这些人都为了复仇混乱起来了！他们是怎么聚在一起的！他们引起了多么混乱的声音！让魔鬼掐住他们的脖子吧！如果一个人要把这些人召集起来为菲拉斯特战斗，他肯定会给人们钱，然后把人们带到这里来，要不然人们战斗起来只会像绵羊一样胆小懦弱的。只有菲拉斯特，不是别人，只有菲拉斯特，才能够平复他们的情绪。他们不会听我说的话，只会把垃圾向我扔来，叫我暴君。噢，亲爱的朋友，快跑去把菲拉斯特王子带过来！好好地对他说话，叫他“王子”，尽你所能对他恭敬礼貌，把我的赞美转达给他。噢，这是我唯一的办法了，是我唯一的办法了！（克里尔蒙特退场）

戴尔恩：（独白）我勇敢的同胞们！因为你们对菲拉斯特的帮助和支持，只要我活着，我绝不会做任何损害你们利益的事。甚至，即使你们欺骗我，我也会感谢你们，我会送给你们熏猪肉，每到长假我都会喂肥一对鹅送给你们，让你们在米迦勒节[①]时吃得又肥又壮。

国王：他们会对这个可怜的西班牙王子做什么？恐怕只有上帝才知道。

戴尔恩：（独白）他们会把他打得皮开肉绽，还会将教堂的水桶绑在他身上，让他无法反抗，然后将铆钉钉在他的头盖骨上，把他挂起来，让大家都看得到。（克里尔蒙特和菲拉斯特进场）

国王：噢，尊敬的菲拉斯特王子，原谅我！不要把你的痛苦和我的错误混淆在一起，那样会带来更大的危险。做你自己，愿你健康。我错怪了你，尽管我最后发现了，但我也被这

① 宗教节日。

件事弄得筋疲力尽了，这些话我是第一个对你说的。请安抚一下那些人，做回你刚出生时那样高贵的自己吧。带走你的爱人吧，带上我对她的亏欠以及我的希望，我祝福你们。我发誓，这是我的真心话。如果不是这样，就让我被雷劈死吧！

菲拉斯特：陛下，我不会犯这么大的错，也不会把你的话当真的。放了公主和可怜的男孩，让我来平息这群疯狂的人们，否则就让我和他们一起死吧。

国王：就照你说的，放了他们。

菲拉斯特：我会离开的，让我亲亲您的手，我会记住您的话。请您一直做一个高贵的国王，永远做一个高贵的国王，我再也不会回来了，我不会让这些人再来捣乱了。

国王：愿所有的神都保佑你！（退场）

场景四：一条街上

（一个老队长、几个公民和法拉莫德一起进场）

队长：来，勇敢的追随者们，进攻！把你们的帽子放在一起，忘记你们的母亲说的话。张开嘴，让我们受点海盐和野椒的刺激吧，这样畏惧就会消失，让我们高喊："菲拉斯特，勇敢的菲拉斯特！"让菲拉斯特能听到我们的呼声，我亲爱的各行各业的同胞们，让菲拉斯特比昂贵的布料棉布更受欢迎吧！我们的菲拉斯特王子喜欢精心准备的东西，他不喜欢仓促完成的工作。不要盲目地在他面前赞扬你们的丝绸，不要妄想用未做好的衣领就可以得到他的重视。高喊菲拉斯特的名字吧，我亲爱的同胞们，高喊吧！

所有人：菲拉斯特！菲拉斯特！

队长：看到了吧，西班牙王子。我告诉你，这些人非常狂热，他们并不是来卖小容器的，是来战争的，伙伴们，自在点，高喊吧！

法拉莫德：你们这些粗鲁的浑蛋，你们知道你们在做什么吗？

队长：傀儡王子，我们知道。警告你不要再说傲慢的话，否则我会让同伴弄伤你的。亲爱的西班牙王子，请放下你那高贵的姿态，否则，只要我活着，我会让你焦虑不安的。给他松绑吧，伙伴们，让我们为以前的事一一找他算账，让我们看看这个男人还敢怎么样。亲爱的西班牙王子，你看见了吗？现在，我会在这儿用这个东西击打你，我要将你开膛破肚，把你的腿吊起来，就像售卖的死兔子一样，掏空你的五脏六腑。

法拉莫德：你们不会看到我被杀的，邪恶的浑蛋们。

公民1：会的，先生，我们会的。我们很久没看到过有人被这样了。

队长：他有武器，是吗？我勇敢的同胞们，用你们的矛猛戳他，在他身上刺绣，绣上花，就像在绸缎上一样，然后每朵花中间要有个致命切口。西班牙王子，你的王权会失去的！朋友们，切碎他，我要切掉他的肚子，再缝起来，用鞭子打他，然后用胶带绑起来，我要狠狠折磨他。

法拉莫德：先生们，求求你们饶恕我吧！

队长：等等，等等！这个男人开始害怕了，知道自己的处境了。这次我们就只把他的眼皮缝起来，要像鹰那样，还要将翎毛穿过他的鼻子，这样的话他就只能看到天空，想想他死后能去哪儿了。现在，来自远方的先生，我们宣布：你是国王了。哈哈，你看起来就像个刚出生的家伙，你只是个无须得到重视的王子，只是像薄薄的丝绸和风筝一样，什么也不是，你只适合做贫穷人家的家禽，让每个孩子拿面包和黄油打你。

法拉莫德：上帝啊，请让我远离这些坏蛋吧！

公民1：我要一条腿。

公民2：我要一条胳膊。

公民3：我要他的鼻子，这样我看起来就像个贵族了，我就有钱自已建立大学，能走进大学校门了。

公民4：我要把他的肠子绑在西特琴上，这样弹奏的时候听起来就像银币互相撞击的声音一样。

法拉莫德：你们干脆把我吃了吧，不要这样折磨我了。

公民5：队长，让我们拿他的肝脏去喂雪貂。

队长：谁还要其他部位？说。

法拉莫德：队长，请为我考虑一下，我会被折磨死的。

公民1：队长，我会把他的皮肤做成剑鞘来修饰一下你的两柄剑。

公民2：他没有角，是吗？

队长：他是无角动物，你要用角做什么？

公民2：噢，如果他有，我会制成罕见的柄和哨子。但他的胫骨，如果有声音，会对我很有用。（菲拉斯特进场）

所有人：菲拉斯特万岁！勇敢的菲拉斯特王子！

菲拉斯特：谢谢你们，先生们！为什么这些下流的武器会被带出来，队长，你还在教你的手下做粗俗的贸易吗？

队长：我的英雄，我们是你的追随者，你的护卫队，你的管理者。你被监禁时，我们戴上了我们陈旧的钢帽，追到了街上。现在一切都好了吗，大人？国王对你很友善，免你死罪了吗？在你的敌人面前，你有像太阳神一样自在吗？说吧。如果不是的话，法拉莫德会被攻击，失去他所有的尊严。

菲拉斯特：等等，满足了吧。我还是我，我还是可以有自己自由的想法。我发誓，我是！

队长：你还是我们心目中最优秀的国王吗？还是赫拉克勒斯的朋友许拉斯[①]吗？大臣们都向你低头，尊敬的朝臣们都向你致敬，然后大喊“我们是你的仆人”了吗？现在你能操纵整个朝廷吗？现在还和我们这样的人做朋友会让你很尴尬

① 许拉斯和赫拉克勒斯是密友。

吗？如果不会，那我们就依然是你的堡垒，我们会让这个西班牙王子闭嘴，让他什么都不敢说。

菲拉斯特：我现在的状态是我喜欢的，我还是你们的朋友，我仍然是我出生时那样——是你们的王子。

法拉莫德：先生，你有人性，你很高贵。请忘掉我的名字，想想我的痛苦吧，请把我安全地从这些野蛮的吃人肉的家伙中送走，只要我活着，我会永远放弃这块土地。这儿什么都没有，只有永久的监禁、寒冷、饥饿、各种疾病、危险，还有一群最坏的人、疯子，长久地和一群女人一样的生物在一起，他们为所欲为，让我绝望。我宁愿换一个新的环境，也不要多忍受这些疯狗一个小时。

菲拉斯特：我很同情你。朋友们，不要吓人了，把西班牙王子交给我吧。我保证我会非常安全的。

公民3：菲拉斯特王子，注意，他会伤害你的，我告诉你，他是个残忍的人。

队长：西班牙王子，你走之前，我要把你绑起来，把你训练得像一只老鹰一样。（法拉莫德在挣扎）

菲拉斯特：都散了吧，走吧，他不会伤害我的，也不会挣脱的。看，朋友们，他表现得多温柔，多听我的话。他现在很温顺了，不必再监视他了。来，我的朋友们，回到你们的房间里去吧。原谅我，我知道我没什么权力，不值得你们为我这样做，但你们依然在我身上寄予厚望，谢谢你们，我对你们非常满意。继续这样真诚地做事吧。（给了他们钱）

所有人：祝你长寿，勇敢的菲拉斯特王子，勇敢的王子，勇敢的王子！（菲拉斯特和法拉莫德退场）

队长：去吧，菲拉斯特，你是谦恭的国王！都下来吧，我亲爱的同伴们。来，每个人都回他自己的房间里，点上蜡烛，然后去小旅馆，把你们的妻子也带去。我们要歌唱，我们喝点儿红葡萄酒，然后让我们兴奋地跳舞吧，伙伴们。（退场）

场景五：宫殿里的一个房间里

（国王、艾里苏萨、格拉特、梅格拉、戴尔恩、克里尔蒙特、斯瑞斯莱恩、贝拉丽欧和仆人们进场）

国王：事情平息了吗？

戴尔恩：现在外面和夜晚一样安静，和平了。菲拉斯特把王子带来了。

国王：菲拉斯特真是个善良的人啊！菲拉斯特没有违背我对他说的话，我曾经让他非常伤心，现在我希望可以补偿他。

（菲拉斯特和法拉莫德进场）

克里尔蒙特：我的主人来了。

国王：我的孩子！我没有遇到过这么幸福的时候！现在你们都很听我的话，我想，我有良药可以治愈所有的伤痛。我以前给你带来了很多委屈，现在从我眼睛里你能看到我很后悔，我想要你高兴。让大家安抚你一下吧，接受你的权力；带公主走吧，她也是你的。忘记我以前让你生气的事吧。

菲拉斯特：以前不开心的事都过去了，我已经忘记了。至于你，西班牙王子，我已经赎回了你，你会很安全地回到自己的国家，如果你想给你的国家带回美丽的东西，我想到了一个女人，我想，她非常高兴和你一起。你认为她怎么样？

梅格拉：先生，他认为很好。他已经试过了，而且非常喜欢。我知道你的意思，你是指我们被捉奸在床。我不是第一个他想找的人，难道这件事是我一个人的耻辱，其他人就没有错了吗？或者让这位西班牙王子成为奴隶来弥补他之前所犯的错，这些就是卑贱的人们所希望的吗？

菲拉斯特：你什么意思？

梅格拉：你必须派另外一艘船，让公主和她的男孩也一起走。

戴尔恩：现在你想怎样！

梅格拉：让另外的人带着我，我带着公主和贝拉丽欧。让我们四个人一起乘船离开，国王，我们可以战胜恶劣天气和狂风，安全到达的。

国王：你好好想想，你不知道我是她父亲吗？

艾里苏萨：这个世界太混乱了！梅格拉，这个时候你还要故意陷害我们，让大家误会我们吗？想攻击我，都来吧，都冲着我来吧。

贝拉丽欧：国王，不要听梅格拉说的，伟大的国王，请听我说，我会说这个女人的行为和她的人品一样低贱。相信我，国王，即使在你不理智的时候，你也要相信自己的感觉，绝对不要相信这个女人说的话。

梅格拉：听了你这样说，国王会更不相信我的。

菲拉斯特：这个女人！比起她的事，我更相信风会把羽毛吹走，或大海能孕育出珍珠。不要相信她，如果谁相信她说的，谁都会少活几年的。面子和荣誉不会报复人，但死亡呢？

国王：原谅她吧，菲拉斯特王子，现在所有的事情都在我们能控制的范围下了。但我必须请你帮个忙，如果你拒绝的话我会感到很遗憾的。

菲拉斯特：说吧，无论是什么。

国王：发誓你承诺的是真的。

菲拉斯特：只要不是让她或他死，都行。

国王：请允许我折磨一下那个男孩贝拉丽欧，我要让我的女儿彻底和他断绝联系。

菲拉斯特：我想再说几句话，尊敬的国王。我想说一些其他的：一个人可以把我和我的权力埋在一个贫乏的洞穴里，但却不能同时剥夺我的生命和我的荣誉。

国王：把贝拉丽欧带走！这是不可改变的。

菲拉斯特：请大家都看着我，这儿站着一个男人，一个世界上最虚伪、最卑贱的人。有一个忠诚的人为了我能活下来用剑刺伤了他自己。我之前的行为很让人讨厌，但现在请大家怜悯我做的最后一件事，我不愿意让保护我生命的人受到折

磨，难道要让我流血受伤才能救他，让他活下来吗？（刺伤了自己）

艾里苏萨：亲爱的王子，耐心点，不要再刺伤你自己了。

国王：把那个男孩放了吧。

戴尔恩：菲拉斯特王子，别这样了，你的身体本身就很虚弱，再受不了这样的伤害了。

贝拉丽欧：杀了我吧，先生！

戴尔恩：我不会的。救命啊！

贝拉丽欧：你要折磨我吗？

国王：快去看看，男孩，为什么你还留在这里？

贝拉丽欧：你知道的，我不会违背我的誓言的，尽管我知道了所有事情的真相。

国王：怎么了？他承认了吗？

戴尔恩：陛下，他马上就会说的。

国王：说吧。

贝拉丽欧：伟大的国王，如果你允许这个大人单独和我谈谈，我可能会说出我知道的所有事情，我保证你不会经常听到一些比这更奇怪的事。

国王：和他到一边去吧。（戴尔恩和贝拉丽欧走到一边去了）

戴尔恩：为什么你不说了？

贝拉丽欧：你认识这张脸吗，大人？

戴尔恩：不认识。

贝拉丽欧：你没看见过，还是看见过相似的脸？

戴尔恩：我见过相似的脸，但我真不记得是在哪儿看见过。

贝拉丽欧：我曾经经常在院子里和一个叫尤菲拉萨的女士聊天，她是你女儿。人们都说我难看的脸和她的脸竟有种奇怪的相似之处，我和她从未分开过，而且穿得也一样。

戴尔恩：天啊！真的是啊！

贝拉丽欧：她现在正在她的朝圣之旅的途中，请看在她的面子上，去国王身边向我求情吧，我可能会忍受不了这样的折磨。

戴尔恩：但你说话以及你看起来都很像尤菲拉萨。你怎么知道她在朝圣？

贝拉丽欧：我不知道，但我听说了，这简直是让人难以置信！

戴尔恩：噢，我的耻辱啊！这可能吗？让我好好看看你，你是她吗？或者是她的杀人凶手？你出生在哪儿？

贝拉丽欧：在西拉丘萨。

戴尔恩：你叫什么名字？

贝拉丽欧：尤菲拉萨。

戴尔恩：噢，真的是她。现在我知道你了，噢，我以为你已经死了，我从没见过你，这是我的耻辱啊！我应该怎么承认你？我应该叫你女儿吗？

贝拉丽欧：我真的已经死了！我也希望这样，在我告诉你之前，我没有办法继续隐瞒下去了，因此我必须这样做。我很高兴，公主也都已经知道了。

国王：怎么，你们俩说清楚了吗？

戴尔恩：所有事情都清楚了。

菲拉斯特：为什么还要把我留在这儿？既然所有事都清楚了，就不要再折磨贝拉丽欧了，让我走向死亡，走向另一个世界吧！（准备要刺伤他自己）

国王：快阻止他。

艾里苏萨：你知道了什么？

戴尔恩：这是我的耻辱啊。贝拉丽欧是个女人，剩下的让她跟你说。

菲拉斯特：怎么可能！再说一遍！

戴尔恩：真的是个女人。

菲拉斯特：那个我心目中最单纯的人！

国王：快抓住那个女人。（梅格拉被抓住了）

菲拉斯特：是个女人。听听，先生们，是个女人。艾里苏萨，把我放进你的心里，现在可以高兴起来了吧。贝拉丽欧居然是个女人，她很美丽善良。

国王：　你能告诉我戴尔恩刚才说他的耻辱是什么吗？

贝拉丽欧：　我是他的女儿。

菲拉斯特：　上帝真是公平！

戴尔恩：　我不敢再指责任何人了，菲拉斯特王子和美丽的公主，你们真的很善良，我给你们跪下，谢谢你们的宽容和怜悯。（跪下了）

菲拉斯特：　（把他扶起来）不用这样，我知道，虽然在这件事情上你有点大意了，但在其他事情上你已经做得很好了。

艾里苏萨：　对我来说，我可以原谅你的错误，就像人们常常也误会我一样。

克里尔蒙特：　她真高贵，值得尊敬！

菲拉斯特：　但贝拉丽欧，我必须仍然这样叫你，告诉我为什么你隐瞒了你的性别？这是个错误，是个错误啊，贝拉丽欧，你为什么这么做？我们都非常想知道这是为什么。

贝拉丽欧：　我的父亲经常说起你的美德，说你是多么崇高，我就非常想弄明白，我急于想见到你这个优秀的人。但所有这些对一个女孩儿来说都只是渴望，一旦我的这个愿望被发现了，就不可能会实现的。我坐在窗边，在草地上写下我的想法，我看见了一个神，我想，那是你走进了我们的心里。我的血液开始沸腾，我呼吸加快，最后又屏住了呼吸，然后我很快被叫去服侍你，从来没有一个男人能成为我的主人，唤起我如此高涨的热情，我想永远和你一起，听你说话，唱歌。在你走后，我了解了我的心，我知道它为什么这样，我发现这就是爱！因此我远离了欲望，在有你的地方我才能活，所以我做出了我的决定，我就骗我父亲说去朝圣，然后把我自己打扮成一个男孩的样子。我知道我的出身配不上你，我只是希望拥有你，我很明白当我的性别被发现时我就不能和你在一起了，我就发誓，我永远都不会让人知道，我希望把我藏起来不要让人看见。我想相比其他人来说，我可以和你住在一起。然后我就坐在泉水旁边，你就把我带回来了。

国王：贝拉丽欧，在我们的王国选一个人，嫁给他吧。无论你什么时候出嫁，嫁到哪儿，我都会给你准备好嫁妆。这些都是你应得的。

贝拉丽欧：不要，陛下，我不嫁。那是我的誓言：如果我离开他之后能去服侍公主，照顾她的丈夫，我就希望继续活着。

艾里苏萨：菲拉斯特，尽管她打扮成这样在你身边照顾你，但我不会嫉妒她的。她住在这儿我也不会怀疑她的。贝拉丽欧，来，和我们一起生活，自由地生活吧。贝拉丽欧很爱菲拉斯特，如果我作为菲拉斯特的妻子却不爱她的话，菲拉斯特会责怪我的。

菲拉斯特：我很伤心竟有这样的事。听我说，我高贵的国王陛下，不要误会我们，我不认为梅格拉是个卑贱的女人，也不会报复她的。她的怨恨不会伤害到我们的。让她和出生时一样自由吧，把她从耻辱和罪恶中解救出来吧。

国王：放了梅格拉吧。但请你离开皇宫，这个地方不适合你待。你，法拉莫德，也会有一趟自由的旅程，回到自己的国家去当个伟大的王子吧。当你再次回到这儿后，记住是因为你的错而失去了公主，而不是我强迫的。

法拉莫德：我承认，尊敬的国王陛下。

国王：最后，好好享受你们各自的生活吧，好好享受吧，菲拉斯特，在我之后，这个王国是你的。祝福你们！希望你们婚姻愉快，在这片领土上壮大你自己的力量。我会好好活着，看着你把这片土地变得更加肥沃，到处充满阳光！让所有的王子们都通过这件事学会怎么控制他们的热血激情。这真是天意不可阻挡啊！（全体退场）

玛尔菲公爵夫人

The Duchess Of Malfi

〔英〕约翰·韦伯斯特　著

主编序言

关于约翰·韦伯斯特的生平，我们无从知晓。据说他生于1580年，卒于1625年，此说法未与已知的史实相悖，较为可信。

据目前已有资料记载，韦伯斯特从事戏剧创作，始于1602年他与剧院经理亨斯娄的合作，为此，他付出了大量心血。目前，他独自创作的四部戏剧依然存留于世：《白色的魔鬼》、《玛尔菲公爵夫人》、《魔鬼的案子》和《阿皮乌斯与弗吉尼亚》。

《玛尔菲公爵夫人》于1623年出版，但创作日期应该早在1611年。有人说，这部戏剧改编自意大利小说家班德鲁翻译的英国作家潘特的《逍遥宫》，但是，这部戏剧取材于真实的历史事件也完全有可能。无论如何，它非常生动地描绘了意大利文艺复兴时期的宫廷生活场景，表现出当时宫廷中权贵的纵情享乐，纵容罪恶，以及教会统治下王室的争权夺势。韦伯斯特的悲剧几乎与伟大的《西班牙悲剧》和《哈姆雷特》一样，主要讲述一系列的家族悲剧和报复，但都是在衰落还没有正式到来之前。事实上，他用令人厌恶的事物来承载他想要的场景，这样的想法也迎合当时的审美，但是他强烈的戏剧情境和人们在危急关头内心深处微弱闪烁着的追求华丽的情感挽救了他，给他带来了荣誉，并将他的最好一面展示在最重要的戏剧作品中。

查尔斯·艾略特

剧中人物

费迪南德·卡拉布里亚公爵（加莱布安的公爵）

红衣主教（费迪南德的弟弟）

安东尼奥·保罗格纳（公爵夫人的管家）

迪里奥（费迪南德的朋友）

丹尼·迪·伯索那（公爵夫人的绅士骑士）

卡斯特拉希奥（年老的君主）

佩斯卡拉侯爵

马拉特史蒂（伯爵）

罗德瑞格

塞尔维奥（上议院议员）

格里斯朗

医生

几位女士

公爵夫人，玛尔菲

卡里奥拉（公爵夫人的侍女）

茱莉亚（卡斯特族克的妻子，红衣主教的情妇）

几位老妇人，三个小孩，两名朝圣者，几名刽子手，朝廷官员及几名侍者

第一幕

第一场：（玛尔菲公爵夫人府邸的会客大厅）

（安东尼奥和迪里奥进）

迪里奥：欢迎回到你的故土，亲爱的安东尼奥；
你在法国待了那么长时间，
举手投足间已俨然是一个真正的法国人了——
你觉得法国宫廷怎么样？

安东尼奥：我欣赏法国宫廷：
为把国家治理得井井有条，使人民安居乐业，
他们明智的君王从宫廷开始，
亲贤臣，远小人——一切谨遵圣约；
君王陛下深思远虑，
认为君王统率下的宫廷好比一眼喷泉，
通常情况下应喷涌着纯净洁亮之水，
但如若泉源为居心叵测之人所荼毒，
疾病和死亡将遍及整个国度。
此外，要是没有一个富有远见的议会敢于针砭时弊，

法国当局如何能如此深得民心？
尽管朝臣们理应告知君王何为放肆狂妄之举，
与此同时，提醒君王如何防范于未然同样也是其职责所在。
——伯索那来了，宫廷里唯一敢说真话的人；
但我分析他的种种抨击并不完全出于虔诚。
事实是，他只针对那些他想要的东西发表评论；
如果有机可乘，为达目的，他将和那些好色贪婪之徒一样
残忍，满腹嫉妒。
——主教大人来了。
（主教和伯索那进）

伯索那：我仍旧让您不省心吧。
主教：的确。
伯索那：我为你尽心尽力，绝不应被如此轻视。
这是什么世道，卖力不讨好！
主教：你的功利心太强了。
伯索那：我每日在厨房为你操劳；
在那儿我把毛巾绑起来当衣服穿，
整整两年都是这样，就像罗马人戴的斗篷一样。
你竟然如此地看轻我！
但无论如何我会发达起来的。
连乌鸦都能在坏天气里饱食终日；
我怎么就不能在这艰难的时势里兴旺发达呢？
主教：你说话能不能诚实点！
伯索那：你大可以用你的神学思想为我指条路。
我知道很多人跋山涉水为求超脱，
但最终恶棍本性难改，
因为他们总想着自己。（主教退）
你要走了吗？
据说，他们中有的人被恶魔附体，

但最后他们反而打败了这最强大的恶魔并让它不得翻身。

安东尼奥： 难道他拒绝了你的某些请求？

伯索那： 他们两兄弟就像池子边长的歪脖子李树一样——
尽管果实累累，但除了乌鸦、喜鹊和毛毛虫，
没别的动物稀罕它们的那些果子。
要是我是那些马屁精中的一员，
我一定会像蚂蟥一样附在这两兄弟的耳朵上，
不吸饱不罢休。
我保证，所以别管我。
谁还会妄想在这悲惨的国度得到重用？
还有谁的待遇会比满怀希望的坦塔罗斯[①]更惨？
更没有人像他一样在等待原谅中可怕地死去。
即便是狗或鹰，只要它们为我们效劳，也会得到赏赐；
但我们国家能给予一个因战争失去双腿的战士的，除了体现几何学的一副拐棍外，其他一无所有。

迪里奥： 几何学？

伯索那： 是啊，悬在两根带子上，
在这无上荣誉的拐棍上摇摇晃晃地从一家医院到另一家医院。
再见了，先生，
但可不要责怪我们，
因为宫廷不过就是医院的病床，
每个人都被某些人踩在脚下，越来越卑微低下。（退）

迪里奥： 我知道这家伙因为臭名昭著的谋杀罪
在船上的厨房里待了整整七年；
据说后来是主教大人为他作了伪证，
他才在法国将军加斯顿·德·佛埃克斯

① 希腊神话人物，此处用来比喻眼看着却得不到的东西。

收复那不勒斯[1]后被释放。

安东尼奥： 他被如此轻视，的确是件憾事。
我听说他非常英勇，
但他异常的忧郁将掩盖甚至改变他的优点。
因为，我跟你说，要是毫无节制的睡眠
真被说成灵魂的斑斑锈迹，
接下来便需要用行动来催生种种对现状的不满；
这些锈迹的滋长就如衣服里的蛾子，
在缺衣少食的时候真的会伤人。

第二场：（同一地点）

（安东尼奥、迪里奥、塞尔维奥、卡斯特拉希奥、茱莉亚、罗德瑞格和格里斯朗进）

迪里奥： 人开始越来越多了——
你可答应过我要跟我说说你们那些大臣们的秘密本性。

安东尼奥： 关于主教大人和在场其他陌生人的本性？
我会的。
——卡拉布里亚公爵来了。
（费迪南德和随从进）

费迪南德： 谁最常去骑马？

塞尔维奥： 安东尼奥·保罗格纳，大人。

费迪南德： 就是公爵夫人那位能干的管家吗？
把这珠宝赏给他吧。
——我们什么时候能停止纸上谈兵，
实实在在地打一场？

卡斯特拉希奥： 个人拙见，尊敬的大人，这想法万万不可，
您可不能亲自上阵杀敌。

① 那不勒斯：意大利南部城市。

费迪南德：　现在开始进入正题了——先生，为什么呢？

卡斯特拉希奥：　如果一个战士在战争中一跃成为王子，
这无可非议；
但王子为战争屈尊降贵，这大可不必。

费迪南德：　不行？

卡斯特拉希奥：　是的，大人；让人代表您去要更为合适。

费迪南德：　那为何不让人代替王子吃喝睡觉？
这样他就不会无所事事、冲动莽撞和贪图享乐，
相比之下，让人代替他参战
则是剥夺了他获取荣誉的资格。

卡斯特拉希奥：　请相信我，如果士兵成了一国之主，
那么这个国家必不能太平多久。

费迪南德：　你曾告诉我你妻子无法忍受纷争。

卡斯特拉希奥：　是的，大人。

费迪南德：　这是因为她曾遇到一个满身是伤的上尉，
具体的我也不记得了。

卡斯特拉希奥：　大人，她说他像以实玛利①的孩子一样，
浑身不得不裹上纱布，
很是可怜。

费迪南德：　怎么会这样？有种机智能让全城的外科医生关门歇业——
因为即便这些好事者发生争吵，甚至剑拔弩张，
她的劝说也会让他们停止。

卡斯特拉希奥：　的确，大人，她会做到的。
——您觉得我这匹从西班牙买来的马怎么样？

罗德瑞格：　看起来如烈焰一般。

费迪南德：　我赞成普利尼的观点，
我觉得它迅捷如风；

① 以实玛利：《圣经》中亚伯拉罕和夏甲之子，被认为是阿拉伯人的始祖。

跑起来时，如水银般瞬息万变。

塞尔维奥： 确实如此，这马常常在斜坡上奔驰。

罗德瑞格与格里斯朗： 哈哈哈！

费迪南德： 为何发笑？

作为臣子，你们应同火绒一般，听我号令，

在我点火时着火。

即便遇见多么好笑的事

也须我笑你们方能笑。

卡斯特拉希奥： 诚如您所言，大人。

我曾听到一个笑话，

并鄙视自己有将其听懂的愚智。

费迪南德： 但，我可以嘲笑你的愚笨吧，卡斯特拉希奥先生。

卡斯特拉希奥： 他不会讲笑话，但你知道，他会做鬼脸；

公爵夫人受不了他这点。

费迪南德： 受不了吗？

卡斯特拉希奥： 她也受不了有搞笑之人陪伴左右。

因为她说，太多这样的同伴，

太多的笑容只会让她徒增皱纹。

费迪南德： 那样的话，我愿意为她的脸特制一个数学仪器，

这样她就不会笑得过度。

——我会尽快到米兰拜访您，塞尔维奥先生。

塞尔维奥： 热烈欢迎！

费迪南德： 安东尼奥，你是个好骑手。

你有全法国优秀的骑手。

你是怎么看待好的骑士精神的？

安东尼奥： 非常高贵的精神，大人。希腊骑士出王子，

英勇的骑士精神能练就骑手的坚定，

并引领骑手们行高尚之举。

费迪南德：　你说得很有道理。

塞尔维奥：　您的哥哥——主教大人，和妹妹——公爵夫人到了。（主教、公爵夫人和卡里奥拉进）

主教：　人都到了吗？

格里斯朗：　是的，主教大人。

费迪南德：　塞尔维奥先生前来道别。

迪里奥：　现在，先生，按照你先前答应过我的：
那位主教大人如何？
我的意思是他的性情。
很多人说他有胆识，
敢于花5 000英镑在网球、舞会和讨女人欢心上，
还是一个久经战场之人。

安东尼奥：　这样的溢美之词不过表面之说，
我们得分析分析他的内心：
他是个忧心忡忡的传教士。
自鸣得意的他不过是癞蛤蟆想吃天鹅肉；
但凡他嫉妒任何人，
他便会想出各种阴谋诡计陷害他们，
这些诡计绝对不亚于大力神赫拉克勒斯[1]所遭遇的阴谋。
因为他前进的道路上只能有那些溜须拍马之徒，
唯命是从的喽啰，通风报信的细作，
目无神灵之众，以及心怀鬼胎的政客之流。
他本该依靠正直获取红衣主教这一神职，
然而，他却毫无忌惮地大肆行贿。
但他也干了几件好事——

迪里奥：　关于他，你谈得太多了。他的哥哥怎么样？

① 赫拉克勒斯（Hercules）：罗马神话中的大英雄，宙斯与阿尔克墨涅之子。他神勇无比，克服重重困难，历经千辛万苦，完成了十二项英雄伟绩，被升为武仙座。

安东尼奥：　那儿的公爵？那些人中，数他最不讲理而且最蛮横。
别看他随时笑容可掬，那都是装出来的；
如果他都能发自内心地笑，
那诚实可能早已经不流行了。

迪里奥：　他们是双胞胎兄弟？

安东尼奥：　从性格上看，他们的确是。
他借别人的口说话，
用别人的耳朵听人们的诉求；
就像会随时在椅子上假寐，
只为抓住那些在背后冒犯他的人；
仅凭别人告发而判人死刑；
根据道听途说来给予嘉奖。

迪里奥：　那么法律之于他就如蛛网之于蜘蛛
——他把法律变成他栖身的地方，
变成他陷害囚禁别人的牢房，
并以此作为敛财的工具。

安东尼奥：　真是这样。
除非对方比他更奸诈狡猾，
否则他不会偿还他欠下的债务，
更别说承认欠别人钱了。
最后，对于他的那位弟弟，主教大人，
那些最常在他身边拍马溜须的人把他的话当成神谕。
我不相信他们的话，
因为他们是魔鬼的代言人。
但要是说到他们的妹妹，那位正直高贵的公爵夫人，
你肯定没见过一个人因演讲连获三块金牌，
她的性情迥异于她的两个哥哥，
谈吐间，她总能给你惊喜，
她结束演讲，人们便开始感觉意犹未尽，甚是遗憾，

然后开始祈祷她不要觉得讲太多是虚荣的表现，
也不要误以为人们听她讲话是种苦行。
她讲话的时候，
只要亲切地看上某个呆若木鸡的人一眼，
那人便会愉快地跳起三拍舞，
并沉醉其中；
但她的表情里总有种超然和神圣，
不会让人有非分之想。
这些高尚的美德体现在她生活的每个细节上，
甚至是晚上，不，不仅如此，即便在睡梦里，
她也比那些忏悔的女士还要虔诚圣洁。
多么希望所有漂亮的女性都向她学习，
不再阿谀奉承。

迪里奥：我呸，安东尼奥，
因为她的几句赞美，你就彻底被她收买了吧？

安东尼奥：我会把她的画像裱起来，就这么办；
是她弥足珍贵的品质让我由此感慨
——她让过去了的岁月熠熠生光，
也照亮了即将开启的时光。

卡里奥拉：你得准备好伺候夫人了，
大概半个小时以后夫人就到了。

安东尼奥：我会的。（安东尼奥和迪里奥退场）

费迪南德：妹妹，我有个不情之请。

公爵夫人：有求于我吗？

费迪南德：是这位绅士，丹尼·迪·伯索那，
他是名厨师——

公爵夫人：哦，我知道这位先生。

费迪南德：他是个不错的人，我发誓，
所以我替他请求您，让他来负责采办您的马匹的伙食。

公爵夫人：　你对他的了解让你对他大加赞赏并偏爱有加。

费迪南德：　去叫他过来。（随从出）

临别前，尊敬的塞尔维奥先生，

为我们高贵的友情致敬，为我们的联盟致敬！

塞尔维奥：　当然，我很荣幸。

公爵夫人：　你要去米兰吗？

塞尔维奥：　是的。

公爵夫人：　叫我的车夫过来。

——我们送你去码头。（公爵夫人、塞尔维奥、卡斯特拉希奥、罗德瑞格、格里斯朗、卡里奥拉、茱莉亚和随从退场）

主教：　你得好好招待那个伯索那，并从他口中套取消息。

但不要让他发现我也参与其中——

这也是我几次三番不理睬他的晋升请求的原因，

就像今天早上那样。

费迪南德：　安东尼奥，公爵夫人家能干的管家，

这人可比伯索那好多了。

主教：　你不了解他的性格。

他本性太过诚实，藏不住事——

他来了，我得回避一下。（伯索那再进）

伯索那：　好奇心让我再次找到你。

费迪南德：　但是，我的哥哥，主教大人，可受不了你。

伯索那：　那是因为他觉得有愧于我。

费迪南德：　也许是因为你总是欲言又止的表情让他对你有所怀疑。

伯索那：　难道他还精通面相之术？

就像欺世盗名的医生一样不可轻信，

人也不可貌相。

他的确错怪我了。

费迪南德：　正因为这样你便不能催得太紧了，

得慢慢来。

不轻信别人的确会让我们少上当受骗，
但你看，那经常摇晃着的杉树只是把握住关键的根须。

伯索那：但请注意：
可耻地怀疑朋友也会让他对你产生猜忌，
甚至还会欺骗你。

费迪南德：不无道理。

伯索那：所以，接下来又是什么？（向着一边说）
无风不起浪嘛。
所以是让我要谁的命？

费迪南德：你为得重用不惜拼命，
这让你成为我委以重任的不二人选。
我需要你生活在宫廷里，
观察公爵夫人的一举一动——
留心观察有哪些追求者向她求婚，
而她又钟情于谁。
她还年轻，
但我不会再让她嫁人了。

伯索那：不让她嫁人？我没听错吧，先生？

费迪南德：不要问我为什么；
就按我说的做，我再说一次，不要问那么多。

伯索那：这样看来你似乎是要把我变成你们的密友。

费迪南德：密友！你什么意思？

伯索那：难道不是吗？
一个藏于人身的隐形魔鬼
——一个间谍。

费迪南德：我倒是希望你能做到间谍那么专业；
这样，高官厚禄便指日可待了。

伯索那：要真答应了你，我便成了恶魔，这东西可是地狱的天使！
这些受诅咒的阴谋会让你成为腐败者，

让我成为无耻的叛徒；
要是真答应了你，我会下地狱的。

费迪南德：伙计，我一定会兑现对你的承诺，
绝不会出尔反尔。
上午我已经为你安排好了一个职位——
马匹伙食采办者——
听说过这职位吗？

伯索那：没有。

费迪南德：不管怎样，这官儿已经是你的了：难道这不值得感激？

伯索那：在你的慷慨把我变成一个恶棍前，
我本该让你自责的。
但，为了不让自己忘恩负义，
我一定竭尽所能，想尽一切办法，不负所托！
因此，我，新诞生的魔鬼，会将所有罪恶用糖衣包裹；
让上帝所谓的罪恶成为对我的一种恭维。

费迪南德：本色出演就可以了。
继续保持你一贯的孤傲和忧郁，
因为这会让人感觉你嫉妒那些和你一样有着高官厚禄的人，
但不要企图接近他们。
这样你才能有立足之地，
在那儿你可能像只政坛的冬眠鼠——

伯索那：就像我看到的一样，
一些冬眠鼠在国王的盘子里偷吃食物，
半睡半醒地，似乎不曾留意任何的谈话；
但这些老鼠早在睡梦里就已经将国王置于死地。
我该被安排在哪里呢？
马厩供应管理者那里？
然后，就说我的腐败缘于那些马粪——一切听你安排。

费迪南德：走吧！（和伯索那退）

伯索那：（伯索那边退边说）就像好人，出于好意，觊觎好的声望，
因为地位和财富常常是耻辱给予的贿赂。
偶尔，魔鬼也会布道。

第三场：（玛尔菲公爵夫人的走廊）

（费迪南德、公爵夫人、主教和卡里奥拉进）

主教：分别在即；
处事切记慎重。

费迪南德：作为遗孀的你想必已经了解男人的本性；
因此，不要让你的青春、你的高贵和你的优雅——

主教：不要让任何低劣的事物玷污你圣洁的血液。

费迪南德：结婚！只有那些贪得无厌的人才会结两次婚。

主教：噢，鄙视！

费迪南德：这样的人比拉班的羊更肮脏。

公爵夫人：人们都说经由最多珠宝商审视的钻石最珍贵。

费迪南德：同样的道理，最受欢迎的妓女最珍贵。

公爵夫人：你们能听我说说吗？
我不会结婚的。

主教：大多数寡妇都这么说；
但通常情况下，她们丈夫的葬礼布道刚结束一小时，
她们就开始不守妇道了。

费迪南德：现在听我说：
你生活在等级森严的宫廷里，
这里有种致命的诱惑，
它会有损你的盛誉，
所以请小心。
不要自作聪明，
因为那些企图用无辜的表情掩饰内心的人，
都会在她们年满20岁时，

作为女巫被献给魔鬼。

公爵夫人：　简直是至理名言。

费迪南德：　伪善犹如细丝织就的网，
比伏尔甘[①]诱捕维纳斯和战神的网更加天衣无缝。
但是，你要知道，
你最见不得人的，不仅如此，
还有你最隐蔽的想法早晚都会大白于天下。

主教：　你也许会自命不凡，并固执己见；
在夜色的掩盖下偷偷嫁作人妻——

费迪南德：　还为自己的“壮举”自鸣得意。
就像畸形的螃蟹，
尽管和别人背道而驰，
还全然不觉自己的异样——
因为它太固执己见。
但请注意，
这样的婚礼恰当地说更应该被阻止而非被祝福。

主教：　婚礼之夜便是牢狱之门。

费迪南德：　而那些所谓的欢愉，充满诱惑的享乐
就如沉沉的睡眠一样预示了一个人的堕落。

主教：　好自为之吧。
记住：不要上了当才学乖。

公爵夫人：　我想你们的这番大道理一定是深思熟虑过的吧？
意思传达得准确且严厉。

费迪南德：　你是我的妹妹；
好好看看，这可是父亲的匕首，
因为是他老人家的，
我不愿意看到它锈迹斑斑。

① 伏尔甘：宙斯与赫拉的儿子，是火神，亦是诸神的铁匠，制作了许多著名的工具。

我会让你放弃这些为人所控诉的狂欢作乐；
盔甲和面具背后进行着的绝不会是什么好事
——好自为之吧——
女人都喜欢男人变着花样逗她们开心。
所以一个人模人样的恶棍
怎么就不能用精心编制的谎言
来博取一个女人的信任呢？
贪婪的遗孀，好自为之。

公爵夫人：这些危言耸听难道能动摇我？
如果所有的皇亲国戚都成了我婚姻的阻碍，
我会将他们变成我的垫脚石。
即便是现在，
即便如此愤恨，
我也会像战士一样，置之死地而后生，
他们的恐吓与威胁绝不会让我动摇。
就让那些老女人们因为我的再婚而说我不守妇道吧！
——卡里奥拉，这些秘密可关乎我的生命和声誉。

卡里奥拉：放心吧，我会守口如瓶的，
会像卖毒药的人一样，让毒药远离自己的孩子——
一定不会让你的生命和声誉陷入危险。

公爵夫人：你说得诚恳又巧妙，
我信任你。
安东尼奥来了吗？

卡里奥拉：他正等着您呢。

公爵夫人：亲爱的，让我单独和他聊聊吧；
躲到能听到我们谈话的地方去。
祈祷我能快点结束这一切吧，
因为我快疯了，
感觉已经无路可走，叫天不应、叫地不灵了。（卡里奥拉

退至屏风后）

（安东尼奥进）

我派了人去请您，快坐吧；

准备好纸笔，可以开始了吗？

安东尼奥：是的。

公爵夫人：我都说了些什么呢？

安东尼奥：我应该记下来一点。

公爵夫人：哦，记起来了。

在经历过这些考验并付出如此大的代价之后，

是时候让我们想想未来了，

就像勤俭持家的管家们一样。

安东尼奥：只要这能让您美丽常驻。

公爵夫人：美丽！

的确如此，谢谢你。

我因为你而焕发年轻光彩；

你一直全心全意照顾我。

安东尼奥：我马上去取收支账单来给夫人您。

公爵夫人：噢，你是如此正直的管家。

但你误会了，

我说的“为明天考虑”，意思是不知道那个地方有些什么在等着我。

安东尼奥：哪儿？

公爵夫人：天堂。

我要起草一份遗嘱（王子们也都这么做），

亲爱的管家，请告诉我，

我应该笑着立下遗嘱，

而非痛苦呻吟，面容枯槁，

弄得好像是舍不得这些身外之物似的。

安东尼奥：嗯，所言甚是。

公爵夫人：　要是有个丈夫在身边，这些事我也就可以省心了。

但我特意让你为我见证。

我们应该先记下哪些风光的事情？说说看。

安东尼奥：　让我们以上帝造物以来的第一大好事

——庄严的婚礼开始吧。

我建议您应该先为自己寻觅一位好夫君，

然后将财产全留与他。

公爵夫人：　全部！

安东尼奥：　是的，包括完美无瑕的您。

公爵夫人：　委身于人？

安东尼奥：　成双成对。

公爵夫人：　上帝，那是什么奇怪的遗嘱！

安东尼奥：　要是您不再有结婚的欲望，这才显得更加奇怪。

公爵夫人：　你怎么看婚姻？

安东尼奥：　正如那些拒绝承认婚姻是炼狱的人一样，

我也认为婚姻要么是天堂，要么是地狱，

没有其他的中间地带存在。

公爵夫人：　为什么会有如此结论？

安东尼奥：　我的自我放逐、我的郁结忧思，让我常常思考这个问题。

公爵夫人：　倒是说与我听听。

安东尼奥：　要是一个男人毕生未婚，膝下无子，

这于他又有何损失呢？无非是失去父亲之名，或无法享受天伦之乐，

或不能听到孩子悦耳的笑声。

公爵夫人：　呀，这是怎么了？

你的一只眼睛为什么充血了？

用我的戒指按摩一下。

他们说这戒指是极好的。

这是我的结婚戒指，

我曾经发誓除非是为了我的下任丈夫，
否则我不会取下来。

安东尼奥：但你现在已经取下了。

公爵夫人：是的，为了治好你的眼睛。

安东尼奥：你已经让我头晕目眩了。

公爵夫人：怎么了？

安东尼奥：这戒指里有个粗俗且野心勃勃的魔鬼。

公爵夫人：赶走它。

安东尼奥：怎么做？

公爵夫人：这需要一点杂技，
你的手指或许能胜任。合适吗？
（她把戒指戴在了安东尼奥的手上，安东尼奥跪了下来）

安东尼奥：您刚刚说什么？

公爵夫人：先生，这可万万不可，请不要在我面前卑躬屈膝，
如果您不起来，我也无法站立，更别说继续我们的谈话。
请起来吧；
或者，如果需要，我愿伸出援手。
（扶起安东尼奥）

安东尼奥：夫人，伟人们无不野心勃勃，
他们的野心并不被束缚，也不是暗不见天日，
而是光明正大，不怕非议；
相反，这些非议反而更催化了这些野心的膨胀。
我大概已经明白您的话中之意：
纵然知道火的灼热，
但为了梦寐的温暖，他能义无反顾地伸出双手。

公爵夫人：所以，一切都明了了，
你可以发现我带给你的莫大财富。

安东尼奥：承蒙错爱！

公爵夫人：你不能低看自己。

您这样的自谦可不同于市井商人们奸诈的伎俩——
他们总是掩盖自己商品的瑕疵来欺骗顾客。
我必须告诉你，
如果你想知道何处有德才兼备的人，
那么请仔细瞧瞧你自己。

安东尼奥：要是不存在天堂或地狱，
我会很诚实地说：
我向来信奉美德，
但从不奢望它带给我回报。

公爵夫人：现在，她馈赠于你了。
我们的悲惨从我们出生起就已注定！
我们不得不争取自己的幸福，
因为没有人敢主动追求我们；
正如暴君总是话里有话、含糊其辞，
我们也因此不得不用谜语
或是在睡梦里表达我们的情思，
从而远离单纯的美德——
但这并未曲解美德。
去吧，去炫耀你偷走了我的心，
因为它现在只为你而跳动：
我希望它能让你的心萌生更多爱意。
你在颤抖吧？
不要因为害怕爱我而抑制内心的悸动，
请相信自己。
是什么让你顾虑重重？
我也是血肉之躯，
不是跪在我死去丈夫坟前的石膏像。
所以，请清醒一点！
我抛开了一切繁文缛节，

只以一个年轻寡妇的身份出现在你面前，
并祈求你成为她的丈夫，
正因为是寡妇，我不会觉得这是多丢人的事。

安东尼奥：我将真心对待；
我会是你清誉的庇护者。

公爵夫人：我很感恩，感谢您绅士般的爱，
因为你已成为我依靠的臂膀。
你将不必觉得有欠于我，
让我用吻为我们的爱情签下约定。
你会不会期待已久？
我曾见过一些孩子细细品尝甜肉，
害怕太快吃完，总是慢慢地吃。

安东尼奥：但你的哥哥们？

公爵夫人：不用管他们。
他们的无理只会让人可怜他们，而非畏惧。
要是他们知道了，
也不用怕，因为时间会平息风暴。

安东尼奥：这些话正是我想说的，
你道出了我的心声，
但愿这听起来不会有谄媚之意。

公爵夫人：跪下。（卡里奥拉从花帷幔后出来）

安东尼奥：啊！？

公爵夫人：不要惊讶，
她是我的见证人：
我听律师们说过，
在议事厅里以
“我愿意，我接受”字眼缔结的就是婚姻。（她和安东尼奥跪下）
上天，请庇佑我们神圣的婚姻，

不要让任何的暴虐将我们分开！

安东尼奥：　愿我们甜蜜的爱意如恒星，
永恒不变！

公爵夫人：　快，奏响那神圣的乐曲。

安东尼奥：　我们会如彼此相爱的棕榈——
这爱情最好的象征，
却彼此分离，没有结果。

公爵夫人：　教会还能强迫我们什么呢？

安东尼奥：　即便命运之神也无法用任何意外将我们分开！

公爵夫人：　教会还能如何让自己的地位更稳固？
我们现在已是夫妻，这一切都是教会一手促成的
——丫头，请退下。
我现在什么都不顾及了。

安东尼奥：　你这么做是出于何种想法？公爵夫人，我会引你去到你的婚床，
从今以后，你将主宰自己的命运（现在你我已为一体，我们心灵相通）：
我们会静静地躺在一起，静静谈心，
并想办法如何应对我那些怪异的亲戚；
如果你乐意，我们就像古老故事里的
亚历山大和罗德维克一样，
在我们中间放一把利刃，以保证我们的纯洁。
哦，请让我将我泛红的脸颊藏在你的胸膛，
因为那里有着我们所有珍贵的秘密。（公爵夫人和安东尼奥退）

卡里奥拉：　到底是她精神超俗还是女性使然，我不得而知；
但这真的很疯狂。
我很同情她。（出）

第二幕

第一场

（玛尔菲公爵夫人府邸的一间寓所）

（进）伯索那和卡斯特拉希奥

伯索那：你说要是你被授以要职，
你会非常乐意，是吗？

卡斯特拉希奥：这是我最大的愿望。

伯索那：让我瞧瞧：
你的面相已经预示了这样的好兆头，
而你的睡帽足以显出你耳朵之大。
我会让你学会优雅地弹奏乐曲，
并在每句结尾处，哼唱三四次，
或擤几次鼻子，直到鼻子有刺痛感，
这样就能让你恢复记忆。
如果你成了法官，
在断案时，如果你朝犯人笑了，那么判他绞刑；
但如果你对他皱眉并威吓他，

那一定让他逃脱绞刑架。

卡斯特拉希奥：那我将会是个很开心的法官。

伯索那：不要晚上喝酒；
它会麻痹你的智慧。

卡斯特拉希奥：相反，酒精让我饶有兴致地与人争辩；
这正如人们常说的那样，
我的手下很少吃肉，可他们却异常勇猛。
但，我如何能知道人们是否尊崇我呢？

伯索那：我会教你一个诀窍：
放话说你一病不起，
然后如果你听到老百姓们咒骂你，
那你可以确信你被当成了超级恶棍。（一位老妇人进）
你现在如同从画里走出来的一样。

老妇人：从哪里？

伯索那：难道不是吗？脱胎换骨了。
和你没化妆的样子一比，现在的你简直是个奇迹。
你脸上的这些凹凸不平的车辙印
是最近被皇家游行队伍碾出来的吧？
有位法国女士，长了天花，
于是剥了自己的皮，让脸看起来平滑；
在成今天这副切菜板的模样之前，
她曾一度像发育不全的刺猬。

老妇人：你把这叫作画？

伯索那：不，不，但你可以称这是那位毁了容的夫人
为重获美丽而走的歪门邪道：
同样，您的改头换面肯定也会有与之贴切的俗名。

老妇人：你似乎对我的容貌之事非常了解。

伯索那：要是一个人在巫师那里发现了蛇油、蛇卵、
犹太人的唾沫和犹太人小孩的粪便，

肯定会心生疑问，
而这些东西都是为了女人的那张脸。
我宁愿吃死于瘟疫的鸽子腿，
也不愿亲吻由此而来的一张脸。
你们俩充满罪过的芳容
便是你们整容医生引以为傲的财产——
这些让他春风得意，
让他年老色衰的情人重焕光彩。
我真的好奇你们居然一点儿都不觉得自己恶心。
注意我接下来的话：
虚有其表的事物会受到谁的青睐呢？
如果上帝真造出了一批四肢像人的小马或羚羊，
但最后它们却长成了怪物，
那我们会将这解释为不祥之兆。
人们会乐意看见自己的畸形长在别人身上，
但唯独不能容忍自己有缺陷。
但在我们自身，
即便我们身患各种怪病恶疾，
比如溃烂的贪欲，比如不断膨胀的私心，
即便我们被虱子、蛆虫蚕食殆尽，
即便我们浑身腐烂甚至坏死，
我们也会高兴地将这些畸形藏于昂贵的华服之下：
我们所害怕的，不，所恐慌的仅仅是
担心整容师会将我们变成他的饭后甜点
——你妻子去了罗马，
你们小两口去卢卡，用那儿的泉水疗疗伤吧。
我现在有其他的事要做。（卡斯特拉希奥和老妇人退）
我注意到公爵夫人最近身体欠佳，
常常呕吐，胃里翻腾，

眼睑也有点水肿泛蓝，
面容消瘦，且脸色蜡黄，
和之前见到的时尚优雅的她截然相反，
现在不太注重穿着——
这其中一定发生了点什么。
我得使点计策好让我能发现各种缘由。
我买来一些美味的杏，
这些可是春天的第一批收成。（安东尼奥和迪里奥进，交谈着走近）

迪里奥：结婚后，一切可好啊？
你真让我意外。

安东尼奥：让我永远地封上你的嘴吧！
要是万物里唯独空气能传播你的话，
我更希望你不要呼吸。
——现在，先生，您在凝思吗？
您正思考如何变成一个智者吧。

伯索那：噢，先生，有关智慧的观点就如遍布人身体上的皮疹——
如何单纯地让我们远离罪恶，
那它也指引我们如何快乐。
因为最细小的愚蠢行为源于最细微的智慧，
所以就让我单纯诚实一点吧。

安东尼奥：你真是这样？

安东尼奥：因为你不会让别人看出你的好恶，
你继续你这种过时了的忧郁——
快远离它吧。

伯索那：请让我在说每一句话时都保持诚实，
每一句赞扬也是出于真心。
要我向你坦白我自己吗？
我没有比看起来的样子高尚多少，

诚实是骑马飞行的神，
律师的骡子就是我性格和能力的写照。
因为，记住，要是一个人的心跳动得比马奔驰得还快，
那么他们两者很快都会精疲力竭。

安东尼奥：你可能向往天堂，
但我认为无处不在的魔鬼，正指引你的方向。

伯索那：噢，先生，您可是权贵中的权贵，
是公爵夫人最重要的人，
您取而代之的身份可是公爵。
即便说您是君王的后代或者您就是他本人，
这又有什么要紧呢？
看看世界几大河流的源头，
你会发现它们的源头不过是区区水泡。
一些人认为王子们都是贵胄之后，
比普通人出身更加高贵；
其实他们被骗了，
他们和普通人没有两样——
他们和普通人一样有喜怒哀乐；
和牧师一样，他们也会为了收什一税[1]而闹上法庭，
扰乱邻居们的生活，
并因此而让整个牧区没有安宁，
最后发展到用大炮摧毁原本优美的城镇。（公爵夫人和婢女们进）

公爵夫人：扶着我点儿，安东尼奥，我是不是长胖很多？
我几乎上气接不上下气了。
——伯索那，你给我准备一台轿子吧，

① 欧洲基督教会向居民征收的一种宗教捐税。

佛罗伦萨公爵夫人[1]坐的那样的轿子。

伯索那：那位公爵夫人在怀孕期间确实乘坐过那样的轿子。

公爵夫人：确实如此。

——过来这里，帮我整理一下我的衣领。

到这儿来，还问什么时候？

你竟是如此拖拉的一个人；

怎么满嘴的柠檬药片味儿？

你是不是刚摸过柠檬！

我会晕倒在你手里的，

最近我越来越歇斯底里了。

伯索那：（向着一边说）我怕这样的情绪是太严重了。

公爵夫人：我听你说法国廷臣在他们国王面前不行脱帽礼。

安东尼奥：我见过他们这样。

公爵夫人：真的是当着国王的面儿这样做？

安东尼奥：没错。

公爵夫人：我们为什么不也像他们那样呢？

行脱帽礼更多的只是种形式而非责任。

你就带个头吧，

先戴上帽子。

安东尼奥：先听我说几句：

我也曾在一些更冷的国家

见过权贵富人们光着头站在君王面前——

这其中的差别想必够明显了吧。

伯索那：夫人，我有份小礼物给您。

公爵夫人：给我的吗？

---

① 佛罗伦萨公爵夫人指文艺复兴时期西班牙贵族千金埃莱诺娜（Eleanora di Toledo）。她嫁给佛罗伦萨首富乔瓦尼·美第奇长子科西莫·美第奇，她丈夫后来代表美第奇银行接管教皇的财政。

伯索那：　是的，夫人。

公爵夫人：　噢，在哪儿呢？今年还闻所未闻呢。

伯索那：　（偏向一边）很好，对上了她的胃口。

公爵夫人：　我真的得感谢您——

都是很好的杏。

我们的园丁种植技术可太逊色了！

这个月都别指望吃上杏了。

伯索那：　不用去皮吗，夫人？

公爵夫人：　不用，在我看来，杏皮尝起来就像麝香一样。

伯索那：　我不了解，但还是希望夫人去了皮的好。

公爵夫人：　为什么？

伯索那：　我忘了告诉您，我那不讲究的园丁只想着快点儿收成，

所以用马粪催熟。

公爵夫人：　噢，你在开玩笑吧？

——你能判断的，请尝一个吧。

安东尼奥：　的确是，夫人，我不喜欢这果子了。

公爵夫人：　伯索那先生，您一定也不是真心想倒我们的胃口吧？

这果子很美味，

并且看起来非常滋补。

伯索那：　这些果子可是艺术品，嫁接艺术的产物。

公爵夫人：　是这样，好上加好。

伯索那：　嫁接技术能让沙果树长出好果子，

让黑刺长出李子来。

——（向着一边）吃得可真贪婪！

就如风卷残云一样！

因为，要不是她宽松的衣服，

我可能已经看到小家伙在她肚子里欢呼雀跃了。

公爵夫人：　伯索那，谢谢你。如果不说让我觉得难受的话，

它们会是极好的果子。

安东尼奥：　怎么了，夫人？

公爵夫人：　这绿果子和我的胃不能友好相处，
它们让我恶心！

伯索那：　（向着一边）不仅如此，你已经够臃肿了。

公爵夫人：　噢，我浑身冷汗！

伯索那：　我很抱歉。（退出）

公爵夫人：　送我回房间！——噢，亲爱的安东尼奥，
我不行了。

迪里奥：　快点灯，灯！
公爵夫人退（和侍女们）

安东尼奥：　噢，我最信任的迪里奥，我不知道怎么办是好！
我怕她已经没力气了，
也没时间移动她到别处。

迪里奥：　你找好助产士来照顾她了吗？
是否周全地考虑了助产士能否尽快顺利到达？

安东尼奥：　我已经安排好了。

迪里奥：　那么静下来好好利用眼下迫在眉睫的情形。
向外界宣称是伯索那用那些杏果毒害了公爵夫人，
那会让她更加坚强。

安东尼奥：　不行不行，那样的话，医生会蜂拥而至。

迪里奥：　这样的话你可以假装说她准备好了某种解毒剂，
以防医生再次加害于她。

安东尼奥：　我不知道你在说些什么，
脑子里现在一片空白。（退场）

第二场：（公爵夫人府邸的一个大厅）
（进）伯索那和老妇人

伯索那：　所以，毫无疑问，是她的坏脾气和贪吃惹的祸。
难道不是吗？

老妇人：我有要事在身，先生。

伯索那：这儿有个年轻的侍女对玻璃制造有着强烈的好奇心——

老妇人：不，拜托了，请让我走吧。

伯索那：她只想知道工人用何种工具让玻璃变成女人肚子的模样。

老妇人：我不想再听什么鬼玻璃的事了。
你总是侮辱女性！

伯索那：谁，我吗？不，我只是偶尔顺便提到了你们女性的弱点。
橘子树同时孕育成熟的果实和花朵；
你们中的一些人纯粹为了爱而活着，
但更多的人是利用爱去获取更多的回报。
贪得无厌的春天闻起来不错，
但果实累累的秋天才是真正的实至名归。
要是我们这儿开始下金子，
即便天打雷劈，你们也会伸出双手去接。
你们都不会数学的吗？

老妇人：这话什么意思，先生？

伯索那：不是吗？都不知道把绳子拴一起，织成网。
好啦，快走吧，快去给你的养女出谋划策吧！
告诉他们，魔鬼是多么喜欢在女人紧身带周围盘旋，
就像一只生锈坏掉的手表，
让那个女人察觉不到时间的流逝。（老妇人出）
（安东尼奥、罗德瑞格和格里斯朗进）

安东尼奥：关上宫门。

罗德瑞格：这是为何？有什么不妥的地方吗？

安东尼奥：马上把后门也关上，
把府里的人都叫来。

格里斯朗：我马上去。

安东尼奥：谁保管宫门钥匙？

罗德瑞格：弗洛伯斯科。

安东尼奥：　让他马上把钥匙拿来。（格里斯朗和仆人们再进）
第一位仆人：　噢，宫廷的伙计们，府里发生了骇人听闻的阴谋。
伯索那：　（向着一边）难道那些杏能在我完全不知情的情况下被施毒？
第一位仆人：　听说在公爵夫人房里抓到一名瑞士士兵——
第二位仆人：　瑞士士兵！
第一位仆人：　裤兜里还揣着手枪。
第二位仆人：　听说这里面有个狡猾的叛徒。
否则的话，他的手枪早就被搜出来了。
第二位仆人：　这倒是真的，
如果他被挡在夫人们的门外，也就没有这些事了。
听说他的衣服纽扣就是铅做的子弹。
第二位仆人：　噢，这个食人魔般的恶棍！口袋里还揣着枪！
第一位仆人：　我敢打赌这是法国人的阴谋。
第二位仆人：　我们等着看看这些坏人还有什么花样！
安东尼奥：　所有的人都到了吗？
仆人们：　是的。
安东尼奥：　各位绅士们，今晚我们损失了很多，
相信大家都已经知道：
今晚，公爵夫人房里价值4 000达克特[①]的珠宝不翼而飞。
门锁好的吗？
仆人：　是的。
安东尼奥：　让每个人待在房里直到天亮。
夫人对大家的配合深表谢意；
此外还需要所有人
将置物柜钥匙和房门钥匙送去夫人卧室里。

① 达克特金币是第一次世界大战以前的欧洲贸易专用货币，主要为贸易所使用；每一达克特相当于纯度为98.6%的黄金3.4 909克，0.1 107盎司。

她现在情况非常不妙。

罗德瑞格：一切按照夫人的意思。

安东尼奥：她恳求你们不要多心。
清者自清，只是更肯定了大家的清白而已。

伯索那：院子里的伙计们，那瑞士士兵在哪儿呢？

第一位士兵：都到这分儿上了，肯定是有内鬼给他通风报信了。（除安东尼奥和迪里奥，其余人退场）

迪里奥：公爵夫人现在怎么样？

安东尼奥：她正经受着常人难以忍受的痛苦和恐惧的煎熬。

迪里奥：请和她说话来宽慰她。

安东尼奥：我现在都自身难保了！
亲爱的朋友，今天晚上你就前去罗马：
我的身家性命可全靠你了。

迪里奥：请相信我。

安东尼奥：噢，我现在越来越不敢相信人了，
恐惧对我而言就意味着危险。

迪里奥：请相信，这一切只是你的多虑，仅此而已，
我们是多么迷信地在意我们的罪行！
撒了的盐，掠过的野兔，流鼻血，马的失蹄，
这些迷信都能把我们吓得半死。
大人，愿您一切安好，
祝愿您喜得贵子；
我用我的信仰向你保证，请放心——
老朋友就像历经沙场的剑，始终是最值得信任的。（出）
（卡里奥拉进）

卡里奥拉：先生，恭喜您，是个儿子，您当父亲了！夫人让我把孩子交与您。

安东尼奥：老天保佑！——
好好照顾她，我马上找星象师为我们的孩子起名字。（退）

第三场：（公爵夫人府邸的大厅）

伯索那：没错，我是听到一个女人尖叫了一声。听，哈！
那声音，如果我没听错的话，
是从公爵夫人的房间传来的。
他们把我们软禁起来，这其中定有猫腻。
我得打探打探，否则我的聪明才智可就浪费了。
听，又来了！
可能是忧郁的鸟儿——
寂寞和隐居者最好的朋友——猫头鹰，在叫呢。
——哈！安东尼奥！（安东尼奥拿着蜡烛进，并拔出了剑）

安东尼奥：我听到些声响。
——谁在那儿？是谁？说！

伯索那：安东尼奥，不要把自己弄得这么紧张和害怕。
我是伯索那，你的朋友。

安东尼奥：伯索那！——
（向着一边）这叛徒的确让我吓了一跳。
——到现在你都没听到任何声响？

伯索那：哪儿来的声音？

安东尼奥：公爵夫人房里。

伯索那：我没听见。你听见了吗？

安东尼奥：我听见了，否则的话就是我在做梦。

伯索那：我们去看看吧。

安东尼奥：不用，可能是起风了。

伯索那：很可能。
我也觉得非常冷，但是你还在出汗——
你看上去不是很好。

安东尼奥：我正在找偷夫人珠宝的人。

伯索那：啊，有结果了吗？
找到确凿的证据了吗？

安东尼奥： 那你又是怎么回事？
当所有人都待在自己房里的时候，
你跑这儿来干吗，有什么企图？
难不成你在梦游？
伯索那： 事实上，我告诉你吧：
现在整个府里的人都睡了，
我想魔鬼不会侵扰这儿，
所以我来这儿做祷告的。
要是我这么做妨碍到你了，
那你真是一个称职的奴才。
安东尼奥： （向着一边）再这么下去，这家伙会打乱我的计划。
——你今天不是给夫人杏子了吗？
向上帝保证你没在里面下毒！
伯索那： 下毒！污蔑我的人断子绝孙！
安东尼奥： 叛徒从来都是不见棺材不掉泪。
还有被盗的珠宝：
依我判断，没人比你的嫌疑更大。
伯索那： 你这个是非不分的管家。
安东尼奥： 狡猾的贼人，我会把你搜个底朝天。
伯索那： 真是那样的话，即便我变成灰烬我也不会放过你。
安东尼奥： 你的确如蛇一般狡猾。你很少有温暖的时候吧？你能展示下你的毒牙吗？
你一定善于中伤诽谤别人吧？
伯索那： 不，管家大人，你吩咐什么，我肯定会尽力而为的。
安东尼奥： （向着一边）我的鼻子无缘无故流血。
换作迷信的人肯定把这当成不祥之兆，
事实上只是碰巧而已。
这儿有两封用血写于手帕上给我的信！
但这与我流鼻血完全是巧合。

——关于你，我会确保你明早的安全。
——（向着一边）只是你必须保守夫人分娩的秘密。
——请不要从这扇门出去。
我不认为你接近公爵夫人房间是合适之举，
除非你是不想继续在这儿干了——
（向着一边）伟人和流氓也相仿，不仅如此，
当想用不齿的手段来避免羞耻时，
二者其实是一样的。（出）

伯索那：安东尼奥的确掉了一封信在这儿——灯，快帮我找找——
噢，在这儿。上面这都写的是什么？
给小孩卜卦算命！
“公爵夫人在1504年十二月晚
十二点至一点间产下一子
——这不是今年今晚吗？
——根据玛尔菲子午线确定时间
——这确定说的就是我们公爵夫人，
真是令人高兴的发现！
——第一天宫气势日下，不能长久；
火星天宫呈现人形，但很快融为龙尾的一部分，
在第八天宫，这可能预示着死亡。
其他的还没来得及细想。”
还有什么悬念呢？这已经足够明显了：
这家伙就是公爵夫人的情夫
——真是如我所料的那样！
这封信就是我们廷臣被关起来的原因。
接下来，我肯定会被污以毒害公爵夫人的罪名。
只要有人能找出孩子的父亲，这些我都能忍受，
我要嘲笑他们。
但我相信，时间会让一切水落石出。

老卡斯特拉希奥今早去了罗马，
我会把这封信寄给他，这会把他肺气炸。
好办法！
人的欲望从未如此奇怪地被遮掩，
她总是表现得机灵，但却不聪明。

第四场：（红衣主教官殿，红衣主教和茱莉亚入场）

红衣主教：（坐下）我对你朝思暮想，但我还是想问你，你是如何摆脱你丈夫只身一人来到罗马的？

茱莉亚：哦，我骗他说，我来罗马拜会一位隐居的教士。

红衣主教：你真是鬼机灵，你丈夫娶了你，可不是一件幸事。

茱莉亚：我想您想疯了，要不然我现在也不会这么急着见您。

红衣主教：不要飞蛾扑火，自讨苦吃，那样不会有什么好下场。

茱莉亚：是，大人！

红衣主教：你应该对我忠贞不贰，因为我发现你变得有点轻佻、不理智。

茱莉亚：您以前没发现我就是这样吗？

红衣主教：男人们总是希望像打造一面镜子那样把自己的女人打造成他们希望的样子，然而镜子一旦成型往往是不能改变的。

茱莉亚：那又怎样？

红衣主教：我们真该向佛罗伦萨的伽利略借他的魔镜用用，看看月球上那个广袤的世界，并在那个世界上找到一个忠贞的女人。

茱莉亚：您讲得太好了。

红衣主教：你怎么哭了？你哭是想辩护吗？你这些眼泪肯定是为你丈夫流的吧？我真是要大声抗议了，你爱他胜过一切。我都有点妒忌了。来吧，我会小心翼翼地爱你，因为我确信你不会给我戴什么绿帽子。

茱莉亚：我回我丈夫那儿！

红衣主教：你会感谢我的，因为我让你逃离你的丈夫，他一天到晚只会让你郁郁寡欢，而我会把你捧在我的手心里，逗你开心，让你随心所欲。亲吻我吧！当你和你丈夫在一起的时候，你看起来就像只温驯的大象。你会感谢我的，你从他那里得到的只是亲吻和佳肴，但你能从他那儿得到快乐吗？那样的生活就像只有一根弦的鲁特琴一样单调，你是不可能用它奏出美妙的音乐的。你会感谢我的。

茱莉亚：您真是在我的伤口上撒了一把盐，当初是您先追求我的，现在反过来倒打一耙，要我对您感恩戴德，真让人恶心。谁？（仆人入场）

仆人：夫人，一位来自玛尔菲的先生想见您。

红衣主教：让他进来，我走了。（退场）

（迪里奥入场）

茱莉亚：迪里奥先生，刚走的那位是我的一个旧情人。

迪里奥：冒昧打扰您了。

茱莉亚：您客气了。

迪里奥：您在这儿过夜吗？

茱莉亚：当然，您对此肯定不满——罗马的高级教士是不能留宿女士过夜的。

迪里奥：是的。我来这儿也不是替您丈夫捎什么口信，我对此一无所知。

茱莉亚：听说他已经到了罗马。

迪里奥：我一直不明白，为什么男人与野兽、马匹与骑士，彼此那么讨厌对方。如果马背上坐着舒适的话，他肯定会骑马过来的；但遗憾的是，骑马总是让他腰酸背痛。

茱莉亚：您感到可笑的，我却感到很遗憾。

迪里奥：夫人，我不知道您是否缺钱，但我还是给您带来一些。

茱莉亚：我丈夫给的？

迪里奥：不，我自己的积蓄。

茱莉亚：我早知道这种境况，我也应该自己承担后果。

迪里奥：看，这是金子，难道它颜色不好看吗？

茱莉亚：我有只鸟，颜色都比它好看。

迪里奥：来听一下它发出的声音。

茱莉亚：鲁特琴[1]弹出的声音都比它好听。它像山扁豆一样索然无味，也没有药用价值——虽然一些盲信的医生建议我们把它放在浓汁肉汤里煮沸。让我来告诉您吧，这东西是用——

（仆人再次入场）

仆人：您丈夫已经到了。他给卡拉布里亚公爵带了一封信，我想，他一定是无计可施了。（仆人退场）

茱莉亚：请您简明扼要地告诉我您此行的目的。

迪里奥：简言之，夫人，我希望您不要和您的丈夫住在一起。

茱莉亚：我要问问我的丈夫。（茱莉亚退场）

迪里奥：很好！她为什么这样说？她很诚实，或者她很聪明？我听说公爵被一封来自玛尔菲的信件深深触动。我担心安东尼奥被告密了。他现在暴露他的秘密是多么可怕啊！——不幸中的万幸！他们被卷进旋涡之中，但灾难却与他们擦肩而过。（退场）

第五场：（同一宫殿的另一房间）

（进）费迪南德和红衣主教

费迪南德：我一晚上都走火入魔似的。

红衣主教：为什么？

费迪南德：这件事简直让我发疯。

红衣主教：到底什么事，那么惊世骇俗？

费迪南德：看看这吧——我们那该死的妹妹，放任自流，结果变成一个臭名昭著的妓女。

① 鲁特琴也称琉特琴，是一种曲颈拨弦乐器。一般这个词主要指中世纪到巴洛克时期在欧洲使用的一类古乐器的总称，是文艺复兴时期欧洲最最风靡的家庭独奏乐器。

红衣主教：　小声点。

费迪南德：　小声点？那些流氓恶棍才不会悄悄私语呢，他们肯定要大肆宣扬的，一些狗腿子们得了主人的好处，肯定要卖力嚷嚷的。他们肯定会抓住这个辫子不放，并添油加醋的。她一定是昏了头！她变得淫荡无比，只顾满足个人的情欲，弃社稷安危于不顾。

红衣主教：　这怎么可能？你确定吗？

费迪南德：　真想用大黄根[1]泻清我满腔的怒火！这该死的一天让我一辈子都不能忘怀！真想把她的心脏戳穿，让它流血，然后用海绵把血吸干。

红衣主教：　你为什么如此暴怒？

费迪南德：　我真想把她的宫殿夷为平地，把她的良木连根拔起，把她的草地斩草除根，让她的领地变得荒芜，如同她把荣耀荒弃一样。

红衣主教：　难道我们阿拉贡和卡斯蒂利亚[2]高贵的血统就这样被玷污了？

费迪南德：　处理这种令人绝望的事，我们现在不能息事宁人，而应该愤而抗之。长痛不如短痛了，要有断腕的决心，这样才能把她受污染的血排泄干净。我现在还有一丝怜悯，我要把这块手巾送给她的私生子。

红衣主教：　送他手巾？

费迪南德：　当我把她全身捅成窟窿的时候，他可以用它来给他的母亲止血。

红衣主教：　你禽兽不如！恶性不改，对妇女毫无怜悯之心，真是愚蠢至极！

---

① 药材名，清热凉血，化痰止咳，通便杀虫。被用于急性肝炎、慢性气管炎、吐血、血崩、血小板减少性紫癜等的治疗。

② 卡斯蒂利亚（西班牙语：Castilla），或译作卡斯提尔，是西班牙历史上的一个王国，由西班牙西北部的老卡斯蒂利亚和中部的新卡斯蒂利亚组成。它逐渐和周边王国融合，形成了西班牙王国。

费迪南德：　男人们如果对风中之烛般的荣耀之火还抱有希望的话，那才是妇人之见，愚蠢至极！

红衣主教：　真是无知，靠金钱买到的荣耀，是维持不了多久的。

费迪南德：　我觉得，她笑起来的样子，极像一只土狼！有什么事情赶快吩咐，我迫不及待地想要惩罚她犯下的罪行。

红衣主教：　和谁一起呢？

费迪南德：　随便哪一个都行，下肢健壮的船夫或者臂力过人的樵夫都可以，只要能把她的窝捣毁就行；或者带上几个侍卫，让他们放一把火，把她的住所烧光。

红衣主教：　你疯了？

费迪南德：　她那样的贱人，让她见鬼去吧！对她那样的荡妇，苦口婆心是无济于事的，只有让她付出血的代价，才能平息我的怒火！

红衣主教：　暴跳如雷也于事无补！你这样就像被巫师施了魔法一样，只会狂乱地在原地转圈圈。动不动就瞎嚷瞎叫，这和聋子气急败坏的嘶叫有什么区别呢？想想吧，毕竟人无完人！

费迪南德：　难道你还麻木不仁？

红衣主教：　不，即使没有要和她决裂这回事，我也会愤怒的。但这不是问题的本质。脾气暴躁，总会让人性格扭曲、暴戾乖张。好好反省下自己吧。你总让很多人郁郁寡欢，让他们无休止地劳作，连一点让他们表达歇息诉求的机会都不给。得啦，改变一下你自己吧！

费迪南德：　看来，我真该改变一下自己！我或许现在就可以以你或我的名义杀了她，我想我们是太想报复她而起恶意的。

红衣主教：　你丧心病狂了？

费迪南德：　我真想用他们的尸体堵住煤矿的通风口，让他们在煤矿中火化为灰烬，那样，他们被诅咒的灵魂就不能升入天堂；或者把他们裹在用沥青或硫黄泡过的床单里，然后像点燃火柴一样把他们点燃；或者将他们的私生子煮熟宰杀，让那淫乱的父亲为此赎罪。

红衣主教：　我可不管你了。

费迪南德：　别，我只是有过这样的想法而已。我知道，要是被诅咒入地狱，我一想就会浑身冒冷汗，即使在睡梦中，也会惊出一身冷汗。在知晓我妹妹和谁幽合之前，我也懒得胡思乱想。但一旦知晓是谁，我必让她饱尝毒打、暗无天日。

（费迪南德和红衣主教退场）

第三幕

第一场

（玛尔菲公爵夫人宫殿的一间公寓）

（安东尼奥和迪里奥进）

安东尼奥：我们尊贵的朋友，我最亲爱的迪里奥！
噢，您可好久都没来了，是和费迪南德一起来的吗？

迪里奥：是的，先生，公爵夫人还好吗？

安东尼奥：托您的福，她很好。她可是名门闺秀；您上次见她后，她又生了两个孩子，一男一女。

迪里奥：一切仿如昨日！咱们有些日子没见面了，你消瘦了些，这些日子就仿佛半个小时的梦，眨眼就逝去了！

安东尼奥：我的朋友啊，您没犯过法，没蹲过监狱，没起诉过别人，没向名流权势们讨要财产复归，也没被糟糠之妻所烦扰，因而时间对您而言，当然不知不觉过得很快了。

迪里奥：请告诉我，这个消息传到主教的耳朵里了吗？

安东尼奥：恐怕不妙了，特别是那个新就职的大主教费迪南德，来者不善啊。

迪里奥：　此话怎讲？

安东尼奥：　他对周围的事情太漠不关心了，就像只睡鼠，即使在寒冷的大风暴天，也照样能安静地冬眠。闹鬼的屋子在魔鬼出现前不也是死寂无声的吗？

迪里奥：　百姓们怎么看？

安东尼奥：　那些贱民干脆骂她是一个淫妇。

迪里奥：　那些位高权重者们更理智些，他们又怎么看？

安东尼奥：　他们确实看到我聚敛了大量的财富；而且，他们认为，只要公爵夫人愿意，她自己会改过自新的；他们还说，尽管公爵们对手下大肆敛财颇为不满，但为了不让他们向百姓伸手，他们对此只能是睁一只眼，闭一只眼。然而，他们做梦也没有想到我和她之间还有爱情与婚姻。

迪里奥：　费迪南德要去睡觉了吧。（公爵夫人、费迪南德和随从们进场）

费迪南德：　我很累，我要去睡觉了，我会为你挑选一个丈夫的。

公爵夫人：　为我？谁啊？

费迪南德：　大伯爵马拉特史蒂。

公爵夫人：　呸！大伯爵？他滑稽且呆板；你可能很了解他。我选丈夫时，还要为您的荣耀考虑考虑。

费迪南德：　你应该接受，难道安东尼奥值得你爱吗？

公爵夫人：　我想和您在私下谈谈这个丑闻，它到处传播，诋毁我的名声。

费迪南德：　让我的耳根子清净清净吧。王子们的宫殿里乌烟瘴气，讽刺、诽谤不绝于耳。就算那谣言是真的，我也会一笑置之；即使你犯了些错误，我依然会坚定地爱护你，为你辩解，甚至，否认那些过错。你的清白不会丝毫受损。

公爵夫人：　啊，谢天谢地！总算让我松口气。（公爵夫人、安东尼奥、迪里奥和随从们退场）

费迪南德：　她的罪行正面临着惩罚。（伯索那进场）

现在，伯索那，怎样进行我们的计划呢？

伯索那：先生，还不确定。谣传她已有三个私生子，我们到底该先对哪一个下手呢？

费迪南德：咦，有人不是说她那儿的事都明摆着的吗？

伯索那：可是，不仔细琢磨，还真有点费解。我都怀疑我们是不是在公爵夫人身上使了巫术。

费迪南德：巫术？为什么？

伯索那：她怎么会不可自拔地爱上个一无是处的男人，这可让她羞于启齿啊。

费迪南德：你真的相信世间存在某种东西，要么药效无穷，要么魔力无限，会让人爱上不该爱的人？

伯索那：很多时候，我这样认为。

费迪南德：丢掉这些幻想吧！这些都是江湖骗子编造出来欺骗我们的谎言，一派耸人听闻的谎言！你真认为药效和魔力能够强迫人的意志吗？有人蠢不可及地做了相关的实验，结果呢？那些具有毒副作用的药材只能让患者发疯；而女巫装模作样、念念有词，并发誓她的魔法让两人坠入爱河。哪有什么魔法啊？只不过她全身的血液里流淌着放荡的情欲罢了。今晚我会让她供认。你说你在这两天内配制好一把进入她卧室的钥匙……

伯索那：我配好了。

费迪南德：正如我愿。

伯索那：您打算怎么做？

费迪南德：你猜猜看？

伯索那：我猜不出来。

费迪南德：那就别问了。那个男的可能也会四下打探，当他知道我的意向后，可能还会吹嘘一切尽在他的掌握之中，任何有关她的风吹草动都逃不过他的耳朵呢。

伯索那：我可不这么认为。

费迪南德：　那你怎么认为？

伯索那：　您未免太臆断，太自以为是了吧！

费迪南德：　伸出手来，我要谢谢你。以前我都是给那些谄媚者赏钱，这次我要给你赏钱。君子之友，忠言逆耳，但能帮其防微杜渐。再见吧！（退场）

第二场

（公爵夫人的卧室）

公爵夫人、安东尼奥和卡里奥拉进场

公爵夫人：　把我的首饰盒拿过来，还有镜子。你今晚可不能住这儿，阁下。

安东尼奥：　但是，我必须说服他们。

公爵夫人：　非常好！我希望能尽快形成一种习俗：即使是贵族们也必须卑躬屈膝地向他们的夫人购买过夜权。

安东尼奥：　我必须睡在这里！

公爵夫人：　必须？你怎么一点都不守规矩？

安东尼奥：　晚上我可不讲什么规矩。

公爵夫人：　你要我做什么？

安东尼奥：　我们一起睡。

公爵夫人：　哎呀！两个老相好睡在一起还能有什么新鲜劲啊？

卡里奥拉：　大人，我经常陪她睡，我知道，她一定会让您睡得不安稳。

安东尼奥：　看吧，她在抱怨你了。

卡里奥拉：　因为她睡觉总喜欢舒展四肢。

安东尼奥：　正因为如此，我才更喜欢与她睡呢。

卡里奥拉：　大人，我能问您一个问题吗？

安东尼奥：　请问吧，卡里奥拉。

卡里奥拉：　为什么您在夫人这儿过夜，第二天依旧起得那么早呢？

安东尼奥：　卡里奥拉，劳作的人总盼着早点收工，收工完事的心情总是兴高采烈的。

公爵夫人：　我要把你的嘴堵上（亲吻他）。

安东尼奥：　不行，一个吻可不够；维纳斯的战车也是由两只温柔的鸽子牵引着的，再吻一次。（公爵夫人又一次亲吻他）卡里奥拉，你什么时候结婚？

卡里奥拉：　我不打算结婚，大人。

安东尼奥：　让单身生活见鬼去吧！赶紧找个人嫁了！众所周知，达芙妮刚愎自用，为了躲避阿波罗，最终变成一棵无果的月桂树；西琳克丝为了躲避潘神，最终变成灰白空洞的芦苇；阿娜科萨瑞无情拒绝伊利斯的追求，最终被点化成一尊大理石雕像。而那些结了婚的人或是对他们的朋友很友好的人，最终则幸运地变成了橄榄树、石榴树、桑树、宝石，或者恒星。

卡里奥拉：　这些都是毫无意义的诗歌而已！但请您告诉我，如果有三个年轻的小伙子同时向我求婚，一个很聪明，一个很富有，一个很英俊，我到底该选谁呢？

安东尼奥：　这真是个棘手的问题！如同帕里斯做出的抉择一样艰难，在三个美丽的且一丝不挂的女神之间，他该评判谁为世上最美的女神呢？赫拉[①]会让他统治最富裕的国家，雅典娜[②]会让他成为最聪明的智者，而阿弗洛狄忒[③]会让他娶到最

---

① 赫拉，是古希腊神话中的天后、奥林匹斯众神之中地位及权力最高的女神，同时也是奥林匹斯十二主神之一。

② 雅典娜，传说是宙斯与智慧女神墨提斯所生，奥林匹斯三位女神之一，是主司智慧和战争的女神，亦是农业与园艺的保护神、司职法律与秩序的女神、乌云和雷电的主宰者、英雄的“母亲”，又是丰产女神、和平劳动和科学的庇护者。

③ 阿弗洛狄忒，希腊神话故事中的美神，相当于罗马神话中的维纳斯，她是宙斯和大洋女神狄俄涅的女儿。

漂亮的妻子。帕里斯[1]面对这样的承诺，抉择起来当然很茫然也很盲目，即使欧洲最严厉的法官，面对这样的抉择时也会束手无策的。你五官端正，面容姣好，让我不禁想问你一个问题。

卡里奥拉：　什么问题？

安东尼奥：　我真不明白为什么大多数长相粗陋的女人，都喜欢找些容貌比自己更丑陋的侍女来服侍自己，而不能容忍长相更好看的侍女呢？

公爵夫人：　这个很简单。你见过画技拙劣的画家与画技出众的画家毗邻而居吗？这会让他脸上无光、自惭形秽的。请问，如果真是这样，我们一天到晚还不愁眉苦脸？我的头发乱糟糟的。

安东尼奥：　求你了，卡里奥拉，我们从房间溜出去吧。让她自言自语，很多时候，我和她在一起，她就像这样愤愤不平。我喜欢看她娇嗔的样子。轻点，卡里奥拉。（安东尼奥和卡里奥拉退场）

公爵夫人：　我头发的颜色怎么还没变化？当我给它们上蜡，颜色变成灰色时，我就让宫廷上下用鸢尾根的粉末撒在自己的头发上，这样，它们的颜色就像我的一样。你也应该喜欢我的，我已经深深地爱上你了。（费迪南德悄无声息地进场）在你被恩准成为这间屋子的主人之前，我们早晚会让我的哥哥同意你在我这儿就寝。我想他现在身居宫中要职，肯

① 帕里斯，特洛伊城的小王子。根据希腊神话故事传说，特洛伊的王子帕里斯一出生就被他的父亲国王普里阿摩斯扔在爱达山上，因为帕里斯的母亲在生他时做了一个奇怪的梦，祭司认定他会给特洛伊带来毁灭性的命运。帕里斯在伊达山放牧多年，后来回到特洛伊城里，被父母接受。一次，帕里斯奉父亲之命去希腊本土，在那里遇到了斯巴达的王后海伦。他与海伦迅速相爱，并且毫不犹豫地进行了“名垂千古的一次私奔”。斯巴达王又是嫉妒又是愤怒，他找到了自己的哥哥——迈锡尼国王阿伽门农，请求他的帮忙，而阿伽门农正好也希望征服特洛伊，于是特洛伊战争由此拉开了帷幕。

定要求你在自己的屋子过夜；而你却总爱耍嘴皮子，“偷偷摸摸的爱最刺激也最甜蜜”。我发誓，在我哥哥与你志同道合之前，我是不会再给你生儿育女的。你怎么不说话？无论是生是死，我都会像个公爵夫人那样赴汤蹈火。

费迪南德：那么，就快点死！给她刺上一剑。道德啊，你藏匿何处？是什么可耻的东西让你销声匿迹？

公爵夫人：请您听我说。

费迪南德：你刚才说的“你”只是泛泛而指，不会真有其人吧？

公爵夫人：大人——

费迪南德：别打岔。

公爵夫人：没有，我会谨遵您的教诲。

费迪南德：不理智往往让人懊恼不已，它让人不计后果！追求你所谓的“梦想”及梦想带给你的“荣耀”吧——除了逆三纲、背五常、添耻辱外，你还能享什么安乐？

公爵夫人：大人，请听我说，我结婚了。

费迪南德：那又怎样？

公爵夫人：虽然您一直反对，但我真的很幸福。哎，您的干预为时已晚了。您愿意见我的丈夫吗？

费迪南德：当然，如果见到他后我还能安然无恙的话。

公爵夫人：肯定的，你们会同声相应、同气相求的。

费迪南德：你这只狡猾的豺狼。无论你和我的妹妹过得如何逍遥，你也应该耳闻过我的为人，最好别让我发现你的踪迹。本来，我来这儿是要你供认你们的奸情，现在，你却劝我和你们同流合污，不然便拼个你死我活，大不了一起下地狱。我用尽各种手段，都未发现你的蛛丝马迹。因此，继续你们那荒淫可耻的生活吧，继续你们的逍遥自在吧！而你，这个贱人，如果你真希望和那个淫棍长相厮守，我倒希望你给他修座圣所，给这位“隐者”幽闭修行。里面最好暗无天日、空无旁人，只有些狗和猴子与他为伴，别养些鹦鹉之类的，免得它们学舌，这样世间就无人知晓他的存在了。如果你真的爱他，最好剪掉你的舌头，以防不小心败露。

公爵夫人：为什么我不能结婚？我结婚又不会伤风败俗！

费迪南德：你已经身败名裂。你把那块厚重的忠贞牌坊抛于脑后，却让我为此承受痛苦！

公爵夫人：我的心在流血！

费迪南德：你的？你的心？你那颗弹丸一般的东西，满是无法抑制的欲火，除此之外，别无他物，那还能叫心吗？

公爵夫人：您对我太苛求了。您是我的哥哥，对我要求严格无可厚非，换作别人，我肯定说他太自以为是，因为我的名节是清白的。

费迪南德：你还知道什么叫名节？让我来告诉你吧——虽然有点白费劲，因为，这样的教导未免太晚了——从前，名节、爱情、死亡打算周游世界，最终它们决定分道扬镳，各奔东西。死亡告诉名节和爱情，它们可以在浴血的战场或者被瘟疫肆虐的城市找到它；爱情则奉劝道，它们可以在与世无争的牧羊人身上或者朴实无华的同伶人之间找到它，因为，牧羊人的婚姻没有嫁妆的羁绊，而同伶人的父母过世后家徒四壁，唯有相濡以沫。“忠贞不渝是我的本性，”名节说道，“不要摒弃我，这是我的本性使然，一旦某个人失去我，我就在他的身上永远也找不着。”因此，对你而言，你已经和名节分手告别了，你永远都不会再见到它了。好了，再见了，我再也不想看见你。

公爵夫人：世上那么多公爵，为什么只有我像圣物一样被包裹得严严实实？我还年轻，还有几分姿色。

费迪南德：你看起来是有几分像少女，这也会迷惑不少人，我再也不想见你了。（退出）

（安东尼奥持手枪进入，卡里奥拉跟随进入）

公爵夫人：　你刚才看到这个幽灵了吗？

安东尼奥：　看到了。我们被告发了。他怎么到这儿了？我应该把这个给你。

卡里奥拉：　大人，您知道我是不会告密的。即使您掏出我的心脏，它也只能证明我是无辜的。

公爵夫人：　他从那个走廊进来。

安东尼奥：　我担心这样可怕的事情还会发生，为了我们正当的爱情，我必须保护你——（她拿出了短剑）

啊！你拿它干吗？

公爵夫人：　他留给我的。

安东尼奥：　他倒是希望你用它来结束自己的生命。

公爵夫人：　他的本意该是如此。

安东尼奥：　这倒让我心生一计，又能达到目的：干脆用这利剑刺死他。（敲门声）谁在敲门？地震了吗？

公爵夫人：　我头晕目眩，感觉站都站不稳。

卡里奥拉：　是伯索那。

公爵夫人：　走吧！我痛苦万分！我们不应该干那些偷偷摸摸的可耻行为。你马上离开。我知道该怎么做。（安东尼奥退出）

（伯索那进入）

伯索那：　您哥哥费迪南德公爵正快马加鞭地往罗马赶。

公爵夫人：　这么晚才去？

伯索那：　他骑上马的时候，告诉我您已经身败名裂了。

公爵夫人：　事实上，我离此也不远了。

伯索那：　发生了什么事？

公爵夫人：　我们的管家安东尼奥，在账单方面对我隐瞒了很多实情。我和我哥哥用钱订购了那不勒斯犹太人的一些债券，没想到安东尼奥让这些债券打了水漂。

伯索那：　太不可思议了！——太狡猾了！

公爵夫人：　不久，我哥哥在那不勒斯的债券因此被拒付。给我传唤其他勋爵。

伯索那：　我马上去。（退出）

（安东尼奥进入）

公爵夫人：　你马上逃往安科纳。先在那儿租个房子，随后我再把金银珠宝给你送来。事不宜迟，长话短说：现在我必须给你捏造个莫须有的罪名，这样的罪名，在意大利诗人塔索看来，只是个高尚的谎言，因为它能保护我们的名节不受诋毁——听！他们来了！（伯索那和勋爵进入）

安东尼奥：　你们能听我解释吗?

公爵夫人：　你把我害惨了；你让我损失惨重。由于你管理不善，我将招致别人的咒骂。我查账的时候，你却假装生病；我在账本上签字无误后，你的病却不治自愈。先生们，我想用他来警示各位，可是你们可能想不到，我还是请求各位让他走，因为我再也不想见到他，也请求各位不要把这件事公之于众。你到别的地方混饭吃吧。

安东尼奥：　我难以忍受我的挫败，如同普通人难以忍受常年的艰难困苦一样。我不会怨天尤人，但事情可不像她信口雌黄说的那样，这与她想非法获利的邪念是分不开的。哎，我干的可是反复无常且糟糕透顶的差事！我感觉现在很像某个人在某个冬天的晚上，即使守着即将熄灭的篝火而眠，也不愿爬起离开，因为起身的感觉和刚躺下时一样寒冷。

公爵夫人：　我们查抄了你所有的财产。

安东尼奥：　我的就是您的。本应如此。

公爵夫人：　所以，你可以走了。

安东尼奥：　先生们，你们也看到了，这就是我全心全意为公爵夫人服务的“回报”。（退出）

伯索那：　这真有点巧取豪夺，就像空气中的水蒸气一样，从大海中蒸发，一旦遇上坏天气，还不是照样倾泻回大海中去。

公爵夫人：　我明白你想对安东尼奥表达什么意思。

二等勋爵：他肯定受不了这目瞪口呆的样子。我想正是因为您的慈悲，才收留了他这样的人。

三等勋爵：为了您的利益，您最好还是自己掌管财物。

四等勋爵：那样您就会财源广进。

一等勋爵：他整天装聋作哑，一有人和他谈钱的事，他就说他耳朵背，听不清。

二等勋爵：有人说他是雌雄同体的双性人，因为他不喜欢女人。

四等勋爵：当初国库丰盈时，他看起来趾高气扬，好像全是因为他管理有方，那样子真令人生厌！真庆幸让他走人！

一等勋爵：就是，他屁股后面跟着一群阿谀谄媚者，一天到晚吹捧他理财有方。

公爵夫人：你们退下。（勋爵们退场）

你怎么看这些人？

伯索那：这些人像盗贼一样，垂涎着他的财产，一直在等机会，恨不得把自己的脸蛋贴到他的屁股上；为满足自己的性欲，他们甚至会让自己的女儿成为妓女；他们还会让他们的长子们专门为他们搜集情报呢。不过，他也认为，只有在他的庇护下，他们才能快乐。这真是旷世奇闻：他的背后总跟着一群天生爱奉承的盗贼；公爵们用他们自己的钱支付献媚者，马屁精们掩饰他们的罪恶和谎言。这就是所谓的正义。唉，可怜的人啊！

公爵夫人：可怜？他中饱私囊。

伯索那：当然，只怪他太老实了。普路托斯，作为财富之神，被朱庇特派去给某人带去好运时，会一瘸一拐，这表明源于上帝的眷顾总是姗姗来迟；但当他作为死亡之神，他索命的速度可是风驰电掣。让我告诉您吧，您最无价的珠宝已经被您弃之如草芥，真希望有人慧眼识珠。他是一个优秀且最忠实的管家，只是太低估自己的能力了。有时，一个下人对自己的价值知之甚少，就和一个魔鬼对自己的能力盲目乐观一样令人感到可悲！他的美德和举止理应获得更好的机会。他的谈吐让人喜笑颜开而不会让人觉得他在炫耀其词。他胸襟开阔，光明磊落，很少搬弄是非。

公爵夫人：但他自甘堕落。

伯索那：您难道愿意唯利是图，宁要名望而弃美德于不顾吗？您不应该让他走，一个忠诚的管家对于您来说，就如同春天里栽下的香柏树——春天沐浴香柏树的根，心存感激的香柏树会用它的荫蔽回报它。而您却以怨报德。我宁愿游历到贝姆斯和政客们同流合污，或与告密者狼狈为奸，也不愿再仰仗您这样一位变幻莫测的公爵夫人。保重，安东尼奥！因为这邪恶的世界想打倒你，说不定你会遭遇什么不测，但即使你被打倒，你的美德却长存！

公爵夫人：你说得太好了！

伯索那：我不明白您的意思？

公爵夫人：安东尼奥是我的丈夫。

伯索那：不会吧？您风华正茂，养尊处优，会无视财富和名望的巨大差距，仅仅因为两情相悦和他在一起？这怎么可能呢？

公爵夫人：我和他已经有了三个孩子。

伯索那：您真是吉人自有天相！您私自结婚育子，却和教会相安无事。其实，许多无权无势的牧师会为您祈祷，也会因您给这个世界带来的一些改变感到欣喜。那些少女们会以您为榜样，即使家境贫寒，但一样不妨碍追求心仪且富有的白马王子。您应该招募侍卫，让其中的土耳其人和穆斯林教徒都皈依基督教，这样就能让他们为您保驾护航。最后，那些落魄的诗人们也会对您感恩戴德，因为您惊世骇俗的壮举激发了他们无穷的创造灵感，即使在您过世后，他们依然也会为您写诗讴颂的。世间将会有更多明理的牧师而不是腐朽的官僚们。至于安东尼奥，他的声名也会千古流芳。

公爵夫人：你友善的言语，让我倍感安慰。

伯索那：啊，我一定会保密的。我会将这件事永藏心底。

公爵夫人：他只身一人前往安科纳[①]，无依无靠，你带上我的金银财宝，跟随着他。

伯索那：嗯。

公爵夫人：无论如何，几天之内，我都会去找你们。

伯索那：我建议您找个借口说到罗瑞托朝圣圣母马利亚，那离安科纳只有二十一英里的距离；这样您名正言顺，可以像往常一样乘坐火车离开，不至于像叛逃那样弄得狼狈不堪。

公爵夫人：谢谢您为我出谋划策。

卡里奥拉：不过，我觉得，圣母可能前往卢卡[②]沐浴，或去德国进行水疗，不在罗瑞托；您知道，我不太喜欢找这个可笑的宗教朝圣之旅的借口。

公爵夫人：你真是个疑神疑鬼的傻瓜。快去准备我们的行李。苦难很快就要过去了！如果有人来，我们可要小心谨慎，免得他们发现我们的计划。（公爵夫人和卡里奥拉退场）

伯索那：真正的政客总是笑里藏刀，内心歹毒，随时可以悄无声息地给人致命一击。为了套实情，他甚至可以在太太的闺房里要手段。我要把所有的事情向主人告发吗？情报员必须不计手段，这是最基本的素质！现在我向主人告发，我肯定会得到提拔的，能帮主人排除异己是应该受到奖赏的。（退出）

---

① 安科纳位于意大利东海岸的中部、亚得里亚海的西北侧，是马尔凯区的首府和最大的港口，有通向希腊和克罗地亚的海运。有关它的历史至少能追溯到公元前5世纪，当时被流放的希腊人从锡拉库萨（西西里岛东南岸港市）至此定居。安科纳的名字来自古希腊语“肘”的词句，估计是描述科内罗山突出到海里的地理形状，并因此形成了一个良好的天然港口。

② 意大利中部城市。位于塞尔基奥河河谷平原，西南距比萨20千米，人口9.1万（1983年）。该城建于公元前180年，为农产品集散地。丝纺织历史悠久，还有卷烟、造纸、葡萄酒与家具等工业。有罗马式等多种风格的古教堂，收藏的艺术珍品吸引大量游客。

第三场

（在罗马红衣主教的官殿）

（红衣主教、费迪南德、马拉特史蒂、佩斯卡拉、迪里奥、塞尔维奥进入）

红衣主教：我们亲自动手吗？

马拉特史蒂：国王一听说这件事，命令您和佩斯卡拉侯爵率领侍卫前往公爵夫人的住所。

红衣主教：他也有幸参与逮捕国王囚犯的行动吗？

马拉特史蒂：和您一样，他也有幸被国王选中。我这里还有一份新的那不勒斯的布防计划。

费迪南德：尊敬的马拉特史蒂伯爵，您也被选中了吗？

迪里奥：没有，大人。他是自愿参加这次行动的。

费迪南德：他可不会冲锋陷阵。

迪里奥：他很勇敢，牙齿痛的时候，他用枪的火药填满龋齿镇痛。

塞尔维奥：他参与这次行动完全是为了饕餮牛肉。如果没什么美味佳肴了，他就会打道回府。

迪里奥：他饱读所有按年鉴记载的城市防御与作战的兵书，并让两位锡匠打造城市作战防御模型。

塞尔维奥：他只会纸上谈兵。

迪里奥：我想年鉴可以为我们占吉避险。那是他情人的围巾。

塞尔维奥：是的，他还信誓旦旦地说那条围巾本来他可以织得更好。

迪里奥：我想他也许会因为保护这条围巾而临阵逃脱的。

塞尔维奥：他很担心那围巾上沾满火药味。

迪里奥：有次，他给一个荷兰人取“锅枪”的绰号，结果被荷兰人敲破了头。因此，他的头上有一个像毛瑟枪枪口一样的小洞。

塞尔维奥：我倒希望他头上的那个洞像火炮口一样大。仅仅出来消遣，他可又小心谨慎得很！（伯索那进场）

佩斯卡拉侯爵：伯索那到了！事情究竟怎样了呢？里面的人争争吵吵，派别林立，煽风点火，战争一触即发。

塞尔维奥：那个伯索那究竟是个什么人？

迪里奥：在帕多瓦我就认识他——满脑子奇思怪想，一天到晚研究一些荒唐的问题，比如：葫芦藤上到底有几个结、阿喀琉斯的胡子是什么颜色，或者赫克托耳是否被牙痛所困扰。他还用鞋拔丈量，把自己搞得两眼昏花，最后得出“恺撒的鼻子很匀称”这一结论。为此，人们叫他“爱思考的人”。

佩斯卡拉侯爵：我们尊敬的费迪南德公爵，在他的眼里是位了不起的火神，能够平息瞬间爆发的冲突。

塞尔维奥：红衣天主教到处压迫，已经引起了不少反抗。他趾高气扬，像只在暴风雨来临前到处折腾的鼠海豚。

佩斯卡拉侯爵：费迪南德大人笑了。

迪里奥：像门致命的火炮，一旦点燃，必将雷鸣电闪。

佩斯卡拉侯爵：一旦卷入政治斗争，你们将会遭受死亡之痛、生活之悲。

迪里奥：在暴风骤雨前，往往异常安静，女巫们也会低吟咒语。

红衣主教：她会不会用宗教作为护身符，来逃避责罚？

费迪南德：那她更应该受到谴责。她美貌和邪恶并存，就像麻风病一样，越白越邪恶。我都怀疑她小时候是否经过宗教洗礼。

红衣主教：我想立即前往安科纳郡，要求郡长流放他们。

费迪南德：您应该前往罗瑞托，我就不和您一起前去了。祝您顺风！写封信给我年幼的外甥玛尔菲公爵，他是她和她的第一任丈夫生下的。如实地告诉他母亲的所作所为。

伯索那：我谨遵您吩咐。

费迪南德：安东尼奥！一个只会写写算算的下人，永远不是什么翩翩君子。出发，立即出发，给我备好一百五十匹马，我们在人行桥那儿会合。（退场）

第四场

（两个朝圣者进场，他们正走向罗瑞托圣母教堂。）

第一个朝圣者：我朝拜过许多教堂，没见过这么好的！

第二个朝圣者：这一天阿拉贡的红衣主教将要举行脱教帽、着戎装的出征仪式，他的妹妹，好像是什么公爵夫人，今天要过来参加他的仪式。

第一个朝圣者：是的。瞧，他们来了。

（红衣主教的出征仪式。红衣主教把他的十字架、帽子、长袍、环等上交教堂，然后被授予剑、头盔、盾、马刺。然后，安东尼奥、公爵夫人和他们的孩子被引入到教堂前。红衣主教和安科纳郡长举行对他们的放逐仪式，牧师们吟唱着庄严的圣曲，然后退场，除了那两个朝圣者。）

你的故事里充满战争与荣誉，
你的名望是永恒的荣耀！
你历经万险，
但每次都逢凶化吉，
我为你唱赞歌，
歌颂你的美德。
你与神做伴后，
将与战争为伍。
脱下长袍，穿上盔甲，
你神采飞扬。
我们以这样的方式，
歌颂你的英名。
带领你的士兵勇往直前！
你骁勇善战，捷报频传！
胜利在向你招手，英名在为你欢呼！

第一个朝圣者：真不可思议！谁会料到一位这么显要的夫人会看上一个这么卑微的下人？不过，那个红衣主教也太残酷了。

第二个朝圣者：他们被放逐了。

第一个朝圣者：我想问安科纳郡长有什么权利裁定一个公爵的自由？

第二个朝圣者：安科纳郡是个独立的郡，况且，她的哥哥已经表明，教皇早前对她的放荡行为有所耳闻，为了保护教堂的名望，想剥夺她从她丈夫那儿继承来的公爵爵位。

第一个朝圣者：有什么依据呢？

第二个朝圣者：当然没有。只是她哥哥的一面之词。

第一个朝圣者：他那么粗暴地从他妹妹手指上夺下的是什么东西？

第二个朝圣者：她的结婚戒指。为此，他发誓报复。

第一个朝圣者：天啊，安东尼奥！如果一个人掉进井里，无论谁伸手去帮他，结果都会被井里的那个人拉下去。所以说，不幸的人会越发不幸。（退场）

第五场

（靠近罗瑞托）

公爵夫人、安东尼奥、孩子们、卡里奥拉和仆人进场

公爵夫人：流放到安科纳？

安东尼奥：是的，你现在可明白，一些“大人们”叹口气，将会带来什么样的后果！

公爵夫人：难道我们只能退避到这块糟糕的流放之地？

安东尼奥：那些穷苦伶仃的人为你卖力，所得甚少，立誓要夺走你的财富。他们可比你精明，一旦羽翼丰满，他们就从你身边飞走了。

公爵夫人：他们的确变聪明了。这已足够让我窒息，内科医生们把所有的工钱都发给了他们的病人。

安东尼奥：当前风靡的是，每个奉承者的财富都开始缩水了，人们停止对亏损行业进行投资。

公爵夫人：一到晚上，我就会做奇怪的梦。

安东尼奥：什么梦？

公爵夫人：我梦到自己正穿戴着贵族皇冠，突然，上面镶嵌的钻石都变成了珍珠。

安东尼奥：看来你很快就会流泪，因为珍珠暗示着你的泪水。

公爵夫人：生活在森林里的那些鸟儿，比我们更快乐。因为它们可以自由地选择伴侣，赞扬它们如春天般甜美的幸福。（伯索那拿着一封信进场）

伯索那：你是幸福的。

公爵夫人：是我哥哥写给我的吗？

伯索那：是的，是你的哥哥费迪南德寄来的，足够的温馨和安全。

公爵夫人：你在颠倒是非，把黑描白，就像海上暴风雨前的风和日丽，虚伪者对极不幸者说万事大吉一样。把安东尼奥叫来，我有事和他商量。他可不想听你的劝，反而想砍掉你的头。是呀，除非你死了他才安心。这又是个玫瑰陷阱，一个精心设计的陷阱：（读信）

“你丈夫在那布勒斯所欠的债务，我替他处理，不要让债务困扰他，我宁要他的心，而不要他的钱。”——

我对此也深信不疑。

伯索那：你相信什么呢？

公爵夫人：他如此不相信我丈夫的爱，他决不相信他会忠心于他，除非他亲眼看到。对于圈套，邪恶永远都是邪恶。

伯索那：你会拒绝我如此真诚的友善和贞洁的爱意吗？

公爵夫人：他们的勾结就像精明的国王一样，只是为了强大自己，让他们成为后盾——就这样去告诉他们吧。

伯索那：那么，你呢？

安东尼奥：告诉他们，我不会来的。

伯索那：那关于这件事呢？

安东尼奥：我的哥哥已经在全国各地进行了追捕。让我困惑的是，尽管没有听过这种政治策略——休战是安全的，却牵制着敌人的意志。我不会出现在他们面前。

伯索那：这足以证明你已经成熟了。每一件小事情都让人陷入恐慌，就如同坚固的铁绳一般。祝你好运，先生！你应该很快就会听到消息的。（出场）

公爵夫人：我怀疑有埋伏。因此我带着你的长子逃往米兰去。我们最好不要冒这个险吧。

安东尼奥：保重，告辞！我们先行一步了。正如一些艺术家比喻中的钟表，即使外部框架失去了调节能力，内部的部件也能正常地运转。

公爵夫人：我不知道是看到你死好，还是和你分别好？一路走好，兄弟。你很快乐，所以你不知道我的痛苦。因为我们的智慧和理解让我们更加悲伤了——在这神圣的教堂里，我确实不希望我们就这样分别，先生。

安东尼奥：啊，神灵呀！容忍这至高的勇气，不要以为我们是如此刻薄。是男人，就要像卡西亚一样，证明你的勇气，证明你的坚韧吧。

公爵夫人：我一定要像俄罗斯的奴隶一样吗？一定要忍受专制和暴政吗？啊，天啦，我想我已经看到了小男孩在挨打了。想想自己，只有上帝的荆条才会让我害怕了。

安东尼奥：不要伤心，上帝不会无缘无故惩罚我们的。我们努力做好自己就是了。祝你好运，卡里奥拉。你的虔诚，如果我们不能再相见了，你一定要做个好母亲，好好对待你的孩子，把他们从老虎那里拯救出来，保重！

公爵夫人：让我再看你一眼，因为你是以一个即将面临死亡的父亲的身份在吐露心声。你的吻比我曾看到过的死人的头盖骨还要冷。当我感到处境危险时，我的心头压力重重。（安东尼奥和他的儿子退场）

公爵夫人：我的月桂都凋谢了。

卡里奥拉：看，夫人，一支大部队向我们靠近了。（伯索那举着一把枪又进来了）

公爵夫人：噢，欢迎！当王子的未来之轮驶来时，他的砝码会让他加速前进。我很有可能丧身其中，我是你忠实的冒险家，对吗？

伯索那：是呀，你肯定再也见不到你的丈夫了。

公爵夫人：　你个家伙，竟敢冒充上帝来恐吓我？

伯索那：　听起来很吓人吗？我本来已经告诉你们，恐吓笨鸟飞出玉米林或者引诱它们上钩，这会是很糟糕的。你大概已经听过很多次了吧。

公爵夫人：　啊，天啦！要不是那生锈的机关枪，我可能一定被炸成碎片了。来吧，到哪个监狱？

伯索那：　没有了。

公爵夫人：　哪儿？

伯索那：　在你的宫殿。

公爵夫人：　我听说摆渡的船夫在散布消息，已经遍及了所有阴郁的湖泊。但是没有听到任何消息呀。

伯索那，这表明你是安全的，同情呀！

公爵夫人：　是该同情这些可怜的人了，他们苟延残喘地活着，没有足够的肉吃。

伯索那：　这都是你的孩子吗？

公爵夫人：　是的。

伯索那：　他们会说话了吗？

公爵夫人：　不会，因为他们出生的时候被诅咒了。诅咒就是他们说的第一句话。

伯索那：　很好，女士！忘掉一切，平静下来。

公爵夫人：　如果我是男人，我一定会撕破那张冒充上帝的脸。

伯索那：　没有什么事是天生的。

第四幕

第一场

（玛尔菲公爵夫人公寓的一个房间）

（费迪南德和伯索那入场）

费迪南德：我们的妹妹——公爵夫人在囚禁期间表现如何？

伯索那：要我说，太了不起了！她经历过太多悲痛，但她在痛苦面前，丝毫不畏惧，反而勇敢面对，泰然处之：她的泪水比微笑更能让你体会到她的可贵与完美；她可以沉思好几个小时；她的沉默，在我看来，也是种无声的表达。

费迪南德：她变得更忧郁，而且带着一种令人捉摸不透的鄙视神情。

伯索那：确实如此。这次囚禁，让她更深刻地体会到失去欢乐的痛苦，正如一只英国獒被拴住时，它会更深刻地体味到失去自由的痛苦。

费迪南德：她活该！我再也不想揣度别人的心思了，我告诉你的，你就原封不动地转告她。（退出）

（公爵夫人和仆人进入）

伯索那：你的恩典给了我安慰！

公爵夫人：　我什么也没有做，恳请上帝保佑你。你为何把毒药放在金色的包里？

伯索那：　你的哥哥，费迪南德阁下来拜访你了，给你送来了问候。因为他曾经鲁莽地立过誓，说永远不要再见到你，但是他今晚来了。祈求今晚他的到来能使贵府蓬荜生辉。他会吻你的手，平息自己的身心，但是他发誓他绝对不能见你。

公爵夫人：　他正在享受快乐——把灯拿来——他来了。（仆人拿着灯退出）

（费迪南德进入）

费迪南德：　公爵夫人，你在哪里？

公爵夫人：　在这里，阁下。

费迪南德：　这黑暗的环境很适合你。

公爵夫人：　没听清。

费迪南德：　你知道我的意思。你将因为我把它当作光荣的复仇，在我可能面临死亡的时候得到赦免，真是太好了。你的孩子在哪里？

公爵夫人：　谁？

费迪南德：　我把他们称作“你的孩子”。虽然我们国家的法律明确规定私生子和合法所生子有别，但我这人富有同情心，会平等地对待他们。

公爵夫人：　你就为这个来看我？你违反了教会圣礼，你会到地狱里哀号的。

费迪南德：　你能这样做，很好！实际上，你让我看到了光明。更多的是，我将与你们和睦共处。这是一只上帝之手，你只要向他表达你的爱意，这枚戒指就给你。

公爵夫人：　我要深情地吻它。

费迪南德：　上帝保佑，把它放在你的胸前。我将把这枚戒指给你，作为爱情的见证，上帝之手也就好比这枚戒指，不要有任何怀疑，你将拥有爱情。如果你需要朋友，告诉它，你应见证它是否能帮助你。

公爵夫人：你太冷了，我担心你这一去，定会饱受沧桑的。啊，光呢！啊，糟糕了！

费迪南德：让仆人把灯点亮。（退出）

公爵夫人：他使用的是什么巫术，居然留下一只死人的手在这里？在一块横木下发现安东尼奥和他的孩子，看上去他们好像是死了。

伯索那：你看这里，他为你呈现的这悲惨的景象，现在你亲眼看到他们死了吧？从此以后，你该明智地停止哀悼这已成定局的一切了。

公爵夫人：从此以后，在天地之间，我生无可恋。它消耗着我的一切，燃尽了我的生命之火，我如一具行尸走肉般的躯壳，被神奇的针穿起来，再被埋葬在污秽中。而你，作为一名拥有万贯家财的君王，我将其视为上帝对你的仁慈。

伯索那：你指的是什么？

公爵夫人：要是他们把我捆绑在干枯的树干上就好了，让我冻死。

伯索那：别气馁，你一定会活着。

公爵夫人：这是灵魂在地狱可以感受到的最大折磨。在地狱，他们必须活着，绝不能死。吞火而亡的波西亚，我将重新点燃你的火焰，让这罕见的深情之妻的故事重演。

伯索那：噢，不要绝望！记住你是一个基督教徒。

公爵夫人：教会要求禁食，我会禁食直到自己饿死。

伯索那：放弃这种徒劳的悲伤。最糟糕的事情之后，一切都会开始好转，蜜蜂将它的尖刺扎进你的手臂之后还会再蜇你的眼睑吗？

公爵夫人：好家伙，说服一个再无前进之心的可怜人重新振作，恳求他活着，然后再次将其处死。谁有资格命令我？我视这世界如一个乏味的剧院，而我扮演着一个顺从于自己意志的角色。

伯索那：来吧，冷静一点。我会拯救你。

公爵夫人：事实上，我没空去理会这无关紧要的事儿。

伯索那：现在，基于我的生活状况，我同情你。

公爵夫人：那你真是一个傻子。一个连自己都不怜悯的人，让你去同情，真是浪费了同情心。我已经万箭穿心，还有什么救的余地。让我把我身边的阴险之人驱赶走。（仆人进入）你是谁？

仆人：愿您万寿无疆的人。

公爵夫人：我巴不得你把可怕的诅咒赐予我，我将很快变成一个奇迹。我要去祷告；（仆人退出）不，我会去诅咒！

伯索那：噢，咄！

公爵夫人：我会诅咒星星。

伯索那：噢，太可怕了！

公爵夫人：我诅咒一年中那三个令人愉悦的季节，诅咒它们变成凛凛寒冬。不仅如此，我还诅咒这世界，诅咒它回到混沌之初。

伯索那：你看，星星仍然在发光。

公爵夫人：啊，但是你必须记住，我的诅咒力量非常巨大。让瘟疫在大家庭中肆虐，毁灭他们！

伯索那：别这样，女士！

公爵夫人：诅咒那些暴君，除了他们那些臭名昭著的罪恶被人们铭记以外，他们将永远被人们遗忘，让最虔诚的却受到迫害的教会人士忘却他们！

伯索那：不，不要这么无情！

公爵夫人：我诅咒上帝不久将停止加冕殉道者，并惩罚他们！——去，向他们号叫！并说其渴望流血。人们被利剑杀死是上帝所赐的仁慈。（退出）

（费迪南德再次进入）

费迪南德：说得太好了！我真希望她能从事艺术。这些描述，对这个领域中那个古怪的温森迪奥·拉瑞拉来说，都只能存在于想象中，而她竟将其带入了现实。

伯索那：你为什么这样说呢？

费迪南德：让她痛彻心扉。

伯索那：你的残酷让信仰在此磨灭，永不前行。给她一件赎罪的衣服，穿在她娇嫩的身体上，再给她念珠与《圣经》。

费迪南德：该死的！我给她的身体来次大换血，这要比你那灵魂上的安慰好得多。我要将她送去平民化装舞会，将她交给老鸨，让她受到恶棍的蹂躏，她会疯掉；然后我会将她送进疯人院，让那些疯狂的平民住在她的旁边，整日整夜地高歌热舞。如果那时她还能安睡的话，就由她去，而你的工作就算完成了。

伯索那：我必须再去监视着她吗？

费迪南德：是的。

伯索那：我再也不想去了！

费迪南德：你必须去！

伯索那：因着我的聪明才智，我从未暴露过。而这将是最后一次残酷的谎言：下次你派遣任务给我的时候，要给我一份儿轻松的差事。

费迪南德：没问题。你不该有任何同情心。安东尼奥潜伏在意大利米兰，你要尽快到达那里，替我燃烧这把仇恨的大火，他死了方能解我心头之恨。我要让他受尽煎熬！（退场）

第二场

（公爵夫人和卡里奥拉进入）

公爵夫人住宿的另一个房间

公爵夫人：那可怕的噪音是什么？

卡里奥拉：是一群疯子。夫人，你那残暴的哥哥将你安排在这种环境下，我觉得这是他所做的最最残暴的事儿！

公爵夫人：事实上，我感谢他。喧闹和蠢事儿能让我保持清醒。相反，沉寂和讲道理则完全会使我疯狂。坐下来，给我讲些凄凉的悲剧故事吧。

卡里奥拉：噢，那些故事会使您更加忧郁的！

公爵夫人：不，你讲的那些更加悲伤的故事会缓解我的伤痛。这是一个监狱吗？

卡里奥拉：是的，但您要活下去，直到打破这牢笼。

公爵夫人：你真是一个傻瓜，知更鸟和夜莺在笼子里是活不长的。

卡里奥拉：愿上帝保佑你，别哭泣，夫人！您把这里当作什么地方？

公爵夫人：什么也不是。我宁愿睡觉也不愿思考这个问题。

卡里奥拉：那么当您清醒时，就像是一个疯子吗？

公爵夫人：你觉得在另外一个世界里我们还认识对方吗？

卡里奥拉：是的，毫无疑问。

公爵夫人：哦，在经过两天的与死神的抗争后，我相信从他们那里，我应该学到一些东西，而对于这里，我一无所知。我要告诉你一件惊人的事，我不是疯了，我之所以悲伤，是因为熔铜制造了我头顶的天空，地面上的硫黄熊熊地燃烧着，然而我不是疯子。我熟知痛苦的感觉，就像划桨的奴隶熟知他们的桨一样。这痛苦不断折磨着我，而传统的惩戒反而让我不再如此悲痛。我现在看起来怎么样？

卡里奥拉：像是画廊里的照片，生活看起来是如此的充实，然而却不是真的。或者像一些牧师的纪念碑遗址那样，甚至值得同情。

公爵夫人：非常恰当！命运给我的只是悲剧！——听！是什么声音？

（仆人进入）

仆人：我来告诉你，你的哥哥已经为你安排了一些活动。有一位伟大的医生，在教皇被深深的忧郁困扰时，就送给他一支由几个疯子组建成的乐队，疯狂的情形会让他笑起来。于是公爵为你准备了同样的治疗方式。

公爵夫人：让他们进来。

仆人：有一位精神失常的律师；一位世俗的牧师；一位技穷的医生；一位占星家，他认为这个月的今天就是世界末日，结果却不然。他疯掉了，到处乱跑；一位丧失了理智的英国裁缝，疯狂地钻研全新的流行款式；一位绅士模样的迎宾员也发疯似的记着问候夫人的敬辞，或者说是在不停地念叨着“您好”，他嘴边的那位夫人每天早上都会让他侍奉；还有一位农夫，他是个无赖，由于粮食买卖有问题，他失常了。他还让一位掮客大肆渲染这些事儿。这些人可都是恶魔啊！

公爵夫人：坐下，卡里奥拉。你高兴了，他们就泄气了。我反正是被束缚在这里，忍受这些暴虐专横了。

（疯子入场；

一疯子吟唱凄凉之歌）

噢，让我们吟唱那些极度沉重之曲
仿似从颤抖的喉咙发出如猛兽般致命的哀号
如乌鸦、猫头鹰、水牛抑或笨熊
我们将竭尽所能地释放
而这扰人的声音
腻烦你的双耳
腐蚀你的内心
终而，当我们再次呼吸
我们的躯体为神佑庇
我们便会如天鹅般高歌来迎接死亡
在爱意和祥和中安息

疯子1：世界末日没到！我用光学玻璃把这日子拉进，或者做一块玻璃，一瞬间点燃整个世界。我的枕头里塞了一窝箭猪，让我难以入眠。

疯子2：地狱就是一个玻璃房子，在那里，恶魔们不断地往女人的灵魂里鼓风，那里的火也从未熄灭。

疯子1：　我会文章术。

疯子2：　你？

疯子1：　你真的在你的饰章上绘了个没脑子的土拨鼠头啊？你真是一位守旧的绅士[①]。

疯子3：　希腊人就是变化了的土耳其人，我们只能为《日内瓦圣经》[②]所拯救。

疯子1：　快，先生，我会为你策划的。

疯子2：　噢，要相当侵蚀性的，深入骨髓。

疯子3：　那些以饮酒来取乐自然的人很可恶。

疯子4：　要是我的玻璃在这儿，我就给你们看一看我怎样使这里所有的女人都称呼我为疯狂的医生。

疯子1：　他是干什么的？做绳子的工匠？

疯子2：　不，不，不，他是个虚情假意的无赖。当他带我们看坟墓时，就会把手伸进少女的衬裙。

疯子3：　今早三点将我妻子从化装舞会载回家的那辆豪华马车就要倒霉了！那车里还有张羽绒床呢。

疯子4：　我给那些恶魔们修剪过四十次指甲，还把它们放进乌鸦蛋里烘烤，用其治疗疟疾。

疯子3：　给我三百只产奶蝙蝠来酿牛乳酒，这样就能养绵羊了。

疯子4：　所有的学会都会向我致以祝贺，我让一个煮皂工得了便秘。这可是我一大丰功伟绩啊！

（此处，八位疯子随着奏响的音乐起舞。在此之后，伯索那蹒跚进场。）

---

① 绅士，或曰士绅，旧指地方上有势力的地主或退职官僚。

② 目前在西方国家，越来越多的人相信17世牛津伯爵爱德华·德·维尔（1550—1604）是莎比亚戏剧的真正作者。按照《美国新闻与世界报道》的说法："不断增加的证据的出现在强化着德·维尔（莎剧作者的）候选人的地位。"在这些新增加的"证据"中，最重要的一种就是所谓《日内瓦圣经》。

公爵夫人：难道他也疯了？

仆人：请您亲自问他吧。我马上离开。

（仆人与疯子们退场）

伯索那：我正准备去造您的坟墓。

公爵夫人：哈！我的坟墓！你说的就好像我已经躺在棺材里了！（上气不接下气地）你没看到我病了吗？

伯索那：我看到了。更危险的是，您已病入膏肓了。

公爵夫人：你没疯，是吧？你知道我是谁吗？

伯索那：是的。

公爵夫人：那我是谁？

伯索那：您就是一盒子的虫卵，充其量就只是一瓶保存干尸的药水。这血肉是什么样的？就是些浓稠牛奶和怪异面团。我们的躯体比那些被关的小报记者长蛆的身体还脆弱；更可鄙的是，我们的身体就是用来保存蚯蚓的躯壳。您曾见过关在笼里的百灵鸟吗？这才该是我们身体内应有的灵魂。这个世界就像她的肌肤，我们头顶的天空就像她的镜子，给予我们的仅仅只是我们狭隘空间的令人倍感痛苦的感知。

公爵夫人：我不是你的公爵夫人吗？

伯索那：您确实堪称一位伟大的女性，您的额头已开始布满银发，这对于一个生活无忧无虑的挤奶女工而言，怕是二十年后才该有的吧。您睡眠极差，比猫鼠同眠还不济。要是嗷嗷待哺的婴儿与您同眠，都会大声哭喊，好似您就是个不安分的伴儿。

公爵夫人：但我仍然是玛尔菲公爵夫人。

伯索那：正因为如此，您才寝食难安的。荣誉就像萤火虫，远远地散发着灿烂的光辉。然而，近了看，它既没热度也没光辉。

公爵夫人：你可真肤浅。

伯索那：我做的可是抬举死者，而非生者的活儿。我就是个造墓者。

公爵夫人：　你是来给我造墓的吗？

伯索那：　是的。

公爵夫人：　你做的可得让我心情愉悦才行。

伯索那：　不，先让我想想做什么样式的。

公爵夫人：　怎么？难道我这么说太不切实际了？难道我们影响到墓地的建造了？

伯索那：　是的。王子们的墓地上的塑像就可以告诉你一切。那些塑像看着就像在对天祈祷。放在下颌的手就像在昭告天下说他们死于牙痛。他们的眼睛也没有看向天空，而像在俯视整个世界，面部弧度也一致。

公爵夫人：　你带我去墓地看看。

伯索那：　我现在就带你去。

（刽子手们进场，带着一口棺材、数段绳索、一顶钟。）

这是您高贵的哥哥给您的礼物。希望您欣然接受，因为它可使您受益，结束您的悲伤。

公爵夫人：　让我看看，我太循规蹈矩，血液里充斥了太多这样的愚顺，我倒希望这对我的血管有利。

伯索那：　这就是您最后的寝室。

卡里奥拉：　噢，我挚爱的夫人哪！

公爵夫人：　没事，这吓不到我。

伯索那：　我就是个普通的更夫，通常在那些被判处死刑的人死亡的前一晚敲钟。

公爵夫人：　你现在这么说，之前你又说自己是个造墓者。

伯索那：　那只是为了让您感到羞辱。您听——

听，此刻万物静止，
猫头鹰和啸鹟尖锐哀恸，
呼唤着我们的夫人，
予其寿衣裹身。
您拥有不计其数的土地与财产，

为您换得死后的长居之处。
您为尘世搅扰，
现在您终可得到安宁，
这一切都终是虚无。
人们为其念想而感罪过，生而恸哭，
生命就是一个错误。
给您的帽子施以脂粉，
为您穿上麻衣，濯净您的双脚，
在您的胸前画个十字。
这黄昏时的满潮，
卷走您的哀怨与悲伤。

卡里奥拉：恶棍、暴君、杀人犯！你到底要对我的夫人做什么？救命啊！

公爵夫人：向谁求助呢？左邻右舍？他们都是些疯子。

伯索那：闭嘴。

公爵夫人：再见，卡里奥拉。我没什么遗愿，太多人已经对我厌烦了。你可能要流于下等了。

卡里奥拉：我要跟她一起死。

公爵夫人：我拜托你，当我儿子生病时，你替我喂他糖浆；并嘱咐我女儿睡前一定要祷告。
（卡里奥拉被刽子手们赶走。）现在如你所愿了。要怎么死？

伯索那：施以绞刑。这些是行州的人。

公爵夫人：我不怪罪他们。中风、黏膜炎、肺炎这些类似的病也一样致死，让人痛不欲生。

伯索那：您不害怕死亡吗？

公爵夫人：当知道在另一个世界还有这样绝妙的社会，谁还会害怕呢？

伯索那：我也这么觉得。您死的方式会让您很痛苦，这绳子也会使您胆战心惊。

公爵夫人： 一点儿也不。用钻石割断我的喉咙就能让我心满意足吗？或者用肉桂噎死？用珍珠射死？人们选择死亡的方式有千百万种，这残忍的绞刑也因此而出现。看在上帝的分儿上，你就任意处置吧，我听够了你的絮叨。请转告我哥哥，我会欣然赴死。现在我清醒得很，他们赐我死，我也能接受。我将脱去我的罪恶，再不会搅扰他。

刽子手1： 我们准备好了。

公爵夫人： 看来处死我你们很高兴啊，但是请你把我的尸体交给我的仆人们处理，好吗？

刽子手1： 好的。

公爵夫人： 使出全力吧，你们的力量定可以将我头顶的天堂之门关上，尽管它已不存在。天堂之门并没有多高，如宫殿之门，那些想要进入宫殿的人都得跪着进去。来吧，使劲勒死我，就当是枕着曼陀罗草入眠。去告诉我哥哥，把我安葬了，他才能得安宁。（刽子手们勒死了她）

伯索那： 候着的仆人在哪儿？把她带过来。其他人把小孩勒死。（卡里奥拉入场）地上躺着的是你的主人。

卡里奥拉： 噢，你将因此入地狱，永远不得超生！马上就轮到我了？这是早已安排好了的吧？

伯索那： 是的，你都准备好了，这真令我高兴。

卡里奥拉： 你错了，先生，我根本没有准备好，我不会死。我要你们告诉我，我到底哪里得罪人了。

伯索那： 放开她。你为她保密，现在你还得为我们保密。

卡里奥拉： 我不会，也绝不能死。我跟一位年轻的先生已有婚约。

刽子手1： 这是你的结婚戒指。

卡里奥拉： 让我觐见公爵，我将会把一切都告诉他。

伯索那： 慢着——把她勒死。

刽子手1： 她又咬又抓的。

卡里奥拉：　要是你现在杀了我，我会下地狱。这两年，我都没去教堂祷告。

伯索那：　（对刽子手们）你们还等什么？

卡里奥拉：　我很快就有孩子了。

伯索那：　哎呀，那么你的名分保住了。（刽子手们勒死了卡里奥拉）把她的尸体拖到另外的房间去，这些就这么放着吧。

（刽子手们拖着卡里奥拉的尸体退场）

（费迪南德进场）

费迪南德：　她死了吗？

伯索那：　如您所愿。不过您该心痛了。（给他看被勒死的孩子们）唉！他们有什么罪呢？

费迪南德：　死了些兔崽子，不值得怜悯。

伯索那：　您看这儿。

费迪南德：　一点也没有。

伯索那：　您一点也不觉得伤心？

罪恶在诉说，谋杀在喧嚣。

水滴滋润大地，血液浸湿天空。

费迪南德：　把她脸盖上，看得我头晕眼花。她死于无知啊。

伯索那：　我不这么认为。她已不幸数年之久。

费迪南德：　我们是同胞兄妹，难道我也会这样昙花一现？我本就该比她活久点，即使是一分钟。

伯索那：　她似乎比您年纪更大。您用鲜血证实了古老的真理：亲缘远不如陌路。

费迪南德：　让我再看看她的脸。你为何不为她感到悲伤？你曾是个多么真性情的人啊！

伯索那：　如果你带她躲在某地，你不是很为难吗？或者，大胆地做个决定，就你自己，用你那悬于头颅上的宝剑，在天真的她和复仇的我之间做个选择！我请求你，当我神志不清的时候，杀掉我那最亲爱的朋友吧。不然我清醒的时候，你就没机会了。让我好好检查一下原因，她对我用了什么卑劣手段？我必须承认我有希望，只要她还是个寡妇，我就有机会在她死后获得无限多的财宝。这是主要原因——她的婚姻，这使我心里产生一种恨意。对于你，正如我们在悲剧中看到的那样，因为出演反派角色，一个优秀的演员很多时候都是可怜虫，我恨你。就我而言，或许，你已经做了很多不好的事。让我来加快你的记忆，因为我看见你陷入忘恩负义的境地。基于我的服务，我争取回报。

费迪南德：我会告诉你我会给你什么。

伯索那：给吧。

费迪南德：我会原谅你的这次谋杀。

伯索那：哈！

费迪南德：是的，那我可以学着予以你最大的恩赐。你通过谁的权威得以在夜里执行这血腥的谋杀？

伯索那：通过你的。

费迪南德：我的？我是她的法官吗？有正式的法律判她死刑吗？一个完整的陪审团在我的法院给她定了罪吗？你在哪里找到这个判断依据？除非在地狱。看，你就像一个嗜血的傻瓜，你残害了这个生命，也必将因此而丧生。

伯索那：正义的法院就像一个贼将另一个贼绞刑一样不公正。谁敢揭示这种事？

费迪南德：啊，我来告诉你。狼要找到她的坟墓，将其挖空，不是吞食她的尸体，而是发现这个可怕的谋杀。

伯索那：是你而不是我应当为这事儿感到害怕。

费迪南德：让我一个人待着。

伯索那：我首先会领到我的退休金。

费迪南德：你是一个恶棍。

伯索那：当你忘恩负义的心主导了你时，我也如此。

费迪南德：啊！多么恐怖，他的恐惧无法绑住恶魔，恶魔却让人们对他唯命是从。别再相信我了。

伯索那：为什么这样？别离开。你的弟弟和你自己是有价值的人！你们的两颗心是空洞的坟墓，腐烂了，也使其他人的心腐烂；你的复仇，就像绑在一起的子弹，连着一起发射出去。你们或许是兄弟；但却相互背叛，像瘟疫，在血腥中牟利。我就像做着香甜的金色美梦的人，我很气我自己，现在我清醒了。

费迪南德：让你走进一部分未知的世界，我可能永远不会看到你。

伯索那：让我知道为什么我应该被忽视。先生，我想你的暴政广大，是为了努力满足你，而不是整个世界。过去，我虽然憎恨邪恶，但我喜欢邪恶的你，我宁愿做你忠实的仆人也不愿做个诚实人。

费迪南德：我要在薄暮猎獾，呵呵，这是个在黑暗中所采取的行动。（退出）

伯索那：他心烦意乱。别理我，我只想着荣誉。然而希望缥缈，我们也身心俱疲，我们似乎在冰中流汗、在火里冻结。我能做些什么？这难道还会有作用？由于欧洲所有财富，我不会改变我心里的那份平静。她来了，这个生命。回来吧，善良的灵魂，从黑暗中回来，引领我的灵魂走出这敏感的地狱。她还有体温，她还在呼吸。看着你那苍白的嘴唇我的心也温柔了，它们储存着鲜亮的色彩。谁在那儿？一些美酒！唉！我不敢叫，那样可怜人会害了可怜人的。她的眼睛睁开，天堂就在她眼里并敞开大门，去晚了门就闭了。带我到天堂吧！

公爵夫人：安东尼奥！

伯索那：是的，夫人，他还活着。你看见的尸体只不过是假装尸体的雕像。他已经和你的兄弟和解了，教皇已经处理了这宗罪恶。

公爵夫人：祈求上帝怜悯！（——死亡。）

伯索那：啊，她又消失了！生命的气息断了。圣洁无辜的人啊，在龟甲上甜甜地睡着；而内疚的心是一个黑色记录本，写着我们的善行与恶行；也是让我们看见地狱的望远镜！当我们有善行的念头时，什么也阻挡不了我们！这是人类的悲伤。我很确定，这些眼泪，我妈妈喂的奶牛绝不会有。在这种恐惧下，我的家境衰落了。 她活着时，这些忏悔的喷泉在哪儿？啊，他们被禁锢起来了！这一景象对我的灵魂来说是可怕的，正如坏人拿剑杀了他的父亲一样。来吧，我将忍受你，并执行你的最后愿望：将你的身体交给牧师处理，像对待一些好女人一样。那残忍的暴君不得拒绝我。然后我将到米兰，在那里我将迅速平息我沮丧的情绪。（退出）

第三场

（米兰的一公共场所）

（安东尼奥和迪里奥进入）

安东尼奥：你怎么看我和阿拉贡兄弟和解的想法？

迪里奥：我有点怀疑。虽然他们已经写信，确保你到米兰的行驶安全，但那是诱捕你。侯爵佩斯卡拉，你所持有的某些土地受他的监管。和他高傲的品性相反的是，他极力保护这些地。他的有些侍从也是被迫把他们的收入作为税上交给你。我认为他们微薄的收入对你而言，并不能改善你的生活，还会剥夺你的财产。

安东尼奥：出于诸多宗教安全的考虑，你仍然是一个异教徒，可以自我塑造。

迪里奥：侯爵来了！我要亲自为你做部分土地的请愿人，想知道那些土地是否会不翼而飞吗？

安东尼奥：我会为你祈祷的。（退下）

（佩斯卡拉进入）

迪里奥：　阁下，我要向你提出一个诉讼。

佩斯卡拉：　向我提出吗？

迪里奥：　诉讼很简单，圣班纳特城堡的领地占用了安东尼奥·保罗格纳的土地——请把这些土地赠予我。

佩斯卡拉：　尽管你是我的朋友，但这样一个诉讼，无论我把土地拿出来，还是你把它们拿走，都不合适。

迪里奥：　为什么，阁下？

佩斯卡拉：　我会给你充分的理由。

——不一会儿红衣主教的情妇悄悄来了。（茱莉亚进入）

茱莉亚：　我的主，我对你的请愿人心生同情，他竟然是一个病入膏肓的乞丐。我这里有伟大红衣主教的信，由于我的偏爱，想要叫你伺候我。（拿出一封信）

佩斯卡拉：　他恳求你为圣班纳特城堡效劳，并放逐安东尼奥·保罗格纳。

茱莉亚：　是的。

佩斯卡拉：　我无法想象你竟然把这样的事当作一件快乐的事。

茱莉亚：　阁下，感谢你。红衣教主必定会知道，我会加倍地感谢你，并且会让你快速加官晋爵。（退出）

安东尼奥：　他们竟然通过毁灭我来巩固他们自己！

迪里奥：　先生，我也是迫不得已。

佩斯卡拉：　为什么？

迪里奥：　因为你拒绝了这个诉讼，并且带来这么多麻烦。

佩斯卡拉：　你知道我诉讼的究竟是什么吗？是安东尼奥的土地。现在这样的情况下他强烈恳请得到诉讼，都是遵循法律程序的。但我不应该将这个错误犯在我的朋友身上。就像因一个妓女而开心，它是不公平的。我要把这无辜者的纯洁的血洒在被我看作是朋友的那些信徒身上，让他们看起来比我更健康吗？我真为这块地感到高兴，我用不当手段获取它，而它又将被它的主人用不当手段收回，从而作为他满足欲望的薪资。看吧，迪里奥，问我一些有意义的事，你也会发现我将是一个品德高尚的人。

迪里奥：你使我受教了。

安东尼奥：为什么有人会因为乞丐的粗俗感到害怕呢？

佩斯卡拉：因为费迪南德公爵来到米兰，他生病了，正如传言所言，是中风了。有人说这是一种狂躁病，不过我还是要去看望一下他。（退出）

安东尼奥：他确实是一个品德高尚的朋友。

迪里奥：那么，安东尼奥，你将采取什么样的措施呢？

安东尼奥：今天晚上我想以我所有的家产冒险，相比红衣主教最恶劣的言语，这只不过是一个穷苦之人的生活状况。我已经安排好人进入他的私宅，以他哥哥，以曾经高贵的公爵夫人的丈夫的名义，打算半夜的时候进去。突然出现必定存在风险，我会乔装打扮后再去，当他看见的时候，必定会吓坏的。一旦面临爱情与责任的抉择，他可能会除掉这一毒瘤，然后以一个友好的态度对待工作。如果行动失败了，面具可以保护我的名声。

迪里奥：在任何危机下我都会支持你。不论如何，我会和你共命运。

安东尼奥：你一直都是我最好的朋友。（退出）

第四场

（在住宅的一个长廊里，红衣主教和费迪南德）

（佩斯卡拉和医生进来）

佩斯卡拉：现在，医生，我可以看望你的病人吗？

医生：如果您乐意的话就去吧，但是他一会儿要来长廊通风，在我这个方位。

佩斯卡拉：求你告诉我，他是什么病？

医生：一个非常致命的疾病，主人！名叫安东尼奥。

佩斯卡拉：那是什么病呢？我需要一部字典来查查。

医生：我来告诉你。这忧郁般的幽默弥漫着这里的角落，他们想象着自己变成了狼。在夜深人静的时候，跑出教堂，挖掘尸体。像前两个晚上，在莱恩圣马克教堂后面，公爵布特遇到了他，他把他的腿放在肩膀上。他会苦苦哀号，说他是一只狼，但不同的是，狼的体毛长在外面，而他的体毛在里面，叫他们用剑剁碎他的肉并品尝。我被直接派到那里，部长发慈悲，希望他们很快恢复。

佩斯卡拉：我很高兴我不在。

医生：然而不是没有复发的可能性。如果他恢复了健康，我将要以比以往任何时候更为接近他的方式和他工作，这将是一个野蛮的梦想。如果他们同意，我会帮助治愈他疯狂愚蠢的行为。站在一边，有人来了。（费迪南德、红衣主教、马拉特史蒂、伯索那进入）

费迪南德：离我远点儿。

马拉特史蒂：为什么你喜欢用这种方式来显示你的阁下身份？

费迪南德：鹰通常独自飞，而乌鸦、夜莺都是群起而飞。看，那是什么，是我吗？

马拉特史蒂：没什么，阁下。

费迪南德：有的！

马拉特史蒂：是你的影子。

费迪南德：让它停下来，让它不要缠着我。

马拉特史蒂：不可能，影子会随着你一起移动。

费迪南德：我要杀死它。（他向自己的影子扑去）

马拉特史蒂：啊，主人！你真是发的无名火。

费迪南德：你个傻瓜！我倒下，我怎么不可能抓住我的影子？当我去地狱时，要携带着贿赂物，因为像对你一样，这些东西对坏人永远起作用。

佩斯卡拉：情况在好转，我的主人待我太好了。

费迪南德：我正学习耐心的艺术。

佩斯卡拉：　这是一个高尚的美德。

费迪南德：　让六只蜗牛在我这儿开始从这个镇到莫斯科，既不驱赶它们，也不向它们使用鞭子，只让它们自己自然地爬，这个世上最有耐心的人和我比赛做一个试验，我会爬得像担心绵羊的狗一样。

卡斯特族克：　把他扶起来。（他们把他扶起来）

费迪南德：　给我用最好的药，你是最好的。我所做的一切，我所做的，我什么也不会承认。

医生：　现在让我来给他看看。主人，你疯了吗？你高贵的王子智慧不见了吗？

费迪南德：　他是干什么的？

佩斯卡拉：　你的医生。

费迪南德：　让我给他刮刮胡子，修修眉毛。

医生：　我必须施以他魔幻般的法术，这也是唯一的方法。我已经赐予你大鲵的皮肤，以免被骄阳灼伤。

费迪南德：　可是，我的眼睛极度疼痛。

医生：　白色的蛇蛋是目前唯一的补救方法。

费迪南德：　你最好了，让蛇赶紧生一个蛋吧。让我藏在他看不见的地方，医生就像国王，方枘圆凿。

医生：　现在他开始对我有些胆怯了，让我和他单独相处一会儿。

卡斯特族克：　现在感觉如何？解下礼服！

医生：　我要是有四十多个满是玫瑰香水味的便池，我们将一一沐浴。现在他开始对我有些胆怯了，先生，你能酣畅淋漓一些吗？放了他，我就会倍加危险，他的眼神流露出了一丝丝敬畏的神情，原有的恐惧戛然而止。此时的他，就如同榛睡鼠一样温驯。

费迪南德：　先生，你可以先酣畅淋漓一点！我马上把他揪出来，剥他的皮，剐他的肉。然后，碎尸万段。这个流氓使我感觉自己就在理发师的大厅里，冷冷清清，寒气逼人。因此，你

是喜欢用于供奉的祭品的。（医生走过来拍了拍他）你就知道吃喝玩乐，阿谀奉承，沉溺女色。（退出）

佩斯卡拉：医生，他一点都不把你放在眼里。

医生：是的，我得趁早教训教训他。

伯索那：怜悯我吧，费迪南德正面临着一个致命的判决！

佩斯卡拉：知道你的慈悲，是什么给王子带来这般怪异的心烦意乱？

卡斯特族克：（在旁边）我必须假装一无所知，或许他们会以为是病情加重的缘故。这些年发生的事情，你或许早有耳闻。一位孤寡老妇人的无故离世，传统的解释无外乎就是她的侄子为得到她的财产而策划了一桩谋杀案。一天夜里，王子很晚坐起来看书的时候，他看到了这样一个形象，他不停地哭叫求助。室内的绅士发现他时，他已经吓出了一身冷汗，脸色苍白，语无伦次。因为这幽灵一直在他的脑海里闪现，他的情况越来越糟，我更担心他还能不能好起来。

伯索那：阁下，我想和你谈谈。

佩斯卡拉：我们将谢绝你的恩典，希望那位生病的王子，我们的高贵的主，早日康复。

卡斯特族克：你是最受欢迎的。（佩斯卡拉、马拉特史蒂和医生退场）你来了吗？——（旁白）无论如何一定不能让这家伙知道我有公爵夫人死亡的情报。因为他所有的不满都源于订婚，尽管我曾劝说过她，但这种不满似乎会从费迪南德逐渐增长。现在，阁下，我的姐妹情况如何？我不认为是悲伤使她看起来瘦骨嶙峋、弱不禁风，我会好好安慰她的。为什么你看起来这么狂躁？哦，你的主人把在这里的财富给王子，这让你感到沮丧。慰藉的是，我恳求你，尽管他现在已处于弥留之际，垂死挣扎，但是你是否愿意为我做一件事情，我会给你想要的报酬？

伯索那：只要我还活着，我愿意为你效劳。他们说想要赢得小探险，都要先进行大量的沉思。（茱莉亚进入）

茱莉亚：　阁下，需要进晚餐了吗？

卡斯特族克：　我现在很忙，一边去。

茱莉亚：　（旁白）太出色的一个家伙！（退出）

卡斯特族克：　是这样。安东尼奥潜伏在米兰，打听打听他的具体位置，杀掉他。只要他还活着，我的姐妹都不能结婚，我认为更杰出的人才能够配她。你照我的安排去做，出发前要告诉我。

伯索那：　但怎样才能把他揪出来呢？

卡斯特族克：　这个营地里有一位名叫迪里奥的，是他要好的朋友。密切关注那个家伙，要好好跟踪他。那个学名叫安东尼奥的，虽然信仰宗教，但也有可能是为了赶潮流跟着他一起混的。要不然，就去向迪里奥的教徒打听，看你能否贿赂他，让他透露一点消息。跟踪他的方法多得是。你可以从那些为了获取大量的金钱而和犹太人有较多往来的人中查一查，但一定要确定那些人是为钱而来的。或者去画商那里了解一下最近谁有买关于她的画。找到他的方法很多，但一定要采取恰当的方式。

伯索那：　嗯，我一定会做好的。即使安东尼奥藏在天涯海角我也会把他找出来。安东尼奥，你逃不出我的手掌心。

卡斯特族克：　祝你好运。（退出）

伯索那：　这个家伙的眼中充满仇恨，他就是个十足的杀手。然而他似乎没有注意到公爵夫人的死亡。他好狡猾，我得顺着他，没有比跟踪这只老狐狸找线索更好的办法了。（茱莉亚手持枪进入）

茱莉亚：　阁下，我听见你们的谈话了。

伯索那：　怎么会这样？

茱莉亚：　现在，门已经关得严严实实的了。阁下，我要让你承认你的背信弃义。

伯索那：　背信弃义？！

茱莉亚：　是的，坦白地告诉我，你指使哪个女人把春药放到我酒里的？

伯索那：春药？

茱莉亚：是的，当时我在莫菲。要不我怎么会爱上你这样一个人？我已经为你遭受了这么多痛苦，唯一的补救方法就是抹杀掉我的渴望。

伯索那：哦，我和你除了接吻以外什么也没有做。漂亮的小姐，你抑制你的欲望吧。来吧，来吧，把你手中的武器放下来。避免不必要的伤害，把武器放下吧。

茱莉亚：我跟你相比，你会发现我的爱没有这样的伟大。你现在会觉得我是个水性杨花的女人，但对于一个女人来说，这只不过是一个令人头痛的麻烦纠缠着他们。

伯索那：你知道的，我不过是一个粗俗的士兵。

茱莉亚：那更好。

伯索那：我喜欢你的赞美。

茱莉亚：为什么？只要你用心，即使你在面对我对你的爱慕时也不会错误百出。

伯索那：你真的是美丽动人。

茱莉亚：如果你能垂涎于我的美貌，我就得祈求宽恕了。

伯索那：你雪亮的眼睛比阳光更闪耀。

茱莉亚：你的花言巧语会贬低我的身份，只要面对我的爱慕你能接受就好了。

伯索那：（私语）我会的，我会好好待你。如果伟大的红衣主教看到我现在这样，他会不会把我也当成恶棍？

茱莉亚：不，他会觉得我是个水性杨花的女人，不会对你加以罪行。如果我看到一颗钻石并想盗走它，犯错的不是钻石，而是我这个小偷。我和你匆匆结合，我们是伟大的女性，想要用快乐来驱除这些虚幻、不切实际的妄想和憧憬，给及时行乐找一个美丽的借口。那次你站在我窗外的街道，我就应该告诉你。

伯索那：　啊，你真是一个优秀的女士！

茱莉亚：　你的奉承叫我目前想对你表达“我爱你”。

伯索那：　我爱你。如果你爱我，就大胆说出来吧。红衣主教出奇地忧郁，去问问他为什么吧，不要让他捏造伪证把你丢弃一旁。

茱莉亚：　为什么你会知道这个？

伯索那：　我一直信任他。我听说他和君主深陷一些绯闻，如果他真像老鼠一样逃离倒塌的房屋，我也会另寻他就。

茱莉亚：　你不需要跟随他们加入战争，我将给你提供花销。

伯索那：　我是你忠实的仆人，但我不能背离召唤。

茱莉亚：　不能为了一个深爱你的女人放弃那个背信弃义的将军吗？难道你一定要放弃舒适的生活去挑战艰难吗？

伯索那：　你会这样做吗？

茱莉亚：　当然。

伯索那：　明天我将期待你的消息。

茱莉亚：　好，明天！你到我的闺阁，我将与你共享美好时光。不要延误时间，也不要超过我所做的一切。我是一个爱谴责的人，同时我承认我已经原谅你了，但我更愿意看到这样的情况被尘封起来不再发生。我对他爱慕已久。（伯索那退出）（红衣主教进来）

卡斯特族克：　你在哪里？（仆人进）

仆人：　在这里。

卡斯特族克：　让所有的人都出去，不要让任何人影响费迪南德公爵的会议，有事先通报我。

（旁白）这个情景可能会揭示它的谋杀真相。

（仆人退场，边走边说：在那边是我挥之不去的消费，我厌倦了她，并想方设法辞职。）

茱莉亚：　我的主，现在如何，你怎么了？

卡斯特族克：　没什么。

茱莉亚：　啊，你一定很苦恼。来，我一定会做你的秘书，根除你的这块心病，究竟什么事呢？

卡斯特族克：我可能不会告诉你。

茱莉亚：到目前为止，你会懊恼你深陷爱情而不能自拔吗？或者是我不应该爱慕你的种种？或者你是一直对我持有怀疑？这么多年以来，你就没有表里如一吗？

卡斯特族克：唯一能满足你的方式就是使你接受我的忠告。

茱莉亚：你会把你的商议结果告诉你的随从，或献媚者，即使他们所听到的而不是我听到的，报告大部分不完整，如果真是你商议的结果，我也就会知道。

卡斯特族克：你是想折磨我吗？

茱莉亚：不，只是从你的情形加以判断而已，这完全是一种错误的做法，要么将你的秘密告诉所有人，要么就守口如瓶，一个人也不透露。

卡斯特族克：简直太荒唐了。

茱莉亚：你就是在实行暴政。

卡斯特族克：很好！想象一下我做的一些机密的事情，而且不想让全世界的人知道。这是为什么呢？

茱莉亚：你以为我不知道吗？你隐瞒了我通奸这一极大罪恶。阁下，不要再时时考验我的坚贞和忍耐。阁下，我求求你。

卡斯特族克：你会后悔的。

茱莉亚：我从不后悔。

卡斯特族克：它会给你带去灾难，因此，我不会告诉你。好好想想，要是真的知道一个王子的秘密会是一件多么危险的事。他们需要做的就是要有一个坚强的心去接受这些秘密。我恳求你正视你自己的弱点，这更容易解开自己的心结。这个秘密，就像一个灵天毒药，可能侵入你的血液，在未来的某个时间里杀死你。

茱莉亚：你是在戏弄我。

卡斯特族克：绝对没有，你应该明白的。玛尔菲公爵夫人和她的两个孩子被封爵后四天就被绞死了。

茱莉亚：噢，天啊！阁下，你都做了些什么？

卡斯特族克：现在该怎么办？如何解决呢？想想为了隐藏一个秘密，你的心变得阴霾而暗淡无光。

茱莉亚：阁下，你已经毁了自己。

卡斯特族克：为什么这么说？

茱莉亚：我不介意隐藏这个秘密。

卡斯特族克：不介意？那好，来吧，我发誓你没有了解过这本书。

茱莉亚：大多数宗教我都不了解。

卡斯特族克：吻它。（她吻了这本书）现在可以永远去了解。你的好奇心已经驱使你想要去了解这本书，你已经受到这本书的侵害。因为我知道你不会一直担任我的顾问，不过我会束缚你直到你死。（伯索那再次进入）

伯索那：可怜啊，一定要坚持住！

卡斯特族克：哈，伯索那！

茱莉亚：我原谅你所做的这种合乎平等的正义，因为我把你的忠告告诉了他。他全都听到了，那正是我说的我不介意隐藏这个秘密。

伯索那：愚蠢的女人，你不是想毒死他吗？

茱莉亚：这太软弱，需要考虑的太多以至于不知道该做什么。我都不知道自己该何去何从。（死）

卡斯特族克：你叫我到这里有什么安排吗？

伯索那：可能我会发现一个伟人喜欢他自己，而不是他的智慧，就像耶和华费迪南德。记住我的服务。

卡斯特族克：我要把你砍成碎片。

伯索那：不要做这样的承诺，生活不会听从你的安排。

卡斯特族克：谁叫你到这里来的？

伯索那：她所求的，恰如她所计划好的一样。

卡斯特族克：很好！现在你知道，我认为你就是杀害她的凶手。

伯索那：为什么你躺在公平大理石上却想用花言巧语把罪恶嫁祸于我？除非你仿造做一些情节严重的背叛。当他们做完的时候，把他们藏匿起来。那些死了的演员的坟墓在哪里？

卡斯特族克：哦，没有的事，你若不说出去，就会得到一大笔财富。

伯索那：难不成我要去控告财富？那是傻瓜的朝圣之旅。

卡斯特族克：已经为你准备好一大笔财富了。

伯索那：有许多方式可以获得荣誉，其中有些行径十分肮脏。

卡斯特族克：把你的忧郁全都抛给魔鬼。即使烈火烧身，我们仍需要保持一颗活跃的心，制造一个更为逼真的窒息情景，知道了吗？还有，你杀死安东尼奥了吗？

伯索那：是的。

卡斯特族克：把他的尸骨给我看看。

伯索那：我想我应该赶紧把他放进棺材，送到教堂。

卡斯特族克：我将为你安排尽量多的助手来帮助你应对这次谋杀。

伯索那：哦，绝对不行。用马和水蛭做药引的医生可以通过用膨胀剂来切断他的血脉，通过血液的大量流失，会让他死得更快。请允许我去解决他的时候不坐火车，我会开车去执行这次任务，他流血越多，我成功的概率就更大。（不确定）

卡斯特族克：午夜后到我这里来，帮忙把那具尸体安放在它应该安放的地方。我将对外公布他死于瘟疫，在他死后给他穿上斜纹衣衫。

第五场

（一个防御工事）

安东尼奥和迪里奥进入。（从公爵夫人的坟墓）传出回声。

迪里奥：那边就是主教的窗口，这个防御工事修建在一座古老的修道院的废墟上，河那边则是一堵墙，也是修道院的一部分。在我看来，这样的建筑发出的美妙回声是你从未听过的，如此空洞，如此阴沉，而且又如此有别于我们的话语，就像一个神灵在回答。

伯索那：她的丈夫卡斯特族克在哪儿？

卡斯特族克：他早就骑马到了那不勒斯，想要占领安东尼奥的城堡。

伯索那：相信我，你已经做了一个非常愉快的大逆转。

卡斯特族克：失败尚未成定局。这是我们住处的钥匙，在那里你将享有我为你准备的一切。

伯索那：你会找到我为你准备的一切。（红衣主教退出）噢，可怜的安东尼奥，尽管对于你而言除了房产以外，没有什么是遗憾的，但是我发现几乎没有什么危险。我必须谨慎行事，在这种奸诈狡猾的男人的世界里，他们可能随时会结束我的性命，多么血腥残忍啊！看起来好大胆啊！为什么会这样？一些健壮的男人跑到郊区的仅有一堵倒塌的墙的地方寻找地狱。嗯，好的，安东尼奥，我将把你找出来。我所关心的就是把你从受到残酷迫害、血流成河的地方送到安全地带。我有可能加入你们，和大多数的人一样去复仇。最柔弱的力量团结在一起将会力量无穷，用正义之剑加以打击。我想公爵夫人仍然困扰着我。在那里，就是在那里！除了忧郁什么也没有。让我真正体验你的感受，把男人筹集起来了（退出）。既虚伪又可怕，而且我们的话朴素无华，许多人把它作为一种精神寄托的圣旨。

安东尼奥：我真的喜欢这些古代遗迹。我们从不糟蹋他们，但我们却踩在一些值得尊敬的历史遗迹上。毫无疑问，这是一个开放的庭院，历经历史的风霜雨雪。一些人喜欢如此的教会，以至于把终生都献给了教会，他们认为即使末日降临，教会也可以升华他们死亡的灵魂。但一切事物都有他们的结局，教堂和城市也不例外，就像我们都会死亡一样。

（回声）对，就像我们都会死亡一样。

迪里奥：现在回声在重复你的话。

安东尼奥：它会据根据我说的话进行重复，并且是致命的口音。

（回声）致命的口音。

迪里奥：我告诉你它是一个非常好的人。你可以使它成为一个猎人，或者一个饲养员，一个音乐家，或一件悲伤的事。

（回声）一件悲伤的事。

安东尼奥：嗯，当然，适合它的就最好了。

（回声）适合它的就最好了。

安东尼奥：这非常像我妻子的声音。

（回声）噢，像你妻子的声音。

迪里奥：来吧，让我们走了。我不愿意你们今晚去红衣主教那里，不要去。

（回声）不要去。

迪里奥：睿智的人怎能把时间浪费在悲伤的事情上。好好利用时间，注意你的安全。

（回声）注意你的安全。

安东尼奥：那是必然的。仔细审查你的生活，你会发现它不可能飞向你的命运。

（回声）哦，飞向你的命运！

迪里奥：听啊！死者的尸骨似乎怜悯你，还给你忠告。

安东尼奥：回声，我不会搭理，因为你是一个没有生命的东西。

（回声）你是一个没有生命的东西。

安东尼奥：我的公爵夫人和她的孩子现在睡着了，我希望他们睡得甜蜜。噢，上帝，我还能见到她吗？

（回声）还能见到她吗？

安东尼奥：我没想到回声一直在重复，但是突然一个清晰的光让我满脸忧伤。

迪里奥：仅仅是你的幻想。

安东尼奥：来吧，帮我走出这令人寒战的幻觉，像这样的生活其实不是生活，它是生活的嘲弄和滥用。我现在开始挽救自己，要不然我会失去所有，或一无所有。

迪里奥：你自己的美德会救你！我将带来你的长子，他和你简直一模一样。他四处流淌的鲜红的血液可能会博得更多的同情。然而，要是进展得顺利的话，我们的财富只会是悲惨命运的一部分。藐视疼痛，我们就只有自我求助。（退场）

第六场

（米兰的一套公寓住宅　红衣主教和费迪南德）

（红衣主教、佩斯卡拉、马拉特史蒂、罗德瑞格、格里斯朗进入）

卡斯特族克：你不应该今晚来看望生病的王子，他的恩典会让他很快恢复。

马拉特史蒂：我的主，希望我能够帮你承担一切痛苦。

卡斯特族克：噢，绝不能这样。他的声音和眼神转移了他的注意力。我祈祷他能安稳地睡觉，尽管你听到他不停地翻身。我恳求不要让病情恶化。

佩斯卡拉：所以，阁下，我们应该离开了。

卡斯特族克：不，我要你以你的名誉做保证，因为我感觉他看上去还是直觉灵敏的。

佩斯卡拉：好，我以名誉担保。

卡斯特族克：所有你的仆人也要做这样的担保。

马拉特史蒂：都要做保证。

卡斯特族克：要为你的承诺努力。当他睡着了，他会无意识地坐起来，并且还会疯狂地撒野，甚至哀号求助，好像自己处于危险之中。

马拉特史蒂：如果你的喉咙被割断，我又不来看望你，现在反而我来看望他。

卡斯特族克：哎呀，我得感谢你。

格里斯朗：今夜狂风骤雨。

罗德瑞格：费迪南德的房间像柳条一样在摇曳。

马拉特史蒂：除了纯粹的轻轻摇睡孩子的善意以外，什么也没有。（除了主教以外，其他的人都退场）

卡斯特族克：为什么不是我遭受我兄弟的苦难呢，可能是因为在午夜我与茱莉亚私下有隐秘的住处，并且共处一室。啊，我的良心！现在我会祈祷，但愿魔鬼带走我在祈祷时内心里的任何私密的事。在这个时候，我希望能够抓住伯索那。当他和我交换角色的时候，就是他死亡的时候。（退出）

（伯索那进入）

伯索那：哈哈哈！是红衣主教的声音，我听到他提到我的名字和我的死亡。听，我听到了脚步声。（费迪南德进入）

费迪南德：把人绞死是多么容易的一件事。

伯索那：（旁白）不，不是。我明白了，我必须得站在我的警卫旁边。

费迪南德：说什么？轻声耳语，你认为是这样的吗？如果那样的话，就必须得在夜里行动。红衣主教不会花费1 000英镑邀请医生来给他看病。（退出）

伯索那：我的死亡是注定了的，这是谋杀的后果。当我们知道黑暗里的行为必定会带来死亡时，我们的价值就不会像社会底层的那些人那样一文不值，也不会像基督人士那样价值连城。（安东尼奥和仆人进入）

仆人：阁下，祈祷你能多一份自信。我这就给你拿个灯笼。（退出）

安东尼奥：希望能应验他的祈祷，希望还能够被原谅。

伯索那：刀掉下来了！（刺伤了他）我不会接受你那么多无用的祈祷。

安东尼奥：啊，我该走了！你顷刻间就抹杀了我的祈求。

伯索那：你是谁?

安东尼奥：一个可怜的人。一个只有剥夺了你的利益才能彰显我的价值的人。（仆人提着灯笼进入）

仆人： 阁下，你在哪里？

安东尼奥： 我在我的房间，离伯索那很近！

仆人： 啊，真不幸！

伯索那： 别装同情，安东尼奥，你去死吧！一提起他我就会想我自己的生活！我们仅仅是君主的小棋子，我们之间斗来斗去，也只不过是他们取乐的手段而已。安东尼奥，我会悄悄告诉你一件事，一定会让你心跳加速。你得公平地对待公爵夫人和她的两个可爱的孩子。

安东尼奥： 他们的名字对我来说没有什么意义。

伯索那： 可惜都被杀了。

安东尼奥： 一些人在听到悲伤的消息时绝望得要死，我很高兴我没有因现实而悲伤。我不希望我的伤口愈合，也不希望它恶化，因为那样没有必要。就像闲荡的小伙子，消遣娱乐是他们关心的，我们一直在追随虚无缥缈的东西，没有准心。这就是生活的乐趣，不是吗？死亡不过是忍受短暂的寒战，就如同休息，可以把所有的烦恼都抛掉。只要有人举荐我去迪里奥那里，我是不介意我如何死去的。

伯索那： 多令人心碎啊！

安东尼奥： 让我儿子飞向王子的庭院。（死）

伯索那： 你似乎很袒护安东尼奥。

仆人： 我带他到这里，主要是想让他去红衣主教那里。

伯索那： 我不是问你那些。如果你还想活下去的话，把他扶起来，拷问他茱莉亚女士居住在哪里。噢，我的命运将迅速流转！我明白这个红衣主教早就在伪造事实，现在我就带他去法庭。玩忽职守太可怕了！我不会模仿那些“光荣”的东西。模仿没有基准，而我则是我自己的榜样。看看你现在的可怜样吧，你个死鬼（退场）。

第七场

（公寓的另一个房间）

红衣主教进入，夹带一本书

卡斯特族克：对于地狱我有一个困惑，他说，在地狱里有一种火，但它不会焚烧那些普通人。就让他躺着吧，拥有一颗罪恶的良心是多么的可悲！当我看到我花园里的池塘，就仿佛看见一个装备完善、拿着一把耙子的东西，像要攻击我似的。（伯索那和仆人进入，安放安东尼奥的尸体）你要跟着一起来吗？你看起来面目苍白，从你脸上我看得出你的雄心壮志，还有些恐惧。

伯索那：没错，我就是来杀你的。

卡斯特族克：啊！救命啊！后卫快上！

伯索那：你被欺骗了，他们不会理睬你的呼救。

卡斯特族克：不要杀我，我一定跟你分摊那些财产。

伯索那：你的祷告和承诺都不值得信任。

卡斯特族克：不要上当了啊！我们是被出卖的！

伯索那：我确信你以前逃跑过，但是我再也不能忍受你隐藏到茱莉亚的房间。

卡斯特族克：救命！我们被骗了！（佩斯卡拉、马拉特史蒂、罗德瑞格、格里斯朗进入）

马拉特史蒂：快听！

卡斯特族克：快来救救公爵！

罗德瑞格：呸！这个骗子！

马拉特史蒂：怎么，那不是红衣主教！

罗德瑞格：是的，是的，是他。但是，不去的话，他就会被绞死，我要去救他。

卡斯特族克：这是个阴谋，我被攻击了！我迷路了，快来救救我！

格里斯朗：他做得太好了，但我不会顾着荣誉去冒险。

卡斯特族克：好像剑在我的喉咙！

罗德瑞格：　你不应该叫得那么大声的。

马拉特史蒂：　来吧，来吧，到床上去吧，他以前不是经常这样对我们叫喊的吗？

佩斯卡拉：　他以前是不希望你出现在他面前，但是，相信我，他的口音听起来好像不是在开玩笑。无论如何，我要去看看他，用力把大门打开。（退出）

罗德瑞格：　让我们偷偷地跟着他，看看红衣主教会如何嘲笑他吧。（马拉特史蒂、罗德瑞格、格里斯朗退场）

伯索那：　就先是你吧，因为你可以开门放入救援。

杀死仆人。

卡斯特族克：　什么原因让你一定要取我性命？

伯索那：　看看那边就知道了。

卡斯特族克：　安东尼奥！

伯索那：　杀死他并不是我的本意，我是一时失手。你杀死你妹妹时，你把她从正义的角度进行了划分，除了她的剑，什么也没有留下。

卡斯特族克：　啊，看来值得同情啊！

伯索那：　现在看来你的伟大只不过是虚名。是你自己要招来横祸而不是外在的麻烦置你于死地。我不会再跟你浪费时间了，看剑！（刺伤了他。）

卡斯特族克：　你居然刺我。

伯索那：　废话少说，来吧！

卡斯特族克：　我会像一只没有任何反抗力的兔子那样死去吗？救命！救命啊！救命啊！我快要死了！（费迪南德进入）

费迪南德：　小心，快给我武器！快叫那些自大的家伙们，不然就晚了。你投不投降，我要让你尝尝我的剑的厉害，你投不投降？

卡斯特族克：　救救我，我是你弟弟！

费迪南德：　你这个恶魔。我的弟弟在为他人效力！

（混战中，他刺伤了红衣主教，给伯索那带来致命伤害）

你拿赎金把他赎回去吧。

卡斯特族克：噢，正义在哪儿？我现在已经遭受罪孽，悲伤的是还要承受长子的罪过。

费迪南德：你们这些勇敢的家伙。恺撒的财富比庞贝的多得多。恺撒为财富而亡，庞贝被羞辱而死。你们也葬身在这里。这点疼痛算不了什么，还有更疼痛的，那痛就如同让理发师帮你拔掉痛牙一般，这是你们都知道的哲学道理。

伯索那：现在我的复仇计划是无懈可击的。

（刺了费迪南德一刀）杀死你是我余生中的主要目标！我在人生的尽头做了件伟大的事！

费迪南德：给我一些湿干草，我已经喘不过气了。这个世界就如同一个狗窝。如果还可以活着，我可以放弃荣誉、乐趣。

伯索那：他看起来似乎不行了，应该接近生命的尾声了吧。

费迪南德：我的妹妹啊！即使我们有再多的雄心、激情、愿望，也注定不能完成我们的事业。就如同砖石最终还是要衍化为粉末。（死）

卡斯特族克：你会得到相应的报应。

伯索那：是的，我对我肮脏的灵魂感到难以启齿。它注定会和我决绝。我很佩服你这个凡人，你就像一座巨大的金字塔，扎好自己的根基，活得踏实稳当。

（佩斯卡拉、马拉特史蒂、罗德瑞格、格里斯朗进入）

佩斯卡拉：我的主，这是怎么回事！

马拉特史蒂：噢，多悲惨的一幕！

罗德瑞格：这是怎么回事？

伯索那：阿拉贡弟兄为给玛尔菲公爵夫人报仇，杀死了他。他杀死了安东尼奥，毒害了贪婪的茱莉亚。最后，对我自己来说，这就像是一个演员在扮演角色的时候都是一副好性格，但我却恰好忽略了这一点。

佩斯卡拉：天啊！

卡斯特族克：　看看我的哥哥，他把我们弄成重伤，任由我们在这里苦苦挣扎。现在，就让我躺在他身旁，让他把我遗忘。（死）

佩斯卡拉：　这结局真的难以避免，他是自食其果。

马拉特史蒂：　你这血腥残忍的家伙，安东尼奥怎么会死去？

伯索那：　这是个误会，我也不知道怎么会这样。就如同在戏剧里看到的一样。噢，我快离开这个世界！我们就像死气沉沉的墙壁或拱形的坟墓，即将走向毁灭，没有任何挣扎。如果我在这场争执中死去，虽然会痛，却不会有那么多创伤。你会感觉到痛苦，但不会有伤害。噢，这黑暗的世界！男男女女是如何在这个阴暗、幽僻的社会生存的！让我的怀疑扼杀在理性中吧！为正义而抛弃生命和屈辱吧！我将开始我的另一个人生航向。（死）

佩斯卡拉：　当我来到这个宫殿的时候，高贵的迪里奥告诉我安东尼奥在这里。在这里我看见了一位绅士，也就是他的儿子。

（迪里奥和安东尼奥的儿子进入）

马拉特史蒂：　噢，阁下，你来迟了！

迪里奥：　我知道后就匆匆赶来。让我们为他的巨大牺牲致敬，让我们以这位年轻绅士母亲的名义，全力以赴为这位年轻人盘算一个美好的未来。这些可怜的杰出的人们并没有享受多高的名誉，就如同大雪覆盖了人们的脚印一样朴素。当想去凭吊他们的光荣事迹时，他们却像那被阳光辐射了的脚印消失得无影无踪。大自然将真理揭露于世，如同伟大的人类那样崇高。忠实是名声最好的伴侣，它高贵无比，超越死亡，与世共存！（退场）

旧债新还

A New Way To Pay Old Debts

〔英〕菲利普·曼森格　著

主编序言

菲利普·曼森格于1584年出生在索尔兹伯里。尽管身为议会大臣之子，菲利普·曼森格似乎并未从父亲那里继承多少财富。因为自1606年从牛津大学毕业后，我们对他的认识源于他和他的两个朋友写给亨斯洛维的一纸诉状，诉状中要求亨斯洛维归还欠他的五英镑，以让菲利普和他的朋友摆脱牢狱之锢。

伯芒特从戏剧写作中淡出后，曼森格成为弗雷彻的主要拍档。有史表明，曼森格与弗雷彻友谊深厚。不仅如此，曼森格和我们记录在册的所有合著者都相处融洽。而我们也能从其作品中读到一位高贵、不辞辛劳和认真负责的曼森格。曼森格似乎对公共事务很感兴趣，因为他的戏剧作品对政治人物和政治事件有所影射。正因为这样，曼森格时不时会陷入与地方当局的冲突中。曼森格于1640年逝世。

《旧债新还》是曼森格最为人所熟知的作品，该剧大约于1625年被首次搬上舞台，并受到广大观众的欢迎。曼森格成功地刻画了吉勒斯·奥维里奇爵士这个高利贷者和敲诈者的人物形象，让该人物超越了文学作品中传统的守财奴形象。奥维里奇的人物呈现极具匠心。为使奥维里奇的人物形象更加丰满，曼森格精心挑选并详尽描述场景。尽管奥维里奇的罪恶近乎非人，但其对生命的幻想的一面有所保留。正如曼森格一贯的主张，在本剧中，曼森格依旧提倡健全的道德品行。或许正是因为该剧的教育性、雄辩性及主要人物给读者的深刻印象，让这部戏剧一直流行到十九世纪。

查尔斯·艾略特

戏剧人物简介

劳威尔勋爵：一位英国勋爵

吉勒斯·奥维里奇爵士：一个残忍的敲诈者

（法兰克）威尔本：一个浪子

（汤姆）奥维斯：一位年轻的绅士，劳威尔勋爵的侍从骑士

格雷迪：一个贪婪的法官

莫瑞尔：吉勒斯·奥维里奇的管家

奥德：管家

安伯：门房

菲尼斯：厨师

沃切尔：门童

威尔杜：一位牧师

坦普威尔：酒馆老板

三个债主：仆人等

奥维斯夫人：一个有钱的遗孀

玛格丽特：吉勒斯·奥维里奇爵士的女儿

弗洛思：坦普威尔的妻子

女侍者

场景：诺丁汉附近的小镇

第一幕

第一场

（坦普威尔酒馆前）

（进）威尔本 （衣衫褴褛），坦普威尔，以及弗洛思·威尔本

威尔本： 没有酒，没有烟了吗？

坦普威尔： 先生，一点都没有了。

那喝醉的门童剩下的一点也没了，放了一晚也已经坏了。

弗洛思： 先生，的确一点儿也不剩了，所以没办法满足您今儿个的需求了。

千真万确，我向您保证。

威尔本： 千真万确？可恶！

你倒是一副正经样，那我算什么？

坦普威尔： 威尔本，我得给你找一面镜子，看看你那瘦削的样子，你就不会觉得我说的不对了。你该好好管管你自己了。

威尔本： 你有什么资格这样说我，可恶的家伙！

坦普威尔： 先生，即便你不高兴，我也还是得告诉你，

今天你胆敢动一下你那普利茅斯的棍子，
我就会上法庭告你去。裁判阁下圣明的话，
你肯定会被抓去监狱。
在这儿，裁判阁下就是警官，就是有权有势的王公贵族。
他们真正控制着这儿的所有家族。
他手下的警卫都是些使钩镰刀的士兵，
他们娴熟的手法会让你那污秽孱弱的身体“焕然一新”。

威尔本：流氓！奴才！

弗洛思：息怒，先生！

坦普威尔：他这是自作自受。
千万别太暴躁，我这儿可没水让你解渴；
当然，还有其他诸如劲道的浓啤或一般的啤酒。
都是些身外之物，你得通通忘掉，即便是在梦里。

威尔本：什么时候轮到你来教训我？
你这忘恩负义的小人，你竟敢这样同我说话！
你的一切都是我给你的！没有我，你们哪儿来的这房子，
哪儿来的现在拥有的一切？

坦普威尔：无凭无据，提莫西·坦普威尔可没有相关记录。

威尔本：难道不是因为我父亲的英勇你们才有的吃，有的穿？
你们难道不是出生在我父亲的土地上，
并以作为他家中的一名苦工而感到自豪？

坦普威尔：我是什么这不重要，先生。
然而你是什么，这显而易见。
临别之际，既然你谈到了你的父亲，
我就简单说说你父亲的故事，
在我看来这可能会让你备受折磨。
你死去的父亲，约翰·威尔本，我曾经的主人，是位有身份的人。
作为法定治安法官中的一员和镇史记录者，他享有很高的

声誉。

他管理着整个郡的事务，撑起了一个大家族，并且乐善好施；

但他去世了，那一千二百镑的年薪便到了你的兜里，

曾经的马斯特·弗朗西斯，但现在却是令人绝望的威尔本——

威尔本：狗奴才，闭嘴！否则我可不客气了。

弗洛思：你不会的，你不可能傻到自掘坟墓。

坦普威尔：在我的记忆里，当时的你可是坐拥大片田产，

是个风华正茂的年轻人，

而我则是你手下的管家。

请注意现在所发生的变化——

这些财富让你享乐一时，狩鹰猎犬，

各种跑马任你选择，

各色情人让你随心所欲，

正是他们的怀抱将大人您软化。

对于这些，你的叔叔，吉勒斯·奥维里奇分外留心，

（并决定不错过任何一点细节）

并且曾一度帮你还清那些无厘头的债务、罚款和公债，

可最后也对你失望，弃你而去。

威尔本：你这杂种，那些都是些牧师杜撰出来屁话。你还当真把它们都研究了一番。

坦普威尔：我还没说完呢。

你的土地、你的信誉变得一文不值，

然后你成了一个四处借钱的穷鬼，

上至有头有脸的绅士，下至路边的乞丐，

都不买你的账，对你不屑一顾。

威尔本：我要把你的脑袋拧开花。

坦普威尔：和你不同，贫穷的坦普威尔用他四十英镑左右的存款买了这

栋小屋；娶了卑贱的弗洛思，住在这里。提供娱乐给——

威尔本：那可不是吗，让妓女和哀号的乞丐找乐子。

坦普威尔：我承认，的确如此，但他们都给我带钱来了，

他们都至少能花钱买自己想要的东西，哪像您这么窘迫。

我从他们那儿获取的收入至少让牧区里的人们觉得我够资格当牧区里的清道夫。

在不久后，我还可能成为穷人劳动的监督者。

如果真有这么一天，你来求我，威尔本，

我也许会考虑给你一份差事，价值十三个便士。

到时候，你会感激我的。

威尔本：你这狗杂碎，那么——

（对他拳打脚踢）

坦普威尔：（朝他妻子喊）快找人救命啊！

威尔本：再动一下，我就要你的命。

谁都救不了你，

十恶不赦的狗奴才。

我没有给过你好处吗？

有利可图的时候，

你恨不得能舔我的鞋，

用你做礼拜的衣服把它们擦干净，

是谁在我面前发誓，

只要给你四十英镑

你就能过得像皇帝一样？

又是谁给了你现成的金子让你美梦成真？

敢说不是这样吗？恶棍！

坦普威尔：我必须否认，先生。

从旅馆到酒馆，

要是记不住那些曾经慷慨大方的老主顾，

生意都会很快关门大吉，

挣不到一分钱，像你一样一贫如洗。

威尔本：这些人可是都赚了大钱了。
身为乞丐的他们让你这龟孙富裕起来了。
你这恶棍，不得好死，尽干坏事，没心肝的老鸨！
既然你这么健忘，
那让我来提醒提醒你，看我不把你剁成泥！
不留你一根好骨头！
（又一顿痛打）

坦普威尔：啊！

弗洛思：求你，别打了！（奥维斯进）

威尔本：休想！

奥维斯：停下，看在我的面子上，停手。
连我的话都不管用了吗，弗兰克？

威尔本：好吧，这一次，我的棍子就饶了他们；
我不想见他们，快滚，
要是还在那儿哼哼唧唧，别怪我翻脸无情。

弗洛思：这都是你多嘴自找的，我的丈夫。
都被打残了，
还自以为自己机智灵敏，说话也不经大脑。

坦普威尔：忍耐，弗洛思。
还有法律呢，法律会为我们所受的伤讨回公道。
（他们手脚并用地爬了出去）

威尔本：送到你妈那儿去？

奥维斯：她是尊贵的夫人，弗兰克，是我的保护神、我的一切！
为了我父亲的死，她是如此哀痛，
因为爱我的父亲，她也是如此疼爱我，让我无法不遵从她——
这样的继母世间鲜见。

威尔本：的确是个高贵的遗孀，

一直名声清白，不受一点儿恶名的玷污；
因为她高尚的举止，没有人会嫉妒或是诽谤她。
那请告诉我，难道都没有人追求她吗？

奥维斯：　除了我父亲外，即便是郡里最好的人，请求再请求，
如此反复，最后都未能得偿所愿。
他们几次三番地拜访，都没能赢得她的接见。
然而，她根本不是那种郁郁寡欢、桀骜不驯之人，
我敢保证你一定可以见到她。
我可以给你列一长串她的追求者。

威尔本：　免了吧，我可得给你些好的建议。
你父亲是我的朋友，爱屋及乌，我也一样尊敬你。
你是一个充满希望的英俊小伙儿，
我绝对不会对你心存冒犯，
也会防止自己对你造成任何危险。

奥维斯：　谢谢您的关爱；但是，请告诉我，
我缘何会遭遇危险呢？

威尔本：　你没有恋爱吗？
不要因为羞怯而否认。

奥维斯：　恋爱？在我这样的年纪！

威尔本：　你已经因为爱情而飘飘然了，
还有关于最近你所做的，我早有耳闻，
而且，我能用手指出那颗指引你们爱情吸铁石的北极星。
我可不是胡说八道，这可是有根据的，这位玛格丽特小姐，
可是科蒙拉特·奥维里奇的独生女和继承人，你觉得怎么样？
光是听到她的名字，你就已经脸红心跳了吧？
因为不知道如何掩饰。

奥维斯：　先生，您说得太直白了。

威尔本：　本性上的缺陷并不能因香脂而得到弥补，相反，需要腐蚀。

所以，我得坦言：
难道你还未从仆人心理的禁锢中解脱？
仍然发誓当灰姑娘的仆人？
你敢设想你的婚姻吗？我怕你会断然认为，一点机会都没有，
现在这机会来啦，或者说过去的确没有，但将来可就说不定了。
一个年轻帅气的小伙， 谁人不爱？要么荡妇勾引上你，要么你虏获少女芳心——
就连宫廷里的侍臣也不能免俗。

奥维斯： 这太疯狂了。
即便你发现了我的心事，
你也知道我的意图是合乎情理的。
而且即使这万花之王、这春天之瑰丽、
这最沁人的馨香玫瑰脱胎自一朵野玫瑰，
我相信她善良的灵魂也不同于她父亲的卑鄙吝啬。

威尔本： 就算这是真的，
如我坚信的一样， 难道你眼见他的父亲把她给毁了后，还希望自己能够高枕无忧？

奥维斯： 还有你的地位。

威尔本： 我承认，是这样。
作为朋友，我得坦白告诉你，
对明显不可能的事还心存希望，这是轻率之举。
不要让爱情麻痹了你的眼睛。你能想象吗？
吉勒斯·奥维里奇爵士为了让她声名鹊起，连邻居的性命都不会顾惜，
他没有半点良心。
不仅如此，他甚至不惜自己的性命，
这样，你能指望他会同意把女儿嫁给你？别做梦了！

放弃吧，想想其他合您身份的事儿，
并借其兴旺发达吧。

奥维斯：　您给了我很好的建议。
但与此同时，您却完全忘了您自己。
想想您现在身处怎样的困境吧。

威尔本：　这没什么，没什么大不了。

奥维斯：　的确，比起我的，你只不过是没钱的麻烦。
你知道我的情况。
但我会尽我所能满足您的需要。

威尔本：　你说什么呢?

奥维斯：　别，别生气，
这儿有八枚金币，或许能改善你的处境。

威尔本：　拿你的钱!
接受一个小毛孩儿的救济!
一个领薪金的人!
一个靠继母的慷慨和看主人脸色过活的人!
与其接受你的救济，我宁愿先吃掉我的双手。
不管瞎了眼的财神汉斯如何在我身上发泄他的怨恨，
即便我刚被赶出啤酒馆，
并因此没吃没喝没地儿睡觉，
但至少天还没塌——
虽然感谢你的好意，但我鄙视你的提议；
虽然是我的疯狂毁了我的地位和名声，
但不需要别人的帮助，
我也能用自己的才智恢复我的一切。
最坏也不过就是一死，人们都会忘了的。

奥维斯：　怪诞的幽默!

第二场

（奥维斯夫人家的一个房间）

（进）奥德、安伯、菲尼斯和沃切尔

奥德：正如我的名字Order（秩序）一样，把东西都归置好。瞧这链子，还有这双层环领，这可是权力的象征。要是胆敢失职，谁也别想一周内有早餐吃，都将被取消一周的早餐资格，还有去酒窖工作的特权。

安伯：你很得意嘛，我们的好管家。

菲尼斯：让他得意吧，我可没好心情。

安伯：怎么了，亲爱的菲尼斯？这还没到十二点呢，也还没上菜啊！

要是那时候，厨师们暴躁易怒倒是可以理解的。

菲尼斯：你以为你很会说话讨巧，是不是？你以为你聪明是不是？甚至连夫人都不如你了？

奥德：别，别，别介，别跟我较真儿。

菲尼斯：想以厨房管事儿的权威责难我！

不论什么时候、什么地方，我才不管该不该发火呢！

我祷告的时候，别来烦我，我可是要发火的。

安伯：我并没有恶意。

菲尼斯：你是我的朋友；否则，我就生气了。

奥德：你生谁的气啊？

菲尼斯：管他是谁呢，但现在细想想，我是在生夫人的气。

沃切尔：朋友，万万不可！

奥德：她安排了什么苦差事给你？

菲尼斯：够我忙的差事，管家。

我要煮合她口味的食物，

在她禁食前，我都干得挺好的。

而现在，自从我们尊贵的主人——奥维斯先生去世后，

任凭我绞尽脑汁地调出各种可口的酱汁，

并尝试在糕点里多搁点含铁盐——
这样的糕点放在更贫穷的国家都能被列为佳肴；
但要是放在布雷达，
斯宾诺拉肯定早暴跳如雷，到最后碰都不碰一下。

安伯：　但是你还有食材可以继续尝试啊。

菲尼斯：　食材！只要有六个鸡蛋和两蒲式耳[①]的黑麦餐，
我就能让整个镇子的人活到世界末日或是更长。

奥德：　那你又是为什么生夫人的气？

菲尼斯：　为什么？试想一下：给她准备的食物，
其中的三道菜已经烤熟，第四道菜也已经熟了一半，
她却连卧室门都不出，只吃面糊或燕麦粥，
从没考虑过我的辛苦。

奥德：　但你的厨艺至少在饭厅里得到承认了。

菲尼斯：　由谁呢？
都是一群虚情假意，蹭吃蹭喝的人。
但在所有这些贪婪的人中，
没有比那懦弱的乡绅更不招人待见的了。
简直就是鱼目混珠。

奥德：　你是说格雷迪法官？

菲尼斯：　都一样，都一样，
肉扔给他都嫌浪费。
他印证了这样一个悖论：吃不好的人也断不好案。
他就像坟墓一样不知足。（敲门声）

沃切尔：　有人敲门。（奥维斯进）

奥德：　姗姗来迟的少主人！

安伯：　欢迎，少爷。

菲尼斯：　您好吗？如果您有胃口的话，有一份现成的肉饼。

① 1蒲式耳≈36.27升。

奥德： 简直和他父亲年轻时候一模一样。

菲尼斯： 我们都是您的仆人。

安伯： 他与您同在。

奥维斯： 在此，向大家致以我诚挚的感谢，
这让我深感安慰。尊敬的夫人起床了吗？
（奥维斯夫人、婢女和侍女进）

奥德： 她的到来代我们回答了。

奥维斯夫人： 那些丝绸整理得很好。我会亲自熨烫。（婢女、侍女出）

菲尼斯： 就知道熨啊、烫啊的——
但您除了那些流质食物，其他一概不吃吗？
那留着我还有什么用？

奥维斯夫人： 拜托，别生气了，
这不会持续太久的。对了，这儿有一些金子，给自己买点围裙和夏天的套装吧。

菲尼斯： 我得到安抚了，愠怒的菲尼斯冷静一点了。

奥维斯夫人： 另外，还有一些事要交代，无论上午谁来拜访，
像之前一样招待他们；
但要告诉对方我身体不适，不能会客。

奥德： 我会的，夫人。

奥维斯夫人： 带他们退下吧。不，奥维斯，你留下。（奥德、安伯、菲尼斯和沃切尔退下）

奥维斯： 我很高兴等在这儿听候您的指示。

奥维斯夫人： 这么快就学会说恭维的话了！

奥维斯： 和那些谄媚之士不同，夫人，这是我对您应尽的职责。

奥维斯夫人： 好吧，你会胜过那些谄媚者的；
但我不会仅满足于言语。
尊贵的劳威尔大人怎么样？

奥维斯： 老样子，对名誉的看重丝毫不减。
原谅我的放肆，他的确交代我——

他命令我一定谦恭，并要我代替他亲吻夫人白皙的双手，
向夫人致意。

奥维斯夫人：我倍感荣幸。他仍坚持他的乡下之行吗？

奥维斯：一如既往，尊敬的夫人。
但在此之前他会亲自来拜访您的。

奥维斯夫人：你怎么会同意他这么做？
你还像一张白纸，可以被描摹成任何文字，
邪恶的抑或是光荣的，
你自己选择，我不会强迫你。

奥维斯：只要是您所期望的，我都愿意尝试。
如果我可以选择，
我会效仿我的父亲，遵循他所指引的路。

奥维斯夫人：很好，我欣赏你的精神。
你有这样一位父亲，愿他在我们心里长存！
在上天把他从我身边带走的几小时前，
因我与他深挚的爱，他把你托付给了我。
因此，对于我的话，你定当听取，
带着对你父亲的尊重，就像他与我同在。
他是我的丈夫，你虽不是我亲生，
但我会视你为己出，对你关爱备至——
只要你值得。

奥维斯：尊贵的夫人，您是世上最好的母亲；
我会竭尽全力关爱您，为您效劳，
不辜负您对我的厚爱。

奥维斯夫人：这也是我最大的希望。
你父亲这样说过：
“如果我的儿子要投身战场，
告诉他战场是一所学校。”
那里会教授你所有让你变得不凡的准则，

只要你认真学习。
但对于那些想要把战场当成他们为所欲为的合法场所的人，
他们永远不配战士高贵的称呼。
在正义的战争里，为了国家的安危，
战士们勇敢地向前冲，
无惧地冲向敌人的大炮；
服从指挥，远离叛乱；
忍耐冬日的严寒、夏日的炙热；
当食物供给不足时，忍饥挨饿；
不咒骂，不赌博，不酗酒。
正是这些纪律铸就了英勇的战士。

奥维斯：您说的每一个字，对我而言，都如同神谕，
如有怀疑，必招天谴。

奥维斯夫人：最后：
留心那些恶劣的同伴，
因为近朱者赤，近墨者黑。
对此，有个人，我一定要警告你，别和他走近了，那就是威尔本：
并不是因为他穷，我知道你对他心生同情；
而是因为此人纵情声色，不思进取，
不会干什么好事，连自己都可以出卖。
我不否认，你父亲曾与他交好——
当他还值得人敬爱的时候；
但要是你父亲还在世，看见他这副德行，
早就对他敬而远之了，所以你也应该如此。

奥维斯：我一定谨遵教诲。

奥维斯夫人：跟我去我的房间拿些钱吧，
好好打扮一下自己，别看起来不像是我的儿子。
钱方面，只要你开口，我定满足。

奥维斯：　我永远是您的孩子。（退场）

第三场

（奥维斯夫人府邸的一个大厅）

（进）奥维里奇、格雷迪、奥德、安伯、菲尼斯、沃切尔和莫瑞尔

格雷迪：　夫人不见客！

奥维里奇：　还隐居呢！

怎么也不想想，

即便她把自己囚禁起来，也换不回她的丈夫。

奥德：　先生，这是夫人的意愿，

我们只是她的仆人，唯有从命，不能背后说主人坏话。

即便如此，夫人及我们欢迎您的到访；

如果您乐意多待一会儿，

六天前，赫尔送来一只金丝雀，很会唱歌，它能为您唱上几句，

以表示夫人对您的欢迎。

格雷迪：　是正宗的金丝雀吗？

安伯：　它的声音真是婉转悠扬！

菲尼斯：　我会让它快点唱完。好救救这饿慌的法官阁下！

格雷迪：　直率的主厨大人，你好呀；我太喜欢你了！

那些美味还没好吗？说说都有些什么，小伙子。

菲尼斯：　如果您有胃口的话，有块烹饪好的牛里脊。

格雷迪：　太棒了！

菲尼斯：　一只猪油雉。

格雷迪：　感激不尽！

菲尼斯：　其他的就是野鸡。

还有昨晚舍伍德林送来的鹿，那可是我煮过的最肥的鹿。

格雷迪：　一只鹿，天哪！

菲尼斯：　是的，先生；部分泡芙面团烤鹿已经做好了。

格雷迪：　泡芙面团！吉勒斯先生，

想想看，美味的牛里脊、猪油雉还有泡芙面团烤鹿！

吉勒斯先生，我们先把正事放一边，先享用这些美味吧。

菲尼斯：　瞧那吃货的兴奋样！

奥维里奇：　你知道这不行。

莫瑞尔：　法官阁下是带着任务来的，

要是此行不成，那法官阁下的这个案子可就泡汤了。

格雷迪：　别跟我说什么案子。

我会证明给你们看：为这样的美味，

任务暂且搁置是值得的。

奥维里奇：　我呸，格雷迪大人！

你难道要为了一顿饭花掉我一千镑？

不知轻重，绝对不可能！要利益，就别老惦记着吃。

格雷迪：　好吧，听你的；

这太难为我了。听着，主厨大人，

您能派人送哪怕一点儿美味给我吗？

作为感谢，我会让跑腿儿的小伙给你捎去三便士的。

菲尼斯：　您会这么慷慨？（威尔本进）

奥维里奇：　代我问候你们夫人。这是谁呢？

威尔本：　你该认识我的。

奥维里奇：　以前认得，但现在完全认不得了；

你和我没一点儿关系。

闪开，你这乞丐！

要是你还奢望从我这儿得到什么，

我会把你送进监狱，鞭刑伺候。

格雷迪：　我会授予你这权力的。

一丁点儿的美味，考虑一下，菲尼斯！（奥维里奇、格雷迪、莫瑞尔退场）

沃切尔：　你能出去吗，先生？
我在想你哪儿来的胆子敢溜进来。

奥德：　这简直就是粗鲁放肆。

安伯：　你就不能好好和你的伙伴们待在一起，等人给你们送剩饭剩菜去？
非得挤到大厅来？

菲尼斯：　拜托，退到外屋去吧，即便那儿是猪圈；
我的助手会送食物给你的。（奥维斯进）

威尔本：　太稀罕了——
这不是汤姆吗，汤姆！

奥维斯：　我们应该不认识吧？
给我一百万我也不想在这儿看到你。

威尔本：　越来越有出息，他连我都瞧不起！（婢女和侍女进）

婢女：　呸，什么味儿啊这是！什么东西这是？

侍女：　厕所里出来的家伙；赶紧走吧，否则我该晕了。

婢女：　我已经有点晕了。（婢女和侍女退场）

沃切尔：　你知道出去的路吗？

安伯：　或者还是我拎着你出去？

威尔本：　不，我不会走的；
听见了吗，我不走！
我倒要看看哪个蠢货敢动我。
你们这些奴才，天生就是给别人做饭、向人谄媚的命；
还得端盘子收碗；
酒囊饭袋。
你们，活着就只为了吃喝，食言而肥！
谁敢过来？谁敢赶我走？

奥德：　夫人！（奥维斯夫人、婢女和侍女进）

侍女：　这就是那怪物。

婢女：　尊贵的夫人，你用手挡挡，别闻到了。

侍女：　或者让我去拿点气味浓的香料，
让您免遭这罪。
威尔本：　夫人，我有事相求。
奥维斯夫人：　求我！
威尔本：　尽管受到你这些仆人粗鲁的待遇，
但我希望能得到你的尊重和礼遇，
作为你丈夫的真挚好友，
这样我就会既往不咎。
奥维斯夫人：　要不是亲眼所见、亲耳所闻，我简直不敢相信还有这样无礼的人。
自从我丈夫死后，我连郡里最好的男人都不见，
你还敢奢望我会给你特殊待遇？
你这臭名昭著的家伙，滚出我的房子，
要是还有点自知之明，就离我远点儿。
否则，尽管和我一贯的作风相悖，
我还是会下令清除你这个碍眼的家伙。
威尔本：　我尊贵的夫人，先不要咒骂我；
你表面看起来就像天使一样善良，
所以请惠赠我一会儿时间听我讲述。
我手臂里流淌的血液和你的一样高贵；
那些昂贵的珠宝首饰、华丽的服饰、男仆的谄媚、
女仆的奉承，不会成就你的美德，
正如我的贫穷也并不是我的罪过。
我知道，您身家清白，声望很高，名副其实；
可是，夫人，我必须得说，这些都毫无意义。
但是，夫人，我必须说，它们都无法超越您对已故丈夫的深情怀念。
奥德：　她多震惊啊！
菲尼斯：　只是听到老爷的名字就已经泪流不止了。

奥维斯夫人：　你还有别的要说的吗？

威尔本：　您的丈夫曾经几乎和我一样贫穷；
没有温饱，债务繁重，麻烦不断。
然而是我帮助了他，
不要觉得我在吹嘘。
是我给了他无限风光，
我就像他的佩剑一样，
随时随地支持他；
夫人，是我让他时来运转，飞黄腾达——
而在所有人看来他已山穷水尽，
就在他自己也几乎绝望的时候。
我走向他，向他伸出了援手，
帮助他再次站了起来。

菲尼斯：　难道我们是忘恩负义的人，能忘了这些？

威尔本：　我不得不承认，您和他的婚姻成就了他的地位，使他成为庄园的主人——您的朋友根本不可能帮到他。
虽然他来时一无所有，您没有半点怨言；
因为他英俊的外表、潇洒迷人的举止，
让再高贵复杂的心都无法抗拒。

奥维斯夫人：　他的确如此。

威尔本：　那么看在我是他朋友的分儿上，别瞧不起我。

奥维斯夫人：　请原谅我之前的无礼，我会补偿这一切的。
奥德，去给这位先生拿一百英镑。

威尔本：　别，夫人，我受之有愧。
我不会向您乞讨或是借半分钱，
但请在其他地方满足我。
就送我一套礼服吧，
相信即便是一个陌生人您也不会拒绝吧？
我的请求就这么多。（低声对奥维斯夫人说）

奥维斯夫人：　啊！没其他的了？

威尔本：　没有了，除非你还能让你的仆人们施舍我一点点的尊重。

奥维斯夫人：　如你所愿。

威尔本：　谢谢您，夫人。

该花多少工夫，才能做好这套礼服啊。虽然我不能了然，

但是，我说完了；夫人您可以离开了。（奥维斯夫人离开）

（对仆人说）

好了，一切都过去了；

为我的计划祈祷，

咱们握手言和吧。

奥德：　同意，同意。

菲尼斯：　仍然是开心的威尔本大人。（退场）

第二幕

第一场

（奥维里奇家的一间房间）

（奥维里奇和莫瑞尔进）

奥维里奇：他走了，我确信；这个任务差点让他崩溃了。

莫瑞尔：裁判大人自有办法，而且一定会把这些阻碍化为灰烬。
但是，这沮丧的法官大人已经完成他的任务，
为了彻底毁了那穷乡下人，
他站在您这边，为了您的利益，违背自己的意愿和他渊博的知识，
就是为了您的那点好处。

奥维里奇：大家还不是想要这点利益吗？是我让他成了法官，难道他就不想收贿赂、填饱肚子？
他就那么高尚，一点都没私心？

莫瑞尔：我仍然不明白，需要大人的指点：
大人您既然有能力，为何让这胆小的家伙当法官？
为何您自己不当呢？

奥维里奇：　你这个笨蛋。

不在其位，不受其累；

要是我当法官的话，除了麻烦之外，

如果知情不报，我不光不能全身而退，

还有可能成为别人举报的对象。

我才不做这样的蠢事；

让格雷迪为我办事儿就够了。

他为我服务，至于他的死活，我不在乎——

友情不过说说而已。

莫瑞尔：　您太明智了。

奥维里奇：　我是比较世故老到；至于其他人，他们自诩有远见卓识，制定法律，将我们大家都束缚起来，要我们遵纪守法，不要干坏事，否则害人害己。我才不觉得呢，那些东西都一文不值。

莫瑞尔：　大人，那为什么你又那么有耐心，时刻注意你邻居呢？

据说他并不打算出售、出租或是交易；

而且他的土地和您众多的土地相比较，简直就是垃圾，没什么价值。

奥维里奇：　我已经考虑过了，莫瑞尔，

这值得一试。

我必须让其他人都成为售卖者，

而我是唯一的购买者。

莫瑞尔：　再合适不过了，先生。

奥维里奇：　因此，我得在他宅子附近买栋小房子，

然后，让我的人拆掉他的围栏，

踏平他的玉米，

晚上放火烧他的牲口棚或者打断他家牲口的腿。

这些擅闯肯定会招来他的起诉，

我能负担诉讼费用，而他很快会因此变得一贫如洗。

当我再穷追不舍个两三年，
即便他胜诉，之后再勤劳、再用心，
他也会一日不如一日。

莫瑞尔：这是我听过的最妙的计策！我太崇拜您了。

奥维里奇：紧接着，在我的律师的帮助下，
我会假借某些名目。
被生活所迫，他肯定会申请仲裁；
然后，如果他以半价出售，
他会马上收到我的现金，
这样，他的地就是我的了。

莫瑞尔：太妙了！
威尔本是很适合的人选，而且不需要什么精心的计策就能诱他入局。

奥维里奇：想法不错。
这个恶棍命太硬了，难免后面会对我的欺骗心存怨恨。
难道寒冷或是饥饿都杀不死他？

莫瑞尔：别再费心想这事儿了。
我所有的方法都用过了：
昨天晚上我让酒馆老板把他从酒馆赶了出来；
并告知您的其他朋友，在他失去您的关照后，
即便一小片发霉的面包，他们也不会施舍他一点。
这些都搞定了，先生。

奥维里奇：干得不错，莫瑞尔。
但莫瑞尔，你还得更狠，更出其不意。

莫瑞尔：随时随地为您效劳，先生。

奥维里奇：现在我主要谋划劳威尔勋爵的事。
这位出了名的勇士，劳威尔勋爵，
他可是人们心中的宠儿。
我听说他已经来到镇上，

而我的目标是一步一步地让他认识我，
然后，邀请他来我家。

莫瑞尔：我明白了——
他会奔着我们小姐而来。

奥维里奇：这样，她肯定能去掉那卑微的头衔，
变得高贵而优雅。
莫瑞尔，我高贵的女儿，如果这就是我所拥有的一切或即将拥有的，
我会得偿所愿的。
我会好好地打扮她；
那些受丈夫不端行为连累而变得地位低下的女士们，
将会服侍我的女儿，
而我只需保证她们吃穿就够了。
这是多么荣耀的事儿，
虽然我来自小城市，但却能拥有他们的财富，
而且能让他们跪在我面前成为我终身的奴隶。

莫瑞尔：这是完美的结局，先生。

奥维里奇：因此，我不会让普通的婢女为她系鞋带，或是做其他更琐碎的事儿，
相反，我要让血统正宗、出生高贵的人为我女儿效劳。
这是富人的骄傲！
我们和那些真正的乡绅贵族间存在的就不单单是世仇了，
而是一种奇特的憎恶和反感。（威尔本进）

莫瑞尔：先生，瞧瞧，这是谁啊。

奥维里奇：是他这个怪物！浪子！

威尔本：阁下，我可是您夫人的外甥。

奥维里奇：别让我看见你！臭烘烘的浑蛋！
你跟瘟神差不多，我才不想见到你呢。
过来，莫瑞尔（到一边）——这是拉他入伙的好时机。

（出）

莫瑞尔：　我站在你这边，先生。

威尔本：　从这句话看，我觉得他是疯了。

莫瑞尔：　疯！你难道一点儿都不同情你自己？
很久前你就已经疯了。

威尔本：　你和我德高望重的叔叔肯定又谋划了什么见不得人的事，想要拉我入伙。

莫瑞尔：　你越来越厚脸皮了。
没有人让我这样做。我发誓——

威尔本：　凭什么相信你？

莫瑞尔：　我以我的信仰发誓。

威尔本：　你的信仰！
你是魔鬼的信徒吧——但你本来要说什么？

莫瑞尔：　要是我即将变得一无所有，
即便郡里只剩一棵树，
我也会在没人的时候，
找根绳子把自己吊死。
要是真爱惜你的名誉，就赶紧去自行了断吧。

威尔本：　谢啦。不用提醒。

莫瑞尔：　难道你要等到有一天死在臭水沟里或是让虱子侵蚀你的身体？
又或者是你不敢这么做，
但这样你会让自己的处境更麻烦的。
难道大街上就没有钱包可以偷，没有房子让你抢，没有市场小贩可以杀？
然后让你东山再起？

威尔本：　我得承认，这会让一切有所改观，
但我不会接受你的任何提议，我向你保证。

莫瑞尔：　为什么？难道你不希望吃喝不愁？

你难道不想再次成为有钱人？
如果你不愿意吊死自己，那跳河吧！
做点事挽回点儿名誉吧。

威尔本： 亲爱的撒旦，这不管用的。
即便用尽那恶魔教你的一切辞藻，
我都不会让你如意的。
不仅是希望，而且有信心让一切峰回路转，活得比以前更好。

莫瑞尔： 哈哈！你建的都是些空中楼阁，我可不会借半分钱给你。

威尔本： 我可会对你更好啊。
来，和我一起去吃大餐。

莫瑞尔： 和你！

威尔本： 别多想，免费的。

莫瑞尔： 为什么要请我，要我为你做什么吗？还有，到底谁花钱？
和你一伙的是拦路抢劫的土匪还是装疯卖傻的乞丐？

威尔本： 你还真多疑。
你不是单独一个人，而是和一位高贵的夫人共进晚餐；
和我，还有一位夫人。

莫瑞尔： 夫人！什么夫人？
和莱克夫人还是和仙界的女王？
这顿饭肯定有什么古怪。

威尔本： 和奥维斯夫人，无赖。

莫瑞尔： 我不信，你的脑袋是被打坏了吧？

威尔本： 到那儿看好了，看他们给予我什么样的礼遇。

莫瑞尔： 又或者还有别的招待，比如一顿鞭子。
你这是哪根筋不对了，难道你还奢望踏进她家大门？

威尔本： 离这儿不远，和我一起去；
瞪大眼睛瞧好了。

莫瑞尔： 我打赌，我会看着你像只狗一样在她家地毯上又滚又爬。

如果你依然认为你能跨过她家门槛，那我陪你去。

威尔本：　那走吧。（退场）

第二场

（奥维斯夫人家的一个房间）

（进）奥维斯、侍女、婢女、奥德、安伯、菲尼斯和沃切尔

侍女：　您不能再多待一个小时吗？

婢女：　或者半个小时？

奥维斯：　我已经告诉过你们我有要事在身，

而且，作为别人的侍从，我身不由己。

虽然我也很想和你们多待一会儿，

但要是只为取悦我自己，

我就没办法完成我的任务了——

我这是辜负了勋爵大人的厚望。

侍女：　那么就算是为了我，请带上这些温柏蛋糕；

是我特意留着的。

婢女：　还有这瓶果酱；

这会让你的胃很舒服。

侍女：　很抱歉，求您吻别我，好吗？

婢女：　又被你抢了个先。我也要，先生。（奥维斯挨个儿吻了她们）

菲尼斯：　这些女侍还真贪心！

我觉得这些小丫头片子会让他泥足深陷的。

奥维斯：　我会想你们的。

侍女：　我们等你。

婢女：　我们会一直等候。

奥德：　你们可是夫人雇来的，所以注意把自己分内的事儿做好了。

女侍：　我们会的，向您保证。（侍女和婢女退场）

菲尼斯：　这个，把它喝完。里面有补药，

这可是真正的长生不老药，
从半夜就已经为您炖上了。
这汤融合了五只公鸡、一百二十只麻雀，还有牛肘、马铃薯根、葫芦、
珊瑚和龙涎香的精华。
喝了它的您，要是再大个一两岁，而我要是有妻子或情人，
我可不敢放心把任何一个交给你。
喝了这汤，即便你要赶很远的路，
我保证其他什么食物你都不需要了，
这汤能让您精力充沛，直到明天早上。

奥维斯：您的细心照顾让我无以为报。
想到要和这群挚友分别，我很伤感；
但尊贵的勋爵大人拜访夫人的心情迫切，
我很快就会回来。
想到这儿，我又感到些许安慰。（敲门声）

莫瑞尔：（低声）你敢再试试吗？

威尔本：（低声）没问题，没问题，我再敲。

奥德：是他，散了散了！

安伯：勇敢面对。

菲尼斯：了解，别担心。（除了奥维斯，其他人均退场）
（沃切尔进，隆重介绍威尔本和莫瑞尔）

沃切尔：非常抱歉，让你们久等了！
热烈欢迎，对于您，我们期盼已久。

威尔本：也请你这样对我的朋友说。

沃切尔：看在您的面子上，我会的，先生。

莫瑞尔：看在他的面子上！

威尔本：莫瑞尔，这不算什么。

莫瑞尔：从我懂事起，我就明白这些，但我还是无法相信。

奥维斯：如果您知道我如此匆忙的原因，

您会原谅我的；

因为，相信我，虽然突然告辞，但我做的事都是值得的。

莫瑞尔：　这是该做的事！这是报复吧！

威尔本：　我理解了，再见，汤姆。

奥维斯：　愿快乐常伴你们左右！（出）

（安伯再进）

安伯：　夫人很乐意见您。

从没有客人像您这样受到夫人如此的欢迎。

莫瑞尔：　这是幻觉吧，

又或者这些人疯了？居然会尊崇这么一个狗粪似的家伙。

不可能是真的。

威尔本：　还不信呢？你这多疑的异教徒。

随你吧，想想你说的“滚地毯和挨鞭子”！（菲尼斯再进）

菲尼斯：　很高兴您来了。

还真不知该给夫人做什么菜，一见到您，真高兴，这不，一下就想起来了。

莫瑞尔：　见到他，就能想起来？真是这样？

威尔本：　你打算煮什么？

菲尼斯：　您听听，先生，我打算煮些松鸡和火鸡，

一些秧鸡和鹌鹑，

夫人还让我问问您，您喜欢什么口味的酱汁，

这样我好为您调制。

莫瑞尔：　（撇过头）这厨师的脑子进水了吧？

专门为他调酱汁！

就我所知道的，他一年里能指望的不过是礼拜日的芝士皮和烤煳的面包罢了。

威尔本：　就照你说的做吧。

菲尼斯：　好的，先生。（出）

威尔本：　对“我们要在哪儿吃”这句话你还怎么看？

我们会不会有免费的大餐呢？

莫瑞尔：我不知道该怎么想这一切了，

求你可别把我弄疯了。（奥德再进）

奥德：这屋子太简陋。

先生，请您前往饭厅就餐。

威尔本：这儿挺好，等夫人出来我们一起去吧。

莫瑞尔：这儿很好，是你说的吗？

这儿变化太大了！昨天你还觉得能待在牲口棚里裹着秸秆就很好了。（侍女和婢女再进）

侍女：噢！先生，我们可是盼着您来呢。

婢女：我们夫人可是做梦都想您来呢。

侍女：夫人起床后（做完礼拜）的第一件事，就是嘱咐我们：您来的时候，

让我们告诉她。

婢女：现在夫人已经知道了，我告诉她了。

莫瑞尔：我要皈依了。

一种新的信仰在我心里滋生了，

唯有圣人能赢得我的崇敬，

即便是天使都无法动摇我。

侍女：先生，夫人到了！（奥维斯夫人进）

奥维斯夫人：欢迎您，直到看见您我才高兴起来。

这第一个吻只是形式，请允许我为有这样的朋友再吻一下您的脸颊。（吻威尔本）

莫瑞尔：为这样的朋友！老天保佑！

威尔本：我整个儿都是您的；如您愿意，

请施恩于这位先生，赐吻问候一下他好吗——

莫瑞尔：应他的要求问候我！

威尔本：我会把这当成最高的敬意。

奥维斯夫人：先生，你可以要求我这样做。（走近去吻莫瑞尔，但莫瑞

尔退缩了）

威尔本： 居然避开这么一位夫人！这样的夫人！

莫瑞尔： 能亲吻夫人的脚已经是我修来的福气了。（主动去亲夫人的脚）

奥维斯夫人： 万万不可，请您起来。
您是如此的谦虚，我非常欣赏您。
今天我将和二位一起用餐——在我的餐桌。

莫瑞尔： 夫人，您的餐桌！自认不配在您的桌上用餐。

奥维斯夫人： 您过谦了，
请不要拒绝。（菲尼斯再进）

菲尼斯： 你们要一直聊到桌上的菜都结冰吗？总是老样子，
一点儿都不考虑我的辛苦！

奥维斯夫人： 能扶我一下吗，威尔本先生——
不，莫瑞尔先生，请和我们一起。（对莫瑞尔说）

莫瑞尔： 我无上荣幸。（威尔本、奥维斯夫人、安伯、莫瑞尔、侍女和婢女退场）

奥德： 所以！我们的戏已经演完了，
并且演得很好。
但是我想破脑袋也没想通，为什么夫人允许这样的事情发生，
或者威尔本先生为什么希望这样。

菲尼斯： 难道我会起坏心，想骗威尔先生，置他于死地，
逼这个穷绅士干那种勾当！
我以火的名誉发誓！
因为厨师是波斯人，波斯人都这么做。
所有读过的书、见过的人里，没有人比吉勒斯·奥维里奇爵士更恶毒、更巧取豪夺了。

沃切尔： 你预备用什么样的代价告诉他这番话，我的伙伴菲尼斯？

菲尼斯： 我的舌头可是值钱的——那可是要花点价钱，我才会说出。

曾经有个放高利贷的，忍饥挨饿，
花了十四个便士，从刽子手手上买来的外套，
一穿就是二十多年；
然后慢慢变富裕，去买新的东西。
这样的事已不算稀奇。
但是像吉勒斯·奥维里奇爵士这样的，却还是少见：
每日山珍海味，还雇了那么多仆人伺候，
任何人都得听命于他，哪怕刀山火海也得上；
不仅如此，极尽骄奢的他花钱如流水，
而他对财富和权势的渴望有增无减。

奥德：他恐吓别人，让别人离开他们的庄园，
然后越过那些专用来惩治坏人的法律，张开他们敛财的蜘蛛网——
人人敢怒而不敢言。
从来没有人如此不幸地被授予这样的勇气和权势。（安伯再进）（大笑）

安伯：哈哈！笑死我了。

奥德：伙计，克制下自己。

菲尼斯：或者和我们分享一下你这突如其来的高兴劲儿。

安伯：哈哈！我亲爱的夫人居然会接待这样一位客人！——这个小喽啰，莫瑞尔，一个无名小卒——

菲尼斯：他怎么了，伙计？

安伯：这无赖还以为他是在舰队街附近的拉姆巷呢！
在那儿服务员是有差别的，服务质量得论资排辈；
对他，服务员一般都服务得很懒散。

菲尼斯：就这些？

安伯：我们夫人出于礼节或是为了取悦威尔本先生，向他敬酒。
我现场模仿：他起身，拿起一个剩了点炖鸡的盘子，
用白色的肉汤回敬我们夫人。

菲尼斯：　这没什么，他们那群人的陋习。

安伯：　而当我给他斟酒的时候，

他起身，几乎要站起来，极为谦卑地感谢我对他的尊重。

奥德：　已经站起来了！

安伯：　我会被骂的。（奥维斯夫人、威尔本和莫瑞尔再进）

菲尼斯：　夫人皱眉了。

奥维斯夫人：　这就是你对客人的态度？（对安伯）

不要再让我听到这些——

我听到你们的揶揄嘲笑了。

小子，我得让你知道：

只要是我觉得值得和我坐一起的人，你们都不得无礼；

有我在，他们便不是你们的同伴。

奥德：　不但如此，她会保护那些对她有利的人。

菲尼斯：　这让你笑昏了的头清醒了吧？

奥维斯夫人：　（向威尔本）请不要觉得拘束，

不必拘谨。

总之，我永远欢迎您的到来，来了就当是自己家一样。

威尔本：　（撇过头对莫瑞尔说）听见了没？

莫瑞尔：　心存敬畏，先生，

不愧是大人您。

威尔本：　就不再打扰您了，尊敬的夫人。

对您的热情招待满怀感激，但要我说，我们就此告别。

走吧，莫瑞尔先生。

莫瑞尔：　我也对夫人充满敬仰之情。（威尔本和莫瑞尔退场）

奥维斯夫人：　从表情看得出你很抱歉，你知道我是个好说话的女主人。

乐呵起来吧，我已经忘了。

奥德和菲尼斯，跟我来；

我得交代你们一些事。

奥德：　听您的吩咐。

菲尼斯：　这就来。（退场）

第三场

（奥维斯夫人家附近的村子）

（威尔本和莫瑞尔进）（莫瑞尔光着头）

威尔本：　我觉得一切进展不错。

莫瑞尔：　仅仅是不错吗，先生？简直是好极了，绝对的好极了。

威尔本：　人总免不了遭难。

莫瑞尔：　但是先生您已经脱离苦海了。
因为您已经很可敬了，
我祈祷不久后您能飞黄腾达，
真正地受人景仰。

威尔本：　拜托不要开我玩笑了，
是我的终究是我的。
你脱了帽子，这样更舒服吗？

莫瑞尔：　舒服！如果这能让先生您高兴的话。
我希望杰克·莫瑞尔不要活到这岁数只是为证明自己是个无礼的山村野夫。
当先生您在的时候，
即便松果都结冰了，我也不能戴帽子。

威尔本：　（向着一边）这难道不是个彻头彻尾的恶棍吗？
为了一个预谋的欺骗突然间变成了这副样子。
这样的人也算是极品了。

莫瑞尔：　我知道先生睿智机敏，不需要我的拙见。
但如若我想为您效劳，
我还是谦卑地呈上我的建议——
但仍需您斧正，
希望这不会让您不愉快。

威尔本：　不会，但说无妨。

莫瑞尔：　那么，依我初步的判断，（还有赖您的支持）

　　　　我希望您能有更好的气质，

　　　　否则这会让爱您（对此我不再赘述）的夫人觉得讨厌；

　　　　因为，今天上午，当然我对于她而言微不足道，

　　　　但在她的财富让您熠熠生辉前，

　　　　您还不够气派。

威尔本：　现在够了吧！

莫瑞尔：　您的这根警棍倒是让您和风光沾了点边。

　　　　（吻了棒头）

　　　　但是，如果您想改变的话，我这儿有二十英镑，

　　　　出于对您的崇敬，我会立刻放在先生您的脚边；

　　　　这些钱够您买一套骑装。

威尔本：　但哪儿有马啊？

莫瑞尔：　在下的马可供先生使用；

　　　　不仅如此，如果先生不得不步行，

　　　　我愿为鞍马。

　　　　啊，当您成为夫人府邸的主人——对此我深信不疑——

　　　　您将拥有那片被称作“杰克耕地”的租约。

　　　　届时，我愿为您耕种，来回报您的恩德。

威尔本：　感谢你的厚爱，但我不能那么做；

　　　　那二十英镑是什么意思？

莫瑞尔：　这是我的全部家当了，先生。

威尔本：　难道你认为，哪怕心里想要件衣服，也不能说，是不是？

　　　　不能对夫人提一个字，是不是？

莫瑞尔：　我知道不是那样！

威尔本：　来，离开之前，我告诉你个秘密。

　　　　即便她再高尚英勇，我也不会让她占了上风。

　　　　我们结婚之后，女人除了偶尔的刚愎自用，

　　　　我不会让她抓我软肋说是因为我寒酸的骑装和走不动了的

老马
而逼她给我买结婚礼服。
不，我会把自己打扮得有自己的风格。
再见了——你的计划里有杰克耕地，
当它属于我时，便也是你的。

莫瑞尔：谢谢先生。（威尔本退场）
在计算这家伙的财富时，我失算了。
我向老爷学习骗人，因为那是我们的职业，
但连老爷也被骗了。
很好，很好，威尔本大人，
你生性善良，将再次成为我们骗局的目标——
如果得到命运之神的眷顾，你拥有了那位夫人和她的土地，
那么到那时候，毫无疑问，你将是我们骗局的不二人选。
我得立刻想想怎么做。（边走边想）
（奥维里奇进，对屋里的仆人说）

奥维里奇：小子，拉着我的马。
我想走一会儿，不然没胃口。就走一英里，
我要走走，这会让我的胃口更好；
经常锻炼，不容易长胖。
哈！莫瑞尔！这家伙在变戏法吗？
可能这恶棍让那浪子自行了结了自己，
良心上因此有点歉疚；
无所谓，总算解决了。
莫瑞尔！

莫瑞尔：老爷。

奥维里奇：关于威尔本的计划怎么样了？

莫瑞尔：好得不能再好了，老爷。

奥维里奇：他是吊死了还是淹死了？

莫瑞尔：没有，老爷，他还活着；

并且又一次成为您的猎物，
比以前更大的一个猎物。

奥维里奇：你没傻吧？
如果你还正常，给我简单说说这奇事儿。

莫瑞尔：一位夫人，爱上了他，老爷。

奥维里奇：爱上了他？是哪位夫人？

莫瑞尔：有钱的奥维斯夫人。

奥维里奇：你这笨蛋！怎么敢说这样的话？

莫瑞尔：是真的。
虽然我一年当中说不了多少真话，
但是，对您，老爷，我是句句属实。我们本来是不能和夫人一起用餐的。都是沾了他的光。

奥维里奇：威尔本先生！

莫瑞尔：就如我活着的事实一样，老爷，
我和他在奥维斯夫人的餐桌一起吃饭——
像我站在这儿这么简单的一回事儿。
看见她吻威尔本——
并且应威尔本的要求原本也要吻我的，
但我没有那些年轻人那么大胆。
什么事都敢做，即便拒绝很荒谬，但我不希望事后来后悔。

奥维里奇：你这蠢货究竟是怎么了！
尽是痴人说梦。
不知天高地厚的家伙，
即便是我，也不是经常受到她的欢迎。
她丈夫死后，我尝试过不下十次，
想要见她一面，想要追求她，但都以失败告终。
然而他，一个游手好闲的混混，
居然见到了她，还和她一块儿吃饭！
但我了解你这家伙一般说谎都不脸红，

然而这么一个弥天大谎肯定会让你那脸上现出点儿迹象。

莫瑞尔：难道我连自己的眼睛和味觉都不能信任？

我此刻仍能感到她带给我的欢欣鼓舞。

奥维里奇：要是你再满嘴胡话，你也能感到我带给你的“欢欣鼓舞”——

长点儿脑子吧你，别被那家伙骗了都不知道。

因为那些个仆人和婢女，你就上当了的话，

我一定让你这没见过世面的蠢货卷铺盖滚蛋。

莫瑞尔：您还不相信吗？

因为确信他们俩一定会结婚，我给了威尔本——

（向一边）即便要扣掉我五先令，我也要称他“大人”——

给了他我那匹老马和二十英镑。

奥维里奇：你这样做了？你这蠢货！（莫瑞尔被打倒在地）

你就是这样把他逼入绝境的？还是专门来气我的？

莫瑞尔：老爷您不会杀了我吧？

奥维里奇：不，不会；只是要帮你驱驱邪。

莫瑞尔：没有什么邪魔之事了。

奥维里奇：那我也就此停手——

现在，忘了梦见的大餐和贵妇，

要知道，明天我要和劳威尔勋爵一起用餐。

你可小心，别到时候该你出现的时候看不到你的人影；

还有，嘱咐那些丫头们好好给小姐梳妆打扮，

要是她们把小姐打扮得好，抓住了勋爵的心，我会重重赏她们的。

这儿有点钱，为我刚刚的拳脚给你的。

莫瑞尔：（向旁边）不这样还得遭殃：

但可能有机会——

奥维里奇：还在嘟囔什么？

莫瑞尔：没有，老爷。（退场）

第三幕

第一场

（奥维里奇家附近的村庄）

（进）劳威尔勋爵、奥维斯和仆人

劳威尔：把马牵下山去。我有些话要私下对奥维斯讲。（仆人退场）

奥维斯：噢，尊敬的大人，这让小的受宠若惊，
我愿意永远听候您的差遣，哪怕不睡觉也心甘情愿；
无论多么艰险，即便是死，我也在所不辞，
我必当心怀感恩，义无反顾！
但即便是这样，也无法报答您的恩惠。

劳威尔：可爱的小伙子，在付诸行动前，先别太夸张；
出于对我的信任，你告诉了我关于玛格丽特的秘密，
并深信我能守口如瓶。
我已感觉到——无论你如何谦虚，我都得向你坦言——你对我的爱戴和帮助，
已远远超出我所给予你的。

奥维斯：这已经是很大的恩惠了，是我无上的荣幸。

劳威尔：　这些都是知恩图报的你应得的。

我并不像那些自恃甚高、脾气暴虐的有钱人，

在他们看来，要是没有仆人鞍前马后地伺候着，

就不能彰显他们的贵族身份和地位。

我没有那么古板封建；

我若想让我的仆人或一位绅士为我做事，采取的便是不同的方式。

奥维斯：　的确如此；对我而言，您更像我的父亲。

请原谅我作这样的比较。

劳威尔：　我允许你这样比较，我也乐于你能这样比较，

面对你的女主人——玛格丽特女士，我所表现出的仪态举止，皆可为我做证，

我凌驾于我的情感之上。

奥维斯：　面对诱惑，多少勋爵会有如此的毅力？唉！

劳威尔：　叹气是为何？难道你不相信我？

我以在征战中赢得的荣誉为名，我以我迄今为止毫无瑕疵的所作所为为名，

我对奥维斯会比对我自己更加诚实。

奥维斯：　作为勇猛的劳威尔勋爵，

于我而言，您的话比任何决绝的誓言更有效力和分量。

这誓言与那多数朝臣践行的欺瞒不同。

然而，作为一个男人—— 一味推崇无异于谄媚——

在确信您的美德和品质的前提下，

我不得不怀疑；不但如此，我还有更多的担心。

劳威尔：　你还太年轻，太多虑！

奥维斯：　要是您的对手是一个人，那胜利是毫无疑问的。

但要抵住财富和美色两大强敌的袭击，

还有来自他们背后支持者的攻击，

这对大力神而言都是太大的挑战。

劳威尔：　说出你的疑虑吧，否则你会一直耿耿于怀，
直白地告诉我吧。

奥维斯：　即便是让我与自己对抗，
只要是您的意愿——倘若对您有利——我都会听从。
尊敬的大人，要是玛格丽特只是普通女子，
她的糖衣炮弹威力平平，
这样的话，哪怕她爬得再高，哪怕她将一切都掌控在握，
哪怕她那充满杀伤力的眼神向您的防御工事全力开火，
只要您的眼睛还能看得真切，她也不能伤您毫发。
但如若她用她那婉转魅惑的口音对您歌唱，
用那韵律动人之音刺激您的耳朵——
即便尤利西斯重生，他经受住了妖女的考验，也无法抵挡这次的诱惑——
那这场理智与激情间的角逐结果就值得怀疑了。
不仅如此，当你感受到她的触摸、
她的呼吸，如柔柔春风拂过阿拉伯，催生橡胶和香料；
尝到她嘴唇的甜蜜，
你就会沦陷在她温柔的陷阱里——
这样，即使是希波吕托斯[①]也会离开戴安娜，
去追随这样一位维纳斯女神。

劳威尔：　爱情已经让你变得极富诗意，奥维斯。

奥维斯：　就算这些你都能战胜，
那也是因为对方是人，你才能办到。
而吉勒斯·奥维里奇爵士，他贪婪成性，
他用大量的不义之财和非法得来的土地
来让玛格丽特变得更加引人注目，
甚至有天可能把猎鹰的翅膀绑在身上让她飞上天。

① 雅典国王忒修斯与阿玛宗王的儿子，他崇拜贞洁的狩猎神阿耳忒弥斯，厌恶女人和爱情。

噢，我的好主人！即便是一个畸形的黑人，
有了这些强有力的辅助也会变得美丽——
但都只是装饰品所赋予她的光彩，
唯有自身所散发的光芒才能堪称完美——
这些帮助会让她占尽上风。
因此，我至此只为求得您的信任；
能够为您效劳，我已三生有幸，
但旁观者清，当局者迷啊。

劳威尔：为什么，要我发誓吗？

奥维斯：噢，万万不可，大人；
不要因为对我的宠溺而误导您对世事的判断，
而放弃了众人争相争夺的猎物。
我不过是您的学徒、仆人罢了。

劳威尔：一切还未可定论。
离奥维里奇家还有多远？

奥维斯：最多再骑半个小时就到了。

劳威尔：你也快点儿摆脱那些多心和疑虑。

奥维斯：噢，只敢想想而已！（退场）

第二场

（奥维斯家的一间房里）

（进）奥维里奇、格雷迪和莫瑞尔

奥维里奇：要不惜血本地让她的梳妆台放满奇珍异宝。

格雷迪：还是大人想得周到。

奥维里奇：这谚语倒是挺合你的胃口，格雷迪法官。
盘子里要装满纯正黄金或是匠心独运的器物；
让我钟爱的亚麻香味弥漫整个屋子，
沐浴的水里也放入珍贵的香粉，
以取悦我的贵客，

让他流连忘返。

莫瑞尔：　这将非常可行。

奥维里奇：　闪一边儿去!

现在万事俱备，只欠东风，

是时候想想以后的荣华富贵了。

请小姐进来。（莫瑞尔出）

格雷迪法官大人，由于你喜欢精致的菜肴，

而且喜欢吃很多——

格雷迪：　的确如此，大人，

来者不拒，多多益善。

奥维里奇：　那么我就把这些美食交由你负责了。

格雷迪：　我一定按时吩咐下去，

给予最好的指导。

如今，我自认为我是一个王者；

至少，在烹饪方面是首屈一指的。

因为我经常吃这些东西，

要是能吃得肚子圆鼓鼓的，我更是感激不尽，

这才是真正的法则。（出）

奥维里奇：　对了，要是那傻丫头表现平平，

可要把我们的计划搞砸——

这可不是遗传我，而是像她妈妈。

我一直挺上进的，她也必须如此，

因此，我将为她做些准备。

（玛格丽特进）

让下人在外边儿候着，你单独进来。

玛格丽特：　您找我，父亲?

奥维里奇：　哈！不错的装扮!

这些珍珠和钻石点缀得很好!

我对这件衣服倒不是很感兴趣，

这衣服本应用金色花朵层层润饰，
但是这些华丽的珠宝和它典雅的风格让它增色不少。
下面如何呢？因为四处游走的眼光
总会在脸上停留片刻后，落在脚上。
那脚比例恰好，如你的一般，
纯白和红润完美无瑕地融合。
小姐的新形象怎么样，失色的那个玛格丽特仆人？

玛格丽特：好了，她是我的同伴，不是仆人。

奥维里奇：她很谦虚，是不是，玛格？
也很细心，只是忘了自己的身份，不是吗？

玛格丽特：我同情她的遭遇。

奥维里奇：同情她！你应该蔑视她。
我给她穿上粗布破衣——贫穷得甚至能为两便士的排骨而饿死——让她来服侍你。
如若我如此帮助她，而她不用卑躬屈膝
却仍对自己的职责有所抱怨，
我便把她捆着送去骑士那儿，让她在伦敦监狱中，
和犯人一共哀号悲戚。

玛格丽特：你有你自己的一套；
但对我而言，当我命令她时，我会不好意思，
因为她曾经也被出身不亚于我的人服侍过。

奥维里奇：跟我谈出身！怎么了？
难道你不是我的宝贝女儿？
不是我万贯家产的继承人？
我之所以不介意奔波，苦苦追求，不顾万劫不复的唾骂，
想尽办法，难道不是为了要让你尊享财富和地位，傻丫头？
抛开这些卑微的想法吧，让自己的言行符合我为你创造的高贵身份。
否则，我何不收养一个陌生人成为我的继承人，

从此后不再管你。
所以，不要激怒我。

玛格丽特：我不会了，父亲大人；
将我按您喜欢的方式塑造吧。（格雷迪再进）

奥维里奇：怎么回事！打断我们的谈话！

格雷迪：是很重要的事，先生，
是厨师，他自作主张，不听从我的任何建议。
今天新买来一只鹿，先生，
即便以死相逼，我也不能说服他把里面装满诺福克水饺，
然后拿去烤。
先生，聪明人都知道，没有饺子，这东西连三便士都不值。

奥维里奇：你要是想整个儿吃进肚子里，
那就把它肚子里的东西掏出来！
随便你怎么弄，
但现在，别来打扰我。

格雷迪：那饺子呢？没有特别的指示吗？

奥维里奇：你爱怎么弄就怎么弄！
去告诉厨子，
再不听招呼，我就把他扔进他炒菜的油锅里。

格雷迪：要是没有心爱的饺子，我也就没胃口吃那东西了；
我会感激您的。（出）

奥维里奇：但玛格，关于今天的事儿，你已经听说了谁要在这儿吃饭了吧？

玛格丽特：是的，父亲。

奥维里奇：他是位尊贵的客人。
一位勋爵，玛格，指挥着一个团的士兵；
更为罕见的是，他自己也是一个英勇明理的军人。
很少有人能成为一名勋爵，一个好的领导，
他为整个国家带来荣耀。（格雷迪再进）

格雷迪：若大家未能遵从于我，我便辞去我的职位。

奥维里奇：小声点儿，你是疯了吗？

格雷迪：疯！我要不是和平与仲裁的法官，
这会让我抓狂甚至疯掉。
因为这厨师是要造反了，完全听不进我的话。
厨房里有一打鸟鹬——

奥维里奇：那就给自己再弄十三只鸟鹬来，按你自己的意思弄。

格雷迪：那我就满意了，
这样的话就能按我自己的意思给它们抹上酱汁了，
而不必用黄油去烘烤它们。
我父亲是个裁缝，
虽然我是名法官，但我的名字是格雷迪·伍德科克。
所以，在我的名声被败坏之前，
我会先放弃我的使命。

奥维里奇：（大声地）厨子！——你这蠢货，按他说的做！
别再来烦我。

格雷迪：好的，我去准备下晚宴。（出）

奥维里奇：如我所说，玛格丽特，
我会让这位尊贵的上校成为你的丈夫。

玛格丽特：我和他之间有太大的差别，所以这想都不用想。

奥维里奇：我可不只是想想那么简单，
我有信心促成这桩婚事。
所以你不要和自己过不去，
我的财富会让你和他门当户对。
现在，为了确保他成为你的丈夫，注意听我说：
记住，他是一个廷臣，一名军人，
可不是好惹的。
所以，当他向你示爱的时候，千万不要惺惺作态。
第一次就拒绝，会使得期待之事总是付诸东流，这种装模作样的羞怯已经破坏了很多姻缘——
先是故作娇羞地拒绝，然后追悔莫及。

玛格丽特：关于这个，你大可放心，就是保持距离、保持纯贞嘛？

奥维里奇：什么纯贞！抛弃你的纯贞！
你必须失掉你的纯贞，否则，你就会失去我。
我会让你和他独处，不要惊讶，我说了，是独处。
如果你真是我的女儿，那你就得敢于和一个男人独处，
当他吻你的时候，你要深深地回吻他。

玛格丽特：我听闻这是娼妓之举啊，父亲。
所以，这些，我永远学不会。

奥维里奇：从一切能让你变高贵的事务上学习；
必要的时候，你甚至可以向魔鬼请教。

玛格丽特：（向一边）这简直就是魔鬼教条！

奥维里奇：又或者，要是他热血沸腾，不满足于既得的，
那你可不要傻等到他沸腾的热血重新冷却，
而要迎合他的热情。
要是附近有沙发，坐下来，邀请他。

玛格丽特：在你的房子里，
你自己家里，父亲！
看在老天的分儿上，到时你成了什么？
我又成了什么？

奥维里奇：不要拘泥于形式，
别人的言语根本没有实质意义。

玛格丽特：即便你能不顾自己的名誉，
将宗教信仰抛诸脑后，
不怕进地狱，也请原谅。
在世俗道德里，这样做并不会把我变成他的妻子；
我认为，他的情妇才会这样做。
处子之身的我如此快地屈服于他，

不，是把自己卖给了他，
这只会让他觉得我很轻浮。
他会认为，在别人诱惑我之时，我不足以抵挡住。
所以，由此看来，当我满足了他的欲望后，
他就会弃我而去。

奥维里奇：怎么可能！弃你而去！
难道我带的佩剑只是装饰？
我没长手还是手断了？
你去看看我那清单上，
哪一个和我作对的人不是付出了鲜血的代价的？
尝过就扔！他不敢！
只要有证据证明他和你发生了关系，
即便他的所有上尉都顺应他的意志，
全副武装站在他那边为他正名，
管他是什么军队领头，或是勋爵上校，
又或者是有法官偏袒，
我都会让他给出合理的说法和解释，
并且迫使他娶你，以弥补你受损的名誉！
我说到做到。（莫瑞尔再进）

莫瑞尔：老爷，咱们的贵宾到了，
刚刚下马。

奥维里奇：请进来，你没有别的选择；
按我说的做，否则你会失去一切。（玛格丽特出）
我事先交代的迎接他的音乐准备好没有？

莫瑞尔：是的，老爷。

奥维里奇：给他们以高贵的礼遇。（莫瑞尔出）
我暂且先不表现出粗野鲁莽，
虽然，我的字典里没有阿谀奉承一词，
如今为我自己，也要委曲求全了。

（隆重的音乐，劳威尔勋爵、格雷迪、奥维斯和莫瑞尔进）

劳威尔：先生，兴师动众了。

奥维里奇：让您满意，我荣幸之至。

奥维斯：（向一边）奇怪，这么谦卑。

奥维里奇：大人，这是法官格雷迪阁下。（向他介绍格雷迪）

劳威尔：我的荣幸，法官阁下。

格雷迪：（向一边）这可是位勋爵，虽然有人视勋爵为幸事，
但我宁愿把手放进饺子里。

奥维里奇：给勋爵大人让道。

劳威尔：先生，我在想，令爱为何没有到场？

奥维里奇：请大人先品尝从希腊运来的美酒，
很快她就会来问候大人。

劳威尔：按您的安排，先生。（除奥维里奇，其他人均退场）

奥维里奇：如我所愿：一来就要见她！
为什么？因为是玛格丽特！玛格丽特·奥维里奇——（玛格丽特再进）
怎么回事！眼睛里的泪水是怎么回事！
哎呀！赶紧擦干了，不然我把它们都给挖出来。
这是你哭的时候吗？
想想以后的荣华富贵，想想“我尊贵的女儿”对我意味着什么。
你，在我穿着不合时宜时，提醒我注意；
或者建议说：“父亲，注意自己的穿着。”
但今后别再这样：
一切听从指挥，或是按照我的期望——
他来了。（劳威尔勋爵、格雷迪、奥维斯和莫瑞尔再进）
浓眉大眼的姑娘，我的大人。

劳威尔：生平鲜见的美丽女子。（相互行礼）

奥维斯：（向一边）他已经完全着迷了。我被抛弃了。

奥维里奇：（向一边）吻得天旋地转，我喜欢——咱们去别间吧。

（奥维里奇、劳威尔和玛格丽特留下，其余退出）

她有点害羞，尊敬的大人，

但希望你能教她变得大胆一些。

劳威尔：我很乐意效劳：但是——

奥维里奇：我已经过了学东西的年龄了，

所以，就让你们俩独处吧——记得我说的话（小声对玛格丽特说，然后退出房间）

劳威尔：你瞧，漂亮的女士，

你父亲多么着急要让你告别处子，

而成为一个准妻子。

玛格丽特：是的，大人，他过于着急了，

但却无法掌控我的意志。

劳威尔：但这也是你的使命。

玛格丽特：过于刚硬，则容易折断。

劳威尔：还是屈服了吧，亲爱的，

为将来打算。

玛格丽特：我不足以和你相配——

果实太早被采摘，只会腐败枯萎。

劳威尔：你是觉得我太老吗?

玛格丽特：我确信我还太小。

劳威尔：我可以帮助你成长。

玛格丽特：悲伤欲绝时，每时每刻都可能失足坠落，

更不敢奢望站稳脚跟。

您很高贵，

而我，即便再有钱，却仍旧出身低微；

拼凑起来的破布和高贵的红衣根本就不搭。

噢，高贵的大人，我还有很多话想对你说，

但我怕隔墙有耳。

劳威尔：　那么，相信我的听力，小声告诉我。（奥维里奇再进，躲在外面，偷听）

奥维里奇：　两个人挨在一起！窃窃私语！太好了！
而且，看他们的姿势，两个人肯定相互欣赏。（格雷迪随后进）

格雷迪：　吉大人！吉大人！

奥维里奇：　浑蛋给我小声点！

格雷迪：　我必须得告诉您，大人，在我肚子报时前，
烤肉用完了，有些烤了的都成渣了。

奥维里奇：　我要把你剁成粉末。

格雷迪：　把我剁成尘埃我也不在乎。
在如此境况下，我牺牲也是勇士。

奥维里奇：　好，如你所愿，让你粉身碎骨。（打他）

格雷迪：　怎么了！居然打法官！这可是大不敬的行为。
爱德华法律第五条：
哪怕你是我的朋友，
我也会告你，并且不允许人保释你。

奥维里奇：　继续咆哮，我也会剥夺你今天吃饭的权利。
敢在勋爵大人谈论要事的时候打扰他！

格雷迪：　该吃饭的时候谈什么话！

劳威尔：　啊哈！我听到外面有人。

奥维里奇：　老天，这流氓；给我消失！
在马上事成之时怎么能叫停呢？（把格雷迪推了出去）

劳威尔：　小姐，我理解你的苦衷了，
不要再为这事儿烦恼。就依你的选择吧，相信我，
我会小心地将你带入安全的港口的。

玛格丽特：　您若愿意挽救这两条生命，我愿做牛做马永远为您效劳。

劳威尔：　单单这样做就已经是让我获益良多了，
因为这是正义的事情；

但你得佯装钟情于我，以骗过你细心的父亲。

玛格丽特：　我正有此意。

劳威尔：　我们的会议就先告一段落吧——吉勒斯先生！
吉勒斯先生在哪儿？（奥维里奇闻声前往）
（奥维斯、莫瑞尔和格雷迪进）

奥维里奇：　高贵的大人，
您觉得她怎么样？

劳威尔：　非常大方得体，吉勒斯先生，
我更加喜欢她了。

奥维里奇：　我也一样。

劳威尔：　但是，要是首战就屯据堡垒，
不易让对方臣服。
所以，我必须再写几封情书来坚定她的想法，
我会让我的随从给送过来，
到时希望您能放行。

奥维里奇：　那是当然——
这是多么和顺的一位绅士啊！
我的荣幸，奥维斯先生，
请相信我家大门随时为您敞开。

奥维斯：　（向一边）直到现在都还是关着的呢。

奥维里奇：　干得好，干得好，我能干的女儿！
你的地位已经非同一般了。
去了解这位温柔的年轻人并且珍惜他，我高贵的女儿。

玛格丽特：　我会极尽我的温柔体贴的。（传来马夫的声音）

奥维里奇：　来了一个马夫！

格雷迪：　用餐前，来了更多的人！
哦！天哪！（奥维斯夫人和威尔本进）

奥维斯夫人：　如果我的到来受欢迎的话，我们一同分享；
如果不是的话，我立刻动身回去。

因为了解你们的限度，
所以我已经完全准备好被拒绝了。

劳威尔： 怎么会！奥维斯夫人！

奥维里奇： 就这么突然来了！
（劳威尔向奥维斯夫人行礼，奥维斯夫人向玛格丽特行礼）

玛格丽特： 我是个傻瓜！
居然说谎，简直是中邪了！

奥维里奇： 镇定，你这傻瓜，
这可远远不是惊喜！
这震惊不能完全制服我。

劳威尔： 尊贵的夫人，
您肯定是预料到我不久后的到访，特意前来。
我受宠若惊，穷此一生也不足为报。

奥维斯夫人： 我的大人，我一直等候您的到来，
十分希望您能把我简陋的家作为下榻的首选。
因此，担心您可能会把我给忘了，
又或者是因为这位无与伦比的美人而流连忘返，
又因你我间的交情，我特提前结束我的隐居，
亲自来请。

劳威尔： 您的恩惠如此厚重，我的感激之情无以言表。

奥维斯夫人： 尊敬的吉勒斯·奥维里奇爵士。（向他行礼）
——还有你，莫瑞尔？
是不是上次的饭菜不合胃口，所以不再来了？

格雷迪： 如果夫人您高兴的话，如果这不损您的贵妇身份的话，我会的。

奥维斯夫人： 任何时候只要你想来，格雷迪法官，
你要是喜欢吃肉的话，我们定会让你满意。
而现在，我的大人，请认识一下这位先生——
无论他的外表多粗陋，（介绍威尔本）

他的内心和站在这里的每一位一样优秀。
不要认为我夸大其词，
因为他的幽默机智，他已经应招入伍，
即便他曾经荒淫的生活有损他的名誉，
但不久后，他就会以他的英勇让他跟那些曾经蔑视他的人平起平坐。
吉勒斯·奥维里奇爵士，
如果您欢迎我，那也请您这么对待他。

奥维里奇：我的侄子！
他已经好久没来了。
我相信你也祈祷要修复这段空白。（劳威尔和威尔本退到一边）

莫瑞尔：怎么回事？先生，您刚刚说的是什么意思来着？
这不是那个“应该上吊或跳河的恶棍威尔本，那个怪物，那个奇人”吗？
他是那个无人尊敬的人，远配不上称为您的侄子。

奥维里奇：好了，你这家伙，闭上你的臭嘴。

莫瑞尔：我就是要把握机会嘲笑他，即使会被打死。

威尔本：请原谅我的沉默，大人，等大家更空闲时，再为大家讲述我的际遇。

劳威尔：我很愿意倾听，并且帮助你。

奥维里奇：饭菜已经备好。

劳威尔：请您带路，我们随后就到。

奥维斯夫人：不，你是贵客，
来吧，亲爱的威尔本先生。

格雷迪：还“亲爱的威尔本先生”！她居然说这样的话！
天哪！天哪！如果我的肚子能允许我离开，
估计这句话能让我恶心一整天。
我已经派了二十个巡警逮捕他，

本郡的所有监狱，甚至连诺丁汉郡的监狱都发布了逮捕令；
而现在竟然成了奥维斯夫人口中“亲爱的威尔本先生”！
和大人的“好侄子”——
但我是傻子吗？还站在这儿唠叨，忘了我的美味大餐。
（莫瑞尔进）
他们落座了吗，莫瑞尔？

莫瑞尔：早已经坐好了。
先生，跟您说句话。

格雷迪：现在别跟我说话。

莫瑞尔：作为对您的忠诚，我必须说，先生。
您是老爷的好朋友，所以就冒犯您了，
并诚恳地请求您：
因为客人已经超出预期，尤其是他那个侄子，
桌子太满了，你应宽恕他，并供给他些冷肉。

格雷迪：什么！我精心准备的大餐没了？

莫瑞尔：不吃这餐也算一种修行；
况且，你已经破了斋戒。

格雷迪：那些菜也仅仅只能填饱我的胃。
我一个做事儿的居然要给吃闲饭的人让位！

莫瑞尔：先生，可不要虚张声势，
万一被老爷听到可——

格雷迪：饺子也没的吃了，还有黄油烤肉和鸟鹬！

莫瑞尔：好了，就分一点给别人，
您虽然和婢女们坐在一起，
但还是能吃到饺子、鸟鹬和烤肉的。

格雷迪：这还差不多。
我会尽情享用的。

莫瑞尔：这边，裁判先生。（退场）

第三场

（奥维里奇家另一个房间）

（进）奥维里奇，从晚宴中出来

奥维里奇：这位夫人迷上威尔本了！噢，女人啊！——
她完全无视勋爵大人，
而是对威尔本不吝赞美！
服丧期间的打扮已完全被今日重生般的华丽形象所取代。
她眼睛几乎钉在他身上，
总是邀他共饮，
并送给他火热的吻，
一旦见不到他，便如坐针毡，
直到两人又单独相处。
她放着美味佳肴不吃，光看他的脸就已经饱了。
只要我们的对话里稍稍提下他的名字，
她都会叹气警惕。
那我为什么要因此而难过呢？这有利于我：
要是她成了威尔本的人，
那么她所拥有的一切也就是我的了，因为，我会说服威尔本的。（莫瑞尔进）

莫瑞尔：整桌的人都因您的离席而不安呢。

奥维里奇：没关系，我会解释的。
听着，莫瑞尔，注意找准时机让我和威尔本单独聊几句。

莫瑞尔：谁！是您口中“那个奥维斯夫人蔑视的恶棍”吗？

奥维里奇：你这油嘴滑舌的家伙。（奥维斯夫人和威尔本进）

莫瑞尔：瞧，老爷，她来了，一刻都不能没有他。

奥维斯夫人：谢谢您的款待，先生，吃完丰盛的大餐后，
我想要在您美丽的花园里转转，请恕我冒昧。

奥维里奇：如果无损您的贵妇身份，
您可以去看看里面的凉亭。

奥维斯夫人：　来吧，威尔本先生。（奥维斯夫人和威尔本退场）

奥维里奇：　越来越黏了！
现在我相信诗人在赞美帕西法厄时没有夸张了，
这就是事实嘛，那时的他正爱慕着她。
而这位夫人的欲望大得吓人——（勋爵大人、劳威尔勋爵、玛格丽特和其他人进）
原谅我的鲁莽。

劳威尔：　大可不必，吉勒斯先生，
后面我们再详谈，只要能让我亲爱的玛格丽特高兴，并期望我的到来。

奥维里奇：　她会听我的话保密的，大人。（威尔本和奥维斯夫人进）

玛格丽特：　奥维斯夫人回来了。

奥维斯夫人：　帮我叫车夫，我得马上回去。
向您道谢了，吉勒斯爵士，谢谢您的热情招待。

奥维里奇：　您过奖了。

奥维斯夫人：　我可能要冒昧地带走您的另一位贵客。

劳威尔：　我正等你呢，夫人；
再见，吉勒斯先生。

奥维斯夫人：　美丽的玛格丽特小姐！
对了，还有威尔本先生，
我可不能把你留在这儿；
我不能这么做。

奥维里奇：　夫人，不要一下子抢走我所有的快乐嘛，
让我的侄子再多待会儿吧。
他会坐我的马车回去，
我们小小地寒暄一会儿，就把他交还于您。

奥维斯夫人：　那不要待得太久。

劳威尔：　这是离别之吻（亲吻玛格丽特），你每天都会收到我的来信。

我会让诚实的随从给你送来。

奥维斯：　我很荣幸为您效劳。（劳威尔勋爵、奥维斯夫人、奥维斯和莫瑞尔退场）

奥维里奇：　女儿，回你的房间——（玛格丽特出）
你也许在猜，大侄子，
为何在如此之久的敌对之后，我还希望和你握手言和。

威尔本：　我的确很纳闷儿，先生，
这很奇怪。

奥维里奇：　我会解释这一切的；
而且，我会对你展露内心。
世俗之人在看到朋友或亲人落难破产时，
通常不会伸出援手，而往往是落井下石，狠踩一脚。
所以，我得承认，我们就是这么对你的。
但现在，我又看到你东山再起的希望，
我能够而且愿意帮助你。
这位有钱的夫人（这让我很高兴）很明显是迷上你了，大侄子。

威尔本：　没有的事，不过是同情罢了，叔叔。

奥维里奇：　那好，由于你不能待得太久，
我就长话短说。我会让你彻底摆脱这俗气的装扮，
不然她会说，她嫁给你就像嫁了个乞丐或是穷鬼。

威尔本：　（向一边）自投罗网，倒是省了我不少工夫。

奥维里奇：　我会尽快帮你赎回被典当的一箱好衣服；
再给你一千英镑来还清债务。
从此不再有人会因为债务问题诋毁你的信誉，
你可以大大方方地和那位有钱的夫人交往。

威尔本：　你这样做是出于爱我而不是别有目的？

奥维里奇：　肯定是因为爱你啊，大侄子。

威尔本：　那我还愿做您的仆人。

奥维里奇：　和我客气什么呢，不要太拘束。

在你吃晚饭前，你会收到我的信。

车夫，去送送我的侄子。

明天我再去拜访你。

威尔本：　多么好的叔叔！

有人说你铁石心肠，完全是无稽之谈！

奥维里奇：　侄子，我会用行动表达我对你的疼爱，

别人怎么说我不在乎。（退场）

第四幕

第一场

（奥维斯夫人家）

（劳威尔勋爵和奥维斯进）

劳威尔：　写好了，给我信封。
现在别的事都可以暂且搁置，
当务之急就是把这信送过去，
希望这些信能成功被送达并起到作用。

奥维斯：　上帝会实现您的心愿的。
您就等着我的好消息吧。
我本还有很多事情没做，
对此我的惭愧之情无以言表；
但如若眼泪能替我的拙舌表达对您的感激，
我能——

劳威尔：　好了，不要软化我了：
这种冠冕堂皇的话在我看来很表面。

奥维里奇：　（朝里面）勋爵大人起来了吗？

劳威尔：　他来了！来，这是要送的信。让他进来。（奥维里奇、格雷迪和莫瑞尔进）

奥维里奇：　美好的一天，大人！

劳威尔：　吉勒斯先生，起得真早。

奥维里奇：　主要是想来拜访大人您。

劳威尔：　你也是，格雷迪法官，起得这么早！

格雷迪：　事实上，大人，天亮后我就睡不着了，
因为我的肚子会一直呱呱叫着要东西吃。
多亏大人的提醒，
我还有一个严肃的问题要问我的好友吉勒斯爵士。

劳威尔：　请讲。

格雷迪：　吉勒斯先生，请您诚实说从你家到奥维斯夫人家有多远来着？

奥维里奇：　怎么了？大约四英里啊。

格雷迪：　怎么会！四英里，我的好大人，
可别毁了自己的一世英明，再好好想想。
您哪怕少算一英里，都是荒天下之大谬。
因为如果只是四英里的路程，
我就不会如此地饥肠辘辘。

莫瑞尔：　无论你走路还是骑马，你都会感到饿的，
你向来如此。

奥维里奇：　看看这是什么场合，你这家伙！
在大人面前唠叨个没完！
没大没小！去看我的侄子吧，
确保他把债还清了，并让他穿上他的好衣服。

莫瑞尔：　（向一边）我也给你穿件儿吧，
摇尾乞怜的家伙。

劳威尔：　早上我写了封信给我的玛格丽特，您的女儿。

奥维里奇：　这会让她激动不已的，因为她整个人都已经是您的了——

亲爱的奥维斯先生，请戴上这枚指环。
它会把你带到她面前，
我更要授权你在适合的时候，
为大人美言几句。
这之后，请骑马到诺丁汉，并凭这枚指环去拜托牧师。
我会让人送过去的。
那么很快，大人，我就能称我的女儿为“尊敬的”，
不，应该是“高贵的夫人”。

格雷迪：年轻人，听我的建议，最好先把早饭吃了再去，
饿着肚子骑马可不好。
我会和你一起吃，并且吃好。

奥维里奇：那家伙肠子里装了个复仇女神吧？
这么快又饿了！
你早上不是吃了一大块腌猪肉和一桶牡蛎吗？

格雷迪：那些不过是垫底的开胃菜。
来，年轻人，有我在这儿，
我可不会让你像弗拉兴的刽子手，
形单影只。

劳威尔：快去快回。

奥维斯：我不会让您失望的，大人。

格雷迪：我也会给我的圣诞宝箱编个号，我也不会落败的。

奥维里奇：终于如我所愿，只剩我们俩了。
我来的目的不是要用我女儿换取什么——
因为那都微不足道，
你也不用担心我会活得太久，
每年我的财产都会有所增加，
最后这些都会是你的。

劳威尔：您真是一位好父亲。

奥维里奇：你有理由这么觉得。

这把椅子您觉得怎么样？
这些都来自精心种植、精心浇灌、富饶肥沃的土地，
夏天的时候可以用来招待来宾，
您觉得怎么样？

劳威尔：　很好闻的气味，
制作精良；
玛格丽特，它们的女主人，
值得这大手笔。

奥维里奇：　她，女主人！
不久后会是这样：
只要大人您说喜欢什么，您就能有什么，
我说，这日子不远了。

劳威尔：　不可能。

奥维里奇：　您太快下结论了，说明您并不了解我，
也不了解我工作的原动力。
奥维斯夫人的土地，只要有朝一日成为威尔本的——从她对威尔本的着迷程度我就知道他们会——
也就是我的了。
不光是她的土地；本郡的土地，您随便指，
只要您说它们对您有用，
我再重申一次，它们就是您的了。

劳威尔：　但是君子爱财，取之有道，
不义之财，我不要。
对我而言，我的信誉更重要，
我不愿因这些不义之财而背负骂名。

奥维里奇：　您多虑了。
在所有人眼里，您会一如既往地光明磊落。
我的行为，即使被众人不齿，也不会给您的名誉造成任何影响。

因为尽管我习惯别人都听从我，
但我仍旧会细心处理一切关乎您名誉和清白的事，
您诚实正直的品格绝不会受到一丁点儿的玷污，
您将一直以如此正面的形象示人。
我唯一也是最大的希望，就是让我的女儿过上真正高贵的生活，
而大人您正好能实现老夫的这个心愿：
要是有朝一日，玛格丽特为您生下个小勋爵劳威尔，
我铁定高兴得手舞足蹈。
除此之外，我别无所求。
我目前所累积的财产和每年的田租收入，
足以让你们无忧无虑、锦衣玉食，
我愿意把挣钱养家的重任从您肩上接过来，
由我承担；
我愿意倾尽整个村子来维持你们奢华的生活——
因为唯有这样，你们才不会有流浪或挨饿受穷的危险。

劳威尔：　你都不怕那些因你而遭殃的人们诅咒你吗？

奥维里奇：　当然怕，就像巨浪翻滚着把自己砸向岸边时，不惜粉身碎骨的心情一样；
或者就像饿狼因饥饿而望月咆哮时，月亮也因害怕而动容一样。
但牛脾气的我会坚定不移地行走在这条路上。
如果有人要和我决斗，
我会用身上的佩剑改变他们对我的看法，
即便我是错的，也让他们心服口服地认为我是对的。
而现在，人们抱怨我专横暴虐，
说我贪婪、侵犯邻里、公物私用，说我敲诈……
这些都不会影响到我；
不仅如此，即使寡妇尖厉的哭声充斥我的耳朵，

即使无家可归的孤儿用眼泪清洗我的地毯，
我心里唯一所想的还是如何让我的女儿真正坐享高贵——
这其中的魅力让我对懊悔、怜悯或是良心的不安毫无感觉。

劳威尔：我佩服你坚韧的本性。

奥维里奇：是因为大人您和我的女儿，我才成了一块顽石；
不仅如此，如果您也允许一点我这样的性格，
那么我享受追求财富过程中的曲折和黑暗，
要比在实现事业中感受到的快乐多得多。
我的急切心情让我不得不这么做，
因此，简而言之，我们达成共识了吗？

劳威尔：我想现在一切都毫无疑问了。

奥维里奇：那么，请放心；
我不畏惧今后带来的后果，不畏惧被这儿的所有人唾弃，
我除了思考如何让您更上一层楼，成为伯爵，别无他想！
哪怕是用钱买也可以。
虽然从一出生我就跟着自己的意愿走，
但请勿质疑我的信仰信念，
您大可选择你乐意的信仰，
对我而言，这很公平。
所以，大人，就此告辞，愿你拥有美好的一天。

劳威尔：他走了——
我在想地球上怎么会有这样的怪物！
听到这亵渎上帝的话，
我一个上过战场杀过敌的战士也不免一身冷汗。
但他像座大山——在无神论方面——
比帕纳塞斯山更无法撼动，
即便满山头被波瑞阿斯灌了雪，也一样坚定不移。（奥维斯夫人、婢女和安伯进）

奥维斯夫人：老天保佑，大人！

我没打扰您吧？

劳威尔：没有，夫人，

我倒希望您再早点儿来呢。

因为这胆大包天的奥维里奇刚刚坦白了自己的想法，

做了一个亵渎圣恩的晨祷，

让我觉得站在他旁边都已经是罪过，

更别说听从于他了。

奥维斯夫人：我从不好奇别人的隐私，

但总是事与愿违。

为了健康，我在你房间外的走廊散步，

我被迫成了他的听众，因为他是如此激动和大小声。

劳威尔：那么，请让下人回避一下，

我想听听夫人您的高见。

奥维斯夫人：勋爵阁下，这是一个女人发自内心的真实想法——

你们去隔壁候着吧，但不要离得太近，免得我又得压低声音。

安伯：我们被训练得比您想象的还要好，亲爱的夫人。

婢女：很清楚我们应该保持的距离。

奥维斯夫人：少说，马上行动。

让这样的习惯成为你们教养的一部分。（安伯和婢女退场）

现在，尊敬的大人，如果我能像对好友一般畅所欲言——

劳威尔：如果不这样，那就是您不再关爱我了。

奥维斯夫人：那么，我敢这么说：

因为你很高贵，但平凡的人都把发财作为他们努力的唯一目标。

高尚的人不屑于此，

因为他们更注重的是提升自己的修养而不是父辈沿袭下来的地位，

更不是如何求得更多的财富，
他们不是那么在意自己的出身——
虽然，我必须承认好好得来财富会大有帮助，却也会让你成为奴隶。

劳威尔：夫人，说得很在理。
那么您能从中作何推断呢？

奥维斯夫人：是这样，大人，
当所有正义被置于天平一端，
天平另一端的邪恶就会滑落——
邪恶是经不住考验的。
所以，所有构筑名声的不义之财相较于以正当手段得来的财富，
无异于倾倒进河里的垃圾——即便是想要建造牢固的堤坝来以绝后患——
让曾经清澈的河水肮脏不堪。
我允许奥维里奇的继承人玛格丽特嫁进我们家门，
她是个合格的女孩子，而且是最能与我们北方匹配、值得夸耀的，
但她无法用这些堵住其他人的嘴，
这些人始终忘不了谁是她的父亲。
又或者他真实的动机只是为了得到我丈夫和威尔本的土地，
才鼓励你娶他的女儿，而不是因为她的美貌和品德——
你应该能想到后面会发生什么。

劳威尔：的确，对这些问题我已经思考很久了。
我明白让一个正直的人幸福就是选对妻子，
然而要处理好这样的事确实需要时间，
要看对方的出身和财富。
如果对方姿色平平，出身低微，家境贫寒，
如果有年龄的差别和出身的贵贱，

那么两个人是很难走到一起的。
而几年来便会产生巨大差别的财富，和匹配的血统，
肯定会让伉俪忧虑不安——
但我却和对方走得更近了。

奥维斯夫人： 但愿您意识到了，大人。

劳威尔： 即便奥维里奇的地位在现在的基础上再好个几百倍，
即便他的女儿比现在美千万倍，
无论我如何请求祖先原谅我，
我也不会娶玛格丽特，
玷污我们家的血统；
更不会让我的家族鱼龙混杂——
就像一块布料，一块红一块蓝。
如果我真这么做了，我无颜见列祖列宗。

奥维斯夫人： （向一边）很高兴听到他这么说——
那大人为何又装作要娶她？
难道这只是你的障眼法？

劳威尔： 刚好，我能以问代答。
夫人在您丈夫去世后就隐世清居，
为何突然热衷游玩？
夫人，想想您自己，大家不都对此议论纷纷吗？
您不怕您对威尔本的关爱有加会招来别人的非议？

奥维斯夫人： 在这件事上我是清白的，
我用生命发誓我是出于好意。

劳威尔： 我也以灵魂保证，我对玛格丽特也是一片好心。
但就事论事：
这些秘密的确为我们进一步了解彼此提供了一个好的契机，
您表现出了对我的关心，而我也能表达对您的尊重。
不要否认，而是继续言真意切地交谈，夫人。

奥维斯夫人： 好，我会听从于你。（退场）

第二场

（在坦普威尔店门口）

（坦普威尔和弗洛思进）

坦普威尔：完了，完了！这都是你出的馊主意，弗洛思。

弗洛思：我的！我鄙视你。难道不是莫瑞尔——我肯定他已经毁了所有人——严厉要求我们把这位先生赶出去，免得让吉勒斯·奥维里奇爵士看了心烦？

坦普威尔：是这样。
但现在他重新成了他叔叔的心肝宝贝，
而且连格雷迪法官也站在他那边——
因为他喂饱了他的肚子。
因此格雷迪对威尔本先生有求必应，
也会应他的要求报复我们。

弗洛思：也许他还有点儿慈悲心肠。

坦普威尔：事实上，我们肯定犯不着他亲自动手。
他对我们的所作所为一清二楚，
比如销赃、开妓院等。
对于这些事，要是他还是当年的流氓威尔本，
没人会相信他说的半个字，
他的举报对我们构不成威胁；
可他现在又再次得到大家的拥戴和尊敬，
谁敢怀疑他说的话呢？
在我看来，弗洛思，在劫难逃，
因为你突出的双眼里满是污垢和腐败。
一想到我被钉在刻着“恶棍”的绞刑架上，我的手就嗦嗦发抖。

弗洛思：真那样，也是没办法的事！
只不过九天之隔，竟然发生奇迹般的改变。
我们也不欠他的钱，所以这方面没什么损失；

但他欠我们的钱肯定是收不回来了，
而且也会失掉他这个老顾客——
真是见鬼了。

坦普威尔：他已经鸣鼓召集来了所有的债主，
而那些债主们围着他就像士兵等着发工资一样。
他居然找到这么一个新方法来还旧账，
他倒是很可能因此被载入史册呢！

弗洛思：他开十场露天舞会都不足为奇。
但你肯定法官大人会来吗？（传来喊声："英勇的威尔本！"）

坦普威尔：是的——我听见他来了。

弗洛思：准备好你的请愿书，呈给法官大人。
（威尔本昂首阔步地走进来，莫瑞尔紧随其后，格雷迪、奥德、菲尼斯和债主鱼贯而入）
坦普威尔跪着，递上了他的账单。

威尔本：这是怎么回事！请愿？——
但要注意这点垃圾的代价能带来何种奇迹，
华贵的衣服会让这些无赖产生怎样的变化。
我会是他们心目中的威尔本王子。

莫瑞尔：等您结了婚，您就是王子了——
我知道我希望看到的是什么。

威尔本：那你就等着升迁吧。

莫瑞尔：成为您的法警是我努力的目标。

威尔本：你的目标会实现的。

莫瑞尔：大人，请您把这些有所图的跟随者打发走。
为报答您的知遇之恩，
我想告诉您一些对您有利的事；
但前提是您要保护我不受吉勒斯爵士的伤害，
因为我已经厌倦为他效劳。

威尔本：我不怕这位吉勒斯爵士。

格雷迪：　这是谁，坦普威尔？

我记得去年你妻子给我送来几只又肥又大的火鸡。

坦普威尔：　只要法官大人您能站在我们一边，

我们每个圣诞节都会给您送去火鸡。

格雷迪：　这是为何！是因为威尔本先生吗？

以我们的关系完全没问题——

只要看看也知道你们都是老实人，

天生就是本质好的人。

难道他们那一脸的老实相还不能说明问题？

威尔本：　我可听见了，格雷迪法官，还有他们承诺给你的贿赂。

你被他们骗了。

所有在我潦倒时趁火打劫的人里，

这位最忘恩负义。

还有这位无耻的鸨母和妓女，

最让我憎恨，

所以，不要妄图替他们说情。

你来的目的是为我做主，可不是为他们说情。

听着：忘了他说的什么火鸡，

吊销他的执照，

下次我会送你两头公牛，

这可足以买下他所有的家禽。

格雷迪：　我突然改变心意了！

走近点儿，再近点儿，你这流氓。

现在，我算是看清楚了，

你们还见过比他更像流氓的人吗？

但凡让一个明事理的法官看看他的嘴脸，

都会决定对他处以绞刑——即便他是清白的。

坦普威尔和弗洛思：　请开恩，大人。

格雷迪：　没用的，今天除了火鸡，即便是土耳其人来为你们求情，
我都不为所动。
你们已经声名狼藉：
你那啤酒不光陈腐发霉，
还毒害我们国家的臣民。
你店里从来不会提供一点点的萨福克奶酪、猪腿
或是任何可食用的东西让客人填饱肚子，
为了利益，净是让他们喝酒。
因为你犯下的这种种错误，
我无论如何都要吊销你的执照，
防止你今后再卖酒或拉客。
为此，在我吃饭之前，
我会亲自命令警察取下你的招牌。

弗洛恩：　一点情面都不讲？

格雷迪：　马上从我眼前消失！
要是我改变主意，就让威尔本先生允诺的公牛撞死我。

坦普威尔：　不知感恩的恶棍却总有所回报。（格雷迪、坦普威尔和弗洛恩退场）

威尔本：　请讲：你来此为何？

第一个债主：　先生，我是一个破产的酒商，
当初你住在河边的旅馆里，
要不是将圆叶葡萄酒、鸡蛋、五英镑的晚餐和饭后酒水赊给你，
我可能已经发达了。

威尔本：　我记得。

第一个债主：　我一直没有催你，也从没去告发你或让人逮捕你。
所以，先生——

威尔本：　你是个诚实人，我会帮助你东山再起的。
确保把欠他的钱还了——

下一个，我欠你什么？

第二个债主：我以前是个裁缝，但现在沦落成了一个修补工。
我用仅存的布料帮您做了一套衣服，
但您没能付钱，
我便因此离开我的货摊，
被逼无奈才干起了修补的活儿。

威尔本：付给他钱——
别再修修补补了。

第二个债主：我不要您的利息，先生。

威尔本：像您这样的裁缝当然不需要，
因为即便再过个一二十年还他们的钱，
他们也不见得会失败。
——噢，我记得这张脸，（对第三个债主说）
你是我的外科医生。
无须多说，
那些日子就足以说明一切了。
我会私下付给你。

奥德：多么慷慨的绅士！

菲尼斯：就像皇帝一样高贵！
他会成为英明的主人，
我们夫人有双慧眼。

威尔本：看着这旧债用一种新的方式还清，
给大家发点儿赏金的钱我还是有的。
来，诚实的大厨，这是对你美味早餐的赞许；
这些，（对奥德）是为了你对我的尊重，
拿着，是我余下的金币。

奥德：您太慷慨了。

菲尼斯：他向来如此。

威尔本：　向你们许诺，以后也会这样。

第三个债主：　愿上天保佑您！

莫瑞尔：　四点的时候，他们知道上哪儿找我们。（奥德、菲尼斯和债主们退场）

威尔本：　现在，莫瑞尔先生，你要告诉我的重大秘密是什么？

莫瑞尔：　先生，由于时间和地点的限制，我无法一一向您解释，
我就长话短说：
我知道吉勒斯老爷肯定会以这一千英镑作为筹码要挟你，
对此，您可千万不要答应。
即使他因此而发怒了——我知道他肯定会——
您只要做您自己，再粗鲁一些，反驳说他欠您的钱是您欠他的十倍。
因为他卖了您的土地；
您失去土地的事是我经手的（对此我深表愧疚）。

威尔本：　我原谅你。

莫瑞尔：　我会报答您的。
然后您可以逼他出示您转让土地时订立的契约，
我想他应该是把契约连同其他的文书和现金都带在身上
准备送去给劳威尔勋爵；
正如我等待您的崇敬，我会给您进一步的指示，
如果我不能做得让您满意，让您的叔叔暴跳如雷，
那么请绞死杰克·莫瑞尔。

威尔本：　靠你了。（退场）

第三场

（奥维里奇家的房间里）

（奥维斯和玛格丽特进）

奥维斯：　我无力的双手紧握着希望之锚，
经历过所有的风暴和绝望，

却仍旧犹豫不决，
究竟是要将第一句赞美赋予勋爵大人无人能比的自制力，
还是赞美你由内及外的美丽？

玛格丽特：给劳威尔勋爵吧！
他出于慷慨，而我是迫于责任。
为报答他，我只能许以他更高的职位，
我的誓言会为我见证。

奥维斯：这无可厚非，亲爱的。
但是，当我看到无数的人轻易许诺，却总是失信于人，
诚信的你就越发显得光彩照人、让全世界瞩目。
你不屈服于父亲强加的意志，
当名誉地位向你示好，你也不为所动。
我是如此欣赏你的善良，以至于幻想你能公平地对待我。

玛格丽特：我会的，会一直如此。
当内涵都还缺乏时，名利头衔于我又有何用？
当一个人因为无法拥有印第安金矿而感到锥心之痛时，
辛苦囤积的财富或是更多的财富又算得了什么？
或者假如我屈从于某个有权势的人的意志，
让他眉开眼笑，让他无处施展的幽默得以展现，
让他觉得我优异，
但我自己却没有任何力量或权势为自己选择，这又有什么意思呢？

奥维斯：但是这冲动背后的危险——

玛格丽特：对我来说，这些危险都算不了什么，
仅仅有一个爱我的奥维斯，我就已经很幸福了。
事情最糟不过是他暴怒之下杀了我，
但是只要有你心疼的泪水滴在我的灵柩上，
就会让我起死回生，那时我会对你说：即便死了，我也是你的。

要是他真的那么残忍，如果我的死都不足以浇熄他复仇的怒火，

而是要让我活着，身心受折磨，生不如死，

同时忍受贫困颠簸的生活；

但只要有你分担我的痛苦——对此，我不敢奢望，

因为在我心目中你是如此重要——

我能耐心承受这一切，

我会怀揣同样的耐心鄙视他的怨恨。

奥维斯：老天不会用这样的方法来考验你对我的真心的！

同样，老天也不会如此待你。

但我们一定会遇到很多的艰难险阻，

所以让我们尽最大努力与他们周旋。

玛格丽特：你的主人是站在我们这边的，这很确定；

虽然是年轻的勋爵，

但却支持我追求理想的生活。（奥维里奇从后面进）

结局应该是好的。现在，我的奥维斯——

奥维斯：对于你收到的信，假装有点生气的样子。

玛格丽特：我会回报勋爵大人的恩德的；

当他不是以他的身份命令我做事时，

我会很乐意为他效劳。

但是以这种蛮横专断且遭我反对又命令强制的方式来约定见面，

在我不知情之下邀请牧师，想要用婚姻把我们紧紧绑在一起，直到死去——

这不过是勋爵大人为了取得我父亲信任的权宜之计。

奥维斯：这样就最好不过了，尊贵的小姐。

玛格丽特：希望能如你所想一样。

至于我，我必须选择一条安全稳妥的路。

因为我有这么一个父亲，

如果没有他的同意，
即便全郡的贵族男子都跪在我面前想讨我的欢心，
我也无法自主。

奥维里奇：　我喜欢你的服从。（走上前来）
但无论勋爵大人写的是什么，
你都要欣然接受。
亲爱的奥维斯先生，
你充分展现了你对勋爵大人的忠诚——
他让我带给你点珠宝。
这是为何！玛格丽特，皱什么眉头？
这就是你收到勋爵大人来信后的反应？
都写了些什么？让我瞧瞧。

玛格丽特：　跟字迹一样傲慢的一封信。

奥维里奇：　（读出来）“亲爱的玛格丽特，
即便成为你的仆人，我也不胜荣幸，
并能想见我们婚后的快乐时光，
但如果婚期被推迟，只会显得我在你心目中无足轻重。
因此，请接受吧，
这样，不久后，你就会看见一个丈夫，
一个愿为你放下尊贵的身份，愿为你倾其所有让你满意的丈夫，
教堂也已经订好。”
——这就是你说的傲慢来信？
你个傻瓜！
你还要继续这样吗？
你觉得高高在上的勋爵大人还要怎样，才能让你满意？
这难道不正是我们所希望的吗？
首先，别人向你求了婚，
还向你保证你以后有幸福的日子——

你还想怎么样？

玛格丽特：为什么？父亲，我总得有个与您身份相符的婚礼吧？
而不是在我还不知道他家在哪儿的时候就急忙把我嫁出去——
没有仪式，也没有邀请我的任何朋友来见证。

奥维斯：如果大人愿意的话，
我必须在明天之前将小姐您装扮好并带去教堂。
勋爵大人很期待这次亲密会面，
因为他的亲戚朋友都远在他方，
而他渴望早日完事，不能忍受一再推迟
来等待亲戚们的到来。
他心意已决，婚礼也安排得足够气派，
比如戒指、游戏活动、化装舞会、辩论等，应有尽有。
等他将玛格丽特小姐带回伦敦，
还会在宫廷里举行二位的婚礼。

奥维里奇：他说的都是实话，
据我所知，这正是当下最受欢迎的婚礼形式。
但如果仅为了迁就你的坏脾气而将婚礼推迟，
毫无疑问会因此而错过一夜美好的时光、一个上帝可能赐予你两个儿子的机会。
所以不要再试图说服我，要是还执迷不悟的话，（指着佩剑）
这剑会抵着你，让你去他身边。

玛格丽特：如果你能在婚礼的时候，作为父亲，
亲自把我交给他，
那我也满足了。

奥维里奇：只要勋爵大人能得到你，
我管他是谁把你交给他的。
由于大人一心想低调办理，我不会违他的意。

奥维斯先生，我不知道勋爵大人需要什么，这儿有一袋金币，
用来支付今晚的开销；
只要需要，明天我会提供给大人任何数目的钱。
同时，拿着我的指环去找牧师——
我资助他在我的庄园里当牧师，被称为威尔杜牧师——
不过是结婚许可，他会按照我说的去做的。

玛格丽特：托您的福，但您的指环真能保证一切顺利进行吗？
他也可以猜测，我是在您完全不知情的情况下，
通过其他的什么途径弄到手的。
然后，我如果因此而被拒之门外，那将是奇耻大辱！
——大人，如果您乐意，您和我同去可能要好得多。

奥维里奇：仍然这么固执！
我再说一次，我不会让大人失望的；
当然，我也不会让你失望的。
——把那儿的纸和墨拿过来！

奥维斯：我这儿有。

奥维里奇：谢谢，那我就下笔写了。（在奥维斯的书上写）

奥维斯：要是您愿意的话，可以把我们大人的名字省掉，
因为他来的时候，别人并不知道他，
所以只需要写："将他嫁与这位绅士。"

奥维里奇：很好的建议。
写好了，拿去吧——（玛格丽特跪着）
我的宝贝女儿？你有福了。
就这样吧，不用回复，出去吧。
——亲爱的奥维斯先生，
这将是你完成得最好的工作。

奥维斯：希望如此，大人。（奥维斯和玛格丽特退场）

奥维里奇：再见！一切都已确定下来了，

我似乎已经听到骑士们还有贵妇们对我说：
“奥维里奇爵士，您尊贵的女儿最近可安好？
夫人她晚上睡得可好？
或者，夫人是否乐意收下这只猴子、狗或是鹦鹉？
或者，能否收下我的大儿子当她的男侍，或是学徒？”
我的愿望成真了，成真了——
然后就是威尔本和那些土地了！
只要他一进那寡妇的家门——
一切就顺理成章了——
我忍不住笑出声来了，
我心里满满的都是喜悦，不仅如此，全身都充满了喜悦！
（出）

第五幕

第一场

（奥维斯夫人家）

（劳威尔勋爵、奥维斯夫人和安伯进）

奥维斯夫人：通过这件事，你可发觉那样做的动机如何强烈了吧？
利用我的一点吸引力，一点一点实施我拯救被毁的威尔本的计划。
我假装对他青睐——
即便我的行为会招来一些人的非议，
但我未曾后悔过——
因为他曾经不顾一切帮助我亲爱的丈夫，
我有责任应偿还他如此恩惠。
如果我吹毛求疵或忸怩作态地拒绝了他，
这只会显得我不爱死去的丈夫。

劳威尔：夫人，您为可怜的威尔本所做的一切很成功。
因为，据我所知，他的债务已经还清，
他一改往日的寒酸，有了不错的工作。

我所用的一切技艺，只为让我和你更快乐幸运，
年轻的奥维斯，
虽然是假设，我希望一切顺利——
因为年轻的恋人在才智上更富有创意，
这远不是时间能给予。
据我所知，在欲望面前，他们是平等的。

奥维斯夫人：大人，虽然我们想法一致，
但请原谅我对这计划的疑虑：
虽然基石牢固，
但若要骗住这个如狼似虎的吉勒斯爵士，
别说常人，就算是最厉害的人也不易成功——
更别说我们这些天真的人施的小伎俩了。

劳威尔：夫人，不要绝望：
我们可以四两拨千斤。
因为，判断力，是上帝赐予人们的，
虽然有时候也会寄宿于世俗之人上，
但那些世俗之人根本不会想这权力究竟来自哪里，
甚至还会辱骂上帝。
这就是为何那些自以为精通世界各国法律的狡猾政客们
心思尽管复杂，但却往往过犹不及。

奥维斯夫人：希望他也是这样！但，他的名字倒是一个祥兆。

劳威尔：愿我对您的追求也能成功！
你如何看待这份感情？

奥维斯夫人：事实上，大人，我不值得你这样为我。
当我风华正茂且仍是处子之身时，
你就表达了对我的爱意；
不是屈尊，而是发自真心，
我只能把这当作上天的厚爱，
远远超出我应得的来自上天的馈赠。

劳威尔：　你太谦虚了，
你胜过我的头衔，甚至是我拥有的一切的品质。
我承认，如果我是一名斯巴达勇士，
迎娶一位寡妇可能会让我身陷责难。
但我是一个土生土长的英国人，
所以我不认为娶你会玷污我的名誉。
不仅如此，你所认为的污点，在我看来却是最耀眼的闪光点。
夫人，你已经向大家证明你是如何爱一个值得你爱的丈夫。
这也让我确信，要不是我够积极、够努力，
你可能还是像对奥维斯一样对我。
总之，无论是年龄、地位，还是出身，我们都很匹配，
你出身高贵，交友也是如此。
如果你愿意，请让我们用双唇为印，缔结山盟海誓。

奥维斯夫人：　要是我拒绝，那就是我太不知好歹了。
（吻他）亲爱的大人接受了这样的我，
让你幸福，将是我一生的目标。

劳威尔：　如果我对你不够温柔、不够好，就让我死无葬身之地。

奥维斯夫人：　不要发这样的毒誓，大人，
你知道的，我完全相信你——（威尔本进，衣着光鲜）
这才是你该有的样子嘛。

威尔本：　我自己一直把这归功于夫人，
是夫人拯救了我，
所以，我的生命不再是我自己的，
我愿随时为夫人赴汤蹈火，只要夫人需要。

劳威尔：　你的确应该好好感谢夫人。
再找不到更好的方式来表达你的心意了。

奥维斯夫人：　就我来说，我很高兴，我的努力最终开花结果。
最近见过你的奥维里奇叔叔没？

威尔本：通过他的管家莫瑞尔，我听说过一些关于他的情况。
他现在正热衷于嫁女儿。
昨晚，他期待您到他家，但您没去，他的女儿也没露面，
这让他很是郁闷和生气。

劳威尔：亲爱的，瞧，我的计策可能开始起作用了。

奥维斯夫人：但愿如此。

奥维里奇：（头向里面）哈！傻瓜，找到了，你这没用的蠢货，
真找不到的话，我会挖了你那双眼珠子。

威尔本：因为我的一些私事要处理，希望大人能回避一下，
但您仍然听得见我们的对话，您就等着看奥维里奇的笑话吧。

劳威尔：听你的。（走到一边）

（奥维里奇进，拉长了脸，推搡着莫瑞尔进来，手拿一个盒子）

奥维里奇：我要好好教训你，浑蛋！

莫瑞尔：老爷，又怎么了？

奥维里奇：给我小心点，奴才！
还问为什么！我现在可是气得不行，
你这家伙就是欠揍，
这样才能让我解气。
看着点儿，除了封印，别的都别给我弄坏了！
这盒子这些年一直都在我柜子里躺着，
要是弄坏了，我要好好拷问你的灵魂。

莫瑞尔：（向着一边）即便现在遭罪，
我还是忍着吧，不忙求救。

奥维里奇：夫人，您看到我的女儿没有呢？
还有她的丈夫，勋爵大人？
他们在您这儿吗？
如果在的话，请叫他们出来，我有好消息告诉他们。

婚礼入场时，请夫人您站在她的左前方，
当她朝您点头时，请您行个礼，
你就当这是特殊的礼遇吧。

奥维斯夫人：如果我觉得她的地位需要这样的仪式，
我会欣然答应；
但请您弄清楚了，我既不知道也不在乎她是否有这样的地位。

奥维里奇：当你见到她被簇拥着，被勋爵大人——她的丈夫牵着手的时候，
你就会了解了——大侄子。

威尔本：先生！

奥维里奇：仅此而已？

威尔本：我就欠你这些而已。

奥维里奇：脱了那身烂布你就傲慢起来了是不是？

威尔本：（嘲讽）对你傲慢！
你算什么东西，除了比我老，你还有什么比我多的？

奥维里奇：（向一边）他的财富让他变得目中无人了——很明显他已经结婚了。

奥维斯夫人：太好了！

奥维里奇：这位先生，冷静地说，虽然我极少这么做，
但我知道是什么让你如此不怕死。
大家都在议论一桩偷偷摸摸的婚礼，不知你听说没有？
这偷偷摸摸的婚礼里有人被骗了，
我不说明他是哪一方。

威尔本：是吗？先生，接下来呢？

奥维里奇：就是结婚啊！你不是很果断的吗？
记住，正是因为你可能会和这位有钱夫人结婚，
我才借给你一千英镑。
为保险起见，你要么按抵押规则，要么按法律规定，

用你的一些财产作为抵押，
否则我会让你穿着高贵的衣服进牢房。
你了解我的，
所以别耍什么花样。

威尔本：您的侄子正东山再起，您就忍心这么残忍地对他？
这就是您对我的“纯洁的爱，别无他图的爱”？

奥维里奇：要是没所图，那玩儿完的可就是我！
用这整个的庄园作为抵押，
并让你的妻子签字，
这样的话，我还会再给你三四千英镑甚至更多。
有了这些钱，你可以极尽奢华，在下流旅馆里纵情欢乐。

威尔本：然后就去乞讨——
你是这意思吗？

奥维里奇：我的思想属于我自己，它们是自由的。
现在把抵押字据给我吧？

威尔本：不，事实上，你拿不到。
契约、账单或者单单一个承诺，
你一样都得不到。
你那长相和你的表情都吓不倒我。

奥维里奇：但我的行动会让你有好果子吃的。
吃了豹子胆了你！（两个人都抽出了佩剑）

奥维斯夫人：来人，杀人了！杀人了！（仆人们进）

威尔本：让他放马过来，
让他做的那些伤天害理的事和他那杀人不眨眼的本事为他撑腰，
让正义为我保驾护航，
惩罚他的暴虐。

奥维里奇：这样我们就一对一单挑！

奥维斯夫人：你们可以这么做，但不要把我家当成了你们的决斗场。

奥维里奇： 就算今天是在教堂，上帝和恶魔同时在场，我都非打不可！

莫瑞尔： 现在逼他动手。（偷偷对威尔本说）

威尔本： 愤怒是没用的，先生。
只要煽动一二，你就会动手，
而只要你打架，不用担心，你肯定会满载而归！
相比之下，如果有这样的法律让你可以起诉我还你一千英镑——无论你是多没良心——
我也会让你归还我的土地，我也会和你算算旧账！
本该是我的东西却被你拿走了，
比起你口口声声说的一千英镑的价值不知道要高出多少倍！

奥维里奇： 我欠你的！噢，你这厚颜无耻、目中无人的家伙！
难道不是我花了钱，才把这块威尔本家族沿袭了二十代的土地买到手的？
而且不正是被你这败家子给标价售出的吗？
这盒子里装着的字据难道还不能证明这一切？

莫瑞尔： 就是现在，现在！

威尔本： 我没有那么做过，
我从没转让过任何的土地。
我承认，曾经让你照管过一两年；
如果你能就此罢手，还给我这些地产，
那么我们可以避免对簿公堂。
但要是你如我所料的那般不诚实，
那以下的措施就显得尤为必要了。

奥维斯夫人： 依我的判断，他建议你这么做。

奥维里奇： 很好！好极了！夫人，和你的新夫君串通一气，
支持他干这些见不得人的勾当！
但当这庄园为我所有的时候，
你对我说话会更加客气的，并努力讨我的欢心。

奥维斯夫人： 别做梦了，不可能的事！

威尔本：　让绝望来得更猛烈些吧。

奥维里奇：　为了让你闭上嘴，让你的弥天大谎不攻自破，
我会拿出珍贵的证据。
看过之后，你会就此罢手，从此绝口不提，
并忍受大众的嘲笑，（打开盒子，出示契约）
看！这就是能还我清白的东西——哈哈！

奥维斯夫人：　不错的羊皮纸。

威尔本：　首行缩进还有称呼，我承认，没写错；
但这蜡印和里面的内容都不是真的。
什么！天打雷劈？
每一个字都出于真心？
我聪明的叔叔，
这就是你珍贵的证据？这东西就能还你清白，为你正行？

奥维里奇：　这倒是奇了怪了！
这是哪个天才干的？
什么样的恶魔抹掉了契约里的文字，还把蜡印变成泥土？
当契约签订之时，我还尚有功绩在，
但现在却被完全毁了！
无赖，你难道勾结了巫师？
这可是违法的，小心自寻死路！
是的，的确有这样的法律；
现在你最好考虑清楚，骗子，
弄明白了，这样的花招可是救不了你的。

威尔本：　倒是你，恐怕连乞丐都会同情你。

奥维里奇：　莫瑞尔！

莫瑞尔：　先生！

奥维里奇：　（恭维他）虽然当时的契约已经被毁了，
但只要你为我证明，并佐以誓言——
我知道，为了你开明的主人，

我正直诚实的仆人一定会发誓来拆穿他们狡猾的骗局。
而且，我知道你是一个公证员，
在法庭上你一个就顶十个目击者。
我亲爱的莫瑞尔，这份契约当时也经过你的手，
缔结契约时你也在场，
你会帮我恢复名誉吧？
你难道不能为此宣誓吗？

莫瑞尔：我？不会。我向你保证：
我可不像你那么鬼迷心窍；
我不知道什么契约。

奥维里奇：你是要背叛我吗？

莫瑞尔：不要让他动手，我会说明一切真相，让他也受点折磨。

奥维里奇：我自己的亲信居然背叛我！

莫瑞尔：是的，而且还会揭穿你。
我这个“傻瓜、乞丐、奴隶、呆子、
天生就适合当你晨练的靶子”，
你踢的“足球”，还是“一无是处的蠢货”，
你的“苦力”，
现在能揭穿你，并将你那些不可告人的计划公之于众，
还要将你如山般耸立的傲慢夷为平地；
我会给大炮上好弹药，
动摇并摧毁保护你的城墙。

奥维斯夫人：听到莫瑞尔的这番话，奥维里奇气得快口吐白沫了！

威尔本：朝着他开火吧！

奥维里奇：噢！要是让我抓住你，
我会把你碎尸万段！

莫瑞尔：我知道你不简单，
但我一定会先拔掉你的毒牙，然后再靠近你。
当我向法官告发了你的恶行，

即便你有通天的本事，即便你还有靠山——
但我知道他们已经应招入伍了——
即便你用尽各种歹毒的计策，
在监狱里你也无可奈何。

威尔本：一切都将水落石出。

奥维斯夫人：一切都会好转。

奥维里奇：但我会活着的，混账东西，我会活着折磨你，
让你求生不能，求死不得。
就让这些佩剑穿过我吧，
虽然会给我一道伤口，
但我会逮住你的。

劳威尔：（向着一边）老天要插手这事儿了——
两只猎犬的厮杀！

奥维里奇：我居然笨到让自己的怒气变成笑柄！
有朝一日，我会让你们领教到我的厉害的，我一定会。
懦夫们，到时候你们就能与我感同身受了。

威尔本：我完全相信。
有什么坏事是你不敢做的吗？
但却没有勇气诚实地忏悔自己的所作所为。

奥维里奇：我的字典里就没有“忏悔”这两个字，
我也不会学。（格雷迪和威尔杜牧师进）
耐心点，乞丐那套在这儿是没用的——
暴风雨过后总算有会儿平静的时候。
欢迎，热烈欢迎！
你们的表情总算带给我些安慰。
一切顺利完成了吗？
我的女儿嫁出去了没？
快说，我的牧师，我洗耳恭听。

威尔杜：他们结婚了！是的，我向您保证。

奥维里奇：那么所有的不安都过去了！

你会得到更多的金子。

我所有的疑虑都淹没在我高贵的女儿为我带来的荣誉里了。

格雷迪：我会在这儿美餐一顿！

至少一个月的美食都不用愁了，我的肚子不会再咕咕乱叫了。

你的胃会像风笛一样被填得满满的，但填满的不是风，而是美食。

奥维里奇：他们很快就会到这儿是吗？（小声问威尔杜）

如我所愿！如我所愿！

现在那些想要暗算陷害我的人还是好好想想吧。

你们会因为刚刚的举动而后悔害怕的。

（音乐奏响）

他们来了！我听见音乐声了。

给大人让出道来！

威尔本：先生，小心乐极生悲。

奥维里奇：为勋爵大人让道。（奥维斯和玛格丽特进）

玛格丽特：父亲，首先请您原谅，然后感谢您的庇护，

正是因为您的允许，我才做了这个选择。

愿您能如往常一样理智冷静，不要太过激动。

正如您召唤不回昨天，

您也无法拆开我们紧紧拴在一起的心——

我不再转弯抹角，这是我的丈夫。

奥维里奇：不可能！

奥维斯：千真万确，我向您保证，

我们已经举办了婚礼应有的所有仪式。

唉！岳父大人，虽然我不是勋爵，但我至少是勋爵的侍从，

对此，您的女儿——我亲爱的妻子并不在意。

对了，相对于我这个尊贵的女婿，

您可以称玛格丽特为身负责任的人妻。

奥维里奇：　见鬼了！他们真的结婚了？

威尔杜：　做一个父亲应该做的吧，说，“上帝会赐福于你们”！

奥维里奇：　你是昏了头了还是傻了？快老实交代！

否则你就没命了。

威尔杜：　他们已经结婚了。

奥维里奇：　与其为上帝服务，你还不如与魔鬼合作——我的脑子混乱了！

威尔杜：　为什么对我发脾气？

你信里不是写着“把她嫁与这位绅士”？

奥维里奇：　这不可能是真的——

我死都不会相信的，

不会！

那些关乎利益的信件凡经我手，

我都是小心谨慎不漏任何蛛丝马迹。

现如今却被群小屁孩儿给骗得团团转，

我所有的努力、所有的希望都落空了。

威尔本：　从目前的情况看，我精明的叔叔，您的确败了。

奥维里奇：　村姑们遇事总是抱怨咒骂。

我可不会浪费唇舌，我赋予了你生命，现在我要收回。

（上前欲杀玛格丽特）

劳威尔：　（上前）住手，为了你自己！

即便你无法宽容你的女儿，

你也不能这么做。

虽然你在此处有所失去，

但你这么做只会牺牲你后半辈子的平静和自由。

自己好好想想吧：

你也只是凡人，不能处处谋划别人，否则只能招来失望。

奥维里奇：　大人！我唾弃你，唾弃你给的建议。

但我再一次希望你，如军人那般——
如果你还尚存当敌人众多且形势不利时的那般英勇——
和我离开这间屋子，交流一下。

劳威尔：随时奉陪。

奥维斯夫人：不要，大人，他现在可是个疯子！

威尔本：如果你要应战，那你就得和他一样疯狂。

奥维里奇：害怕了吗？
找威尔本帮忙啊，尽管大力神称其为“机会”，
我也会以一人之力迎战你们两人。
因为，就像利比亚艰难行进的狮子一样，
我不会在那些胆小懦弱的猎手身上浪费力量，
因为那样只会耗费自己的体力。
我会离开这儿，
虽然只是一个人，
但我还有追随者和朋友支持我。
如果我不能把这儿化为灰烬，
或者我让任何一个人出去——要是这有可能的话，请地狱加诸我更多的痛苦。（出）

莫瑞尔：这是场勇敢的搏击，不是吗？

格雷迪：当然！我很确信这事儿让我没了任何胃口。
我不再期待这儿的酱汁了。

奥维斯：不要哭泣，亲爱的，虽然这能表达你的遗憾。
但上天注定的事我们无法改变。他威胁不了我的，尊敬的奥维斯夫人。

莫瑞尔：我让契约成了没用的废纸，这是不是妙极了，大人？
如果您愿意购入，您愿意变得富有，
我会做得比这次更加干净利落——
因为我会是您得力的助手和管家。

威尔本：我相信你。

但先告诉我，你用了什么古怪的法子抹去了契约上的某些内容？

莫瑞尔：这是些不能让大家知道的秘密：
我在墨水和蜡里加了某些特定的矿物——
更何况，他什么也没给过我，给我的除了空头支票就是拳头，
但刚刚我说的矿物就是秘诀。
如果您能回忆得起，
您应该还记得这个疯子曾经让我劝你淹死或是吊死你自己。
如果您下令的话，我会这么对他的。

威尔本：你这个恶棍！
虽然主人待你不公，但一个敢背叛主人的仆人对其他人也不会忠心。
所以不要妄想从我这里得到任何好处，
立刻爬出我的视线！
如果你还听得懂人话，你得谢谢我的怜悯，
否则，我会让法律审判你的所作所为。

格雷迪：如果有我在，我会帮您告他的，大人。

威尔本：那样做几乎没有意义，
他的良心就是他的监狱。
无须多言，马上离开这儿吧。

奥德：带上这一脚再走吧。

安伯：还有我的。

菲尼斯：要是我的剁肉刀在这儿，我肯定让这流氓脑袋开花。

莫瑞尔：即便这样，这儿也算是虚伪奴才的港口，留了我一条性命。（出）（奥维里奇再进）

奥维斯夫人：他又来了！

劳威尔：不用怕，有我在。

威尔本：他的表情有些怪异。

威尔杜： 托各位善心人的福，我曾经对医学有过一点研究，
如果我没判断错的话，
他已经几近癫狂，且无可救药。
所以你们要小心为上，处处留心他。

奥维里奇： 怎么？世界不是全在你掌握之中吗？
朋友和仆人又有何用呢？
即便是一个中队的士兵肩扛长矛、手枪在握，
列队踩着我的伤口往上爬，我就不敢控诉？
你们错了，我会忍受这所有的痛苦，直到我的控诉生效。
（拔剑，但剑未出鞘）——
哈！我居然这么弱：
因为某个歹毒的寡妇坐在我的手臂上，
让我无力施展；
而我的剑也被某个装可怜的孤儿的眼泪给黏在剑鞘上了，
以至于我没法把它拔出来。
哈！这些人是谁？
肯定是刽子手，来绑我去接受审判的。
现在他们改头换面了，看起来就像复仇女神嘛，
手持钢鞭，前来鞭笞我腐烂的灵魂。
这样不再叱咤风云的我就会屈服了吗？
不会！尽管命运如此，我要被迫下地狱，却也视死如归。
即便你们是被诅咒的灵魂，
我也不怕在你们中间穿行。（冲上前去，重重摔倒在地）

威尔本： 没别的办法，
先夺了他的武器，然后把他绑起来。

格雷迪： 拿着这张监押令，把他关进监狱吧。

劳威尔： 他口吐白沫了！

威尔本： 因为刚刚啃到地面了！

威尔杜： 把他带去暗一点的屋子里吧，

看看有没有什么法子能让他恢复神志。

玛格丽特：　噢！我亲爱的父亲！（他们强制带走了奥维里奇）

奥维斯：　亲爱的，耐心等等。

劳威尔：　这是教化恶人的入门课程，
从他们离经叛道的那一刻起，他们就已经失去了各种能力。
请您不要太过伤怀，
在他精神错乱期间，我准许你去照看他。
至于你的土地，威尔本主人，
不管它于法律而言是恶是善，
我都充当你和奥维里奇唯一继承人——玛格丽特小姐间的仲裁。
对我而言，这就是我必须寄托的支柱。

奥维斯：　我会遵从您的裁决，大人。

威尔本：　终于说出了我想说的；
但除了拿回我的土地，还清我所欠的债务，
我还有更重要的事要做。
曾经我也是名声远播，
但被我自己的散漫给毁掉了；
所以除非恢复我良好的声誉，
否则我无法弥补曾经犯下的错误。
这需要行动，需要经受时间的考验；
如果勋爵大人能准许我当您手下的一名中队长，
我将为国王、为我们国家鞠躬尽瘁，
并借此重新站立起来。

劳威尔：　你的请求获准了，
你会用行动赢得人们的爱戴。

威尔本：　（走上前来）只要上帝您准许——
（收场白）
一切都因您的准许、您的宽容理解，

没有您的宽容理解，无论是这部戏剧的人物，还是作者，都无法自由。

如果您真心同意，就当是对诗人和我们的辛勤劳动的赞许——我们相信您会这么做，因为我们的作品没有让我们失望——我们将广而告之，是上帝的恩泽教会我们如何演绎、如何写作。（退场）

剧终